KB071665

육아 우물에서 통나무 두레박으로 길어 올린 스토리텔링

하루 별이 모여서 3

강희산 육아 산문시집

도서출판 청어

시인의 말

아기는 아침이다
아기는 꽃이다
아기는 길이다
그리하여 아긴 아침 꽃길이다

나는야 아침 꽃길 따라
이동하는 꿀벌이다
수억만 번 날갯짓하여
겨우 꿀 한 모금, 머금고 있는 것이다

아침 꽃길은 덤불도 있지만
물 위에 비친 저녁 보름달 같아서
풍요를 안고 집으로 향하는
한 시절 인연, 기쁜 소식이다

지금 이 시각 여기에서 육아하시는 분께 이 책을 바칩니다.

※이 시집은 막내 외손녀 세 살 때 이야기며, 큰따옴표는 아기 입에서 튀어나온 말, 작은따옴표는 어디 가서 퍼온 것입니다.

차례

부록

가끔은 해가 서쪽에서 뜬다네

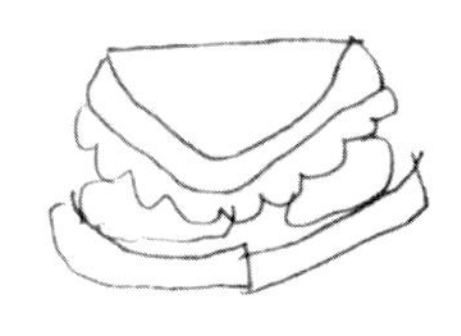

해가 중천에 오도록 자는 모습 바라보는 것이
소망인데 오로라 같은 우리 아기 다섯 시만 되면 다 잤다고
'새 나라의 어린이는 일찍 일어난다'고 꼭, 꼭두새벽에 일어난다
제발 잠꾸러기였으면 소원이 없겠는데
'잠꾸러기 없는 나라 우리나라 좋은 나라'고 맨날 일찍도 일어난다

오늘은 뜻한 바가 있나? 기대를 부풀게 하네? 무슨 바람이지?
일곱 시가 넘어도 안 일어나네? 이런 횡재가?
세상에 이보다 좋을 수 없으니 소원 풀이 했네?
정찰해 보려고 도둑고양이가 되어 눈과 귀에, 청진기를 달았다
눈빛만 겨우겨우 통과할 수 있는 방문의 심장에 대 보았다
장난감 바구니 두는 구석에서 아기코끼리 '코아'를 끌어안고 잔다

얼씨구! 인생살이 이보다 좋을 수 있을까? 쾌재를 부르는 순간
아기의 눈이 내 눈과 충돌하고 말았다 맙소사! 나는 너를 못 봤다고
시침 떼고 도망가는데 도망도 못 가고 아기에게 잡힌 마음은 코아가
되었다 하마터면, 해가 서쪽에서 뜨게 할 뻔했던 아기를 보듬고 엉덩
이를 토닥토닥 뜸팡이 든 밀가루 반죽이 오븐에서 맛난 빵처럼 부풀어
오르도록 했다 저도 뿌듯한지 포만감이 온몸에서 향기를 뿜어낸다

어~ 휴~ 귀염둥이 내 새끼야 간만에 귀잠 잤수꽈?

너도 꿍꿍이속

우리 아기 어떻게 유인해서 밥도둑으로 만들어 볼까나
밥 좀 먹게 해 보려고, 밥 색깔로 유혹 해 보려고, 메뉴를 짜서 실시해 본다 옥수수와 백태를 섞어 흰색 밥, 차조와 병아리콩을 섞어 노란색 밥, 수수와 팥을 섞어 붉은색 밥, 흑미와 서리태를 넣어 자줏빛 나는 밥, 녹미와 완두콩을 넣어 연둣빛 나는 밥, 머슴밥 먹는 것 한 번만 보면 눈이 번쩍 뜨이겠는데 입 짧은 우리 아기 밥 먹일 때마다 쥐가 고양이 목에 방울 달기 지겨워 양을 과감하게 반으로 줄였더니, 고욤이 감보다 달다더니, 진도가 확~ 나간다

다 먹은 빈 그릇을 보여주면서 과한 칭찬을 해주면서 추임새처럼 끄~을 하고 길게 뽑았더니 저도 기분이 좋은지 금방 따라 흉내 낸다
끝이라는 뜻에 매료되었나? "끄~을" 소리 입에 달고 산다 고양이 달갿 굴리듯 익살맞게 발음하는 모양새가 연극무대에서 배우가 천상 트림하는 것 같다
아기는 속히 지나갔으면 할 때 그 소리 하고 나면 절로 끝나버릴 것 같나 지루한 밥이 남아있는데도 감쪽같이 사라졌으면 하는 그 바람이 유도했나 한 숟갈 받아먹을 때마다 "끄~을" 하는 그 소리가 떨치고 일어날 것 같이 세련되어 간다
정말 끝이 오기나 할까? 흥미 없는 밥 먹기 할 때마다 흥감 있게 구색 맞추는 "끄~을" 소리는 극 사실로 보여 전략에 능숙할 것 같다 실없이 하는 우스꽝스런 소리치고 의미심장하게 들린다 의뭉한 것 같지만? 들을수록 흥미진진이다

비누는 무서워

호탕한 우리 아기, 물을 받아 놓은 욕조에서
비누잡기 놀이를 좋아하는 아기, 비누를 잡는 순간 성취감으로 폭발하는 웃음의 파장이 음향효과 만점짜리 야외 공연장이다 온몸의 세포가 일제히 만세를 부르며 K2 정상에 태극기를 꽂는다
'고기를 잡으러 바다로 갈까요 고기를 잡으러 강으로 갈까요' 노래를 불러주면 물 속에 있는 고기 잡기에 온몸을 바치는 아기, 미끄러워 놓치면 얼굴색이 시퍼러죽죽 해지는 아기, 천신만고 끝에 다시 잡았다가 또 놓치게 되면 사경을 헤매는 아기
고기를 잡았을 때 짜릿한 쾌감으로 방방 뛰는 아기 은근짜 훼방 놓고 싶은 할민 파도를 만들어 쩔쩔매게 한다 골탕을 먹는 아기는 억울함을 울음으로 토할 때 너무 귀여워 다시 잡도록 해주면 희희낙락이다
할미를 물로 보는 우리 아기, 물이 된 할미가 물로 갚아줄 테니 물맛 좀 보라고 작전을 꾸민다 물을 자꾸 출렁거리게 한다 적으로부터 공격을 받다가 역습하여 싸우듯 발을 동동 굴리며 올라오는 울분으로 씩씩거린다
역전승하기 위해 사투를 벌이는 짓이 너무 예뻐 슬그머니 도와주면 두 손으로 잡은 고기 꽉 움켜쥐고 괴성을 지른다 월계관을 씌워주듯 아기에게 엄지척! 했더니 의기양양 일어선다
순간 꽝! 하고 넘어진 아기 입에서 새어 나온 본능의 소리! "무서워" 메뚜기도 한철인데 혼자 보기 아까운 한 장면! 어느 시절에 다시 보랴 시간으로 스며들고 싶은 이 순간! 마음의 스냅사진을 찍어 둔다

주술사가 되어

약 안 먹으려고 생난리를 피우는 우리 아기,
옛날에 딸아이한테 약 먹이던 일이 떠오른다 알약을 숟가락으로 으깬 약 가루에 물약을 몇 방울 붓고 새끼손가락으로 조심조심 휘휘 저었던 생각, 그때의 그 아기를 빼닮은 우리 아기 심하게 발버둥 치던 우리 아기, 감기약 먹고 잠든 아기의 모습을 오래도록 지켜본다

숨소리가 쇡~ 쇡~ 쇳소리가 나니 마음이 왜 이렇게 불편할까?
가여운 우리 아기 애처로운 우리 아기 숨을 제대로 쉴 수 있을까? 아기 곁에 누워서 공상 소설 쓰다가 날밤을 샜던 것이다

고단함이 그윽하여 서리 맞은 구렁이 같아지는 몸이 어두워지니 바늘귀만큼이라도 쉴 수 있는 때! 아기가 낮잠을 잘 때를 눈이 빠지게 기다렸다

ㅎㅎ 머리가 나쁘면? 몸이 고생한다고? 놀이터에서 수발들 때 지나친 충성심을 바쳤을까? 같이 놀고 있는 순간의 혼연일체 되는 느낌이 좋아서 아기가 좋아하는 모습을 보고 있는 자체가 기분 좋아서 과잉 친절을 남발했을까?
잉여는 아껴 무엇하리! 쓰고 난 나머지 물질 어차피 죽으면 썩을 몸이라고? 헌신의 지름길을 택했을까?

도통 모르겠네? 왜 나는 올인할까? 과도한 열심이 흘러넘쳐 정열로

타고 있는 성질머리를 보게 된다 적당히 조절하며 왜 요령껏 살지 못할까? 몸을 막 써버린 내가 좀 불쌍해 보인다

'탈대로 다 타시오 타다 말진 부디 마소 타고 다시 타서 재 될 법은 하거니와 타다가 남은 동강은 쓸 곳이 없소이다'고? ㅋㅋ 남은 동강으로 숯이라도 만들어 고등어 숯불구이이라도 해서 먹이면 될 터인데… 요로코롬 안 해도 아기는 저절로 잘 자랄 터인데…

내 탓이 아니라 하늘 탓이렸다 생긴 대로 살 수밖에 없을 터… 에라 모르것다 좋아하는 우리 가곡 이은상의 '사랑'이나 불러 볼 터…

'반 타고 꺼질진대 아예 타지 말으시오 차라리 아니 타고 생낙으로 있으시오 탈진대 재 그것조차 마저 탐이 옳소이다' 노래로는 미흡하여 마음의 해금으로 '사랑, 그 쓸쓸함에 대하여'를 연주한다

손주의 뜨거운 바보 사랑의 열정에 끓어 넘친 고갈의 몸, 눈코 뜰 새 없는 갸륵한 몸, 24시간 풀가동되는 기특한 몸은 쉼표를 염탐 하다 하다 벼랑 끝의 빈궁한 몸은 호시탐탐 걸상 혹은 긴 의자만 노리면서 낮잠 재우기 도전에 불을 붙인다

아가! 낮잠이 보약이란다 보약 먹고 통실통실 복스러워지면 신수 훤해 보여서 좋지 않겠니? 어떤 자장가 불러줄까?

맞춤 맞게 주문한 '은자동아 금자동아'*를 그럴듯한 신통력으로 부른다 반주도 화음도 없이 부르는 것이 싱거운가? 그래도 멜로디는 누구라도 마음이 동할 구성진 우리 가락으로 영험한 주술사처럼 해도 맹

물에 조약돌 삶은 맛이란다

궁색한 몸은 배틀배틀 하품의 꼬리를 물고 '천지건곤 일월동아'를 구음으로 깔며 흔들흔들 리듬을 타며 구색을 맞춘다

점점, 점으로 변색 되는 꼭두서니 할미의 젖어 드는 눈은 썩은 명태 눈알이고 또랑또랑 아기의 별빛 눈은 말똥말똥 말똥구리 천연색 눈이다

요놈의 아긴 내가 부리는 술법에 언제 걸려넘어들까나 소금 가마니 이고 있는 절박의 몸이 119를 부른다

새 가슴 털 만큼도 잘 기미가 요원한 아기가 너무 야속해, 절망에 빠진 서러움이 눈물의 미끄럼틀을 타고 내린다 떡 본 김에 제사 지낸다 일부러 엄살 피우며 엉엉 소리 내어 호들갑을 떨었더니 완전 연기파 할미의 연극을 본 우리 아긴 제기랄 손거울을 가져와서 제 얼굴에 비춰 보면서 "잉~잉~잉~" 우는 시늉을 하는데 환장할 웃음이 터진다

아가! 울다가 웃으면 똥구멍에 털 난다는데 어떡하지? 그런데 아가! 알고 있었니? 완전함은 불완전함도 포함시켜주는 거

---

*1편 30쪽 「경청」에 있음

먹는 것도 공부다

밥을 안 먹는 아기를 먹여 살리기 위해
이야기를 만들어 모션을 취하면서 떠 넣었더니 반응이 좋다
이야기에 취해야만 밥숟갈을 받아 주는 아기가 어찌나 얄미운지
한 대 쥐어박고 싶어서 못 참겠다! 꾀꼬리!

이야기는 내용이 짧으면 배가 고파서 굶어 죽는다 그리하여 이야기는 길어야 맛이 나는 법! 모르면 모를까 아기에게는 밥 먹는 시간은 즐거운 시간이란 것 인지시켜 줘야 하거늘, 세상 모든 이치는 밥 한 그릇에 담겨 있거늘
아가! 이 존엄한 시간! 네 입 안으로 밥이 들어가게 해야 할 막중한 사명의 입이 무단히 이야기쟁이로 거듭나게 하는 곤욕스런 시간이지만 인연에 어둡지 않아서 좋기만 하구나

아가! 세상 모든 풍경 중에 최고로 아름다운 풍경은 아기 입으로 밥이 들어가는 풍경이거든 한 입만 먹어 봐 밥은 힘이 쎄! 천하장사도 못 이긴단다 아~ 하고 입 벌려 봐! 구운 파래김을 부셔 듬뿍 넣은 잔멸치 볶음도 먹음직스럽고, 가자미조림은 침이 고이고, 미역 오이무침도 참 맛나게 생겼네? 어떤 맛일까 하고 먹어 보는 경험은 소중한 자산이 된단다 느껴볼 기회가 충분히 있는데 느껴보지 못하는 것은 자산증식을 막는 거잖아 손해 보기 전에 어여 느껴보자꾸나
아가! 물어볼 때마다 넌 먹겠다는 말만하고 입을 안 벌려주면 날더러 어쩌란 말이냐 '파도야 날더러 어쩌란 말이냐 님은 뭍같이 까딱없는데' 아가! 네가 먹기 싫다면, 먹기 싫으니 안 먹겠다고 말하면 되는 거

야 그래라 먹기 싫음 안 먹어도 돼, 하고 할미 혼자 먹을게 넌 구경이나 해 하고 내 밥이나 먹으련만, 넌 먹을 거니 안 먹을 거니? 물어보면 곧 죽어도 먹겠다는 말만 하늘처럼 해 놓고도 입을 안 벌려주니까
할민 모과나무 심사가 되는 거야 그래서 삐끼고 싶거든? 그래서 지금부터 침묵으로 일관할 거야 알아서 해!

간간이 써 먹었던 십팔번, 밥 안 먹으면 호랭이가 물어간다고 할까? 아서라 이제는 수준이 높아졌으니 할미를 괄시할 것 같아서 참는다마는 그래도 공갈협박용으로 한 번 더 써먹을까 싶어 입이 근질근질하단다
한 순갈이라도 먹여보려는 희망의 끈을 놓지 못한 채 미련이 화가 되어 재차 삼차 물어보면 끝까지 하늘이 두 쪽 나도 먹겠다는 네 의지를 분명히 밝혀 놓고는 입을 앙 다물고 있는 네 배부른 흥정에 할민 혀를 빼문다
아가! 밥만 봐도 배가 불러오는 호두 속 같은 네 마음, 홍시 먹다가 이 빠질까 봐 눈 딱 감고 묵묵부답으로 밥을 먹으려고 하면 "할머니 할머니" 샘바리처럼 부른다 아니 애통하게 부른다
부르거나 말거나 눈을 내려 깔고 밥을 먹는다 불러도 불러 봐도 반응이 없으니까 갑자기 벌집 건드린 듯 벌떼처럼 울어 젖히며 팥죽 같은 눈물이 줄을 선다
아가! 밥은 진선미란다 어릴 때부터 배꼴을 키워놔야 하거든 너같이 깨작깨작 복 나가게 하면 커서도 약골 못 면하거든 먹는 것도 공부란다 자! 우리 다시 공부 시작해 볼까?
아가! 어떤 현자가 말했단다 '공부하는 그 순간 공부와 공부 사이에 있다는 바로 그것이 공부의 목적이자 이유여야 한다 고로 공부는 존재의 다른 이름이다 공부하거나 존재하지 않거나'

레퍼토리 변천사

딸아이가 양육을 부탁했을 때만 해도
'잘 자라 우리 아가' 열 번만 불러주면 잘 잔다고 했거늘,
잠투정 심한 우리 아기 이 자장가는 식상했나? 안 먹혀 드네?

'포근 포근 엄마 품에 누가 누가 잠자나 우리 아기 예쁜 아기 새근 새근 잠자네'를 '아기' 대신 제 이름으로 바꾸어 불러주면 효과를 제법 보았는데 이것도 시들해졌네?

'넓고 넓은 바닷가에 오막살이 집 한 채'를 아담하게 불러주면 시나브로 잠들던 호시절도 한물갔네?

딱이다! 싶었던 '엄마가 섬 그늘에 굴 따러 가면' '섬집아기'도 한창 전성기를 누렸는데 이것도 약효 떨어졌네?

'푸른 하늘 은하수' '옛날의 금잔디' '동구 밖 과수원길' '낮에 놀다 두고 온 나뭇잎 배' 등등으로 호황 누렸던 한때, 유효 기간이 있네?

야심 찬 드보르자크의 신세계로부터 흐르는 한 소절 '꿈속의 고향'을 구음으로 깔아줬더니 지방도로를 타네? 어느새 오솔길로 접어들자마자 골인했네?
우리 아기 글자가 있는 책이나 읽을 줄 알았지 글자 없는 책은 읽을 줄 모르다가 글자 없는 그 너머 책도 읽네?

그리운 언니

아기 손은 어째서 이토록 뜨거울까?
내가 차서 그럴까? 뜨끈뜨끈한 아기 손을 꼬옥 잡고 만만디
골목길을 사부작 사부작 걷는다
는실는실 걷는 재미로 처음 보는 사물들 잘속잘속 잘라서 조물조물 무쳐서 입맛 당기는 나물로 아기 입에 넣어준다

어떤 중딩 언니가 앞에서 오고 있다 "언니" 하고 부르니까 그 언니 미소로 답하면서 손 흔들어 주면 "빠이빠이" 하고 지난다

어떤 아가씨가 걸어온다 "언니" 부르니까 그 언니, 하얀 이가 보이도록 웃으면 "빠이빠이" 하며 보낸다

어떤 아주머니가 온다 "언니" 하니까 화들짝 놀라며 덕담을 한 보따리 준다 '삼 배가 서 근이다'

예닐곱 살로 보이는 은솔 언니 또래가 온다 "언니"라고 불러 그 언니 발걸음 멈추게 하고 인사를 나누며 헤어진나
그 언니, 오래도록 끌리는지 골목길 모퉁이로 사라질 때까지 시선이 고정되어 있다 아기들의 속성을 배반하고 뚝심 있게 서서 넋을 놓는 것이 이채롭다
잠시도 가만있지 않고 움직여야 직성을 푸는 아기가 눈사람처럼 있는 게! 그렇게 만들어 놓는 그 언니를 동경하는 중인가?

야옹이

어슬렁 어슬렁 동네 한 바퀴
세월이랑 네월이랑 우리랑 골목 투어
줄 창 야옹이를 찾는 우리 아기

승용차 밑 야옹이 한 마리
땅바닥에 쪼그리고 앉아서
"까꿍" 하는 우리 아기

배를 땅바닥에 댄 채 다시 "까꿍" 해도
아기를 눈 아래 깔고 앉는 놈
거만한 이놈! 요망한 요놈!

야옹아! 아기가 너랑 사귀고 싶대 반겨주렴
마음을 열어놓고 기도해 보았지만
등을 보이며 돌아서니 실연당한 셈인가?

'벗이 있어 먼 데서 찾아오면 이 또한 기쁨이 아닌가?'
냉정한 고양인, 공자님 말씀 허투루 듣고 사나 봐 그치?
날짱날짱 움직이자! 어디메 있을 다정한 야옹이 만나러 가자

고놈 장군감이네

훤훤 장부 같은 우리 아기의 우렁우렁한 목소리,
날이면 날마다 대나무처럼 높아만 가고 범의 귀처럼 넓게 퍼져만 가네 은방울꽃만 하더니 불두화만 하고 박새만 것이 송골매만 하니 귀청이 울리고 귓바퀴가 흔들리는 지금, 간만에 미세먼지 없는 날 아가! 우리 마실 갈까? 청량한 공기 실컷 마시고 올까?

빨간 벽돌 담벼락 긴 의자에 할머니 셋이 앉아있네 사람 좋아하고 인사성 밝은 우리 아기 시키지도 안 했는데 그저 방실방실 그냥 인사를 당기네 '알라 참 새첩다' '인구보릿고개 아 우는소리 들어본 지 수태 긴데' '야가 참하게 귀한 아네' '귀한 아는 돈 주고 봐야제' '하모하모 공짜로 보믄 안 되제' 하시더니 호주머니에서 시부지하게 천 원짜리 한 장을 꺼내 아기 손에 쥐여주시네

아가! 동네 골목 산책할 때 있잖아 코뿔소 저리 가라 할 만한 네 목청의 노래를 들었나 봐 지나가는 사람들 한 말씀씩 안겨 주셨지?
'고놈 장군감 인겨' (여자도 장군이 될 수 있는 이 좋은 세상!) '갸가 창을 수월찮게 잘 하요잉' '노래를 고로코롬 잘하는 아는 첨 보제' 우리를 못 보고 오던 사람들, 백리를 가는 백리향나무 같은 네 목소리 넉넉히 듣고 있었나 봐, 그치?
아가 저 할머니 표정 좀 봐 우릴 보면서 미소를 머금고 다가오고 있지? 네 노래는 주름진 세상도 펼 수 있나 봐 폐지 줍던 할머니 동그란 허리가 반원으로 펴졌네? 우중충했던 그 얼굴이 너를 보며 화사하게 빛나네?

산타 할아버지

더 이상 클 수가 없으니까
무작정 원만해진 시간의 아이는 성장은 포기했지만 지금도 꾸준히 성숙하고 있는 세월의 노인은, 어느새 다 늙어빠져서, 마르고 누추한 망구로 변신해도, 괜히 기분이 좋아지는 기반이 있었나 보다 캐럴이 즐겁고 반가운 때 '고요한 밤 거룩한 밤 어둠에 묻힌 밤'이 다가오면, 잠자고 있었던 흥겨움이거나 기쁨 같은 것들이 일제히 깨어 나오니 무슨 망신이지? 매우 반짝이는 루돌프 사슴 코 멜로디는 비록 등 굽은 할미꽃으로 피어있지만 단순하게 만드는 순박함으로 애초부터 순진함이 스며들게 되어있나 보다

성탄절이 얼추 다가오면 매출액이 부쩍 는다 루돌프가 끄는 썰매 타고 오는 산타 덕으로 재미를 톡톡히 본다 징글, 징글, 징글벨 소리 나도록 말을 안 들으면 산타가 선물 안 준다고 졸렬하게 으름장 놓고 말을 잘 들으면 선물 많이 받는다는 치사한 상품은 응급처치하기 그저 그만이다 하늘이 내려 준 반짝 세일이다
우는 아기에게 '울면 안 돼' CD 틀어주면 딸꾹질로 넘어가는 나비효과 버금가는 산타 효과로 대박 난다

야~ 호~ 아질아질 육아의 지갑이 두둑해지니 몽롱하다가 인생의 보너스 백 프로 받은 것 같아 아찔하다 눈 감으면 코 베어 먹는 세상이라지만? 나는야 아기 마음에 눈뜨고도 코 베이고 싶어라 와~ 등 따시고 배 부른 시간이네?
산타 할아부지! 큰절 받으시이소! 메리 크리스마스!

두 돌 근황

이 세상에 이토록 진실한 진심이
진리로 승화된 것 보았나이까?
오늘은 우리 아기 귀 빠진 날
산모에게나 태아에게나 귀의 상징성이 너무나 깊어서 의미심장한 날

장마 뒤에 외가 자라듯 자라면서 드높은 창공을 바라보는 울 아기
가르쳐줬지만, 아직은 손가락으로 세 살 표시는 할 수 없지만
나이 한 살 더 먹은 것 축하해!
늘 품 있는 우리 아기, 밥 위에 떡!
생일 케이크 위에 촛불이 두 개나 켜져 있네
작년의 외로웠던 촛불이 혼자가 아니고
이젠 둘이라서 좋다며 손뼉을 치고 있네
작년의 한 개가 그동안 무척 심심했었다고 소회를 밝히며
어서 와, 잘 왔어, 잘 놀자고 올해의 손을 꼭 잡고 좋아하네
작년에는 천지분간도 못했는데
올해는 상하좌우도 알고 앞뒤도 아네
작년에는 엄마의 '엄' 소리도 안 나왔는데
올해는 하루 별이 모여서*
변호사는 따 논 당상이네?
장사 나면 용마 나고
문장 나면 명필 난다네

---

*1편에 있었던, 말을 잘하게 되어 천 냥 빚도 갚을 수 있겠다는 미래형의 시 제목

인왕산 호랑이보다 더 무서운

고뿔 든 아기 데리고 소아과 간다
아가! 할머니 봐 봐 마스크 했지? 우리 마스크부터 하고 출발할까?

아가! 그 좋던 공기! 무상으로 받았던 그 무상의 영광 어디에 저당 잡혔을까?
'우리나 지구나 최선이나 차선이 아니라 최악을 면하는 방법을 고심해야 하는 극단적 상황이니 말이야'
생인손 앓고 있는 공동의 집인 우리들의 지구가 365일 중 미세먼지 전혀 없는 날 열 손가락에 들까 몰라

아가! 외출할 때는 마스크를 필히 하고 다녀야 한단다
갑갑할 테지만 환경 문제와 기후가 재난인 시대의 건강에
가장 취약한 너희들은 절대로 착용해야 한단다
아가! 미세먼지는 화학물질이며 치명적일 수도 있는
중금속 가루란다 많이 노출되면 끔찍한 일이 일어나니까
인왕산 호랑이보다 더 무섭단다
말은 못 해도 말귀 알아듣는 우리 아기
하늘 아래 제일 무섭다는 호랑이보다 더 무섭다니
궁리궁리 끝에 마스크를 거부 안 해서 고맙기 그지없다

우린 잠시 이 지구에 유학생으로 와 인생 공부하고 있는 중이다
보증금 없이 목숨의 월세로 살 수 있게 해 준 집에게
친절하게 대하고 싶은 분들은 보셔요

아직 말도 잘 할 줄 모르는 아기가 마스크 가장자리가
눈에 닿을 때마다 "눈 눈" 하며 참아내는, 고상하고도 멋진 아기, 할머니 말씀에 순종하는, 이 짠~한 모습이
개발과 성장에 눈이 어두워 '생명 다양성'을 무시하고 갈취하는
자에 맞서 장중한 침묵시위를 하는 것 같지 않는가요?
친애하는 여러분! 우리 아기의 굳건한 신념을 보고 계시나요?
개미가 정자나무 건드리는 것 같지만!
한 방울의 낙숫물이 바위를 뚫지요?

아가! 연대의 박수 소리 들리니?
아픈 지구를 걱정하면서 우리들의 집을 아프게 하지 말자고
세종대로 변에서 '기후정의행동' 집회를 침묵시위로 외치는
언니 오빠들은 물론, 먼 데서 아주 먼데서 크레타 툰베리*
언니까지 윙크하며 멋진 후배 생겼다고 엄지척 하는 것 보이지?

---

*스웨덴의 16세 환경 운동가

경사 났네

기필코 뚫고 터져 나오네!
단어와 단어를 연결하여 문장을 만들 줄 모르던 우리 아기
드디어 뛰는 놈 위에 나는 놈 되었네?
번개가 잦으면 천둥 친다더니
옹알옹알 그 갓난쟁이가 청산유수네?

"할아버지 어디 갔지?"
"할머니 맘마 먹어요"
"맛이 고소해"

배냇짓 하던, 옹알이로 일삼던, 그 아긴
범이 담배 먹고 곰이 막걸리 걸던 때네?
뽕 내 맡은 누에같이 어깨가 들썩들썩
파발마로 달려 백두산 산신령님께
전해주고 싶고, 쾌속정 타고 가
한라산 산신령님께도 알려주고 싶네

잃어버린 것을 찾은 기분의 이 찬란함이여
지나가는 사람 아무나 붙잡고 자랑하고 싶네
호호 범 등에 탄 장군 같은 할미의 푼수 봅세
물건이네 물건이네 둘이 보다 하나 죽어도 모를
천연기념물이네?

쌍무지개

해바라기 하던 해바라기의 장대한 꿈!

콩나물이 먹고 싶어, 콩을 물에 불려놓고, 눈에 쌍심지를 켠 채
눈도 못 붙이고, 턱 떨어지게 기다렸더니
싹이 나는가 했는데? 눈이 등잔만 하도록? '구름에 달 가듯' 자라네?
딱 먹기 좋을 만큼 자라더니 뒤도 안 돌아보고 마구 자라네?
우리 아기 언어 함양 날로 달로 길러내네
오리를 보고 십 리를 간다더니 그 짝 났네?
어절시구! 원님 덕에 나팔 불게 생겼네 그랴

한강의 발원지, 강원도 검룡소로 달려가 보고 해야겠네, 외래어가 난무하는 이 시대, 몸과 마음과 정신을 가득 메운 아기의 모국어가, 실핏줄로 맥락으로, 감실감실 물줄기로, 남실남실 흘러흘러, 남한강과 북한강 두물머리에서 만나, 한강으로 용용 새로 태어났네, 다시 임진강이랑 어깨동무하고, 용용 서쪽 바다로 향해 검실검실 흐르고 흘러, 태평양이 되고 오대양이 되듯이, 먼 바다로 도도하게 가네 온 바다에 도착한 아기 영혼의 모국어, 아름답고 예쁜 우리말, 온 우주를 가득 채우고, 세계 미래를 선도하는, 시절 인연을 꿈꾸며, 원대한 포부가 되겠네
말솜씨 글재주가 탁월할 것 같은 아가, 총기가 있는 우리 아가 알고 있지?
세계가 손바닥에 있는 작금, 반드시 우리 말과 우리 글에 능숙해야만 통역, 번역에도 능통할 수 있다는 것, 당근이지?

기립박수

이건 순전히 하늘과 땅이 처음 열리는 개벽이다!
아기가 함초롬히 새벽이슬 머금고 한 말씀! 즉시 공책에 담는다
어마 무시무시한 참말들, 툭~ 툭~ 튀어나오는 이 으리으리한 말들!
일일이 다 받아 적는 숫자들이 즐거운 비명의 야상곡으로 흐른다

자연의 섭리는 심오하고 미묘한 황홀인가?
번데기의 껍질을 벗고 나비가 되어 팔랑팔랑 날아오른다
완전 변태의 언어가, 코가 솟는 날갯짓으로 찬란하다
"이게 뭘까?"
"아하 그랬구나"
"둥근 달이 떴어요"

코가 땅에 닿도록 절을 하고 싶은 할미의 눈이, 뒤집히는 황홀경이, 요지경 같아서 눈에 이슬이 맺힌다 자궁 속에 있던 태아가 신생아로 태어나듯 아기의 몸 안에서 맴돌던 언어가 음악으로 흘러나오고 합격통지서로 날아온다
머리털 나고 처음으로 생산한 몰랑몰랑한 아기의 말들이, 김이 모락모락, 살이 쫄깃쫄깃, 뼈가 오돌오돌한 아기의 말들이, 신비를 함축한 시(詩)로 창궐한다 불멸의 아기 언어가 퐁퐁 샘물로 솟고, 펑펑 축복의 함박눈으로 내린다 별이고 임이고 밥인 모국어를 방자하게 혹은 거창하게 발설하고 있는 아기를 만들어 키우시는 하느님이시여! 조만간 당신의 밑천이 거덜 나게 생겼구랴 지존하신 님이여! 존엄하신 님이여 꿀을 베어 신을 삼겠나이다

여일 1

오늘은 늘쩡늘쩡 우리 아기 고사리손 잡고 동네 산책하며
노작노작 놀면서 현장학습 시작이다

대문 밖으로 나가니 마침 한 집배원이 오토바이를 타고 지나다가 잠시 멈추어 아기를 본다 울 아긴 첨 보는 사람도 무조건 환하게 웃으면서 본다 활짝 핀 꽃이 되어 제 향기를 사방으로 뿜어낸다
그분은 아기가 어쩜 이렇게도 귀여울 수가 있느냐고 한다 눈코 뜰 새 없이 바쁜 와중에 속도를 멈추는 마음의 여유가 대단히 멋있어 보인다 참으로 인정도 많으신가 보다 하는 순간 뚱딴지같은 한 생각 스친다 혹시 예전, 그분의 아드님이신지 모르겠네 싶은 것이다

아가! 지금도 마찬가지지만 한 데서 일하시는 노동자! 배달을 업으로 하시는 분의 노고로 우리들은 편안하게 앉아서, 보낸 사람의 마음이 들어 있는 마음의 물건을 받을 수 있잖니?
그래서 그분들은 더운 날은 나무 그늘 같은 사람, 추운 날은 주머니 속의 핫팩 같은 사람들이라고 말하고 싶구나

아가! 너희 엄마가 꼭 너만 할 적에는 우체부 아저씨는 가방을 메고 걸어오셔서 벨을 누르셨단다 그러곤 인사와 함께 직접 손으로 우편물을 전해 주셨단다 더운 날 오실 때는 시원한 미숫가루 물을 드렸지 그러면 땀을 훔치면서 그릇을 받는 모습이 아주 편해 보여서 보기가 좋았단다 택배라는 개념도 없었던 때라 집배원은 그냥 귀한 손님이라는 인식이 박혀 있었나 봐 괜히 해마다 연말이 가까이 오면 성탄절 핑계

삼아 그분께 떡만둣국을 대접한 뒤, 손수건과 양말을 선물하곤 했지 참으로 케케묵은 고리짝 같은 이야기지? 불과 40년 안쪽인데 어마무시한 변화에 딴 세상 같은 느낌이 드니 너에게 덕담을 주신 그분이 괜히 성스럽게까지 느껴진다

아가! 마침 「우체부 아저씨」란 제목의 동시가 생각난다 외워 볼게 들어 보렴 '아저씨 아저씨 우체부 아저씨/큰 가방 메고서 어디 가세요?/큰 가방 속에는 편지 편지 들었죠?/동그란 모자가 아주 멋져요/편지요! 편지요!/옳지옳지 왔구나/ 시집간 언니가 내일 온대요'

마당발만 한 집 담 너머 소나무가 보인다 아가! 저 나무가 소나무란다 마침 솔잎이 땅에 떨어진 것 주워서 만져 보게 한다 너 소나무 노래 알지? 같이 불러 볼까? '소나무야 소나무야 언제나 푸른 네 빛 쓸쓸한 가을날에도 눈보라 치는 날에도…'
어랑 어랑 어허야 우리 아가야 노래 한번 기똥차게도 잘 부르네

은근과 끈기의 꽃말을 가지고 있는 꽃이 눈에 띄었다 아가! 이 꽃은 우리나라를 상징하는 꽃이란다 이름 한번 거창한 무궁화란다 우리가 자주 불렀던 무궁화 노래 불러 보자 우리는 마음을 모으고 입을 모아서 '무궁화 무궁화 우리나라 꽃 삼천리 강산에 우리나라 꽃' 노래하며 지난다

새까만 연미복 입은 야옹이가 우리 쪽으로 느릿느릿 오고 있다 어젯밤은 어디서 잤는지 궁금한 고양이가 오고 있다 아가! 어젯밤은 어디서 잤는지 물어보고 또 아침은 먹었냐고 물어보라고 시켰는데? 쟁여놓은 것 없을 텐데? 끼니는 잘 때우고 다녔는지 살이 솔찮게 쪘다 도

망갈 줄 알았는데 겁도 없이 어슬렁어슬렁 여유만만하게 우리 옆을 지난다 대범한 까만 고양이! 아가! 혹시 이 고양이가 '네로'가 아닐까? 맞는 것 같지? 어제 가르쳐 준 '검은 고양이 네로' 그 노래를, 씩씩하고도 용감한 고양이를 위해 불러주자 '검은 고양이 네로 네로 이랬다 저랬다 장난꾸러기 랄랄라~ 랄~ 랏!' 우리는 네로와 헤어지는 것이 아쉬워 "랄랄라~ 랄~ 랏"만 계속 흥얼거리며 발과 마음을 맞춰 여운처럼 걷는다

손바닥만 한 집, 담장 허문 집, 평등하게 생긴 소담한 꽃밭을 지나다가 멈췄다 인기척을 느꼈나? 난데없이 연노란색 나비 세 마리가 동시에 화들짝 날아올랐다 아가! 나비들이 꿀 냠냠 하고 있었나 봐 그치? 맘마 먹는데 우리가 실례를 했구마 미안해서 어쩌지… '나비야 나비야 이리 날아오너라'라고 노래를 불렀지만 이리 오지 않는다 셋은 약속이나 한 듯 가볍게 나붓거리듯 나푼나푼 제자리걸음 하듯 날고 있다 나비에게 잘 지냈니? 우리랑 춤추며 놀자고 해도 하늘하늘 삼각형 구도를 유지하며 위로 위로만 날아오른다 아가! 아마도 제들이 한 식구 같지? 어디까지 올라가나 가만히 지켜볼까? 작고 연약한 저 친구들이 오르면 얼마나 오를까? 했는데? 일 층 높이만큼 얼추 오르고 있는 것 보니 높이 나는 것은 멀리도 갈 수 있겠지? 갑자기 먼 바다로 간 나비가 생각나네? 아가! 아련하면서도 몽환적인 김기림의 시 낭송할게 들어 볼래?
'아무도 그에게 수심을 일러 준 일이 없기에/흰나비는 도무지 바다가 무섭지 않았다/청무우밭인가 해서 내려갔다가는/어린 날개가 물결에 젖어서/공주처럼 지쳐서 돌아온다/삼월달 바다가 꽃이 피지 않아서 서글픈/나비 허리에 새파란 초생달이 시리다'

민둥산같이 털이 없는 강아지 한 마리가 우리 쪽으로 졸랑졸랑 온다 우리가 가는 방향으로 방울 목걸이 하고 털이 북실북실한 강아지가 딸랑딸랑 가고 있다 '우리 집 강아지는 복슬강아지 학교 갔다 돌아오면 멍멍멍 꼬리치며 반갑다고 멍멍멍…' 기억 저편에 묻혀 있었던 노래를 호미로 캐 와 불렀더니 금방 따라 하는 아기의 신통에 괜히 우쭐해진다 할미의 동요 실력은 부쩍부쩍 느는 것이다

아가! 발아율이 낮을수록 더 많은 씨앗을 가지고 있다는 것 알지? 무려 한 송이에 200개가 넘는 씨를 가진 민들레! 여기 키다리 서양민들레가 아닌 야무지고 참하게 생긴 토종 민들레가 피었네? 정통을 고수하고 있는 민들레가 바람과 함께 춤을 추고 있네 우리가 생기기 전부터 있었던 우리 친구 기분 좋아라고 우리 민들레 노래를 불러줄까? '길가의 민들레도 노랑저고리 첫돌맞이 우리 아기도 노랑저고리 아가야 방실방실 웃어보아라 민들레야 방실방실 웃어보아라'

어제도 웃으며 노래 불렀고 오늘도 웃으며 끈끈한 정으로 눈 맞추고 노래 불러주며 작은 도리를 다한다 우리 자연의 가족들에게!
아가! 내일도 모든 사람들은 자연을 노래하는 사람이 되면 좋겠다 그치? 자연이 예전 같질 않고 점차 망가지고 있는 때 본래 그대로의 모습으로 복원하는 일에 합심하면 좋겠다 크고 화려하고 빨라서 주목받는 것보다 작고 여리고 고즈넉하고 낮은 것에 관심을 기울이면 좋겠다 그치?

우리 아기 황금 똥 쌌어요

우리 아기 똥 싼 주제에 매화 타령이네
기저귀 안 갈려고 생쥐처럼 빠져나가
약 올리는 미키마우스 같이 유명세 탔네

똥 쌌으면 제발 좀 '똥 쌌어요' 말 좀 해 달라고
귀에 딱지 앉도록 일렀는데, 허~ 허~ 참네
딴 짓은 물총새인데 어째 그건 굼벵이네?

똥 싸 놓고 입도 벙끗 안 해
입씨름 하기 지겨워 눈 질끈 감고
그냥 놔두었더니 바짝 말라붙었네

말라붙은 똥 벗겨 낸다고 쌩똥을 쌌는데
드디어 오늘 "똥 쌌어요" 고래 고함 지르네

앗싸! 누이 좋고 매부 좋게 한 굴러온 호박아!
호박씨 까서 한 입에 털어 넣었네?
히~ 야~ 혼잣말로 한 술 더 뜨면서 분발까지 하네?
"어차피 다 괜찮아"라고?(어디서 조런 차원 높은 말을 배웠지?)
우~와~ 맞다 맞다 니 말이 맞다
니 말이 수천 번 맞으니까
천수경이렷다!

부끄부끄놀이

쾌청한 날, 사물놀이패 소리 낭자하다
'청군 이겨라', '백군 이겨라' 질펀한 함성의 메아리 울러 펼쳐지는 파란 운동회 날, 웬 종일 할미 눈꼬리와 치마꼬리 잡고 도꼬마리 같이 달라붙어 응원하는 우리 아기

끼니때마다 요리하기 귀찮고 힘들어, 몰아 서서 먹거리 만드는 일로 왕창 분주하다 저랑 같이 안 놀아 준다고 눈이 화등잔만 해 갖고, 땡깡 부리고 부리다 낡아서 헐렁한 속곳 유연히 벗겨 내린다 부실해서 맥 빠진 고무줄! 대책 없이 하강한다

도리 없이 노출된 코앞의 엉덩이를, 장난감 마냥 좋아라고 두 손으로 만진다 일부러 놀잇감으로 제공하려고 '부끄부끄' 했더니 아긴 그 소리가 흥겨운지 올리면 내리는 일에 꽹과리 친다

아기는 내리고 할민 올리고, 우리의 밀당, 경기는 유례없는 유쾌다 날라리 부는 만 냥 판 잔치다 '부끄부끄놀이'는 만석꾼 할미가 통째 아기에게 맡기는 자유, 더 이상 숨길 것 없는 날 것의 통쾌한 그 본래 면목이다
만국기가 펄럭이는 하늘, 생 가을향기 나는, 등 푸른 운동회 날

메밀묵 사~려~

사랑의 특성은 가만있지 못 하게 되어 있나?
아기가 할미 마음에 대고 이렇게 말한다 할머니, 사랑을 말하기는 참으로 쉬워요 그런데 옮기기는 어렵죠? 그러니까 말과 행동의 거리를 좁혀야 하는 삶을 살아야 해요 사랑은 행동과 실천이 붙따라야만 비로소 온전한 사랑이라고 할 수 있고요

'사랑을 지금 보여주지 않는 사람은 사랑이 없는 사람이다'라고, 사랑으로 진리를 표현해 보라고, 사랑은 말보다 구체적인 행동으로 완수해야 된다고, 바투는 우리 아기, 오늘도 저를 팔러 나가자고 내 등짝에 찰싹 달라붙어 도깨비바늘처럼 안 떨어진다 등 뒤로 팔을 뻗은 두 팔을 발채*로 만들어 아기를 감싼 형상으로 바지게**를 지고 입품 팔며 발품 팔며 마을을 돌며 고을을 돈다 아기는 할머니의 리드미컬한 '외침'이 부드럽고 달콤한 사탕처럼 맛이 좋았나?

아련한 겨울밤의 훈훈한 풍경, '메밀묵 사려~' '찹쌀떡 사려~' 외치던 형국으로 골목골목을 누빈다 한 바리의 우리 아기, 율동적인 외침이 제 멋의 흥을 돋우니까 호시 나나 보다 안 내리려고 강짜 부린다 마수걸이도 못한 할미는 숨이 턱까지 차 에누리 해 줄 요량으로 어서 빨리 몽땅 떨이하고 싶은 것이다 살 손님이 안 나타나니 덩더리는 빠개지는데 우리 아긴 안 팔려 가겠다고 용을 쓰며 용트림까지 한다

이 나이 먹도록 여태 뭘 하느라고 왜 한 치도 크지 못했지? 사서하는 고생을 만년 즐기고 있는 상 무식꾼 범골! 난 언제 프로가 되지? 어느

시간에 교양으로 덧댄 세련미 넘치지? 어느 세월에 한심한 아마추어 졸업하지? 글쎄, 아마추어의 어원은 사랑의 뜻이 담겨 있다지? 그래, 젊어서는 사서 고생한다지? 그래, 시방 안 죽고 짱짱하게 살아 있으니? 젊지? 젊은이는 호기심과 생기를 대표한다지? 그렇다면 나는 늙은 젊은이네? 젊은 늙은이보다 백 번 낫네? 와! 찐이다

사랑은 자발적으로 했을 때만 빛을 보는 것이렷다! 나를 너에게 하염없이 주고 싶은 날, 맹목적인 아기 사랑의 간택에 넘어간 나는 세련미고 나발이고 다 싫어졌다 아가! 네게 퍼주고만 싶은 애정 관계로 프로는 공짜로 줘도 반납하련다 그래! 사랑이란 원래 물불을 가리지 않는 거야 아니 구조상 못 가리게 되어 있거든 옳거니! 우리의 신뢰는 오늘도 내일도 모다기 모다기 쌓이겠지?

모성애에 관하여 생각해 본다 모성애는 어디서 생기겠나 엄마가 아기를 낳았다는 말은 당연히 맞지만 아기가 엄마를 낳았다는 말도 맞는 것이다 그러므로 손주는 할머니를 낳아 만든 것이다 그리하여 우리 아기는 이 할미를 요로코롬 참하게 만들고 있는 것이다

---

*지게에 얹어서 짐을 담는 제구 싸리나무나 대나무로 만듦

**발채를 얹은 지게

보살

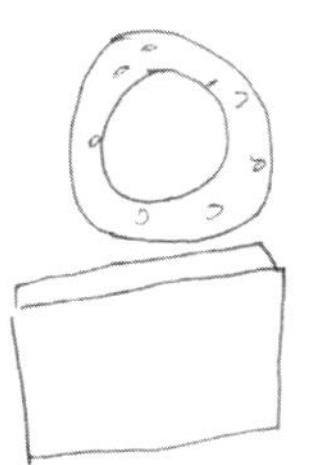

위대한 햇빛은 아기가 안고
따수은 햇볕은 할미가 업고
아기랑 가까운 절 집에 놀러 갔다
스님께서 나더러 '보살님'이라고 불렀다
보살은 부처님 버금가는 존칭으로 알고 있는데?
보살이란 자비로운 마음으로 고통에 참여하는 사람인데?
지식도 경험도 역량도 일천하기만 한 내가?
어찌 감히 내가 그렇게 불릴 수 있으랴
아이 셋 낳아 보살폈으니 그렇고
막내딸 손주까지 보살피고 있으니 그렇단다
오! 그렇담 물리적으로는 맞는감?
하이고, 이 고귀한 말을 내가 차지하다니 아깝다! 아까워!
손주 보살피고 있는 세상 모든 조부모님에게 헌정하련다

'보살피다'란 말은 원래 불교용어란다
오! 존경하는 보살님들을 보살펴 주시는
경외하는 식가모니! 존귀하신 부처님!
약효를 위하여 옮겨심기를 거듭하면서
수년을 보살핀 도라지 수확을 앞둔 해의
약성이 뛰어난 보라색 도라지꽃!
꼭 부처님 닮은 보살 같은 꽃 한 송이
불성을 갈구하는 마음으로 바칩니다 ( )

버릇

우리는 진심이 직통하므로 사이가 없는 사이다
나는 응석받이로 자라서 무람없는 아이가 좋다
우리 사이에 사이가 있다면 믿음이 싹틀까? 사이가 없다 보니 스스럼이 없어서 버릇없는 것이 더 좋은 것이다 할머니랑 사는 아이는 버릇이 나쁘다는 말이 있다 만약 버릇이 좋다면? 틀에 갇힌 아이로 성장하지 않을까? 혹 정서 발달에 장애는 오지 않을까? 오만 의구심을 가져 보는 것이다

이를테면 멋모르고 태어나 살아보는데 이미 관습을 신념으로 박아 놓고 변화를 싫어하는 혹은 모르고 사는 양육자인 어른의 고정된 기준에 맞추면 모르긴 몰라도 구분이 생길 터, 구분은 배제를 낳아서 억압이 되지 않을까?
그렇다면 왕성해야 할 활동이 기를 펴지 못하고 오므라들지 않을까?
행동에 주눅이 들어 사고력마저 경직되지 않을까?
아이는 부끄러워하는 기색 없이 언죽번죽한 아이가 좋다고 생각한다

어른의 관점에 따라서 상황은 수시로 달라질 터, 나 혼자 앞에서 이끌기보다는 아기의 마음을 읽으며 아기의 기분을 맞추며 적당한 때를 기다리면서 전체를 보며 키워야 할 것이다 가령 계획을 세워 놓고 그 시간을 맞추기 위해 밥을 먹이면 사료 같지만 눈치 빠른 교감이 낌새를 느끼고 제때에 밥을 먹이면 생명의 명줄이 되는 것이다 관념대로 밀어붙이기식으로 한다면 과연 아기의 고유한 개성에 창의가 움이 터 창출의 꽃을 피울 수 있을까? 수심이 깊은 의문으로 들어가 보는 것이다

할미랑 봄 놀다 보면 자신감과 자존심이 동시다발로 자라지 않을까?
싶은 것이다 버릇이 없다는 그 버릇이란 게 하루에도 열두 번도 변하는 아이에게는 팔짱을 끼고 바라보는 것이기도 하고 엿장수 맘 같은 측량이기도 하고 오색 창연한 빛이 드러나는 것이기도 하여 사랑의 화수분이랄까?

사이가 없어서 푼수 같은 혹은 바보 축구 등신 같은 할미사랑을 예찬해 보고 싶은 것인즉 사람의 마음이란 만만치 않는데 우리 아기가 제일로 만만하게 보는 할민 '적혈구처럼 가진 것 다 내주고 백혈구처럼 모든 것 감싸 주는' 할미의 기질은 마냥 헐렁헐렁 혹은 흐물흐물 하다 아기가 하는 말, 행동, 태도에서 '안 돼'라는 말은 하기 싫은 것이다 낙심보다는 낙관을 심어 주고 싶은 것이다 무한 가능성을 지닌 때 '안 돼'라고 차단시키고 싶지 않다
'안 돼'라는 단어는 몰라도 괜찮을 것 같다 그 말은 가능한 아껴야 한다 위험한 것만 빼고 다 돼 라고 하고 싶은 것이다 위험한 것도 말귀 알아 들으니 설명을 잘 하면서 되도록이면 함께 체험으로 나눌 수 있게 하고 싶은 것이다 이것도 저것도 또 다른 그 무엇도 될 수 있는 길을 열어 볼 수 있는 기회를 주고 싶은 것이다

너무 깨끗한 물에는 물고기가 못사는 법이다 적당히 더러워도 괜찮다 지금 안 돼 하면 커서도 '안 돼'가 많을 수밖에 없기 때문이다
'비관주의자는 어떤 기회 속에서도 어려움을 보고 낙관주의자는 어떤 어려움 속에서도 기회를 본다'
그냥 눈에 넣어도 안 아프니까 뭐 좋은 게 더 없나 하고 살피면서 아낌없이, 남김없이 다 퍼 줄 요량으로 그때마다 그냥 오냐 오냐 통과시

킬 때마다 순차적으로 저는 사랑 받고 있는 귀한 존재라는 인식의 뿌리가 깊이 뻗지 않을까? 싶은 것이다
사랑 받았다는 것 알고 나면 자신이 얼마나 소중한 사람이란 걸 느낀다 그런 것들이 인품이 되고 인격이 되는 것이다

할미랑 체온을 나누다 보면 거리낌 없이 감정을 발휘할 터
욕구를 맘껏 발산하다 보면 자발적으로 신뢰가 두터워질 터
욕망을 통해 자기다워지는 뇌 발달 초석이 독립적으로 튼튼해질 터
자연적으로 심성도 주체적으로 건강해질 터

할미랑 호흡을 맞추다 보면 칭찬을 물 마시듯 마시다 보면
어긋나는 법이 없을 터 사랑의 충분조건이 충족될 터
그물에도 걸리지 않은 바람의 성향으로 형성될 터
고로 안심에서 돋는 날개는 자유의 화신이 될 터

할미랑 눈을 서로 보듬다 보면 아기의 포부는 어느 때 어디서 무엇이 어떻게 작동하여 무의식에 쌓일지 모를 터 아기의 영혼은 높아지고 마음은 넓어져 생각의 힘은 긍정적 마인드로 자리 잡을 터

사랑의 본질은 겁이 있을 수 없을 터 아기의 천부적인 재질과 할미의 치부적인 바보 사랑의 무늬는 은유의 근원일터 소금도 먹은 놈이 물 켤 터 버릇은 운명을 바꿀 수 있는 파도를 탈 터 다만 좋은 습관으로 길들여지기를 바랄 터

우리 네버랜드로 갈까

아기자기 우리 아기
병도 주고 약도 주는 우리 아기
"할머니 싫어 싫어"를 입에 달고 다니더니
어라? 오늘은 "할머니 좋아 좋아" 하네?

'좋아'라는 말이 장마 때 반짝 햇살 같고
가뭄 때 소나기 같고 명주 저고리 고름 같아
입안에서 살살 녹는 우리나라 햇배 같네?

"할머니 이리와" 해서 숨도 안 쉬고 냉큼 갔더니
"좋아 좋아" 하면서 등을 토닥토닥 두들기니
할미는 두둥실 구름 타고 두리둥실 흘러가네

살가운 아기가 조종하는 구름 비행기 타고 호강하네
얼싸절싸 그런데 시방 어디로 가는 거니?
할미가 가 보고 싶다던 무릉도원으로 떠난다고?
야! 호! 할미 팔자 늘어졌으니 큰 대 자로 뻗어볼까?

잠깐! 그런데 너를 위해 네버랜드로 감 어떨까?
피터팬 오빠랑 놀다가 싸인 받아오는 것이 훨 좋지 않겠니?

ㅋㅋ 새가 뒤집어서 날아가고 있네? ~^^~

여일 2

착지점 바닥에 앉아서 위를 쳐다보며
온몸으로 받쳐줄 태세를 취하고 있는 아가야
저보다 헌걸차고 우람한 체격의 호윤 오빠가 미끄럼틀 위에서
내려오려고 준비할 때 "오빠 조심해 위험해" 하더라?
하하, 쥐가 고양이 생각하네?
호호, 사돈이 남 말 하네?
허허, 겸허한 사랑의 꼭지점이네?

*

열쇠꾸러미를 갖고 노는 걸 좋아하는 우리 아기
열쇠로 방문을 따는 시늉을 한다
이 방 저 방 방문마다 해 보다가 앵? 내 귀에 갖다 댄다
할미가 거대한 자물통 같았나?
오라 할미 귀가 세상으로 통하는 열쇠 구멍으로 보였나보다
지혜와 지식의 모든 보물이 숨겨져 있는 우리 아가!
오! 아름다운 나의 반려인 아가야!
넌 고수 난 하수
반쯤 만 열려있어서 억수로 갑갑했던 귀
마음의 귀를 활짝 열게 하는 네가 백미로구나

*

몽실몽실 우리 아기, 엉글엉글 우리 아기 독보적으로 보인다
속리산 문장대 같이 높다랗게 문장을 길게 뉘어 보려고 그럴까?

'그런데'를 자주 사용한다 "물 주세요" "그런데 빨간 물* 주세요"
말 배우는 속도와 재주가 날렵하고 말 익히는 솜씨가 구수하다
보니 우물에서 숭늉 찾은 감칠맛이더니?
콩밭 일구어 조만간 콩고기도 만들지 모르겠네?
으랏차하고, 온 식구에게 거나하게 한턱 쏘겠네?
우리들은 너무 좋다 못해 뒤집어지겠지?

*

아가! 우리 그림자 놀이할까?
전깃불 끄고 촛불 켜자
문명을 배척하고 원시와 사귀자

동굴의 희뿌연 벽에 나비 한 마리 앉았다
두 손을 적당히 펼쳐 놓은 채 두 엄지를 서로 붙여
날개로 만들었더니 아기는 대번에 "나비" 한다
우리 입에서 자동적으로 '나비야 나비야 이리 날아오너라'
노래가 튀어 나왔다

여우 한 마리 동굴로 들어온다
엄지 끝에 중지와 약지를 동시에 붙여
주둥이와 눈알 만들고 검지와 새끼 손가락이 귀를 세웠다
아가야 누가 왔니? "여우"
우리는 동시다발로 '여우야 여우야 왜 왔니?' 물어 본다
'꽃을 찾아 왔단다' 무슨 꽃? 애기똥풀꽃이랑 할미꽃!
우~ 와~ 이심전심의 꽃? 이참에 우리 함께 햇빛놀이터로 나갈까?
눈부신 아기랑 여우랑 할미랑 머리 맞대고

반주깨미**살기로 뜻을 모았다
물을 떠 와 꽃잎 띄워 꽃국 끓이고
흙을 긁어모아서 밥 짓고 빨간 벽돌 조각 주워
깨고 빻아서 고춧가루 만들고
굵은 소금으로 사금파리 줍고
풀 이파리 뜯어 와서
겉절이 해서 한 상 가득 차려 셋이 마주 보고 앉았다
냠냠 짭짭 쩝쩝 시작은 미궁이었는데 끝이 창대하네?
이미지를 발견한 아기의 추상능력이 출중한 것 보아하니
오라! 한국의 꼬마 피카소가 여기 있었네?

---

*홍초 혹은 오미자청 섞은 물

**소꿉놀이(어릴 때 썼던 진주 말)

전철 안 풍경 6

노인석에 앉아있는
할머니 무릎 위에 있는 우리 아기
어떤 할머니 한 분이 제 곁에 있는 빈자리에 앉으니까 먼저 아는 척
상글상글 웃더니 "할머니 친구"라며 인사를 당긴다 그 할머니 왈
'그래 그래 맞다 맞다 어디를 가나 할머니 친구들뿐이구나'

아기 건너편 좌석에 한 할아버지가 앉아계셨다
또 한 분의 할아버지가 오셔서 그분 곁에 앉으니 유독 '또또'에 힘을
줘 "할아버지 또또 있다" 해서 주변의 승객들 한바탕 크게 웃었다
그런데 다들 웃어도 웃지 않으며 떫은 표정의 그 할아버지 왈
'그래 그래 맞다 맞다 천지사방을 둘러봐도 할아버지들 뿐이니 예삿
일이 아니다'
퉁바리 같이 말씀하시는 할아버지의 무거운 말씀이 흑흑흑
길고 짙은 그림자 문제로 붙박여 있어서 거시기하다
사회문제의 근심에서 울려 퍼지는 징 소리가 짠하다
아기가 청년일 때를 상상해 보면서… 전국을 휘~ 둘러보니… ㅠㅠ
아무쪼록 한 시대의 노인들 부디부디 괜찮은 노후를 보낼 수 있기를
두 손 모아 빌어본다 아울러 위정자들이 나라 살림살이를 좀 똑! 부
러지게 잘해서 신혼부부가 많이 생겼으면 좋겠다 신혼의 집에는 아기
우는 소리 들리고 집집마다 아이들 떠드는 소리가 창밖으로 새 나갔
음 좋겠다

뭐 땜시 그랬노

훤훤 장부 같은 아가
늘 푸른 사철나무 같은 아가
나의 대나무 숲 같은 아가야!
밤소리는 멀리 가는 법인데 대포 같은 네 울음소리에
온 동네는 염려의 바다에 빠졌겠지?
야밤에 깨서 바락바락 악을 쓰며 울어 재꼈으니
혹자는 괴뢰군이 쳐들어 왔나? 하지 않았을까 모르겠네?

오늘을 주고, 곁을 주던 우리 아기, 무에 그리도 화가 났을까?
할미가 뭘 잘못했을까?
"할머니 싫어 싫어" 연발하며 울어만 댄다
자라가 제 머리를 제 몸통 속에 집어넣은 자세가 된다
내가 미천하여 미처 알아내지 못한 잘못에 불복하며
네 화통 속에 밀어 넣으며 무조건 빌었구나
'미안 미안'만 되뇌며 손이 발 되도록 빌었구나
무지렁이 할민, 겸손은 포용력과 직결된다는 것만 믿고 말야
팥으로 메주를 쑨다 해도 믿고 말야

또 어떤 날 밤엔 무담시 "이거 이거" 하면서 막무가내 울 때는
일머리 없는 할민 가자니 태산이요 돌아서자니 절벽이더라?
당최 "이거 이거"가 뭔지 알아야 면면장을 하지
불자동차 사이렌처럼 긴박하게 말하며 우니까 한치를 못 보는
할민 껴안고 '자장자장'인가 싶어 손으로 가슴 토닥토닥 해 줘도

아니고 팔베개로 담쑥 안아달라는 걸까, 해서 그렇게 해도 아니고
업고 서서 출렁거리게 하는 것도 아니고
왔다리 갔다리 하는 것도 아니라 '맨 땅에 헤딩하기'더라 아니
'한산섬 달 밝은 밤에 수루에 홀로 앉아
큰 칼 옆에 차고 시름에 잠긴' 이순신 장군이더라

마지막 히든카드! 네가 죽고 못 사는 음악도 아니더라?
혹 동경하는 사탕? 혹시 조금 전 꿈에서 본 막대사탕?
낮에 그것 빨고 있는 아이를 놀이터에서 봤거든?
선망의 눈빛으로 지긋하게 바라보고 있는 것 봤거든?
(아가, 다른 사람과 비교하지 말고 남의 것에 마음 뺏기지 말거라잉)

오~ 애재라 엄마의 달달한 젖내가 고파서
달큼한 것이 당겼나 보구나
한없이 달착지근한 것이 끝없이 고픈 아가야
가엽고 서러운 아가야 훌쩍훌쩍 아가야 주룩주룩 아가야
두 손 들고 우리 그만 달곰한 잠의 인당수에나 빠져 볼까?
곧바로 용궁으로 가서 심청이 언니 만나 한바탕 놀고 올까?
내 진정으로 현양하고 싶어 죽고 못 살겠는 예쁜 내 아가야

고마 누버 자그래이~

웃음은 전염이 빠르다

밥상머리 공부, 빵점짜리 우리 아기

세상 공부 중 밥상머리 공부가 으뜸인데 다 틀렸네
즐겁고 유익한 꽃이 피는 길은 함경북도처럼 멀고도 춥네
쌀 한 알 속에 우주가 있는 법인데 식사예절 눈 씻고 봐도 없는 우리
아기, 오늘도 애꾸눈 해적 왕 보다 더한 해적질로 일삼네
장난삼아 슬금슬금 눈치 보며 식탁 밑으로 밥을 던지네
던지면 안 된다는 명연설을 해도 해도 한 귀로 듣고
한 귀로 밟아버리면서 할미를 납작하게 만드네

요놈! 반듯한 자세에서 올 곧은 정신이 나온다고 당부했거늘
키가 살짝 컸다고 알통에도 알이 쪼매 슬었남?
간도 커진 아기는 다리를 식탁 위에 올린 채
삐딱하게 앉아서 손으로 밥을 으깨어 던지네
허리 굽혀 주우려면 할미 몸이 아야 해서 운다
할미가 울어도 좋아?
"싫어 싫어" 대답은 찰떡 같이 해 놓고 행태는 개차반이네

군자도 사흘 굶으면 남의 집 담을 넘는단다
눈앞이 노오래 지도록 굶겨봐? 못 먹는 밥에 재 뿌리는 짓이라고
내 할머니한테서 들었던 보릿고개 이야기하며
배고픈 나라의 아이들 팔아가며
입이 닳도록 설교할 때만 반짝! 핫바지로 새 나가는 방귀네

어느새 간이 부은 아기는 눈치도 안 보고 염치도 건너뛰고
빤히 쳐다보네 맛 좀 보라고 호통치듯이 던지고
얼레리 꼴레리 하면서 또 던지네
거추장스런 훈계가 듣기 싫은 반항아는 질겅질겅 씹어대던
숟가락마저 휙~ 던지네

침묵은 진리로 가는 디딤돌로 된 지름길이네
디딤돌을 딛고 통일천하를 꿈꾸며 오만상을 찌푸리고 째려 봤네
우리의 기 싸움은 시작되었네
까닥하면 배를 안고 넘어지게 생겼는데 팽팽한 일 초가 여삼추네

주머니 속 송곳 같은 웃음이 북받치네
아기는 할미를 조복시켰으니
참다 참다 더는 참을 수 없어서 항복하고 말았네
웃음은 전염이 빠르네 승리의 뿔 나팔 부는 아긴 쾌재를 부르며
폭포수 같은 호탕한 웃음으로 내리꽂히네

웃음소리는 북을 울리며 하늘 멀리 퍼져나가네
아가! 안 좋은 추억은 있어도 안 좋은 경험은 없다더라?
부디 네 영혼을 노크하던 하얀 심성에 야망의 한 획을 그어라잉~^^~

기차 그리고 뱀

'부활'과 '재생' 이 두 단어를 좋아한다
쌍둥이 같은 이 두 단어를 겨드랑에 끼고 살므로
오늘도 온전히 재생되기를 기원하는 마음으로
하찮은 비닐 빵 봉지 하나에도 이물질이 묻었나
살피면서 살뜰히도 닦아낸 뒤 분리 배출한다
얘들이 다시 태어나 산다고 생각하면 기분이 좋아서
쓰레기 문제에 관한 한 적극적으로 동참하게 된다

'사람에게 인권이 있듯 물건에도 물권이 있다'는
철학을 갖고 계셨던 고 성찬경 시인은 버려진 물건들을 주워 와
당신의 집을 '물질 고아원'이라 불러 자신은 고아원장을 자처했다
물질에도 혼이 있는 법, 비록 사람으로부터 쓸모가 없게 되었지만 그
물체의 고유한 물성은 인간의 의식 바깥에 존재하므로
법으로 삼아도 좋을 법!

주검이던 단추가 반짇고리에서 재생을 꿈꾸고 있었던 것이다
폐기 처분하지 못했던 단추들이
버리기 아까워 모아두었던 수많은 단추들이
오늘 아침 기차로 부활하여 아기를 만나려고
두근거리는 가슴으로 출발 직전 대기실에 있는 것이다

예전에 TV 프로그램 '동물의 왕국'에서 봤던
비단구렁이를 연상하며 실에 꿰었다

장난감 하라고 아기에게 줬더니 대번에 "기차" 한다
총기 총총 우리 아기 명석한 통찰력이다
의외의 발상이 아연실색이다 쾌지나칭칭나네
(아가! 단추를 실에 꿸 수 있을 내후년 즈음 목걸이랑 팔찌도 네가 직접 만들어 보면 좋겠지?)

허~ 허~ 우리 아긴 음감뿐만 아니라 색감도 꿰차고 있었구먼
단추들이 무채색 계통이었으니
컬러풀한 뱀이 아니라고 했으니 어화둥둥!
우리는 동시통역처럼 튀어나온 노래 한마당 즐기며 논다

'기차길 옆 오막살이 아기 아기 잘도 잔다 칙칙폭폭 칙칙폭폭 칙칙폭폭 칙칙폭폭 아기 아기 잘도 잔다'
굿거리장단으로 휘몰아친다
얼쑤!

빼

몸만큼 정직한 게 이 세상에 또 있기나 할까? 잠 한번 포식해 보았으면 원이 없겠는데, 잠을 쫄딱 굶어서 궁색한 눈은 움푹 꺼져 몹시 떼꾼하다 넘 피곤해 잠시 소파에 누웠다 아기가 갑자기 날카롭게, 괴성같이 들리는 어떤 소리를 했다 듣도 보도 못한 기이한 소리에 청맹과니가 되었다 아기의 번개 같은 소리의 의미에 곰곰이 갈대로 흔들렸다

도대체 어떤 암호지? 누구 통역해 줄 사람 없소? 머리를 짰다가 털었다가 뭉쳐서 굴려 봐도 형광등이었다 이리저리 헤매는데 무엇이 슬그머니 잡혔다 배시시 웃는 박하사탕이 입 안으로 굴러 들어왔다

큰 방으로 가서 누웠다 다그치듯 "빼" 했다 작은 방으로 가서 누웠다 "빼" 성가시게 굴었다 웃음의 사리가 입 안 가득 물렸다 지독한 노랭이같이 인색한 아가야! 삭신이 쑤신다 할민 목석이 아니야, 한 푼만 적선해 주렴 빈 깡통 빼지 말고!

우리 아긴 할미를 통치하는 데 빼어난 군주다 할미가 편하게 있는 꼴을 못 보겠다는 보수 꼴통이다 지랑 눈 안 맞추고 살면 눈꼴 시리다고 지엄하신 분부다 이 방 저 방 따라다니며 "빼"라고 호령한다 허나 나름 풍류를 즐길 수 있어 좋다
아기의 말을 처음 듣는 순간 해괴망측한 소리로 들렸지만 쫀득쫀득 씹어본다 아기는 어떻게 알았을까? 잡다한 생각은 적이라는 것을! 할미의 음흉한 생각과 과대망상은 제발 좀 '빼'고 살라는 일갈이다 흡! 천사의 죽침! 죽치고 있어야겠다

엄마 어디 갔지?

아기랑 도서관에 가기 사나흘 전부터
도서관에 갈 거라고 날마다 알토란 같이 주입시켜 놓고
정작 도서관 언덕으로 올라가는 길에서 대화를 시도한다
아가 우리 시방 어디로 가고 있지?
“회사”

집으로 오는 길
아가 우리 시방 어디 갔다가 오는 길이지?
“회사”

집에 와서는 할아버지가
아가 오늘 어디서 놀았니?
“회사”

단아한 우리 아기! 단언 같기도 하고 단말마 같기도 한 ‘회사’라는 말에 오금이 박히네 제 맘에 들지 않은 할미 보골 먹이기 작전인가?
어제 느닷없이 “엄마 어디 갔지?” 하길래 괜히 마음이 시큼하고 움칠해서 어정쩡하게 주춤거렸더니 매듭이 생겼나? 오지랖 넓은 생각이 생각의 꼬리를 무네?
엄마가 회사 갈 적에 저를 안 데리고 간 것에 대해 가슴에 맺힌 것들이 앙심을 품고 앙달머리 부리는 것이었나? 저를 떨쳐놓고 간 것에 마음이 삐뚤어지기라도 했나? 예사롭게 들리지 않네? 고독한 아기의 황소고집 같은 절규에서 내 눈시울이 ‘섬집 아기’를 아쟁으로 연주하네 ㅠㅠ

침묵 속에서 만나다

복사꽃 향기 나는 복덩이 우리 아기,
할미 배 위에서 엎드려 낮잠 잔다
제 연한 갈빗대와 할미의 억센 뼈대가
닿아서 마뜩찮을 텐데 달게 잔다

작설찻잎 햇순 같았던 그 발가락들을
한 닢 한 닢 따듯, 만져 보고
관중의 새순 같았던 주먹과 하늘과 땅을 움켜쥐고 있었던
그 손을 탐스럽게 만져 보니
은은한 너그러움이 한껏 부풀어 오른다

머리카락에 코를 대고 고유하고 명료한 냄새를 흡입해 본다

기쁨을 칭칭 동여매고 초대하는 이 원초적인 감미로움
이 세상 어디에 또 있기나 할까
이런 홍감도 마지막일 터~
이 순간을 향유하려고 내가 여태껏 살아 있었나 보다
죽음이 있으니까 삶이 있듯
죽음은 늘 삶 속에 있는 이 흐뭇함이 귀띔한다
죽음이 삶으로 있었듯 지금 이 순간이 영원무궁이라고!

전철 안 풍경 7

혹시 아이티 강국이라고 해서 그런가?
행여 기네스북에 오를까 봐 겁난다 젊은이나 늙은이나 여자나 남자나 열이면 열 다 핸드폰에 코를 박고 있는 전철 안의 풍속도! 속의 군계일학! 아기 바로 옆에는 노인 하나가 죽으면 도서관 하나가 불타는 것과 같다는 말을 덤으로 상기해 볼 수 있도록 독서삼매에 빠져있는 멋진 할아버지 한 분이 계셨다
한강을 지나고 있을 때, 한강을 가리키며 보라고 권한다 한강 이야기를 해주며 한강에는 물고기가 많이 살고 있다고 했더니 제 곁의 멋쟁이 할아버지를 올려다보며 "할아버지! 물고기가 많대"라고 전한다 선정에 든 할아버지는 책에서 눈을 떼고 "그래? 너 똑똑하구나 몇 살이니?"

무쇠도 갈면 바늘 된다 했거늘 생각날 때마다 가르쳐 줬던, 엄지와 검지로 동그라미를 만들고 남는 세 개의 손가락으로 '세 살' 표시하는 것 좀 보소
기별 없던 소식통이 한달음에 왔소이다
아기는 제 의지대로 안 되던 손가락 근육을 적재적소에 썼으니
다윗이 골리앗을 들어 올린 거 진배 없쥬?

수년 전 큰손주 은솔이가 은수만 할 적에 한강을 지날 때였다
이 강이 한강이라고 설명해 주니까 대번에 "한강은 강희산 강하고 같은 강"인가를 물었다 고롬고롬, 어화둥둥 내 사랑아!
콜럼버스가 신대륙을 발견한 것 버금간다고 칭찬했었다

노래는 공감의 젖을 먹고

욕심꾸러기 우리 아기, 현미 뻥과자를 달라고 한다
쟁반 같은 보름달만 해서 쪼개서 줬더니
작은 것은 안 먹겠다고 도로 준다
그래? 그럼 먹지 마! 하고 도로 받았는데
눈 깜빡할 새 솔개 까치집 뺐듯 잽싸게 낚아채 간다
독수리 비법을 어디서 배우고 익혔을까
아서라! 눈 뜨고 코 베이게 생겼으니
시절이 하 수상하네?

노래는 공감의 젖을 먹고 자라는 연대의 환대라네 어린이들이 일제강점기 때 희망가로 불렀던 슬픈 노래를 가르쳐 주었네 '정이월 다가고 삼월이라네 강남 갔던 제비가 돌아오면 이 땅에도 또 다시 봄이 온다네 아리랑 아리랑 아라리오 아리랑 고개를 넘어간다'

성긴 아기 목소리에 곁가지로 따라 부르며 속절없이 애만 태우며 봄을 갈망했던 임들을 그려 보네 먼저 간 임들의 영혼이 해방의 안식을 누리도록 기도하네
아가야! 찬바람 거센 겨울이 가면 따스한 입김의 봄이 오지? 아리랑 아리랑 아라리요! 강남에서 온 제비가 아리랑 고개를 넘어갈 때는 농축된 봄을 농치며 농밀하게 노래하겠지? 아리랑 아리랑 아라리요! 공명의 젖을 먹은 우리 아기 오늘도 또 다시 봄비로 와설랑, 갈증을 호소하던 언 땅의 심장을 노크하네 바야흐로 지금은 아기가 전하는 축축하고도 거룩한 봄날이라네 아리랑 아리랑 아라리요!

연필놀이

아기랑 손 가는 대로 휘뚜루마뚜루 그리기 놀이한다
아기는 할미가 잡은 연필심이 공책에 닿기도 전 뺏는다

아가! 뭘 그려줄까? "붕붕이" 연필 줘 그려줄게
연필을 줬다가 그리는 찰라 뺏는다
다른 연필을 재빠르게 잡고 그리는 순간 또 뺏어간다
아가! 네가 좋아하는 토끼 그려줄게 연필 줘 하면
공손하게 연필을 줬다가 숨도 안 쉬고 뺏어간다
뺏은 연필, 왼손아귀에 꽉 쥐고 더 이상 쥘 수 없을 때까지 뺏어간다
목숨보다 돈을 중시하고 안전보다
이윤을 추구하는 기업주 같이 앗아간다
아귀아귀 착취한 것 멀리 휙~ 던져 버린다
아깨! 상좌가 그럼 쓰나, 손 턴다?
악덕업자는 꿈에도 보기 싫어! 너랑 상종 안 할래
천하에 둘도 없는 무골호인 우리 무법자는 같은 색깔의 색연필을
알랑똥땅 양손에 트로피처럼 들고 "똑같다"고 소리소리치며
의기양양 위풍당당이다

아가! 살구색 한번 찾아볼래? "어디 있지" 초롱초롱 빛나는 눈으로 어슬어슬 어둠을 찬찬히 훑더니 "찾았다"고 고래고래 소리친다 아기의 고함이 천상 꼭두 신새벽 백두대간 종주할 때 속리산구간 상고암에서 들었던 도량석 같다 재미와 몰입의 두 마리 토끼를 잡은 아가! 너는 맨손으로 범 잡는 것 일도 아니겠네?

전철 안 풍경 8

말초혈관이 수축되도록 웃었다
미련은 먼저 나고 슬기는 나중 난다고,
아기 때문에 일이 있고 난 후 궁리하게 되었던 것이다

몸집이 왜소한 한 할머니가 우리 바로 눈앞에 앉아 계셨다 동그란 애정을 배 볼록하게 먹었던 내 아기는 관심을 보이며 그 특유의 낭창낭창한 음성으로 "할머니" 하고 정겹게 불렀다 주변 사람들 일제히 아기를 주시하며 탁상시계 데시벨로 웃었다

잠시 후, 몸집이 뚱뚱한 한 할머니가 하필 그분 곁에 다정스럽게도 나란히 앉으셨다 우리 아기 다짜고짜 "큰할머니"라고 큰 소리로 외쳤다 냉장고 데시벨로 웃는 사람들의 웃음소리에, 심장이 철렁하더니, 간이 콩알만 해졌다 들을 귀 있는 사람은 합세하여, 박장대소 했으므로 그 소리는 진공청소기 데시벨로 들렸다 들으면 병이요 안 들으면 약인데, 아기는 무슨 보물섬이라도 발견한 듯 두 할머니를 향해 한 손가락으로는 모자랐는지 양팔을 내밀며 두 손가락으로 집중 공격이라도 하듯 그 카랑카랑한 음성으로 "큰할머니 작은할머니"라고 끝장이라도 내듯 말했다 좌중을 압도했던 웃음소리들이 비행기 데시벨이다

도둑이 제 발 저리다 비행기 이륙 후 진한 여운이 괜히 갓 쓰고 망신당한 것 같다 두 분 할머님께 아뢰나이다, 웃은 죄 용서해주이소! 요새 우리 아기가 '크다 작다' 개념 파악을 꿰뚫으려고 용맹정진 중이거든예

고집불통은 창의력이다

둥굴레 뿌리 맛 나는 우리 아기
고순 누룽지 맛 나는 우리 아기 가마 타고 시집가긴 다 틀렸네

형형한 눈빛의 우리 아기 행동거지 보아하니 실패를 무릅쓰고 실패할 권리도 있으니 실패해 볼 기회를 달라고 한다
장난감 하라고 모아둔 빈 통들, 뚜껑이 있는 것들은 모조리 보는 즉시 "뭐가 있나 볼까?" 하면서, 낑낑거리면서 겨우겨우 열어 보고는 "아무것도 없네" 하고는 도로 뚜껑을 닫는다 그런데 격식대로 안 하고 불가능을 불러 놓고 난리 법석 떤다 이상하다 열 때 힘에 부치면 열어 달라고 하는데 왜 닫을 땐 도움을 안 청할까? 이렇게 해야 닫힌다고 설명을 하고 또 해도 뭐가 성에 차지 않았을까?
저렇게 자꾸 끙끙 앓기만 하고 할미 말은 씨도 안 먹히는지 콧방귀만 뀌네? 눈에 보이는 것을 두고도 보이지 않는 곳으로 건너가 보려는 모험심이 강한 아기는 기존통념을 깨 부셔 보려고 탐색 중인가?
사물의 이치를 이마가 허전하도록 시범을 보여줘도 초지를 관철한다

눈시울이 써늘하도록 시각을 넓히더니 콧등이 센 아기는 마침내 라이트 훅 한 방 맞은 대성통곡으로 자유를 쟁취 한다 제 주장이 똑 부러지는 우리 아기, 안 가 본 세계를 열어 보려고 씨름하는 태도가 좋다
아가! 네 의지는 창조 정신에 뿌리내려 상상력으로 꽃피겠지? 아~암, 오는 세대는 창의력이 대세지, 도전 정신 투철한 게 중한 거여 경험에서 나온 기억은 미래를 예측할 수 있는 밑거름이 되거든 아~암! 네 호기심의 결과물은 관찰하는 기능이 생기게 하는 노른자 아니겠어?

능청 맞는 능구렁이 좀 봅세

뽀로로 여자 친구 패티, 목욕시키자고 한다
발가벗기고 솨~아~ 솨~아~ 물 뿌린 뒤, 전신에 비누칠 하고
북북 머리 감기고 슥슥 몸 씻기고 삭삭 헹군다
수건으로 토닥토닥 두드리듯 몸을 닦아준 뒤 벗겼던 옷 도로
입히려니까 우리 아긴 완강하게 옷을 입히지 말라고 손사래 친다
입었던 헌 옷 말고 새 옷으로 갈아 입혀야 한다고?
(어~허~ 명절빔이라도 미리 장만해 둘 걸 그랬나?)
아가! 알다시피 패티는 단벌 소녀잖아
여벌옷이 없으니 그냥 입히자 해도 한사코 반대다
감기 들지 모른다 어서 입히자 "싫어"
패티가 아이 부끄 하네 빨리 입히자 "싫어"
우리는 옥신각신 실랑이를 벌리고 있다
쉿! 조용히 해봐 패티가 하는 말 안 들리니? 잠시 뜸 들인 뒤
귓속말로, 추우니까 어서 입혀 달라고 하잖니 했더니
뜬금없이 "내가 입혔어" 한다 어디? "이봐 하얀 옷으로 입혔잖아!"
민첩한 우리 아기는 인형의 흰 맨살을 가리킨다
미치고 환장하것네? 그런데 언제 입혔지? "방금"
어디서? "여기서" 바로 눈앞에서?
의뭉한 두꺼비도 아닌 애바른 우리 아기
농치기 선수 버금가네? 은근하게 멋진 너야말로 창조주네?
세상에 이토록 아름다운 음흉도 존재했단 말인가? 음, 음, 음
그런데? 바로 이 순간순간에 집중하지 못해 안 보였던 눈앞의 여기가
지금 내 눈앞을 지나가네? 할민, 현재에 충실하지 못한 채

과거와 미래하고만 놀았거든 맞아!
우린 단 일 초도 여길 벗어 나 딴 데서
살 수 없는데 말야 골 때려줘서 고마워!

본가에 보내 놓고 3*

영원한 행복이란 꽃말을 가진 꽃
겨울 함백산 눈밭에서 보았던 노오란 복수초 같은 우리 아기
익숙한 것은 시시하게 여기고 새로운 것만 선호하며 쫓아가는
아기를 위해 무엇으로 어떻게 변화시켜볼까 보다 더 산뜻하게 잘 놀아 볼까를 구상하며 구색 맞춰 보기 위해 머리를 공그리면서 짜집기 한다

마음이 부유하던 아가! 네가 없는 공간이 적요해서
창문을 열어 보니 토끼가 떡방아를 찧고 있는 둥근 달이 떴네?
달의 숨소리가 달의 발자국 소리로 오네? 우릴 마중하러 오네
네가 있다면 팔짝팔짝 뛰면서 손뼉 치며 열광 하겟네?
'달아 달아 밝은 달아 이태백이 놀던 달아 저기 저 달 속에 계수나무 박혔으니…' 유정하도록 유창하게 부르던 네 목소리는 나를 돈독하게 만들어줬지?
슬기 주머니 아가, 이태백이와 놀던 달이 제 집으로 돌아가면 '달 달 무슨 달 쟁반같이 둥근 달 어디 어디 떴나…'를 빠른 템포로 불러줬지? 감쪽같던 그 맛의 식감이 어찌나 좋은지 새콤달콤한 열무비빔막국수였어!
진기 있는 아가! 밥 타는 냄새가 나도, 오줌 누러 가고 싶어도 껌딱지처럼 달라붙어 꼼짝도 못하게 할 때 우리 달 보러 나갈까? 하면 칼에 두부가 잘리듯 삼빡 떨어지며 나갈 차비를 서두르던 아가! 아무래도 한 인물 할 것 같은 네가 못 견디게 보고 싶다야

---

*1과 2는 전편에 있음

쥐코 밥상이다

할랑할랑 우리 아기,
할머니를 공깃돌 놀리듯 골탕 먹여 보기 겨냥 했수꽈?
초대받은 집에 시간 맞춰서 가려면 전쟁을 방불케 하므로 미리미리 선수 치는 데 오늘은 이 닦기는 고사, 세수도 싫다, 머리 손질은커녕 옷 갈아입기도 싫단다
응가까지 한 기저귀 안 갈겠다고 내빼는 걸 붙잡아 눕혔으나 격렬하게 발로 차며 뻗대니까 어리벙벙한 할미는 당해낼 건더기가 없다
시끄럽고 복잡해서 어지러운 장날, 읍내 닭 앞에서 영락없이 주눅 든 촌닭이다

알랑방귀 뀌어 봐도 달착지근한 말로 구슬려 봐도 솜사탕 같은 당부의 말은 휴지가 되어 쓰레기통에 처박힌다 오뚝이가 되어 간이라도 빼줄 듯 삶아 봤으나 내 코가 석자나 빠졌다 약에 쓰려고 해도 수수하고 정결한 순명은 없다. 꿀도 약이라면 쓰다 장전해 둔 최후의 무기! 촌스러운 허수아비도 눈물은 있다

할머니 울까? "싫어 싫어" 대답은 달콤씁쓰럼하다 아가! 똥 싼 기저귀 오래 차고 있으면 똥독 오른다 갈고 나면 뽀송뽀송 좋잖니? "싫어 싫어" '날 잡숴 봐 유~'다 미욱한 할미의 시간은 발등에 떨어진 불티가 되어 인내의 눈물이 아기 볼기짝 한 대 찰싹 때리고 반강제로 눕힌다

콧물도 가세하여 눈물 따라 줄줄 새는 사이로 회오리바람 같은 아기의 토네이도 울음소리! 자나 깨나 투미한 할미는 쥐코밥상이다

수호천사 2*

온 나라가 해골바가지 그려진 깃발이 펄럭이는 나날이었다
그 미세먼지 속에서도 요리조리 피하면서 잘 살아내었다 그러니 지금부터 우린 꽃구름 타고 신바람 일구려고 한다 모처럼 '방콕'을 떠나 아기를 유아차에 태우고 서대문 서울역사박물관으로 향해 룰루랄라 나들이한다 애 보느니 밭을 맨다는 말이 있듯 중대한 사명의 총대를 어깨에 맨다 24시간 안전을 책임져야 하므로, 외출 때는 연속 긴장으로 신경이 곤두선다 버스 정류장에서 좀처럼 자주 오지 않는, 가뭄에 콩 나듯 오는 저상버스를 기다린다 불안한 마음을 감추지 못한 채 초조히 기다리게 되는 내력이 있었던 것이다

우리 아기가 좋아하는 서강대에 놀러 갈 적이었다 유아차의 앞바퀴는 나의 오른발, 뒷바퀴는 나의 왼발이다 집채만 한 체구로 나비마냥 사뿐, 입 안의 혀처럼 안성맞춤의 보도블록 턱 앞에, 서 있는 유아차 앞에, 자가용 승용차처럼 대어주는 기사님을 만났다 감동을 뛰어넘은 '울컥'을 줄 때 나는 여왕처럼 우아하게 승차했다 앗싸! 행선지까지 물어봐 주시는 살가운 기사님께 마음은 기립박수를 친다 하나를 보면 열을 안다고, 내릴 때도 세심하게 안배하며 가뿐하게 내릴 수 있게 선한 마음을 선사했다 턱이 없는 정류장일 때 승객에게 '누구 한 분이 도와드리라'고 부탁하셨다 버스가 정차하면 나는 잽싸게 하차해서 앞바퀴의 축대를 잡으면 기꺼이 도와주시는 한 분이 유아차의 손잡이를 잡고 내려주면 만사 OK!다 처음으로 호의를 받았던 기사님의 친절을 받고 보니 새삼 존경심이 일었다 내가 만약 높은 사람이라면 상금과 표창장을 수여하고 싶었다 허나, 가만히 생각해 보니 마땅히 기본을 지키며

생업에 충실했던 것 일뿐 당연한 일이 아닐까 싶은 것이다

오늘은 '고발문학' 빌미 삼아 감수성 제로였던 그 기사님을 신랄하게 고소하고 싶은 것이다 한 번 당했던 터라 부디 멋쟁이 기사님이 운전하는 버스에 당첨되길 바랐다 작디작은 눈을 있는 대로 커다랗게 뜨고 우직한 소가 되었다 뚝심 있게 기다리다 타야 할 저상버스가 먼발치에 보이기 시작했다 유아차를 의식하며 손을 번쩍 높이 들고 있었다 드디어 가까이 오자 미리부터 조명을 받고 싶었던 차 이심전심이 간절해서 일부러 두 손을 들어 마구 흔들어댔다

죽이 끓는지 밥이 끓는지 모르는 문외한! 주먹구구식 행정 하는 사람 같았다 유아차는 안중에 없는듯하다 이 분은 사람의 앞발과 뒷발의 최대한 보폭을 아는지 모르는지 얼토당토 않는 위치에 섰다 방도를 찾지 못해 갈팡질팡하는 것이 눈에 안 보이는지 도통 반응이 없다 내 가랑이를 거침없이 찢어 늘려서 건너가고 싶었다 기사양반 가까이 가서 인도 턱에 바짝 좀 대달라고 부탁했다 그제야 몸을 조금 비틀어준 다마는 가물치 콧구멍이다 어림 반 푼어치도 없으니 턱을 넘을 수가 없다 흑흑, 이까짓! 내가 힘만 좋았다면 유아차를 번쩍 들고 탈 수 있으련만… 얼음판에 무참하게 나자빠진 소가 되었다 멀리서 보면 헝클어진 그물이겠지? 아님 쏟아놓은 쌀?

길 가던 한 청년이 목격했나 보다 풍속도 화첩 한 권! 고귀한 두 손으로 받아 든 듯 유아차를 들고 버스 안으로 사뿐히 넣어주고 사라졌다

생각의 얼굴은 활화산이 된다 더는 희망이 안 보이니 내릴 때 도움을 받지 못할 것 같기 때문이다 내릴 정류장이 얼추 올 무렵 가까이 다가

가서 기사님 우리 아기 내릴 터이니 인도 턱 가까이 바짝 좀 대주세요 했지만 무지몽매한 양반! 입에도 풀칠하고 눈에도 풀칠한 이 양반! 삭막한 기사양반, 혹시나의 기대는 역시나의 좌절에 충격 받은 혈압이 오르고 있음을 느꼈다 순간, 죽어서 백골이 된다 하여도 은혜를 결코 잊을 수 없는 한 청년이 있었다 청년의 자발적 성의에 심쿵한 사이 냉큼 하차하여 앞바퀴의 축대를 잡는 순간 오! 나빌레라 듬직한 청년의 두 손이 살포시 천상의 지상으로 귀착시켜 준다 가뜩이나 크진 소의 눈에는, 물방울이 맺혀 있는 소의 눈에는, 경이로움으로 더욱 더 크진 소의 눈을 응시하며 콧잔등을 쓸어준다

오늘, 콩 한 알로 세 사람이 나누어 먹었다 콩 세 알을 심어서 한 알은 새가 또 한 알은 벌레가 나머지는 사람이 먹는다고, 말씀하시던 외할머니가 하늘에서 보시며 쯧쯧 좁쌀 썰어 먹을 놈이라고 혀를 찼을 것 같기만 하다 일면식도 없었던 사람! 경배하고 싶었던 두 청년의 뛰어난 공감능력에 찬탄한다 추앙하고 싶은 아름다운 두 청년이 수호천사로 변신하여 아기를 안전하게 도와준 감격이 와락 나를 껴안았다 조록조록하던 눈물이 봇물 터진듯하여 아기 몰래 훔친다고 욕봤다

'우리가 살아가는 영역에서 어떤 행위 활동을 할 수 없는 한계에 마주할 때 우리는 할 수 없음을 경험하게 되며 바로 이것이 장애라는 것'이다 그러니까 장애인은 무능상태가 되어 돌봄이 절실히 아니 절대로 필요한 것이다 약자가 살기 좋은 사회가 선진국이다 '장애인 이동권'과 '장애인 운동권'이 스쳐갔다 그리고 명절 즈음해서 보게 되는 '장애인도 버스 타고 고향 가고 싶다' '장애인 시외 이동권'이다 나는 내가 갈 수 있는 곳 어디든, 건물 안이거나 내가 타는 탈 것에 장애인도 함께 있기를 원한다 이 꿈같은 현실은 아마도 문화와 제도가 바뀌지 않는

한 요원 할 것 같다 정부와 지방자치단체에서 신경 쓰면 좋겠다

'장애는 해결해야 할 문제가 아니라 세상이 얼마나 미완성인지를 보여주는 증거란다' 이웃에 어머니를 휠체어에 태우고 정기적으로 병원 가는 분이 계신다 그분이 이 도시가 온통 문턱투성이라는 것을 뼈저리게 느꼈다고 한다 어느 교포청년은 자기가 사는 곳에서는 자신이 장애인이라는 것을 의식 못하고 살다가, 한국에만 오면 매 순간 느낀다는 글을 읽은 적이 있다 '나는 신체적 손상이 활동의 무능력이 되는 것은 자연스러운 귀결이 아니라 사회적 배치의 산물이라는 것을 그때 비로소 알게 되었다'고 했다

불평등이란 단어가 살에 가시로 박혔다 길 위의 약자들이 사무치게 생각나고 가슴 아팠던 하루였다 우리나라는 GNP가 몇 만 달러 이상 앞섰기 때문에 선진국 대열에 낀다고들 한다 달러보다 의식이 앞장섰으면 좋겠다 상대에 대해 이해와 교감이 없다면 일등을 차지해도 빛 좋은 개살구다 아니 평생 그 나물에 그 밥이다 '공동선을 위한 인식이 전환'되었음 좋겠다 차별 받지 않고 사는 사회 아니 전혀 느끼지 못하고 살 수 있는 기틀이 하루 빨리 자리 잡혀 유서 깊을 선진국 중심에 서 있을 대한민국을 꿈꾸어 본다

까놓고 말한다면 한 나라의 문화수준은 그 나라의 기사님들과 모든 차량의 운전자들의 매너만 보면 대번에 알 수 있다 가만히 다시 생각해 본다 고령화 사회를 위한 투자하는 셈치고 저상버스를 늘렸음 좋겠다 이동권 확대는 장애인뿐만 아니라 유아차, 무릎이 아픈 사람, 캐리어 끄는 사람, 노인, 임산부, 어디 몸이 안 좋아서 턱을 꺼리는 이들도 다 혜택을 볼 수 있게 될 것이다 그런데 운전자가 턱에 바짝 안 대

어 주면 무용지물이다 한 발 내렸다가 다시 올라갈 때는 무지막지한 턱이 될 터 '장애인들은 이 모든 예외적 상황을 마주할 때면 지나가는 타인의 옷소매를 붙잡고 무례한 도움을 감내해야만 한다 접근권이 보장되는 사회는 자기 존중이 가능한 사회를 도출한다 스스로 드나들 수 있고 도움을 구걸하지 않고도 밥 먹을 수 있는 권리의 실현은 곧 부끄럼 없이 살아갈 수 있음을 뜻한다 붕괴되지 않는 삶을 꿈꿀 수 있게 되는 것이다'

오매불망! 턱이 없는 사회를 꿈꾸어본다 마음에도 턱이 없는 사람 보고 싶다 그 사람 만나서 밥 한번 먹고 싶다 우리는 누구나 생활의 시간 앞에서는 장애인이 될 수도 있다는 것 인지하고 있어야 될 터 작금, '초연결 시대에 고립된 개인'을 유추해 보면 대화가 단절되는 느낌을 받으면서, 소통에 불편한 AI 앞에서, 몸이 마음 같지 않을 나이를 먹어가면서 살고 있는 중 아닌가? 그나저나 우리 아기 뇌리엔 오늘의 풍경이 어떻게 그려졌을까?

---

*1은 전편에 있음

아니야 국물이야

우리나라 보물 제 1호 류은수는 토마토를 좋아한다
토마토를 믹서기에 간 주스는 더 좋아한다

토마토 주스를 만들 때마다 두 손으로 귀를 막고 곁에 서서
"토마토 국물 주세요" 채근한다

아가! 토마토 주스 다 되었다 주스 먹어라
"아니야 국물이야"

아가, 이런 것은 국물이라고 하지 않고 주스라고 한단다
손가락에 장을 지져도 주스가 아니라 국물이란다

오냐 알겠다! 세종대왕의 애민을 이수한 수제자라는 것!
아가, 이건 국물이 아니고 주스란다

바늘도 안 들어가게 죽살치는 아기의 뼈대 있는 참모습에
이미 서구화 되어 있는 나의 모습이 모호하여 뜨끔하다

노승의 죽비 같은 아가, 그래도 이건 국물이 아니고 주스야!
"아니야 국물이야"
하모 하모 니 말이 맞다 두 손 든 할미
정체성 훼손되고 영어의 질곡에 빠질뻔했네?
그래, 우리 것은 소중한 거지? 지극히 개인적인 것이 세계적인 거야

까불이가 오는 날은

명랑이 온다
전천후 활동이 온다
내 맘을 나눌 동지가 온다
간사한 입을 수월수월 당기는 수수팥떡 같은 우리 아가!
만삭의 그리움 안고 떠났다가 몸 풀고 오니 그리도 좋니?
꿀이랑 깨가 든 송편같이 손이 자꾸 가는 우리 아기
본가에 갔다가 아빠와 함께 할머니 집 골목으로 들어선다

까불까불 재잘재잘 둥지 틀 초인종! 딩동딩동! 울린다
'아빠하고 나하고 만든 꽃밭에 채송화도 봉숭화도…' 네 활개 치는 음성으로 생기 충만한 기분을 휘날리며, 노래가 찢어지도록 부르며 아빠 팔에 안긴 채 까불까불 재잘재잘 대문 안으로 들어선다
제주 오메기떡 보다 맛있는 우리 아기 엄마의 피톤치드 몽땅 빨아 먹고 왔나 날아갈 듯 깔깔 까르르 생기 나는 생강엿 맛보고 왔나 "할~머~니~이~" 감치는 목소리가 달큰한 분위기를 파도 태우며 까불까불 재잘재잘 현관문 여니, 절간 같은 집에 생동생동 우리 아이 스민다 생동생동 우리 아기 스민다, 절간 같던 집이 시끌시끌 사람 사는 집같이 벅적벅적 변한다 호기로운 팽창으로 탄력을 받는다 풍요로운 일욜 저녁풍경이 풍류다 마른 솔가지로 저녁밥 짓는 굴뚝의 연기도 무럭무럭 피어오르면서 까분다 삼삼했던 우리 아기 넘치는 다정이, 전염된 친밀감이, 뜸을 잘 들인 갓 지은 밥이다 씹을수록 혀를 감돌던 달보드레한 그 맛으로 까분다 아기 방문 앞에 있던 대자보도 까분다 '환영! 우리 까불이 은수'라고 적힌 점잖은 판본체도 덩달아 까분다

식당에서

아가! 동네 단골식당 굴국밥 집에 갔지?
고사리 나물 좀 더 주세요 했더니 말의 거울인 네가 판화처럼
"고사리 나물 좀 더 주세요" 하니까
손님들 눈이 한꺼번에 네게 쏠리더라?

주인 아들 청년이 알바를 하고 있었지? 미소부터 짓는
너는 삼촌을 보자마자 인사를 당기며 "삼촌"을 불렀지?
살갑게 불렀지?
너를 알아 줄 때까지 "삼촌 삼촌" 감미롭게 불렀지?
안달하듯 재촉하듯 목마르게 부르고 또 불러 보았지만
삼촌은 소 닭 보듯 했지?

삼촌은 바쁘니까 그만 불러라 일 방해 된다 했더니
"삼촌 바빠" 하면서도 눈을 못 떼더니 삼촌의 모자를 뒤늦게 발견하고
"삼촌 모자!" 했지? 귀에 바짝 대고 소곤소곤 삼촌은 멋쟁이다 했더니
"삼촌은 멋쟁이!"라고 큰소리로 만천하에 고백했지?

자물쇠로 굳게 채워져 있던 삼촌 입,
꽁꽁 닫혀 있던 철문의 가슴을 빼쭘 여는 것 봤지?

집요한 연모의 정을 연주하던 네가 드디어 불후의 명작을 남겼네?
너야말로 명망 있는 조율사네?

아빠 오시는 날 2*

아가! 오늘은 금욜, 네가 없음 못 사는 네 아빠가 왔어!
너를 데리고 엄마가 있는 본가로 가려고 왔어!
바늘 가는데 실이 가야 하는 것 아니겠어? 그런데
아빠가 너를 안고 현관문을 열기도 전 작심하고 몸부림 쳤어!
눈물이 콸~콸 골짝 나도록 안 가겠다고 소리소리 질렀어!
온몸으로 의사 표시하는 네 결기에 가슴이 쿵~ 하더니
쫙~ 하고 갈라졌어!

변덕쟁이, 칠면조 같은 마음을 솔직히 고백 하는 거니?
우선 먹기는 단감이 달다고? 당장은 할미가 엄마보다 백 번 좋다고?
두고두고 오래 먹을 수 있는 곶감이 좋지 않겠어?
단감은 곶감을 만들 수 없어!
아빠 오기 전, 갈 채비할 때부터 "싫어 싫어"를 남발해서 기미가
보이길래 설마 대성통곡은 안 하겠지 했는데 노골적으로 했어!
하하하! 오니 오는 줄 아나, 가니 가는 줄 아나
모나무 같던 우리 아기 언제 커서 내캉 놀다가 내가 가면
가지 못 하게 치맛자락 움켜쥐면서 가지 말라고 울까?
했는데? 드디어 오늘 내가 출세했네?
역시 나를 영광스럽게 해 준 우리 아가! 참신한 인재가 된 아가!
세월은 흐르는 물과 같다더니 실개천이 강물을 만나 바다로 가는 거니?
모내기 마친 무논에서 벼 이삭이 패더니 낟알이 영글기 시작하네?

---

*1은 전편에 있음

우주를 치네

거미도 줄을 쳐야 먹이를 낚아챈다
거미는 작아도 줄을 잘 치듯
거미 같이 작은 아기가 우주를 치네?

아가! 네 이름이 뭐니? “류은수”
할머니 이름은? “강희산”
할아버진? “정노관”

이모와 삼촌 그리고 이모부 이름까지 망라하여 가르쳐 주었더니
심심풀이로 물어볼 때마다 낙숫물 같이,
연잎에 구르는 물방울 같이 또·로·록~ 똑! 하네?

오늘은 엄마, 아빠 앞에서 엄마 이름 호명하니
엄마를 첨 해 보는 엄만 놀라서 기절해 넘어졌고
입이 벌어진 아빠는 골똘한 바보가 되어 사족을 못 쓰네?

ㅎㅎ 우리 아기가 제 이름을 또박또박 쓸 때는
흥분한 할미의 맹목적 사랑도 볼만하겠지?
할미 이름까지 쓴다면?
전폭적인 사랑에 놀라 자빠진 할민 일어날 수 있을까?
할미에게 편지를 쓸 즈음엔 개떡같이 했던 말 찰떡같이 알아 듣고 할미에 대한 소설을 쓸 땐 우주정거장에서 아침을 먹고 있겠지?

홍옥

길로 가라니까 뫼로 가는 우리 아기
달밤에 삿갓 쓰고 나온다

반대 개념으로 말하기가 특기인 은수는 어깃장 놓는 데 노련하다
할머니 머리 꼭대기에서 놀고 있는 우리 아기, 벌레 물린 데 약 발라 주면서 운율을 깔고 주저리주저리 할머니 손은 약손이다 하면, 저는 대번에 "할미 손은 안 약손이다" 하고 배 아프다고 할 때 배를 문질러 주면서, 중얼중얼 장단을 넣어서, 배야 배야 나아라 할미 손이 약손이다 하면 "배야 배야 안 나아라 할미 손이 안 약손이다" 한다

한창 자아가 형성되고 있는 우리 아기 생각이 부유한 우리 아기 고양이 세수조차 싫어하는 아기에게 세수하면 예뻐져? 미워져? 하고 물어보면 당돌하게 "미워져" 하고, 은수야 할머니한테 사랑 받고 싶니? 미움 받고 싶니? 하면 저돌적으로 "미움" 한다

살을 먹인, 활을 쏘아 올린, 내 영역 밖, 손 닿지 않는,
사과나무 우듬지 같은, 아기를 숭상하고 싶은 것이다
할미 사랑의 본질의 눈길과, 손길의 효과가
아기가 생산한 역효과로 무르익어 군침 돈다
온몸의 세포를 화들짝 놀래키는 아기는 탐스럽고 요염한
한 알의 홍옥으로 달려있는 것이다

신문으로 노는 아기

신문은 변주의 묘수다 오늘 아침 신문이 작년 이맘때 만 해도 우리 아기 손에 가면 눈 깜빡할 새 신문지가 되었던 것이다 다양한 쓰임새의 신문지는 멋진 놀이터로 둔갑해설랑 진탕으로 잘 놀았던 것이다 찢기 놀이 끝내고 흩뿌리면 바람이 되어 꽃비가 내리고 새가 되어 날아올랐다 끌어 모아 잘게 뭉치면 공깃돌이 되어 공깃돌 놀이 하고 크게 뭉치면 제법 큰 탁구공이 되어 공놀이도 신났다 구멍을 뚫으면 '까꿍'놀이로 자지러지도록 웃게 만드는 놀이기구였다 책을 싸면 책보가 되어 '학교 종이 땡땡땡 어서 모이자' 학교놀이도 했다 신문지는 목도리도 되고 저고리와 치마가 되고 두루마기가 되어 걸었다 그리고 슈퍼맨의 망토가 되어 한 세상을 휘젓고 다녔다 신문지는 요도 되고 이불도 되고 커튼도 되고 텐트도 되었다 침실이 되어 자장가 청해서 노루잠 한숨 자고 일어난 집, 한 채 뚝딱! 치워서, 접으면 모자가 되고 비행기가 되어 날아갔다 신문은 경지를 뛰어넘는 마술은 저리 가라고 했으니 우리를 요지경으로 쏘아 올렸던 것이다

하~ 하~ 하~ 하루 볕은 겁나게 무섭다 하루 하루 눈앞의 세상에는 한 세계의 방향이 사유의 공간을 확장했나? 별건곤이 된 오늘은 공감과 연민으로 생각의 도구로 만드는 것이다 신문에는 대체로 남자 사진이 많다 왜 제 입에 익은 '아빠'라 부르지 않고 "아가"로 부를까? 희한하다 눈 씻고 봐도 제 아빠의 동료 혹은 선배 후배 같아 보이는데 손가락 콕콕 찍어가며 "아가"라 부른다 ㅎㅎ 네가 가늠해 보니 짚이는 바가 있었니? 네 말이 그다지 틀리지는 않네? 남자는 나이가 들면 아기가 된다? 미웠다가 예뻤다가 수시로 돌격하는 아기 도인이거든? 혹

은 두려움과 반가움으로 공존하는 그 무엇인가?

내게는 스마트폰도 없고 TV가 없으니 세상과 소통하는 유일한 길은 두 개의 신문이다 오늘도 신문을 보니 이곳에 실리기 위해 마치 어두컴컴한 긴 줄을 서서 어둡게 기다린 듯한 기사들이 붐빈다 고 전우익 샘의 '혼자만 잘 살믄 무슨 재민겨' 그 말씀이 스멀스멀 스며들게 하는 신문을 본다 함께 보고 있는 우기 아기도 신문 보기에 열광이다 '지구는 둥그니까 자꾸 걸어 나가자'고 한다 이제는 늙은 아기 혹은 남자 어르신 그만 보고 진짜배기 아기를 찾아내라고 성화를 먹인다

어디 있나 볼까? 앗싸! 다음 장에 어린아이들이 시네마스코프 총 천연색으로 나오는 광고판에서 눈을 떼지 못한다 여자 애는 너무 반가우니까 숨이 넘어 가듯 "언니 언니" 부르면서 손바닥으로 언니 얼굴을 찰싹찰싹 때리면서 연거푸 부른다 남자 애도 너무 좋아 연신 "오빠 오빠" 오빠의 뺨을 치면서 친근감을 맘껏 발산한다 또 다음 장으로 넘겨 다행히도 언니 오빠가 있으면 방방 뛸 듯 좋아서 흥분을 입고 함박꽃으로 만발한다

아기는 또 다음 장을 어서 넘기라고 속사포를 쏜다 (다음 장에 없을 땐 미리 가위로 언니 오빠를 오려주면 저녁이 올 때까지 챙긴다) 아기의 강요에 의해 얼른 넘겨 찾아보지만 안 보인다 가속이 붙은 아기는 다음 장으로 넘겨 빨리 언니 오빠를 찾아내라고 호통을 친다 다음, 다음 그 다음 장으로 넘겨도 넘겨도 온전히 환대 받아야 할 언니 오빠는 안 보이고 피폐한 무채색 그림자만 있다 비극적인 아동 학대 사건만 있다 맞아 죽고 굶어 죽은 어린 생명의 원한만 있다 눈이 있어 보고 귀가 있어 들은 죄인이 여기 있다 그러므로 '고통의 바다'에 사는 불쌍하고

가련한 중생만 있다

악순환의 고리는 언제 끊어질까 그 실마리를 숙고해 본다 사람이란 이미 태어날 때부터 죽을 때까지 존재 그 자체가 진선미인데 그 무엇이 그로 하여금 그 지경에 이르도록 처참해졌을까? 그 무엇이 학대로 변태했을까 지금 당장 눈에 보이는 것 보다 눈에 보이지 않는 것에 주목했음 좋겠다 나라가 나서서 부단한 관용을 베풀었음 좋겠다 '단기간 내 다수에게 대량의 서비스 제공'이 아닌 전문 심리 상담사와 1:1로 만나게 하여 지속적으로 치료를 받게 하였음 좋겠다 대한민국의 음덕으로 본성을 되찾아 정서가 안정되었음 좋겠다 부디 음지에 있던 마음이 양지로 건너갔음 좋겠다

당연히 어린이는 보호받고 양육 받아야 하거늘 폭력 피해를 입었던 어린이들도 사회의 보살핌을 체계적으로 받았음 좋겠다 상처가 아물어 보란 듯이 풋풋하게 잘 자라서 평정과 평온이 늘 유지되었음 좋겠다 은수야! 너캉내캉은 약자니까 아무런 힘이 없잖니 우리가 할 수 있는 일은 기도밖에 더 있겠니? 기도는 하늘로 올라가는 본능이 있단다 모든 국민에게 관심과 배려를 받을 수 있기를, 두 손 모아 빌어보자꾸나 아기를 점지한 우리나라에만 있는 민속의 삼신할머니에게 굿거리로 빈다 가피를 바라는 마음으로 부처님께 두 손을 모아 빈다 그리고 예수님의 긍휼을 믿고 빌고 또 빈다

가재 잡고 도랑 치다

금이야 옥이야 똥강아지 내 새끼야
사흘 동안 똥을 못 싼 우리 아기야
계속 배 아프다면서 징징거리더니
똥구 아프다고 약 발라 달라고 노래하더니
나흘 만에 억수로 기분 좋은 진객이 찾아 오셨다
윤기, 차르르르! 바둑알 같은 똥이 한 대접이다
동그랑땡, 찬이 한 접시오 고두밥으로 된 새알 한 사발이다

변기에 털어 부었더니 사달이 났다
범람하는 대홍수를 어이할까나 딱딱하게 여문 똥! 어이할까나
헌 칫솔을 넣어 으깼으나 변죽만 울릴 뿐이다
분쇄기로 만든 손을 깊숙이 넣어 으드득 으드득
가루가 되도록 부스러뜨렸다
앗싸! 어화둥둥! 나의 화신 매화가 난분분, 하강 준비, 완료한다

수압을 이용하려고 한 동이의 물을 으르렁 순식간에 으르렁 쏟아
부었더니 뿌~웅~ 하고 뚫렸다 천상 출항을 알리는 뱃고동 소리다
우리 아기 먼 바다를 향해 할 시각이네?

옛말 치고 그른 말 없다더니? 엎어진 김에 예쁜 돌멩이 하나라도
줍는다고? ㅎㅎㅎ 욕실 대청소 끝내주게 잘 했다
골이 상투 끝까지 나게 해도 눈에 넣고만 싶은 쓰담쓰담 내 새끼야
가재 잡고 도랑도 쳤네? 고마우이 상선약수 나의 절친이여!

자발적 절제를 보다

야단 났다! 팔색조보다 더 예쁜 우리 아기
단과자 먹고 나면 제 엄마가 먹이라고 준 과자는 싱거우니까
안 먹는 우리 아기 내가 먹는 과자만 먹으려고 안달이다

이 과자는 아기가 먹는 과자
저 과자는 어른이 되어야만 먹을 수 있는 과자라고
귀가 따갑도록 누누이 인지시켜 준다

아긴, 제가 먹기 싫은 과자를 날더러 먹으란다
싫다고 하면 할미 입에 강제로 우겨 넣는다
입에 든 과자를 꺼내면서 할미가 먹음 안 된다고 못을 박는다

할민, 할미꺼만 먹어야 한다며 내 과자를 먹고 있으면
저도 먹고 싶어 입맛 다신다 자비의 눈길로 쳐다보니 처량해 보인다
조금 떨어져서 보니 청빈해 보이다가 좀 더 멀리서 보니까
청렴해 보인다

품위를 지켜 몸가짐을 진중히 하는 훌륭한 아가야
식별능력이 생겼구나
하고 싶은데 안 하는 것과 할 수 있는데도 불구하고 안 하는 것은
대단한 비전이야 괜히 송구하고 엄숙한 분위기다만
내 마음결은 물 댄 논 같구나
축하해! 아가야 깨달음에 들어 선 네 심오한 시동 아름답구나

또 상 주세용

아무래도 뿅~ 하고 가버릴 것 같은 목소리의 주인공
때문에 노그라진 기관들이 기지개를 추렴하니 전신이 다 개운하당
기저귀 갈자 하면 칠색팔색하는 우리 아기에게 할미 말 잘 들으면 상을 주겠다고 바람을 잡았당 우리 아기 '상'이란 단어에 꽂힌 기지가 돋보인당 단박 긴장하는 눈빛으로 선연해지는 눈결에 휩쓸려 볼까용

찬찬하면서도 왕성한 의욕이 끓어 넘칠 듯 아슬아슬한 아기, 투명함의 정점 같은 눈동자가 반짝반짝 빛난당 호기심에 단 아긴 촘촘히 단내가 난당 아기 마음 변할까봐 기저귀를 마파람에 게 눈 감추듯 갈아치우고 '상'이라며 딸기 과자를 한 개 줬더니 보람과 바람으로 아우르는 말본새 좀 보송 ㅎㅎ 거들먹거리듯 "과자는 상으로 주는 거야" ㅎㅎ 노글노글 분위기 잡송
인절미 조청 찍은 맛 같낭? 한 개 얼른 먹고 "또 상 주세용" 두 개 단숨에 먹고 "또 상 주세용" 세 개 부리나케 먹고 "또 상 주세용" 상은 코끼리가 비스킷 하나 먹은 것 같은강?

간이 녹아드는 이 소리! 맑디맑은 이 소리! 주옥같은 이 소리! "또 상 주세용" 낭창낭창 이 매혹의 성역! 이 아침의 목소리에 매료된 나는 무엄하게스리 굴복 당했낭? 한 번으로 끝내야 할 상의 지고한 가치를 손상시키는 것도 모자라 타락까지 시키려고 했낭?

아가! 상은 결심과 의지만 따라준다면 약방에 감초란당 살강 밑에서 숟가락 줍는 거와 같아서 진리를 따르는 일! 참 말로 쉽지롱?

도깨비불로 장난치니?

노긋노긋한 우리 아기에게
동그라미를 보여주면
"네모"라 하고
네모를 보여주면
"동그라미"라고 하니 당차고 강단 있다
발칙한 해석을 하는 아기를 보니 철학자가 되려나?
기발한 생각을 하니 과학자가 되려나?
즐거운 시름에 잠기게 하니 눈독 들이게 하누나

넉살 떠는 아가야 비위도 좋은 아가야
네모난 풍선 봤니?
"봤지"
언제?
"지금"

할미를 들었다가 내리꽂는 암팡진 아가야
닭 잡아먹고 오리발 내미는 오성 급 은수야
내겐 약에 쓰려고 해도 없는 네 무구한 자유분방이
내 깜깜한 영혼을 거치적거림 없이 누비니 치명적이구나
직감력이 탁월한 우리 아기 음에 조예가 깊으니 작곡가가 되려나?
예시력이 뛰어난 화가가 되려나? 고전으로 남길 작가가 되려나?
화두를 낳아 화두를 품 안은 아가야
니가 시방 내를 도깨비불로 장난치는 겨?

수호천사 3

*

세상에나 어째 이런 일이…
아기 방에 예초기 칼날 돌아가는 소리로
죽일 놈의 말벌이 이를 갈고 있다
본능적으로 살기가 등등해진 나는
키는 작아도 담은 크다
죽기 살기로 내리쳐 죽였다
아가! 있잖아 할미가 예전에
낙남정맥* 종주하다가 말벌에 쏘여 죽었다가 살았거든
자라보고 놀란 가슴 소두뱅이 보고 놀란단다?
육시랄! 제 방귀에 놀라는 토끼지만
화끈하게 죽이는 수호천사도 있었네?

*

아가! 네가 폴짝폴짝 욕조난간을 잡고
우쭐거리며 까불어 제끼다가 곤두박질 했단다
무참하게 거꾸로 쳐 박혔더란다
쿵! 욕조가 박살나는 굉음에
할미 간도 쾅! 떨어지는 찰라
눈앞이 캄캄해지는 눈이
네 머리를 더듬어서 받쳐주던
눈 먼 수호천사도 있는 갑더라?

---

*백두대간에서 뻗어 내린 산줄기로 낙동강 남쪽에 있는 산을 지칭

땅거미 질 무렵

머~언 고향의 맥박 같은 하모니카 소리
들릴 듯 말 듯, 해는 지고 어스레한 동안
아기의 본가가 있는 잠실 한 아파트 단지 내
놀이터에서 놀고 있다

아가! 엄마가 퇴근하는 대로
이곳에 오기로 했으니 조금만 기다리면
엄마 보겠네? 했더니 불쑥!
갈피갈피 그리움에 전 음정으로
"엄마~" 하고 초연하게 불러 보는 것이다

경건하기 이를 데 없는, 무한 신뢰의 평온한 이 부름에
코허리가 저리고 시리다
목소리가 잠긴 아기는 지나가는 아무 엄마들을 보면서
그냥, "엄마 엄마" 하고 천천히 거듭거듭 불러본다
부르는 음색의 파장에 옷깃을 여민다

뭉치고 뭉쳤던 기다림의 오색실로 친친 감아 놓은
자상한 떨림이 저녁 공기에 땀땀이 수를 놓아
마음 안으로 스며드는 슬픔이 환희다
이 서러운 시름이 아리아리 멋지다

본가에 보내 놓고 4

어제는 싱그러운 부추꽃 향기로
오늘은 들깻잎 향기로 휘날리면서
나를 싱그레 품어 주던 내 아가야
네가 안 보이니 내 몸의 나사 하나가 빠진 듯 헐렁헐렁하구나
사방이 허전한 가을이 온 것도 모르고 입고 있었던 한산모시옷 같구나
글쎄 말이다! 넌 밤이 와도 스스로 잘 줄 모르잖니?
잠이 들 때까지 네 방 네 곁에서 할미가 잠을 재워줘야만 하잖니?

잠은 오는데 잠이 안 와 괴로운 네가 발광했지? 잠이 쉽지 않은 네가 팔을 휘두르다가 네 손가락이 할미 눈을 찔렀지! 몸부림을 치다가 네 발 뒤꿈치가 할미 얼굴을 강타했지!
코에 적중 했나 봐, 코피가 나길래 무단히 장난기가 발동했지
겁을 좀 주고 싶었지! 네 동태를 살피면서 까마귀 날자 배 떨어진다고 일부러 앓는 소리를 좀 했지! 아파서 우는 척 엄살 떨어 보았으나 주는 겁도 퇴짜 놓는 너였지!
마치 놀부 마누라가 밥알 묻은 밥주걱으로 때린 흥부의 뺨이
내 뺨 같았지! 밥알을 떼어먹으며 얼얼했던 일을
소환해 보니 입가가 올라가는구나

아가! 잠을 사긴 사야겠는데 네게 팔러 올 기미가 없으니까
괜히 입안의 혀 같은 할미한테 심통부리고 싶었지?
넌 내 팔을 잡아당겨 손바닥을 네 가슴에 얹어 놓았지?
잠이 네게 안 팔러 가겠다고 버둥거리는 시간 따라, 부지런히

토닥토닥 다독이던 팔이, 저려 와서 손을 뒤집었지!
넌 그 손을 잡아 휙~ 던져 버렸지? 손등으로 하지 말라고!
다른 손을 찾아 손바닥이 네 가슴에 닿도록 하던 너를 그려보니
올라갔던 입꼬리가 점점 귀를 잡아당기는구나

영민한 아가 감각이 첨예한 아가 희한하다
무엇 때문에 손바닥은 괜찮고 손등은 안 되니?
토닥이는 자장가로 너의 잠이 도착할 때까지
다독이는 손은 손바닥이나 손등이나 도토리 키 재기 아닌감?
도통 감이 안 잡히네?
ㅎㅎ 모로 가도 서울만 가면 안 되니?
걸리버가 소인국에서 밧줄에 꽁꽁 묶인 것 같이
손이 저릿저릿하고, 팔이 쓰리쓰리하고, 어깨가 아릿아릿하고
온몸이 욱신욱신 쑤셔 죽겠는데
할미 죽어도 좋아?

아가! 실은 네 보드라움을 쓰다듬을 때는 손바닥보다는
손등으로 해야 감촉이 더 잘 전해진단다 이해가 안 가지?
왜냐면 손바닥은 시간의 물에 휩쓸리고 삶의 모서리에 쓸려서
세월에 부딪친 상흔의 보푸라기 투성이거든
그러니까 세상살이 온갖 고난을 직접 겪은 까끄라기 밭인데 비해
손등은 바닥의 속을 속속들이 알 턱이 없는 산물이야
귀띔인데 너도 반 세기 훌쩍 넘기면 알게 될 걸?
아냐 네가 할머니 되어 손주와 연애하면 알게 될 껄껄껄껄…

겨울 외출

겨울냄새 독할 때면 바늘구멍에도
황소바람 들어온다고 땜질하면서
단장하는 것도 좀 보소

영하의 날, 눈매가 깊고 콧방울이 너무 귀여운 우리 아기랑
키즈카페 가려고 채비하는 진풍경 보소
아기의 머리부터 발끝까지 동장군이 곁눈질 못하도록 완전무장
시켜서 유아차에 태우기까지의 파란곡절 좀 보소

망극하옵나이다 우리 공주마마! 통촉하시옵소서
마마께서 시시하게 보니까 저절로 시답잖게 돼 버린 이 할미가
선수 치며 복덕을 구하는 심정으로 머리 조아리고 아뢰나이다
늘상 하는 지지부진한 치다꺼리 진부한 부탁이지만
제발 좀 들어 주소

외출할 적에 필수코스, 할미의 기본 청탁은 걸레가 되었소.
수수한 말에도 순순하게 통하지 않는 아기는 기저귀 안 갈려고
뻔대다가 발로 차다가 도망가는 걸 강제로 붙잡아 와설랑
하마 같은 어른 둘이 청설모 같은 아기 하나에 매달려
쩔쩔매는 꼴 좀 보소

대한민국에서 둘째 가라면 서러워할 양반
성질머리 더럽게 급한 바깥 양반

눈썰미 제로의 할배라는 사람은 도와준다는 미덕이 훼방꾼 같소
양말을 뒤집어 신겨 놓았소 앞 뒤 구분도 못한 바지를 입혀놓았소
엄지장갑 끼워준다고 끙끙 앓으며 손가락과 싸우는 소리 보소

큰 파도 작은 파도 휩쓸고 간 뒤 완성된 아기 꼴 좀 보소
겹겹의 포대기에 갓난쟁이가 쌓여있는 듯
두 눈만 빠끔빠끔한 것 보소
천상, 달 착륙을 시도하기 전 준비 완료된 우주인이 되었소
ㅎㅎㅎ 놈이 들이닥치거나 말거나 곧장 쏘아 올리것소

당했구랴 당했구랴 오지게 배신 당했구랴
계모한테 구박받다 쫓겨난 장화와 홍련이처럼 빈털터리가 되었소
발버둥 쳐 봤자 별수 없이 쫓겨난 신세가 되었소

키즈카페 출입문에 '개인 사정으로 오늘 하루만 쉽니다'
괘씸한 문구에 오도가도 못하는 우린
이미 집을 너무 멀리 떠나온 과격한 가난에 떨고 있소

제기랄! 의지 가지 없는 우린 영락없는 거렁뱅이가 되었소
아니 극빈자가 되었소 아니 극빈도 초월한
그 '성냥팔이 소녀'가 되었소
성냥 한 개비로 불을 지펴 얼어붙는 지구촌 냉패를 녹이고 있소

여일 3

*

둥개 둥개 둥개야 동글 동글 동글아

모가 없어 많은 식구도 함께 앉을 수 있는 둥근 밥상 같은 아가야

그런데 깽판 놓기가 취미인 우리 아가야

할미를 무시로 깔보는 아기한테 젓가락으로 젓국 집어 먹을 요 녀석

한테 요러쿵조러쿵 그 옛날 장날 약장수같이 약을 팔아 보았으나

당최 구미가 당기지 않는지 시큰둥해서 깔아뭉개는 것 같아서

얄미워 죽겠는 아기에게 너 할미 무시하면 엉덩이에 뿔난다?

"뿔이 뭐야" 뜨거운 왕관!

*

명쾌하고도 기품 있는 우리 아기 하품한다

코를 바짝 대고 먼바다에서 춤추던 자연산 물미역 내음 들이킨다

우리 아기 두 번째 하품한다

숟가락 망태 벌어지네? "망태가 뭐야"

기획한 꿈이 현장으로 들어서는 신호야

우리 아기 세 번째 하품한다

에루화 좋구나 지화자 좋구나! 아니 놀고 뭣하리

은수야 잘 들어봐?

웅성웅성하는 소리 들려 안 들려? (잠시 숨 죽이고) "들려"

잠의 요정들이 날아오고 있나 봐 걔들이 소란 피우기 전 어여 자자

제발! 할미의 소원, 맛있는 잠! 걸게 한 번 먹어 보게 해다오

누에 잠자자 누에가 번데기 될 때까지 딱 한 번만 자 보자

너 잔다고 뭐라고 할 사람 세상천지 아무도 없다

죽도록 자고 일어나 명주실 한 올 뽑아 올려보자
일자 무식 할머니, 장원급제 한 기분 들게 좀 해 다오

*

똥이라면 무단히 평생 가난과 병고에 시달렸던 작가
똥으로 유명한 고 권정생 쌤이 그립게 한다

세상의 모든 보통의 아이들은 똥을 좋아하는 것 진즉 알고는
있었지만 우리 아기 역시 왜 똥을 그토록 좋아하는지 모르겠다
똥이란 말을 듣는 순간부터 허파가 간지럽나?
간지럼 탄 입가에서부터 미소봉오리가 함박꽃으로 펑펑 터지다 보니
모르면 모를까 손뼉 치며 좋아서 까무러칠 상 싶은 것이다

오늘도 '똥' 자 붙은 놀이하며 호흡이 척척 박사가 되는 리듬 놀이한다 할미가 선창으로 개똥벌레 하면 아기는 "똥똥"으로 후렴구 치는 재미에 빠진다 개똥벌레 "똥똥" '우리 집에 불 없다' "똥똥" '날래 와서 밝혀라' "똥똥" 은수 방이 어둡다 "똥똥" 빨리 와서 불 켜라 "똥똥" 가사를 즉흥적으로 바꾸어서 선창하면 은수는 "똥똥" 하며 물레방아를 돌린다 오늘도 디딜방아 찧어서 알곡을 만든다
우리는 한통속이 되어 숨이 찰 때까지
아무리 먹어도 물리지 않는 밥하고 김치처럼 먹는다
그려, 궁께 귀띔이다
생태적 삶은 똥 냄새하고 섞여 사는 거여

여일 4

'산골짜기 다람쥐 아기 다람쥐
도토리 점심 가지고 소풍을 간다
다람쥐야 다람쥐야 재주나 한번 넘으렴
파알딱 팔딱 팔딱 날도 참말 좋구나'
날 좋은 날, 우린 다람쥐처럼 재주나 한번 넘어보고 싶어 산책 간다
고구마 꾸덕꾸덕 말린 것 간식 통에 넣고 소풍 간다
보고 싶은 다람쥐 노래 부르며 다람쥐 만나려고 산으로 간다

얼추 50년을 같은 공간에서 살았으니 구면의 친구
그 친구가 통째로 낙상했다
골목 산보할 때마다 눈인사했던 막연한 사이였는데
간밤에 비바람이 왔다 갔으니 슬픈 정물로 있었던 것이다
거죽이 좀 울퉁불퉁하다고, 과일가게 망신시킨다고,
주인한테 괄시받았던 친구 비록 마음은 멍이 들었지만 저를 데려가면
좋은 일이 생길 거라는 암시를 줬다

아기에게 모과 줍기 놀이를 하자고 권했다 첫 번째 주운 것은 자연스럽게도 당연히 제 것, 두 번째 주운 것은 엄마 것, 세 번째 주운 것은 아빠 것, 그리고 할머니 할아버지 것, 언니 것, 이모 것, 고모 것, 삼촌 것까지도 주워서 담은 보조 가방은 배불뚝이가 되었다

집에 와 모과를 마룻바닥에 쏟아 부었다 줄을 세우는 놀이를 하다가 쌓기 놀이도 했다 아기에게 저만치 가 있어라 하고 마주 보고 앉아 모

과를 굴려 주면 아긴 되돌려 굴려주는 놀이도 했다 상처에서 나온 진물 탓인지 유독 손이 끈적거렸는데 내음이 기막히게 좋다 아기 코에 바짝 대주며 어때? 했더니 "좋아" 한다

킁, 킁, 킁, 코에 바짝 대 주고는 피드백을 받아 보는 놀이를 한다
막무가내 개구쟁이 친구인형들 마다 코에 대어 주며 물었다.
뽀로로와 그의 친구들 중 루피 코에 대었다
루피는 '모과로 만들어진 자전거를 타고 나르고 싶다'며 '이참에 백록담까지 갔다 와야지' 하고 첫 번째 친구가 말했다

"해리야 어때?" 해리는 '향이 넘 좋아서 향기에 갇힌 것 같아, 기분이 아주 오묘해 그런데 세상에 이리 좋은 것이 있는 줄 몰랐네?'
에디는 '향이 폭포 같아서 순간적으로 다이빙하는 느낌이 왔다'고 했다
포비는 '여태 어디 있다가 이제 왔니? 마치 요술램프 같아서 마음에 다 문지르고 있는 중'이라고…
코롱은 '생각이 끊어지는 느낌이 스며드니 마음이 편해서 좋은 소식이 있을 것 같은 예감이 들어'라고…
패티는 울상이 되어 '어쩌면 좋아 향에 빨려 들어간 정신이 혼미해 갈피를 못 잡겠네?' 했다
끝으로 뽀로로는 '말로 표현하기가 만만찮다'고 심각한 표정을 지었다
모두들 다양한 반응의 응답을 색깔 있게 좋다고 하니 매우 좋았다

아가! 우리 이제는 분위기 바꾸어서 향을 먹는 놀이로 들어가 볼까?
냠냠하고 향기를 삼키니 목으로 넘어가는 목넘김이 싸~아~ 했다
향기 하나로 우릴 호강시켜주는 친구는 순정하게 만드는 성질이 있었나 보다

코에 걸면 코걸이가 되고 귀에 걸면 귀걸이가 되어 성의껏 놀아 주었다
모과의 영혼으로부터 우리 모두의 영혼이 압도당했던 것이다

그 친구, 온 집 안에 은근하게 스며들라고 군데군데 몇 개씩 비치했다
친구는 생활의 배경음악으로 깔려 있다가 어느 날부터 드문드문 잊혀
지기 시작하더니 눈 밖으로 나간 인연은 어느 날부터 까맣게 잊히고
말았다

그 어느 아침 우연히 까망 몽돌이 눈에 띄었다
친구는 내밀하게 찾아온 변화를 감내하느라
시커멓게 변해서 흑석 같은 밤이 되어 있었던 것이다
이것 봐! 아가! 그렇다면 친구의 상처는 무엇이었을까
그윽한 어둠으로 날개를 달고 날 준비를 하고 있었나 봐

아가! 어둠이 익으면 빛의 냄새를 보게 되나 봐
말라가면서도 풍기는 향기는 집요한 응원이었나 봐
그 어둠이 내면의 빛을 열심으로 뿜어내어 준 것이었어
한 방울의 피가 소진될 때까지 말야
침묵은 고독과 내통하고 있었나 보다 그치?

아가! 일전에 오은 시인의 글 '어두워질 줄 알기'를 보다가 가슴에서 징
이 울리는 장면이 떠오른다 여기 옮겨볼게 이심전심이 되어 볼래?
'예전에는 스스로 빛을 발하는 사람이 되고 싶었다 어둠 속에서도 어
떻게든 빛을 밝히는 사람을 멀찌감치서 동경했다 나는 어둠을 어둠
그대로 긍정하는 사람이 되고 싶다 더 오래, 더 늦게까지 머무는 사
람이 아닌 때맞춰 자발적으로 어두워질 줄 아는 사람이 되고 싶다 빛

이 넘칠 때는 한 줄기 빛살이 얼마나 소중한지 모를 테니, 이는 어둠의 미덕을 발견하는 일이기도 하다 저물지 않으면 해는 다시 떠오르지 못한다'

노다지

더러운 손으로 코를 후벼 파는 우리 아기
못하게 했더니 고개를 돌린 채 판다

금광 굴을 자꾸 파면 피가 난다 그만 파라고 하니까
숫제 등을 보이며 돌아서서 판다

안 판다는 결백을 밝히는 걸까
비대면 해도 얼마든지 뜻 하다는 걸까

금맥에서 코딱지를 꺼내더니 "무슨 맛이지?"
입에 넣어 먹어본다

먹지 마! 그게 과자야?
"응 과자야" 하면서 또 파먹는다

후벼낸 코딱지를 코딱지만큼 주며
"할머니도 먹어봐"

아가 네 코는 파내도 파내도
맛있는 과자가 자꾸 나오는 노다지네?

"노다지가 뭐야"
얻은 바 없이 얻은 것

겨울은 깊어 가고

'고드름 고드름 수정 고드름
고드름 따다가 발을 엮어서 각시방 영창에 달아놓아요
각시님 각시님 안녕하세요
낮에는 해님이 문안 오시고 밤에는 달님이 놀러오지요'
우리 아기 발음 정확하고! 음정 기똥차고!
2절까지 긴 가사를 어떻게 다 외울까?
아가야! 각시방에 낮에는 누가 놀러 오니? "해님"
그러면 달님은 언제 놀러 와? "밤" 성은이 망극 하옵니다 ㅎㅎ

아가! 겨울이 깊어 가니 눈 속에 파묻힌 백두대간이 그립네?
겨울 산에 들면 눈에 보이는 것은 시리고 차가운 어둠뿐이고
눈에 안 보이는 곳을 보면 따스한 생명뿐이더라? 우리 구경 갈까?
마음 모아 '겨울나무' 부르면서 번개 산행하고 올까?

'나무야 나무야 겨울나무야 눈 쌓인 언덕에 외로이 서서
아무도 찾지않는 추운 겨울에 바람따라 휘파람만 불고 있구나'
선율이 냄새로 날려오면, 가슴에 상고대로 붙어 버리는 노래를
누굴 닮아 요로코롬 야무지게 심금을 울릴까
우리 아기 음악에 상당히 조예가 깊네?
아가! 육신은 생명의 영혼이란다 그러니까
자비의 원천인 음악은 영혼의 양식이 될 수 있겠지?
정신이 고독한 이 영혼의 배가 고픈 이에게 양식을 보태 주는
그런 사람이 되었으면 좋겠네?

아리아리 멋진 날 1

우리 아기는 금방 싫증을 잘 내는 편이다
흥미를 갖게 할 무슨 좋은 방편 없을까?
맨날 호사스러운 고민을 하는 날들이 많아진다

맛있는 육아의 음식 재료는 생각의 전환이 아닐까?
24시간을 어떻게 보살피고 어떤 수단으로 태깔 나게 혹은
적당하게 보필할 수 있나는 조리하는 데 달려있다
지루하지 않게 아기랑 즐기면서 하루를 잘 넘기려면
개발에도 새발에도 양념이 될 만한 개똥철학이 있다
내 기어코 이생을 마치면 꼭 한 번 가보고 싶은
무릉도원이 있는 것이다

밤낮을 가리지 않고 있는 태양처럼 있는 나의 햇빛인 아기랑
바람을 훔쳐 와서 연못 만들면 물결이 일겠지?
아기가 좋아하는 금붕어가 생겨서 새끼 칠 것이고
걔들을 좋아할 왜가리도 찾아올 것이다
또 구름을 퍼다 날라서 동산을 만들면
풀도 나고 나무가 생기고 꽃도 피고 벌 나비 올 것이다
창공에서 놀던 새들도 우리를 보고 함께 놀고 싶어서 침을 흘리며
우리의 놀음에 고저 장단을 맞추면 이상향이 펼쳐지리라

'꼬부랑 고개' 하고 '삼 년 고개'를 각색하여
구연동화로 시간을 요리한다

새로운 것만 좋아하는 아기가 지루할 새라
혹은 지루해할까 봐 요령껏 요령을 흔들며 유도 작전을 편다
작다면 작고 크다면 큰 하루의 덩어리가
내 마음과 몸을 다 할 때마다 뭉떵뭉떵 잘리고 또 녹아서
또 다른 하나의 세계로 건너가게 된다

새로운 기법을 모색 하다하다
섞어찌개나 짜파구리를 만들어 준다
둘이 먹다가 하나가 죽어도 모를 맛이라고 좀 더 달라고 한다
때때로 꿀꿀이 죽으로 만들어 주면
무슨 이런 기가 막힌 맛이 있나 하고
꼴딱! 침을 삼킬 때면
시간은 저만치 나가떨어져 있는 것이 보인다
육아는 식은 죽 먹기다?! 야~호!
밤하늘의 은하수가 내 손바닥에 있네?
손금 따라 흐르고 있네?

아리아리 멋진 날 2

어제 이어, 오늘도 삼 년 고개와
꼬부랑 할머니로 잡채 비빔밥 만들어 볼까?

아가! 꼬부랑 할머니가 꼬부랑 지팡이를 꼬부랑~ 탕! 꼬부랑~ 탕! 짚고 꼬부랑 강아지와 함께 꼬부랑 고개를 꼬부랑(한 박 쉬고) 꼬부랑(두 박 쉬고) 꼬부랑(세 박 쉬고)넘어가다가 꼬부랑 탕! (소리를 크게 한다) 하고 넘어졌는데 꼬부랑 할머니는 그만 갑자기 꼬부랑 똥이 마려웠대 그래서 꼬부랑 나무 위에 올라가 꼬부랑 끙~끙 꼬부랑 끙~끙 하면서 꼬부랑 똥을 누니 꼬부랑 강아지가 꼬부랑 꼬리를 흔들며 꼬부랑 똥을 먹었대 그러니까 꼬부랑 할머니가 꼬부랑 지팡이로 꼬부랑 강아지를 때리니 꼬~부~랑~ 깽깽!(작은 소리로) 꼬~부~랑~ 깽깽!(큰 소리로) 니 똥 먹고 천년 사나 내 똥 먹고 만년 살지 했대(귀에 대고 들릴 듯 말 듯 간지러운 소리로)

아가! 지금도 그 꼬부랑 할머니가 삼 년 고개 전설의 꼬부랑 고개를 넘어가고 있는 중이래 할머니가 '꼬부랑' 하고, 선창하면 강아지가 깽~깽~ 응답하며 둘은 박자를 맞추면서 발까지 맞추면서 재미 좋게 걸어가고 있대 저기 가는 것 보이지?

아가! 우리도 꼬부랑 놀이할까? 지금부터 할미가 '꼬부랑' 하면 너는 '깽깽' 해! 지금부터 자~ 시~이~작! 기쁨에 충실한 우리 아기 데면데면한 법이 없는 우리 아기 보나 마나 들으나 마나 호흡과 장단이 척척 맞아 떨어진다

얼시구! 니 똥도 먹고 내 똥도 먹으며 삼 년 고개를 넘어 간다
두 번 넘으면 육 년 살고 세 번 넘으면 구 년을 산다는 장수 고개 넘어 간다
줄줄, 신명을 줄줄이 흘리면서 전설 고개 잘도 잘도
잘잘 넘어 넘어 가고 있는 중이다

도마 위에 올려놓은 꼬부랑 이야기를 어물쩍 어물쩍 썰다가, 어슷어슷 썰다가, 나박나박 썰다가, 깍뚝 썰기 하다가 채썰기 하다가 하다가 손목과 날갯죽지에 뻑적지근한 신호가 오면 에라 모르겠다 동요로 하다가 가곡조로 하다가 창부 타령 혹은 남도 민요 흥타령조로 하다가 목 한번 축이고 아리아로 하다가 뽕짝으로 하다가 하다가 서태지 랩 풍으로 요리조리 상모 돌리듯 하다 보면 음감에 취한 아기의 연분홍 마음이 난분분, 봄바람에 날아가는 것 보인다 우리의 노랫가락, 불붙는 줄도 모르는, 뜨거운 연주를 보고 있는 무릉도원의 신선들도 넋을 놓고 있는 것이 보인다 닦은 방울 같은 우리 아기 영특하고 영리한 우리 아기 목이 말라, 물 마시려고 잠시 멈추면 "할머니 또또" 쉬지 말고 하란다
아기의 재촉에 떠밀리어 뽕 빠지다 보니 십년감수가 즐겁기만 하다

굴레 벗은 마음이 평화로우니 경계 또한 평화로워 생사를 초월한다
온전한 사랑은 걸리적거리는 자유에 목숨 걸고 논다
자유는 제 멋이고 제 흥이다 나 오늘 무릉도원의 신선들 중 한 얼빠진 신선이 되어 온화한 얼굴로 갈무리한다
'죽음을 준비하는 것이 삶의 목적'이므로 지금의 행운을 만끽한다
살아내면서 날려 보냈던 장금의 씨가 홀연히 땅에 묻혀 있다가 홀연히 다시 싹이 되어 나오는 것인가?

아빠 오시는 날 3

물 주고 돌아서면 요리, 자라는 것밖에 모르는
용감한 콩나물처럼 씩씩하게 잘도 자라는 우리 아기
저를 데리러 온 아빠한테 담쑥 안겨야 하는데
전 주에는 재롱도 떨었는데
오늘은 아빠를 보자마자 조리, 도망가네?
할미 치맛자락 붙들고 "할머니 보고 싶어요"를 연발하며 할미한테서 안 떨어지려고 요리, 풀을 먹이고 있네

제발 보내지 마세요 할머니랑 살래요 말하는 것 같이 할미 허벅지를 요리, 기둥처럼 붙들고 서서 "할머니 보고 싶어요, 할머니 보고 싶어요"를 구구단 외우듯 하면서… "아빠 싫어 싫어" 하면서… 안으려고 하는 아빠 가슴을 조리, 밀어 내면서… 우박 같은 눈물을 요리, 떨어뜨리면서… 바람에 흔들리는 깃발 같은 마음을 조리, 펄럭이면서…
보호자는 최소한 아기에게 감정적으로 안전한 사람이어야 하는데…
시간을 끌다 보니 하도 울어서 목이 쉰 아기를 강제로 안은 사위는 낌새를 알아차리고 뒤도 안 돌아보고 달아나네
인사도 생략한 채 삼십육계 줄행랑쳤네
아가! 엄마가 회사에서 일 끝내고 너를 기다리고 있으니 영원한 본가로 당연히 돌아가야지 여기는 아주 잠시 잠깐 머물다 가는 야외 캠핑장 텐트 속이야 울지 마라 아가야, 동에 번쩍 서에 번쩍하는 홍길동 같은 아가야
들쭉날쭉 날개 치는 아가야 엎드려 절 받기 딱 좋은 뒤죽박죽 아가야!
무지개 같이, 동화같이 요리도 귀여울 수 없는, 불멸의 나의 애인아

서리서리 좋은 날 1

*

본가에 갔다가 미장원에서 머리를 자르고 온 나의 보물단지
우리 아기 머리를 누가 이렇게 예쁘게 깎아 줬을까? "할머니"
맙소사! 파격적이네? 가짓말도 잘만하면 논 닷 마지보다 낫다던데?
가짓말은 대여섯 살 즈음해서 한다던데? 아니 벌써?
세 살짜리가 그릇도 크다 차례를 깨부시고 월반하겠네 그랴
감성이 풍부한 우리 아기 진담을 뛰어 넘은 농담에도 발 빠른 것 보아
하니 이미 시작 했구랴? 문예 창작 활동을!
천리길! 박경리 문학상 타러 가는 길목에 섰네?
만리길! 노벨 문학상 타러 가는 길 첫 발자국 뗐네?
고롬고롬 네 깜냥으로 봐선 불가능은 아니지
꿈의 정점을 향해 애매모호한 불안을 즐기면서 그 긴장을 유지할 때
마다 지속적으로 정신을 확보하면 심화될 거야 그럼 손 타!

*

사립문 닫아걸고 먹는다는 가을 아욱국 맛 나는 내 아기를 느긋하고 지긋하게 바라보면서 우리 자연으로 돌아갈까? "응" 그래, 우리 자연으로 한 번 돌아가 보자꾸나 네 엄마가 유치원 때 즐겨 했던 노래와 율동 따라 해 볼래? '주먹 쥐고 손을 펴서 손뼉 치고 주먹 쥐고 이 손을 머리 위에 머리는 하나요 눈은 둘이요 코는 하나요 입도 하나요' 아가! 어때? 이 곡은 자연으로 돌아가자고 외치던 '루소' 할아버지가 작곡했다는 사실, 너는 알고 있었지? 그 봐 흐뭇한 표정의 할아버지가 네가 대견스러우니까 고개 끄득끄득 하시지? 그래, 할아버지 앞에서 재롱 한번 더 피워볼까?

생애 처음 본 첫눈

손이 무량으로 시려 마비될 것만 같았다
고드름 같았던 손가락 끝이 떨어져 나갈 것 같은 겨울산행 때
미리 준비해 간 배낭 속의 보온병 같은 우리 아기야
뜨거운 물을 컵에 부어서 두 손을 감싸 쥐면, 서서히 느껴지던
그 훈기 같은 너의 그 풋사랑 같은 이 풋눈! 좀 바라봐라

두고 봐야 알겠지만 가늘게 조금씩 내리는 이 가랑눈이 발자국 남길
발작눈이 될지 발등이 빠질 발등눈이 될지 한 길이 될 만큼 쌓일 길눈
이 될지 아무도 모르겠지?

하얀 눈이 제 본색을 드러내며 하양하양 춤을 춘다
무념의 빛으로 하늘하늘 하늘 마음으로 노래하는 눈!
억겁의 백조가 순백의 날개를 한껏 펼치고 군무하는 장면
못 견디도록 보고 싶었던 억측의 눈들이 가든가든 온다

아가! 할미가 아침부터 그랬지?
눈이 올라나 비가 올라나 진작부터 잔뜩 진상이라 했었지?
그 봐 삽상한 눈발이 편안한 음악으로 흩날린다 그치?
하늘나라에 사는 선녀들이 시방 널을 뛰나? 그네를 타나?
생애 처음으로 눈을 눈에 대 보는 네 감정이 사뭇 궁금하다야

싸부랑싸부랑 하던 눈송이들이 싸목싸목 탐라국으로 가고 있네
하느작하느작 하던 눈송이들이 하늑하늑 개마고원으로 가고 있네

우리는 눈 오는 풍경에 반해 입을 모아 이중창으로 취한다
'펄펄 눈이 옵니다 바람 타고 눈이 옵니다 하늘나라 선녀님들이 송이 송이 하얀 솜을 자꾸 자꾸 뿌려줍니다 자꾸 자꾸 뿌려줍니다'

아가! 마당에 있는 나무들이 날리는 눈발의 감각에 감동으로 붙잡혀 있지? 하얀 레이스 미사포를 쓰고 온전히 순종한 채 넋이 빠져 있는 나목이 참 멋있지? 아가! 침묵의 뿌리를 날려 보내는 시간의 광경에 혼이 뺏긴 완전한 네 우두망찰이야 말로 역대급 장관이구나 ㅋㅋ 우리 공주님 집 나가서 거지 될까봐 되게 걱정되네?

아가! 정신 차리고 저 눈이 어떤 느낌으로 오는지 손을 대 볼까?
우리 맨손으로 한 줌 쥐어서 냄새도 맡아 보자
옷 단단히 입고 경계를 넘어 가 보자
현관 밖을 나가 발작눈 위에 신발자국 그리며 장독대로 가 보자
작설차 새잎 같았던 네 발가락의 발이 반 뼘 정도 자란 네 발 도장 찍어 보자

우리는 장독 뚜껑 위에 소복이 혹은 맞춤 맞게 쌓인 눈을 두 손으로 모우고 뭉치는 작업을 시작으로 꼬마 눈사람을 만들기로 합의하며 노래를 부른다

'한겨울에 밀짚모자 꼬마 눈사람 눈썹이 우습구나 코도 삐뚤고 거울을 보여줄까 꼬마 눈사람/하루종일 우두커니 꼬마 눈사람 무엇을 생각하며 혼자 섰을까 집으로 돌아갈까 꼬마 눈사람'

애교쟁이

아기들은 왜 그렇게 말을 안 듣지요?
누가 내게 물어 오면 아기니까 안 듣지요 말을 잘 들어준다면?
그게 어디 정상이겠어요? ㅎㅎ
잘 안 듣는 게 생리고 특징이고
그리고 생태적 특권이겠지요? 에헴!
허나 내 역량이 형편없이 모자라지만, 내 실력이 이미 바닥을 쳤지만,
그래도 고분고분 잘 듣도록 이육사의 청포도를 빌려 와
주저리주저리 달래 보는데 반나절을 잡아먹는다
총명한 우리 아기, 눈치 빠른 우리 아기 잘도 설득 당할 것만 같은데?
그것 참 귀신 곡할 노릇이다

기저귀 안 갈려고 눈썹을 휘날리며 내뺀다
휘몰이판으로 도망 다니는 사이사이가 떡처럼 눌어붙어
아랫도리가 벌겋게 짓무른 것 보니 부아통이 터진다
볼기짝 한 대 찰싹 얻어맞고 나서야 저를 맡기며
'얼씨구! 씨구씨구 좋구나'
구문 넓은 우리 아기 내 혼을 혼내주는 도통한 도사다

입이 튀어나온 할미의 반응이 없으니
전적으로 저를 수여하고 싶은 아긴
날라리라도 불어야겠다고 작심했나 ㅋㅋ 고양이가 배를 발랑 까듯?
등짝을 바닥에 대고 이리 뒹굴 저리 뒹굴하듯?
저를 예뻐해달라고 애교부리며

갖은 아양 뿌려도 짐짓 근엄한 척 했더니
약이 오른 아기는 겨릿소 같은 울음으로 앙갚음한다

어절시구! 눈물, 콧물, 침 범벅인 제 상판대기를
할미 상판대기에 치대고 비빈다
그래도 심드렁한 할미에게 “재밌지?”
하면서 적극적으로 웅석을 부린다
마구 쏟아 부어 준 아기의 달콤씁쓰름한 맨 얼굴을 섞다 보니
미워도 밉지 않은 이 아늘아늘한 아늑함이 무슨 조화일꼬
먹어도 먹어도 물리지 않던 찔레꽃 새순 같이
달달한 이 웬수 덩어리야

허허 내가 좋아허는 가을 무시는
백년 묵은 산삼 버금간다카이
네 봄의 힘이 내 겨울의 영혼을 데워준다카이

아빠 오시는 날 4

아가! 오늘은 아빠가 좀 늦게 오신다고 했지?
갈 길이 머니까
아빠 오시자 마자 선뜻 출발할 수 있도록
준비 완료해 놓고 기다리기로 했지? 새끼손가락 걸고
도장 찍고 서명하고 그리고 복사까지 했지?
그럼에도 호응 안 해주면 할민 도인도 아니고 성인도 아니거든?
네 불응이 광풍으로 몰아쳐 앞이 안 보이는 속이 푹푹 썩더니 코를 찌르는 냄새 진동하더니, 산낙지 흡반처럼 달라붙더니, 생각을 옥죄이더니, 매캐한 감정이 먹물을 뿜어내더라?

예쁜 아기에게는 매를 주고 미운 아기한테는 엿을 준다는 옛말도 있거늘 불쑥 매가 생각나더라? 피리 청소 할 때 쓰는 그 막대기 알지? '동해물과 백두산이 마르고 닳도록 하느님이 보우하사 우리나라 만세'를 부를 때만은 잊지 않고 꼭 사용했던 그 지휘봉 있잖아 그게 회초리로 둔갑하더라?
매는 존재 자체만으로도 훈육인가 보더라? 때리지도 않았는데 청신호더라? 주목하라고 방바닥 한 번 쳤더니 진가를 보이더라? 아가! 땅거미 지고 먹구름 낀 밤이 오자 시간에 쫓겨 생각대로 밀어붙이려다가 소나기 맞을 뻔했네? 우리 예지의 합심으로 위험 수위 잘 조절했다 그치? 지식을 공삭히면 지혜가 된다는 것 너는 알고 있었지? 그래 맞아 지혜는 얻을 수도 없고 잃을 수도 없는 거잖아 무례를 모르는 너의 무례는 얼마나 예쁜지 모르겠다
그러나 저러나 네 아빠는 왜 여태 안 오지?

말썽꾸러기

봄기운이 설설 올라 와, 살살 멀미가 날 정도면 바야흐로 3년 묵은 말가죽도 오롱조롱 소리 내는 것 좀 보소 수제비 끓이려고 밀가루 반죽하려고 준비하는 사이 밀가루 쏟아 놓고, 낄낄거리는 저 끼 좀 보소 적토마 같아서 위태위태한 저 말썽꾸러기 좀 보소 장난을 걸고 싶게 만드는 무분별 동심을 입어 보소

에라 모르것소 학습된 편견을 날려 보는 기회로 삼고 싶소 첩첩이 고정관념으로 닫아 둔 문, 문고리에 걸어 두었던 선입견의 문 활짝 열어 놓았소 좁아터진 마음이 넓어진 세상으로 이동했소 훌쩍! 알락 할미새로 날아오는 영을 보소

하늘나라 아기 선녀가 비파소리 나도록 눈가루를 뿌려주는 것 보소 얼쑤! 팔다리에 바르면서, 백색미인 그리면서, 뽀얗게 뽀얗게 피부 전신 마사지하는 것 보소 대형 거울을 갖다가 비춰 주었더니 세상 부귀영화 다 얻어도 그리 좋을 수가 있것소 어화 벗님네들 더불어 놀아보소 히히 호호 희색이 만연한 저 관대한 표정 보소 진흙탕을 뚫고 솟아나는 연꽃대궁 보소

어슴푸레 순록이 생각나는 설국의 설인 새끼 보소 천치 같은 놀이 기상천외한 놀이, 얼음이 다 녹아도 모르게 노는 놀이에 심취해 있는 아기가 부럽소 나는 언제 저렇게 한 번 놀아 보기나 했것소 넘어진 김에 쉬어간다는 옛말! 하나도 그런 것 없지유? 실속 있게 넉넉한 우리 아기 생애를 통틀어 유추해 본다면 어느 시절 이토록 가멸지게 놀아 보것소

여일 5

*

쪼그랑 할매라고 타박은 하지만?
세상 모든 이에게는 빵점 받더라도
보리새우로 비단 잉어 낚는 요놈한테는
후한 점수 받고 싶어서 알랑방귀 뀌어도
맨날 짜게 줌으로 분기탱천 하려고 한다

맹랑한 은수야! 할머니 말 안 들으면 손해 본다는 것 아니?
난생처음 들어보는 단어에 꽂히는 아긴
호기심의 두 귀가 쫑긋하는 소리가 보인다
"손해가 뭐야?" 응… 그게… 그러니까…
우선 구름 사탕 못 받고 도깨비 나라 구경 갈 수 없고…
가더라도 요술 방망이 못 받고…
그리고 겨자씨 한 알도 못 받는 거

*

하이고 속 터져! 바깥나들이 끝내고 집 안으로 들어가기 직전, 우리 아기 눈에 콩깍지가 씌었을까? 배짱 퉁기는 우리 아긴 무슨 심통이 터졌을까? 아님 꼭꼭 잘 숨긴 암호 같은 먹통이 샜을까? 아님 일부러 퉁긴 걸까? 아님 대한독립선언문을 온 천하에 공개하고 싶었던 안중근 의사가 되려고 결심했을까? 골목 입구에서 세 번째 집이 우리 집인 걸 뻔히 알면서도 옆집 대문 앞에서 여기가 우리 집이라고 대차게 우긴다 젓 먹던 힘까지 보태서 설명해도 똥고집이다 상당히 고무적이다 ㅎㅎ 창의성의 관문을 통과하는 중인감? 우리 집은 저 집이잖아

"아니야 여기야" 아니야 저 집이야 "아니야 여기야" 아니야 저 집이야 "아니야 여기야" 하늘이 두 쪽 나도 절개를 지키며 여긴 내 나라 내 땅이라고 끈질긴 울음으로 항변한다 씨~봐 죽어버리겠네

*

나에게는 영원한 현재인 장금이 나의 아기 요즘 후렴구 치는 재미에 맛들인 우리 아기 '강강수월래' 또 하자며 두 손을 내민다 할미를 마주 보며 할미가 선창 해라는 뜻으로 손을 척! 잡는다 마주 잡은 손을 흔들며 부석사 무량수전 배흘림기둥을 감싸 안듯 빙빙 돌면서 시작한다 '해는 지고 달 떠온다' "강강수월래" '하늘에다 배틀 놓고' "강강수월래" '구름 잡아 잉아 걸고' "강강수월래" '별을 잡아 무늬 놓고' "강강수월래" '잭각 잭각 잘도 짠다' "강강수월래" '그 베 짜서 무얼 하나' "강강수월래" '우리 오빠 장가 갈 적' "강강수월래" '가마 휘장 두를라네' "강강수월래" 더 이상 나올 건더기가 없어 닥치는 대로 즉흥적으로 하다 하다 안 떠오르면 우리들의 장금이 놀이는 진도 아리랑에게 바통을 넘긴다 진도아리랑은 밀양아리랑으로 밀양아리랑은 정선아리랑으로 마무리 하려는데 숨이 찬 할민 철버덕 꼬꾸라지면서 큰 대 자를 그리며 만석꾼으로 들어 눕는다 오늘은 특별하고 완벽한 하루였다 그나저나 오늘처럼 친밀하고 특별하지 않았던 하루가 어디 있기나 했던감? 우리에겐 평범이 특별이고 특별이 평범이지?

*

물 찬 제비 같은 우리 아기, 본가에서 돌아온 우리 아기 새 옷을 입고 왔다 이렇게 예쁜 옷을 누가 사 줬니? "엄마 아빠" 그랬구나 그런데 천만다행이라는 생각이 든다 수 년 전 지인한테 들은 말이 생각났기 때문이다 요즘 아이들은 장난감이거나 옷이거나 누가 사줬냐고 물어

보면 '택배 아저씨'가 사 줬다고 한단다 곰곰이 생각해 보면 아이 입장에서 보면 틀린 말은 아니네 싶은 것이다마는 어째 좀 서글프다 몇 번의 손가락질 하나로, 골고루 음식을 먹는다 발품 팔 필요 없이 간식에서부터 끼니까지 손에 물 안 묻혀도 가만히 앉아서 밥상을 받아 입으로 바로 넣을 수 있는 세상에 와 있다 배달 문화가 발달하여 우리들의 일상을 돌리고 있는 것이다 택배가 번창하여 없으면 생활이 마비될 지경에 있는 급변한 세상에 있는 것이다 배달을 업으로 폭염이나 한파 속에서 가릴 것 없는 난장에서 일하는 분들! 온당한 대우를 받지 못하고 일하고 있는 라이더 혹은 택배기사님들을 생각해 본다 그분들이 안 계셨더라면 어떻게 됐을까? 노파심일까? 세상이 갈 때까지 간 느낌이 드는 것 인 즉 마치 일회용품 쓰듯 비닐봉지를 물 쓰듯 쓰고 있는 이치와 무엇이 다를까? 생각해 보니 슬프구나 아가! 명색이 사람이라면 우리들 모두가 자신의 안온한 일상이 누군가의 과로로 정신이나 몸이 지쳐 힘든 노동자에 기대어 살고 있다는 것 잊지 말고 꼭 기억하고 있었음 좋겠지?

콩 줍기

마당에서 모래 놀이 한다
병뚜껑으로 마른 모래를 담아 빈 병 속에 넣기 한다
삽으로 모래를 퍼서 멀리 뿌리는 놀이도 한다
숟가락으로 모래 밥 한 술 떠서 밥그릇에 담는다
고봉밥, 다시 덜어내기도 한다
똑같은 것 계속하니 재미가 없어지기 시작한다
흥미를 잃을 즈음 할머니는 물을 적당히 부어 모래떡을 만든다
침묵을 들을 줄 아는 두꺼비의 집을 짓기 시작한다
왼손을 바닥에 놓고 오른손으로 왼손 위에 모래를 수북이 올리면서
다지면서 '두껍아 두껍아 헌 집 줄 게 새집 다오'를 구구단 외우듯
리듬 타며 반복한다
멋지고 튼튼한 두꺼비 집짓기에 열중한다

집 안에서는 쌀 놀이 한다
모래보다 쌀로 놀면 운치와 재치가 겸비되어 좋다
쌀을 팔에 다리에 문질러 보면 이상야릇해서 참 좋다

모래는 흩어 버려도 괜찮았는데 쌀은 그러면 안 된다고 한다

야단치거나 말거나 채송화씨 한 알 만큼도 안 겁나므로
쌀을 한 움큼 흩뿌려 보았다

할머니는 혀를 차며 빗자루로 쓸어 담는다

도와주고 싶어서 거들었더니 일거리 더 보태 준다고 지청구다

저녁맘마 지으려고 쌀을 물에 씻을 때 같이 씻어 보자고 했다
팔소매를 걷어 주길래 젖은 쌀을 조물조물 만져 보았더니
생뚱맞은 전율이 미소의 비밀처럼 왔다 ~^^~

나랑 마음이 직통하는 할미는 서비스 만점이다
주물럭 주물럭 두 손으로 온몸으로 전체를 느껴보란다

쌀을 불리기 위한 시간 동안 실컷 사랑하는 행위에 몰입하는데
쌀을 솥에 안쳐야 된다고 끝내라고 해서 아쉬움으로 손 털었다

밥솥에 불을 켠 뒤부터 쌀 놀이는 그만하고 콩 놀이 하라고
메주콩을 한 주먹 소쿠리에 담아 준다
콩으로 까불다가 온 사방에 튀었다

한 개 주워 할머니 손바닥에 놓았더니
친절한 할매씨는 칭찬을 한아름 주길래
또 한 개 줍기 위해 가는 사이 콩 한 알을 왜 멀리 던질까?

받을 때마다 모양과 색깔이 다른 칭찬 수북해서 춤을 추고 싶은데
주워도 주워도 밑 빠진 독에 물 붓기다

콩 줍기는 언제 끝날까
칭찬은 고래도 춤추게 한다니까 솥에 안쳐 있었던 쌀이
밥이 될 때까지 논다

고래등 위에서 미끌미끌 미끄럼 타며 논다
미끄럼 노래 부르며 논다

'미끌미끌 미끄럼 싸르싸르 싸르르
재미나는 미끄럼 나는나는 좋아요'

무단히 자꾸 의심이 든다
혹시, 미세먼지 때문에?

실은 내리 닷새를 방구석에서만 있었다
짤짤거리며 나돌아 다니지 못했으므로?
부족했던 운동량을 채우라는 뜻일까?

꿩고기도 맛보면서 알도 먹는 기회를 잡았다
걷기 운동 하라는 융숭한 대접이자 손가락을 이용해서
소 근육 발달시키려는 꾐에 넘어간 것이다

할머니의 속 깊은 조찰! 감복한다

오! 역시 다 된 밥 내음은 허벌나게 좋다

참 벌! 축하해

꽃샘 잎샘 올 때까지 너무 익어서 금이 가 있는
대봉감 같은 할미
까딱하다 얼어 터질 뻔했는데?
우리 아기 제 엄마 휴가 차 한 열흘 본가에서 지내고 오자마자
"싫어 싫어하면 안 돼요. 좋아 좋아해야 돼요" 하네?
제발 싫어 소리 좀 그만하고 좋아 소리 좀 해보라고
곱이곱이 했던 일이 떠올라서 간이 오그라드네? 축하해!

물봉선화 같은 아가야, 열흘이 장난 아니게 성큼 자랐네?
내실을 다지고 다져서 대나무 한 마디로 곧게 자랐네?
비상해도 되것네? 할미 손 이제 놓아도 되겠지?
물컵도 혼자서 들고 물도 혼자서 잘 마시고
귤 껍질도 제법 잘 까고, 까서 할미 줄 줄도 알고 ㅎㅎㅎ
간장이 시고 소금에 곰팡이 나것네? 축하해!

의지가 굳기로 소문난 깽깽이 풀꽃 같은 아가!
이참에 양심에 찔려서 고백성사 볼 게 두 개 있다
할미가 야비하게 굴었던 일 용서해 줄 수 있겠니?
아가! 어느 날 네가 말야 할미 말을 하도 안 들어 줘서 말야
보골이 억수로 나더라? 교묘한 꾀가 퍼뜩 생각나 실천해 봤다
비록 할미는 깐보지만 엄마는 태산만큼 존경하며 우러러 보잖니?
그래서, 서당의 훈장님만큼 어려워하는 것 앎으로
엄마한테 전화할까 하면 "싫어요" 하면서 재깍 자물쇠 채우듯

할미 말을 잘 듣도록 한 일하고
또 한 번은 온갖 수단을 동원해서 널 함락시키려고 하다하다
맥이 풀릴 때 네가 할아버지를 무서워하는 것 알고 있으므로
네 약점을 이용해 할아버지 부를까? 하면
말이 떨어지기 무섭게 "무서워요" 하면서
자물쇠가 열쇠의 유혹에 넘어가 열리듯, 재깍 들어주게 했던 일,
은수야! 치사하고 비열한 방법을 썼던 일 생각하니 쪼다 같은 얼굴이
화끈거려 보기가 민망하다 바보축구 같아서 부끄럽다
은수야 이밖에도 알아내지 못한 죄 용서를 바란다

질박한 박꽃 같은 나의 아가야
박나물이 있는 정갈한 아침밥상 같은 우리 아가야
온갖 방술 써 봐도 미꾸라지 같더니 미꾸라지 용 됐네?
방아깨비 같이 잘 뛰는, 메뚜기 같아서 종잡을 수가 없겠군
개구리가 올챙잇적 생각 못하듯? 허나 축하해!

내일이면 쌩깐 용이 하루아침에 내려와
쓸데없이 늙어버린 할미 허리를 껴안고 용트림 하겠지?
괜찮아! 네가 좋다면 할미 간이라도 빼 먹이고 싶은걸
갸륵하고 미더운 내 생의 보루 내 아가야 축하해!
오늘 네 모습이 흡사 꽃밭에서 놀고 있던 한 마리 참벌이
새빨간 샐비어 꽃대롱 안으로
깊숙이 들어가 꿀을 실컷 빨아먹고 나온 모습 같구나
온몸에 꽃가루가 덕지덕지 묻어있고, 꿀 주머니가
불룩한 걸 보아하니 네 자랑이 마냥 부럽구나
은수야 너는 네 아름다움을 삶으로 증명하는 진실이구나

뭉클

우리 아기, 야반 중에 깨어서 울 때 다짜고짜 소리 지르며
빈 깡통으로 울더니 몸무게 제법 늘었다고 속이 꽉 찬 배추 같네?
ㅎㅎ 머리둘레 조금 넓어졌다고 제법 고상해졌네?
이젠 말도 꽤 할 줄 안다고 남의 약점을 이용하네?
잘 흔들리는 할미의 감성을 건드리며 호소하네?

깊은 꿈나라 여행 중인데, 가물가물 아기 방에서 "할머니 이리 와"
라는 소리에 놀라 깨어 앉아서 귀 기울이고 있었다
득달같이 달려갔겠지만 잠버릇 고치려면 '프랑스 엄마'식으로
해야 한다고 딸아이가 부탁을 해서 숨죽이며 지켜보는데
"할머니 똑! 똑! 똑!" 한다
촉각 곤두세우며 무심한 척 모른 척 잠잠했더니
잠시 후 "할머니 안아줘" 한다
갈까 말까 갈등 사이 기척이 없으니까 "어떡하지" 한다
울컥! 경부선 철로인 내 가슴 위로 케이티엑스 지나간다

심쿵! 강렬한 외로움의 표현을 뭉클하도록 심도 있게 하는 아가야
눈물이 많은 할미가 시방 꿈인지 생시인지
전혀 모르겠는 할미가 어제 말이다
원초적인 고독으로 오는 알 수 없고, 이유 없고, 해답 없는 눈물이
주루룩 흘러내리고 있을 적에 할미 얼굴 바짝 대고 "울지마"라고
위무해 주던 아름다운 내 새끼야 아름드리 내 아가야 후일 그 열차
사라진 철로에는 아지랑이 같은 그리움만 아릿아릿하겠지?

우리 모두는 덕을 쌓는 중임다

오곡은 익을 차비를 서둘고 과일도 여물 차례를 기다리는 중인데
따끔따끔 따가운 땀띠를 목에 띠로 두르고 있는 우리 아기가 "더워"
하니까 한 나무의 참매미가 폭하게 폭! 폭! 폭! 응답한다
곁에 있는 나무의 말매미는 염! 염! 염! 염밭에서 염하듯 운다
여기저기 여러 나무에서 쓰르라미가 한 세상을 쓸어버리듯 운다
때를 맞추며 기다린 듯 온 세상 매매들이 복! 복! 복! 복! 떼창 한다
이 좋은 세상 조율하듯 유지하듯 유지매미들의 화음이 찡~ 하다

삼복더위에는 암소 뿔도 물러 빠진다는데 생물을 번창시키려는
의지의 긴긴 여름 해는 내면을 달구며 영혼을 승화시킨다
생존의 질과 양을 증가시키려고 몸부림치면서 정신을 고양시킨다

매미가 울음을 쌓을 때, 계절은 탑을 쌓고, 아기는 내공을 쌓는다

공감 능력을 향유한 우리 자연의 친구들아! 겨울나기보다 여름 나기가 더 어려운 법! 여름의 암묵을 잘 들어야 한다는 것 명심해! 묵언수행 중인 한국 꼬마잠자리야! 은하수 갯민숭달팽이야! 북방산 개굴아! 평생 일꾼개미야! 긴빵자루맵시벌아! 노랑배청개구리야! 구슬다슬기야! 집갯지렁아! 처지지 말고 잘 살아보자꾸나

우리 모두 삼복을 자알 견뎌내면 틀림없이 득도하겠지?

우리 나이로비로 가 볼까

토사곽란 하는 실외기를 보고
지구가 볼멘소리를 한다.
눈치코치도 없는 에어컨이 눈코 뜰 새 없이
토해 놓는 뜨거운 바람이 독극물 같다고!
폭염주의보가 다글다글 들볶고 있으니,
괴로워 죽겠다고 한숨을 쉰다
소나기 한 줄기 맞으면 그 김에 화상을 입을 것만 같아도
마른하늘만 쳐다보며 오지 않을 임을 기다리고 있는 것이다

온도계의 빨강 눈금이 땡벌 같다
닥치는 대로 땡볕으로 쏘는 것 같다
아기 보는 일은 숨이 턱까지 차오르는
후끈후끈한 여름산행이다
가도 가도 실낱같은 바람 한 점 없는
찜질방, 참선 고행이다

우리 아기 벌써 사춘기가 왔나?
범이 날개 달았나?
울지 마 하면 "울 꺼야"
하지 마 하면 "할 꺼야" 제 주장이 앙살로 뜨거워진다
대나무 마디로 기가 세진 우리 아기 달군 소리로 악다구 한다
아가! 호랑이 무서운 것 알고 있지?
시들방귀 할미도 화나면 호랑이 된다?

호랑이로 둔갑해? 아기를 한 입에 먹을 듯한 노련한 연기의
물대포를 쏘아본다

깃털 다듬기를 하고 있는 듯한 동박새 같은 아기,
기어코 사자로 변신하겠다고 엄포 놓는다
그래? 그럼, 한번 붙어 볼까? 나른하게 슬슬 깔아지는 요맘때?
누가 잘 참고 자알 견뎌내는지 내기 해 볼까?
근데 여긴 좁아서 실력 발휘 못하잖아
이참에 나이로비로 떠날까?
떠나기 전, 몸부터 만들어야 하지 않겠어?

사자와 호랑이가 있는 어린이용 테이프를 자른다
손톱 그리고 발톱에 길고 날카롭게 붙이는 놀이에
이마를 맞대고 있다

코를 빠뜨린 채
심혈을 기울이고 있는 중이다

아가! 우리
나이로비는 운제 갈끼고!

고개 하나 넘으면

멋꾸러기 우리 아기
포도 먹는다
“이게 무슨 냄새야?”
무슨 냄새일까?
“포도 냄새”

멋들어진 우리 은수
포도주스 한 모금 마신 뒤
할미 코에 바짝 디민다
이게 무슨 냄새야?
“포도 향기”

그래!? 새콤털털한 낌새의 느낌이
고개 하나 넘고 나니
꿈꾸는 뉘앙스로 변했네?
고개는 새로 태어나게 하는 요술쟁이네?

봐야 할 것만 보지 않고, 혹은 보고 싶은 것만 보지 않고, 보여지는 대로만 보는 아가! 무소유를 소유하고 있는 달고도 쓴 아가! 너를 보살피고 있는 일이, 소명이라 여기며, 과분한 선물이라고 생각한 고개 하나 넘고 나니 욕심이 생기네? 번뇌망상에 시달리는 이 할미, 고개 몇 개 더 넘어야 너처럼 볼 수 있을까? 몰라도 다 아는 아가! 쓰고도 단 아가!

여일 6

*

음식 만들다 동네 구멍가게서 급히 뭘 하나 사와야 될 일이 생겼다
아가! 점방에 잠깐 다녀 오마 할아버지랑 있어라이잉
다짐하듯 단단하게 부탁했건만, 발걸음이 쉽게 안 떨어지는 분위기에
봉착!
'모닥불은 계속 지펴지는데다 달빛'도 없는 벌건 대낮에 '뒷산 등성이
솔수펑 속에서 우는 부엉이' 울음보다 한 옥타브 높게, 그러나 박자는
좀 느리게 코를 골고 있는 할아버지 방에서 "무서워요" 하고
달려 나온다
우리 집 낙천주의자 낮술 드시고 꿀잠, 뿌리 뽑는 소리 괴괴하다

*

가랑잎이 솔잎더러 바스락거린다고 호통 치는 자식아! 밥 먹자
톡! 부러지듯 톡! 쏘는 소리로 "싫엇!" 하니까 곁에 있던
할아버지 일부러 자상한 목소리로
은수야 밥 먹어야지 다정하게 말해도 싸늘한 음성으로 "싫어요" 한다

가량가량 아가야 밥 먹을 시간이 넘고 넘어 능가 부럿다아이가 어푼
묵자 싸게 싸게 묵자 밥이란 기 때 놓치면 평생 못 찾아 묵는기라
"나 바빠!" 뭐시라꼬? 비상근무 중이가 아이모 무슨 열락에
탐닉 중이가? 이리 봐도 예쁘고 저리 봐도 예쁜 아가

조목조목 예쁜 아가 한 개도 빠뜨리지 않고 다 예쁜 아가 네 발뒤꿈치까
지도 하도 예뻐 한없이 쓰다듬고만 싶은 우리 아가 밥은 묵고 살아야제

할민 배고파 죽겄다
먹거리에 통 취미가 없다 보니 몸피는 작고 야윈 듯해도 부드럽고
따스한 성찰은 깊어가다가 뭉게뭉게 피어나는 중인가?
생태의 요지, 사고력은 토실토실 탄탄하게 여물고 있는 중이겠지?

*

체감온도가 35도 이상 이틀 이어지면 폭염경보를 받게 되어있으므로
낭패 났다
우린 막힌 집 안에서 노는 것 보다 뻥 뚫린 밖으로 나가는 것 선호한다 정처 없이 유랑 하듯 목적 없이 그냥 놀러 나가면 뜻밖의 것들이 무단히 생겨서 온전히 현재를 즐길 수 있기에 좋은 것이다 의외의 것들은 집 안에서보다 밖이 아닌가 그러니 천생궁합인지 몰라도 우린 밖에서 시간 버는 거를 더 좋아할 수밖에 없는 것이다

우린 나들이 쟁이다 그런데 외출금지령의 비상사태가 좀을 쑤시게 했다 집에 꼭꼭 숨어 있어 라고, 머리카락도 보이면 큰일 난다고 하니까 목적 있는 '방콕' 여행이나 하면서 미래 생각이나 해야겠다 사라진 농촌 풍경 중 우리들 곁을 떠난 원두막! 사방 벽이 없이 뻥 뚫린 다락집 이야기부터 해줘야겠다 원두! 하면 서양의 커피가 생각날 테지만 우리의 원두는 수박, 참외, 오이 호박 등을 지칭한다는 것과 우리 곁에서 완전히 사라진 서리 이야기도 구성지게 해주면 눈이 똥그래지겠지?

'햇빛은 쨍쨍 모래알은 반짝 모래알로 떡 해놓고 조약돌로 조반지어
엄마 아빠 모셔다가 맛있게 냠냠'
노래를 가르쳐 주는 음악시간도 배정해 봐야겠다
이 노래도 잊지 말고 가르쳐 줘야지

'산 위에서 부는 바람 시원한 바람 그 바람은 좋은 바람 고마운 바람
여름에 나무꾼이 나무를 할 때 이마에 흐른 땀을 씻어준대요'

지휘봉을 든 태양을 보면서 무량한 공기가 심해 연주를 한다
역설적이게도 두껍게 얼어붙은 강이
금이 가는 소리 틈 사이로
님을 향한 울음이 목을 매는 매미들의 합창이 적정이다

해 바라기 하던 해바라기도
고개 푹 숙인 투명한 대침묵이다
한낮의 얼어붙는 고요가
적막으로 더욱 선명하게 들린다

'제주 은갈치가 왔어요 성산포에서 갓 잡아 올린 제주 은갈치가
왔어요 싱싱하고 맛이 좋은 제주 은갈치가 한 박스에 단돈 만 원!'
아가야! 트럭 한가득 싣고 온 제주 바다를
환하게 풀어 놓는 그 아저씨 왔나 보네?

아기 고라니

지구상 유일하게 금강산에서만 자생하는 금강초롱꽃보다
더 귀하고 예쁜 우리 아기를 본가에 보내 놓고
복잡한 곳에서 단순 명료한 곳으로 건너가고 싶어서
물밑같이 적적한 곳에 머물고 싶어서
침묵으로 일관할 수 있는 부산 분도 피정의 집에 들었다

산문으로 들기 위해 걸음을 옮기는데 아기 고라니가
적당한 지점에 서서 나를 주시하고 있는 낌새를 알아차렸다
우리는 서로를 응시하고 있는 형상이다
내가 조심조심 다가감으로 해서 우리의 거리가 조금씩 좁혀질
때마다 제 엄마한테 뛰어 가겠거니 했는데?
온몸이 감미롭도록 걔는 두어 걸음 가다가
뒤돌아서서 또 나를 뚫어지게 봤다
그렇게 하기를 서너 번! 이 만남에 쏘이고 싶어서
계속 눈 맞추자고 그윽한 마음만 날려 보냈다
우리의 눈길이 부딪치자 '새빨간 ♡'가 날라와서 가슴으로 받았다
이9고, 할머니 이리 와 나 따라와 봐
우리 엄마 소개시켜 줄게 할 것 같았다
아주 큰 소리로 "할머니 있다 있다"면서
언덕으로 천천히 올라가는 아기 고라니 뒤를 따른다

---

*우리 아기의 사자후 같았던 전대미문의 어록으로 『하루 별이 모여서 2』 110쪽에 있음.

본가에 보내 놓고 5

예부터 전해 내려오는 말에 의하면
몸에 좋은 것은 쓰다고 했으니 굳이 사탕을 먹이고 싶지 않다
가능한 사탕은 너무 일찍부터 모르는 것도 좋을 성 싶다

입 안이 사막 같은 느낌이 올 때마다 목이 이슥할 때마다
목사탕 없이는 견디기 어려울 때 물매화 같은 우리 아기
몰래 먹다가 들키면
속 좀 차리라는 듯 "목이 아파요"
혹은 "목이 아프네"
하고 바람의 메시지를 횃불처럼 밝히는 것이다

아기의 촘촘한 속내를 찬찬히 헤집어 보면
목이 언제 아플 거냐고 물어보는 것 같기도 하고
아니 지금 당장 아팠으면 좋겠다는 것 같기도 하고
아니 왜 안 아프냐고 따질지도 모른다고
생각하게 하는 개구진 아기의 마음을 감안해 보게 하는 것이다

군자 같은 아가야 군자란 꽃송이 같은 아가야
어리석은 할미가 인색했지?
그게 뭐가 중하다고 세상을 움직이게 하는 적당한 요법을 몰랐지?
목마른 송아지 우물 들여다 보듯
사탕 얻어 먹고 싶어 목을 빼고 쳐다보던
모습 삼삼하여 얼레지꽃 같은 미소가 사방으로 번진다

사탕 하나 받으면 "씹어 먹을까요 녹여 먹을까요"
찹찹하게 묻던 네 손을 꼭 잡아보면서
네가 남겨 준 전언을 재생시켜본다

맛을 오래 느끼고 싶으면 어떻게 하면 좋을까?
깨물어서 씹어 먹으면 아무래도 금방 없어질 테지?
천천히 침으로 녹여 먹으면 좋지 않을까? 했던 후로는
먹는 도중 사탕을 손바닥에 뱉어내어 실체를 확인하면서
사라진 무늬를 찾아보던 네 모습 눈에 밟힌다

철이 안 들어도 철이 든 아가
철철이 명철이 철철 넘치는 내 아가
네가 내 곁에 없으니, 왜 이토록 허전한지 몰라서 외출하면
네가 낮달을 잘 찾아내던 것처럼 목을 치켜 들고 하늘을 본다
네가 찾던 그 달을 찾아보다가 안 보여서 창문을 열고 꽃밭을 본다
보고 싶은 아가!
앵두나무에서 소리 소문도 없는 몽롱한 꽃잎들이 꿈을 꾼다 꽃보라로
흩어져 날아다니면서 어젯밤에 꾼 꿈을 지우고 있다

마당 구석에는 볕뉘와 비만 먹고도 잘도 자란 달개비 한 무더기
눈길 한 번 받아 보지 못한 천덕꾸러기
닭의 장풀마다 손이 쭈욱 쭈욱 뻗고 있네?
머지않은 날 연보랏빛 앙증맞은 꽃님들이 우릴 초대하겠네?

허~ 허~ 참네

곱살스럽게 생긴 우리 아기 자나 깨나
앉으나 서나 할미랑 동고동락 하겠다는 굳은 결의의 저 거동 좀 보소
베갯잇 빨려고 벗겨냈더니 베갯속 메밀껍질 있는 속 통 해찰 하는 것
보소 복장 터질 노릇이 눈 깜짝할 새 엉망진창이 되었소
아수라장이 된 어처구니는 쓰레받기로 쓸어 담을 요량인데
상냥하고 인정 많고 활달한 우리 아기씨 간 보는 것 좀 보소
기어코 동참하겠다는 의지를 밝히는 생 난리통 보소
기회를 잡은 알통이 북채도 당당히 잡았으니 할미의 속내를
꿰뚫어 본 우리 아기 살판 났다고 그 특유의 기이한 웃음소리
"캑~캑~캑~" 침팬지 웃음소리 통 치고 있소
무림고수가 된 고놈의 침팬지가 북통을 마냥 두드리고 있으니 숨어서
기회를 노리던 숲 속의 친구들이 우~르~르~르~ 몰려나와 벌집 쑤셔
놓은 난장판 소란을 보소 할미가 설마 웃는 얼굴에 침 뱉으랴?
간이 부은 요놈! 어절시구 장구통까지 치는 것 좀 보소 웃음은, 막무
가내 전염된 웃음은, 전파력이 세어 괜히 신나 죽겠는 할미도 제 따라
서 캑~캑~캑~ 흉내를 내보았더니 저도 신나 죽겠다는 듯 웃소 아기
랑 한통속이 된 캑~캑~캑~ 이중창! 웃음소리가 담을 넘어가니 요절
복통이 따로 없소 방목하고 싶었던 차 일부러 방심했더니 격을 뛰어
넘으며 날뛰는 이때 갈피마다 웃어야 하오 이랑마다 울어야 하오 아
니면 혼찌검을 내야 하오 난처한 기로에 서 있소
허~허~ 참네 귀신은 경문에 막히고 사람은 인정에 막힌다더니 쟁기
같은 아기가 할미마음에 고랑을 내고 있소

여일 7

*

면봉은 꿈나라의 안온함을 초대하여
사계절의 교향악을 지워하는 여의봉이다
꿀 같은 잠에 기대어 깜박!
꿀맛 같이 금쪽 같이 졸 수 있게 하는 마법의 막대사탕이다

우리 아기 귀가 간질간질 쾌감이랑 놀고 싶은 걸까요
작심하고 낮잠의 풀장으로 가겠다는 묵시일까요
어푸어푸 수영하다 배영으로 잠에 빠져 버리게도 할 수 있는 면봉!
희망 같은 횡재 같은 면봉 하나 갖고 와 내밀었어요

쥐엄쥐엄 우리 아가 소록소록 잠들 아가
귀를 살살 후벼주면 그림 동화책 속으로 들어가지요
소르르 잠든 척? 혹은 진짜 든 줄 알았지요
쥐도 새도 모르게 구름도 바람도 모르게 짝짝이 짝꿍도 모르게
면봉을 살그머니 빼면 알라차! 눈을 화들짝 떠요
아기 따라 쥐도 우다닥 새도 후다닥 깨어나요

구름도 바람도 놀라서 떠난 자리
찍찍찍! 짹짹짹! 찍! 짹! 찍! 짹! 난리 났어요
비몽사몽 우리 아기 옹글옹글 우리 아기
보이세요? 저기 저 사자 수염이 가늘게 떨리고 있잖아요!?
쉿!

*

방금 얼굴을 씻긴 우리 아기 정월 대보름 달 같은 우리 아기
씻어 놓은 무 같고 깎아 놓은 밤 같은 우리 아기
ㅎㅎ 아기의 코와 콧물은 흡사 만두 같네?
피와 소 서로가 서로에게 폭 안긴 형태여야 하는데?
따로 놀지 않아야 제대로 된 만두인데?
코를 자꾸 훌쩍이는 것 보니 따로 노네
콧물을 횡~하고 풀어내라고
한 쪽 콧방울 눌러서 코를 풀게 하였더니
되려 콧물을 훅~ 들이키네?
아가 소 맛이 어때?
짭짤하기도 하겠고? 심심하기도 하겠고?
글쎄 꿀맛이기도 하겠네? 꿀맛이면 한입만 줘

*

오는 봄이 착착 입에 감긴다 후루룩 마셔야 성이 찰 것 같다
봄 갯가의 우렁쉥이 내음 사방으로 스며든다
파도 치며 몰려온 봄 바다, 원초적인 후각 구석구석 종을 친다
봄 식탁에는 천 년의 냉잇국 내음 식욕을 돋우는데
겨우살이 풀 같은 우리 아기 젓가락을 십자로 만들어
"비행기가 팔랑팔랑 날아간다" "진짜가 아니고 가짜야"
오매! 벌써? 그런 거 알어? 진짜는 뭐고 가짜는 뭔데?
음, 진짜로 가기 위해서는 가짜도 필요하겠지?

*

대낮에 밤을 연출하려고 등에 업혀 있는 아기 머리 위로

검정색 숄을 덮어씌워 어둡게 한다
이런저런 자장가 불러주다 보면 잠이든 느낌을 받는다
겨우 낮잠을 재운 아기를 바닥에 눕히기만 하면 되는 찰나
등판에 센서라도 달렸는지 곧바로 깨어 애를 먹이는 우리 아기
2차로 다시 등에 업고 방으로 마루로 부엌으로 거닐면서
메들리 자장가 트림시키고, 소화시킨 뒤 잠이 든 낌새 느꼈다
대형거울로 확인 후 쾌재를 부르며 방에 들어가 눕히는 데까지는
성공했다
하이고! 허리 한번 올곧게 못 폈는데 무에 그리도 중한 게 있을꼬!
심청이를 만난 청이의 아버지 심학규처럼 눈을 번쩍 뜬다!
에라이! 이 숭배할 눔아
안으면 팔과 어깻죽지가 이구동성으로 잔소리를 해 대니
또다시 업는 게 장땡이다
휴~ 도돌이표다

*

누워서 모빌만 쳐다보며 갓 잡은 물고기 마냥
손발을 쉴 새 없이 파닥파닥하던 우리 아기
숨바꼭질하다가 어디 숨어 있을까? 하고 찾아보았더니
저 때문에 제 키보다 높은 곳 피안의 세계로 피난살이 하다가
귀향한 음지 식물 옆의 물 조리개를 가리키며
"이것은 손대면 물이 쏟아지는 거야" 할미에게 가르쳐 준다
앗싸! 봄 편지 같은 우리 아기 언제 이렇게 출세했지?
이미 한 세계와 내통하고 있었던 한 통속의 주인공이네?

뭐하니?

분홍빛 맛 달달 나는 우리 아기 요즘 십팔번 "뭐하니?"다
연분홍빛으로 달게 물이 든 나도 뭐하니?로 소통한다

환희의 우리 아기 바짓가랑이 둥둥 걷어 올린다 뭐하니?
맨날 발뒤꿈치 바짝 들고 걸어 다닌다 뭐하니?
땅꼬마 '강수진'같이 사뿐사뿐 예쁜 동작에 작품 구상하니?
한창 자랄 때 발목에 지장 온다고 극구 말려도
질문의 바탕화면을 깔면서 완전 코대답이다

우리 아기 아침에는 종아리만 살짝 나올 정도로 올렸다 뭐하니?
변화무쌍 우리 아기 지금은 무릎까지 바짝 걷어 올린다 뭐하니?
무릎 넘어 허벅지까지 올려보려고 안간힘 쓴다 뭐하니?

고운정 미운정 담북장 같이 든 우리 아기 뭐하니?
비 온 뒤 죽순처럼 부지런히도 자라야 하는데 시방 뭐하니?
발목, 무리하면 아야 할지 모른다고 말해도 콧방귀 끼며
도약을 위한 입문으로 열연한다

뭐하니? 발레리나 되고 싶은 꿈이니?
뭐하니? 기초 행동 요령이니? 비상을 위한 훈련이니?
ㅋㅋ 암만해도 거시기한데? 혹시 우리 아기
급격한 진보 단계로 돌입하는 것 아닌가 모르것네?
상당히 고무적인데 뭐하니?

물은 싫은데 좋아해

수억만 겁을 주고도 살 수 없는 우리 아기
천하무적 우리 은수, 하루에 두 번 꼬박꼬박 보던 변,
그 변을 그 옛날 우편집배원이 대면으로 내 손에 쥐여주던
육필의 손 편지 같이 기쁘게 받아 안았는데 하루 가고 이틀 가고
사흘 가는 사이 내가 뭘 잘못 먹였을까?
염려하는 사이, 아기는 항문이 아프다고 야단이니 촉각이 선다
베이비오일 찍어 발라 수시로 문질러 주는 틈틈이 의식적으로
물을 자주 줘 본다 어떻게 해야 물을 잘 마셔줄까
그 생각으로 머리를 짜면서 온갖 수단방법 동원시켜본다

꼴깍꼴깍 단물 아가, 꿀꺽꿀꺽 꿀물 아가
물을 많이 마셔야 지렁이 갈비뼈 같은 부드럽고
말랑말랑한 똥님께서 찾아오신단다
물을 싫어하는 아기에게 왜 마셔야 하는지 설하고 명하면서
똥구를 닭알 품듯 따숩게 품고 있었다

하루 종일 졸졸졸, 제 똥구 따라다니는 수굿한 정성에 감복 했나?
지극하면 돌 위에서 풀이 난다더니? 아니 호들갑을 떨었더니?
측은지심이 발동해설랑? 앗! 쭈구리, 불이 법을 사용하면서?
"물은 싫은데 좋아해"
생색내면서, 병아리처럼 겨우 한 모금 머금어 준다 입 댈 적마다
엄지척과 동시에 살가운 감탄사를 쏟아내는 수여식을 거행한다
탱, 자, 가, 귤, 이, 되, 는, 하, 루, 였, 다

버선목이라 뒤집어도 못 보고…

우리 아기 당금 아기
처음 말을 더듬거릴 때 간이 철렁했다
목소리가 큰 데다 말까지 더듬거리니까 무척 당황했다
해일 같은 근심 덩어리가 모래 같은 할미를 와락 덮쳤다
전문가에게 물어보니 자라나는 과정이니
일부러 고쳐주려고 하지 말란다
순간, 방정맞은 생각으로 활활 타던 속이
물벼락을 맞고 피~시~식~ 했다

얼마 전 강아지가 예쁘다고 바짝 다가가서 보다가 고놈이 갑자기
짖어 대는 공포에 습격 당한 뒤부터 먼 데 있는 강아지를
보기만 해도 "무서워 무서워" 하면서 뒤돌아 갔다
강아지 사건 이후로 말을 더듬는 증세가 심해졌다
소리에 민감해서 그럴까? 민감하면 모든 감각이 섬세할 수박에…
영민한 아기일수록 주의 깊게 보살펴야지
상처 받으면 그 상처가 다른 아이 두 배 된다고 했거늘, 명심하자!
아가 네 머릿속에선 샘물처럼 솟아 올라오는 단어들
흘러넘치는 물을 퍼낼 수 있는 힘이 아직 부족해서 그런가?
폭죽같이 터져 나오는 말들이 뛰박질하던 말들이 서로 먼저 나오려고
싸움 박질 하는 것인가?
그래 맞아! 과부하 현상이겠지?
쯧쯧 오! 가여운 내 새끼 ㅠㅠ
오죽 답답하랴 버선목이라 뒤집어도 못 보고!

‘우리 엄마 어디 있어요?’

‘아기 물고기 하양이 색깔 여행 시리즈’
첫 번째 책 『우리 엄마 어디 있어요?』를
좋아하는 우리 아기는 대리 만족일까?
아니면 포근하고도 은밀한 슬픔을 공유 하는 걸까?
이 책을 외우지 않을까 할 정도로 탐독한다

오늘은 기어코, 꽃잠 뿌리 한 번 뽑아 볼 기회가 왔다고
콧노랠 불렀다
놀이터에서 논 활동량도 유달리 많았고 낮잠도 안 자서
초저녁부터 곯아떨어질 줄 알았는데, 웬걸 밤잠도 함흥차사다

우리 아기 요구사항은 참으로 호화로운 것도 모자라서
오방색으로 휘황찬란하다
더도 덜도 말라는 한가위 같기만 한 우리 아기 점입가경이다
어느 어전이라 거역하랴!
이리 와라 저리 가라 업어라 내려라부터 벌써 시작이다

집 떠나 먼 길 나설 때 눈썹도 하나 빼놓고, 오줌통도 비우고
떠나라 고 하셨던 할머니 생각난다
꿈길은 먼 길이다 숙면을 위해서 달콤하게 자는데 오줌 마려
일어나면 잠이 토막 나서 좋을 것 없다
외출하기 전, 미리 소변 보고 출발하면 좋듯
잘 밤에 가능한 물은 안 먹는 것이 좋다고 일렀건만…

보통, 물을 달라 해서 물을 주면 꼭 빨강 물 달라고 한다
해서 미리 머리맡에 자리끼로 준비해 둔 빨강 물을 대령하니
예라! 그냥 흰 물 달라고 한다
아이쿠! 딩~동~댕~이 아닌 유감이 이마를 때리면서
흰 물을 가지러 가기 위해 부엌으로 가는 것 손이 쉽지 않다

주말행사처럼 의례 자주 있는 일이라서, '퐙' 하고
미소부터 터지기 시작한다
누워서 잘 단도리 다한 뒤, 불 끄고 두 다리 쭈~욱 뻗고 누웠다
불 켜라 해서 일어나 불 켜면 예라, 금방 또 불 끄라 한다
요기 아프니 요기 약 발라라 조기 아프니 조기 약 발라라
부채질해라 그만 해라 노래 불러라 해서 부르면 시끄럽다
예라! 머리 긁어 달라 해서 살살 긁어 주면 금방 됐다
토닥토닥해라 하지 마라 그리고 안아 달라 해서 안아주면 예라 싫다
아기 입맛의 설레발에 동조 하다 보니 하마터면
천수천안보살이 될 뻔 한다

온종일 온갖 시중 온전히 수발 들다가
소태가 된 할미를 슬슬 덖기 시작한다
좋은 차를 만들기 위해서는 필히 잘 덖어야 하는 것 맞다
그래, 잘한다 잘 해! 입안의 혓바늘같이 까끌까끌 사포지로 문질러라
그래, 만만해서 덖어 먹을 할미가 있으니 행운이다 행운!

둔하면 그냥 통과 될 일도 예민하면 걸리는 일들이 많은 법이다
감각이 둔했으면 천하일색이련만?

너무 민감한 것이 나를 닮은 구석이 없지 않다
잠을 이루지 못해서 힘들어 하는 아기를 보면 나의 고질병
불면이 불협화음 배경 음악으로 깔리니 더럽게도 애틋해진다
질기게도 서러운 밤은 깊어만 간다

가슴을 때리던 아기의 잠투정에 푸르스레하게 든 멍이
안 잔다고 희불그레한 소리 좀 했더니
원초적인 감정을 꺼내 서럽게 우니까 타들어가던 애간장이 새카맣다

엄마를 잃거나 찾는 내용의 책을 유독 좋아하던 이유가 있었다
요즘 부쩍 엄마랑 헤어진 『우리 엄마 어디 있어요?』를 가지고 와서
자꾸 읽어 달라고 가슴앓이 하던 사연이 있었던 것이다
흰자위가 붉어지게 하던 애절한 속사정이 있었던 것이다

그 시리고 쓰라리던 마음을 입안의 혀로 핥아 주는 임!
어느 하늘 아래 있을까~유?

울어도 울지 않는다 울지 않는 우리는 울면서 님을 기다린다
우리 님은 하늘이 두 쪽 나도 올 것이라는 믿음이 있기 때문이다

여러분! 잠깐, 귀 좀 빌려줘유
우리끼리지만? 황진이의 불면이 이보다 더 했을까~유?

못 말리는 책쟁이

질박한 마음으로 꾸밈없이 수수한
우리 아기랑 터놓고 직거래한다
오늘도 책 한 권만 읽어주면 낮잠 자기로!
철석같이 약속한다 견우와 직녀가
오작교에서 만나기로 맹세한 칠석날 같이!
효험이 천년 간다는 밥풀 그 밥을 으깨어 붙이듯 새끼손가락 걸며!
한 권을 읽어줬는데 또 한 권만 더 읽어 달라고 한다
책 좋아하는 나는 쌈짓돈이 주머닛돈이라 흔쾌히 읽어준다

앎이 궁금한 아긴 책을 오도독오도독 씹어 먹고 싶나?
호기심을 충족시키는 책이 지식의 벽돌을 만드니까
생각의 집 한 채 튼튼하게 짓고 싶어서 갈구나?

딱! 한 권만 더 읽어 달라고 한다
주먹 쥔 손에서 검지를 꼿꼿이 세우면서 한 권을
강조하면서 또 주문한다
사정사정하는 모습이 눈에 넣어도 안 아플 것 같아서
못이기는 척, 또 읽어준다
한 권만, 한 권만, 딱 한 권만을 목매게 원해서
그 간절한 눈빛에 속아
넘어가고 또 넘어가다 보니 딱 한 권만이 책장을 이루었다

아가! 잠은 자는 게 좋아, 뇌 발달 진행을 위해서라도 필히 잠을 자야 해!

책은 내일도 볼 수 있지만 잠은 지금 안자면 영영 놓치는 법!
이 세상 다 주고도 살수 없는 절대의 시간에 잠을 저당 잡혀놓고 책의
가락에 영혼을 팔면서 몸을 맡기며 노는 나쁜 버릇이 생기거늘
자발적 가난이 절대로 필요해! 제동 걸어!
'나무는 꽃을 버려야 열매를 맺고 강물은 강을 버려야 바다에 이른다'

아가! 노인이 죽으면 도서관 하나가 불 타 없어지는 것과 같다 하니
도대체 네 속에 대감을 몇 분이나 들어앉힌 도서관 지으려고 하니?
끝 모를 네 야망의 청탁에 맥이 빠진
할미의 마음 안에는 텅 빈 도서관 한 채가 에밀레종으로 울린다야

아기 왈 조개껍데기는 녹슬지 않는다고 합니다!
그래 맞아, 착한 아기는 나쁜 습관에 물들지 않겠지?
허나 판도라 상자는 아무도 몰라

파수꾼처럼 지키다

저승길이 대문 열면 있다 아니 바로 현관문 밖이다
죽는 일이 먼 것 같은데 실은 코앞이다
오늘이 멋진 죽음으로 가는 마중물이 되기를 빌면서
기꺼이 갈 마음을 준비 중인데 입마름병인지 목이 늘 갑갑하여
목 사탕 없이 견뎌낼 수 없는 신세다

하느님 우리 할머니 목 아야 해서 사탕 먹게 해주세요
'화살기도' 하는 것 같은 우리 아기 좀 보소
다짜고짜 "할머니 목 아야 해?" 아리송한 이 물음
시도 때도 없이 "할머니 목 아파?" 살가운 이 질문,
무단히, 다정이 연민으로 솟아나서 묻는 것인지
ㅎㅎ 아프면 좋겠으니? 얼른 아파라는 부탁인지 읍소인지
그 말의 뉘앙스는 저도 사탕 먹고 싶다는 뜻을 배제하지 못한다

단 것은 늦게 알아도 좋다 잠들기 전까지는 한시도 눈을 맞추지
않으면 못 사는 아기 때문에 몰래 먹는 고충이 만만치 않아서
목 사탕 한 개를 반으로 쪼개 줬더니 흔감의 깊은 맛에 빠졌다

오늘도 사탕 둔 곳으로 가면 순라꾼 같이 따라와서 파수꾼처럼
지키고 서서 할미 마음을 뚫고 있다
몰래 먹다 떳떳하게 먹으니 앓던 이 빠진 것 같아 좋다
쯧쯧 자고로 애 앞에선 찬물도 못 마신다 했으니…

어여 코~ 자~ 자~

아가! 좀 자자!
니는 우찌 그리도 내 맹키로 잠이 어푼 안 오노
싸게싸게 자다가 죽어나 보자
자다가 죽은 호모사피엔스는 없다카더라
잠을 자야 할 때 잠들기가 보통 쉽지 않아서
울연한 할미를 쪼매 닮은 우리 아기
초록은 동색이라카이 더욱 애착하는 우리 은수
아기를 재우기 위한 방편으로 늘 등에 업고
그윽한 음성으로 전래민요를 구성지게 읊조리며
잠들기 서막을 장식한다
'새는 새는 나무에서 자고 쥐는 쥐는 구멍에서 자고
소는 소는 마구에서 자고 닭은 닭은 홰에서 자고
나는 나는 어데서 자노' 할매 등더리에서 자지

아가! 숭고한 밤이 우리를 기다리고 있었네?
은수야! 자장가 또 불러줄 테니 어여 코~자~자~
밖을 봐 벌써, 아까부터 편안한 밤이 와서 우리를 편안하게 만들잖아
세상 모든 아기들은 다 잠들었는데
너만 시방 안자고 있는 거 알고 있니?
창밖을 좀 보렴 칠흑이잖니?
잠자기에 맞춤 맞게 아주 좋은 깜깜한 밤이야
"왜 깜깜해?" 밤이니까
"왜 밤이야?" 깜깜하니까

"왜 깜깜해?" 낮이 갔으니까
"왜 가?" 때가 되어서
"왜 때가 돼?"
숭굴숭굴 우리 아기 비약의 역량을 가늠해보니 경이롭다만 아가! 네 소나기 질문에 바닥 난 밑천이 독서당 개가 공자 왈 맹자 왈 한다 푹 한숨 자고 나면 듣도 보도 못한, 생애 처음으로 맞는, 오늘과 완전히 다른, 내일을 받아, 오늘이라는 축복을 또 받을 수 있어! 새로운 선물 받으려면 잠을 충분히 자 둬야 수월하단다

아가! 조금만 기다려 보자 잠은 천하없어도 자연의 법칙에 의해 오고야 만다 눈 딱 감고 '오네 오네 잠이 오네' 주문을 외워 볼까? 어여 천천히 반복해보자 허기지는 오늘밤도 잠이 고픈 우리의 꿈길을 차마고도로구나!
아! 달이 천 개의 호수에 도장을 찍어 놓았겠지?

그날이 오기는 오겠지?

예전 같지 않는 날씨가 이상하다
했더니? 지구별이 비상에 걸린 것 같다 했더니, '기후위기' '생태불안' 용어들이 스치더니 우리 아기 까치 날자 오얏 떨어졌네? 톱뉴스다! 그냥 노박이로 서서! 돗자리 위에 서서 ㅠㅠ 오줌 쌌다!
겸연쩍은지 꼼짝 않고 서 있는 모습이 보상받지 못한 천하 여장군 같다 슬밉지 않은 우리 아기 잠시 잠깐만이라도 바람이 좀 통하라고 안 채운 내 탓이라서 눈만 껌쩍! 껌쩍! 사인을 보냈다 아긴, 윤허하여 주시 옵소서 하는 것 같기도 하고 원숭이도 나무에서 떨어질 때가 있다고 투덜거리는 것 같기도 하고? 나름 조용히 쫑알대는 모습이 화사한 화두를 던지는 것 같다 귀엽기 짝이 없는 대장부임에 틀림없다

언제쯤 오줌 가릴까? '쉬~야 마렵다'는 그 소리 듣고 싶다 기저귀 한 번 갈려면 진이 빠져 진물이 흐른다 벗기기도 힘들지만 채우기는 더 어렵다 벗기자 말자 쏜살같이 달아난다 겨우겨우 붙잡아서 채우려면 발버둥 치는 것도 모자라 포동포동 두 발 주먹으로 할미 면상에 펀치를 날리니… 아이고 아파라 할미 죽는다 죽어!

날개 달고 날아오를 날 오기는 오겠지? 알 요강을 갖고 와 구수한 옛날이야기 곁들이며 시범도 유도해 봤지만 장난감 취급한다 북채를 잡고 두들기며 갖고 놀기만 한다 의자 뚜껑을 열면 쉬 할 수 있도록 된 '키티 변기'가 있으나 무정물로 본다 서로 친숙해지라고 암만 꼬셔 봐도 물 아래로 흘러보내지만, 언젠가는 그날이 오기는 오겠지? 그날이 오면? ㅎㅎㅎ 암행어사 출두야! 하겠지?

서리서리 좋은 날 2

*

어제보다 오늘 더욱 더 사랑하게 되는 내 아가!
우는 모습까지도 그렇게 예쁠 수가 없는 우리 아가
매미울음을 비집고 겨우 들어온 입추도
지나고 처서도 지나면 참외 맛이 떨어지고
모기 입도 삐뚤어져서 무는 힘도 시원찮으니
계절 한 폭 끊어서 외박하러 가자

아가! 가을이 빛나려고 준비하는 것 보이지?
우리 가을 타러 갈까?
선뜻한 공기 같은
네 역동적인 서정 표현에
내 쑤시는 오금 어루만져지겠다

아가! 가을이 본색을 드러내고 있지?
우리 한눈 팔러 갈까?
선득한 바람 같은
네 호연한 웃음소리에
내 시름 허공에서 작살나겠다

아가! 계절이 눈부시지 않니?
우리 가을앓이 한번 해 볼까?
눈 감고 가을낭만 훔치러 가 봐?
가을 맛은 깊어만 가는데

맛있는 겨울 오기 전에
어여 너는 할미 목말 타고
할민 가을 무등 타고

*

아가! 난 네가 좋아
무조건 좋아
병풍 속의 고고한 두루미
호도 속의 너
쪼개어 보면? 청보에 개똥이지만?
ㅎㅎ 난 네가 좋아

아가! 난 네가 좋아
세상없어도 좋아
너를 그리는 할미는
솔 심어 정자라? 비 맞은 장닭 같지만?
정에 헤픈 할미는 묵은 장 쓰듯 하는 할미는
자다가 봉창 뜯는 소리요
장마 도깨비 여울 건너가는 소리요
벙거지 시울 만지는 소리지만?
난 네가 좋아 그저, 좋아, 그냥, 좋아
죽겠어

막내 딸내미 울음소리는 저승까지 들린다고 했던가?

서리서리 좋은 날 1은 전편에 있음

서리서리 좋은 날 3

*

그 어느 누구보다 작지만
그 어느 누구보다 큰 우리 아기랑
홍제천이 부르는 길 가에서 놀았다
까치발로 뛰며 작정 없이 놀았다
갑자기 비가 내렸다
본능적으로 아기를 들쳐 업었다
내 아기가 빗방울 맞으면 아플까 봐 냅다 뛰었다
앗싸! 숨은 차지만 기분은 왜 이리도 좋을까?
아직도 청춘의 찌꺼기라도 남아 있었던감?
이 뭉클한 반증에 쏘인 내 영혼에서 힘이 생긴다 그런데?
어쩌지? 누구든지 첫째가 되려면 모든 이의 꼴찌가 돼야 하는데?
밥통 같은 꼴찌가 첫째 가려고 이판사판 뛰다 보니
빗방울 보다 먼저 뛰어 가고 있었다!

*

지 눈에 안경이란 말이 있다
내 눈은 안경이다
내 눈에 안경을 넣으면 안 아프다
실제로 그렇다 안 아프니까 똑! 소리 나게 더욱 더 잘 보이니까
창공의 백일이다
내 눈에 넣어도 안 아픈 내 손주는 안경이다
~@@~ 안경아 우리 제주민요 부를까?
'너영나영 두리둥실 놀고요 낮에 낮에나 밤에 밤에나 참사랑이로구나

아침에 우는 새는 배가 고파 울고요 저녁에 우는 새는 임이 그리워 운다'

*

아무리 뜯어서 이리도 보고 저리로 봐도 미궁인 아기의
알송달송한 얼굴빛을 해체해서 분석해 본다
기묘한 기가 막혀서일까? 그래서 뚫으려는 시도 중인가?
혹은 기가 차서 흘러넘치게 하는 중일까?
기가 들고 나는 통로에 무슨 작은 벌레가 들어갔나?
그 벌레가 못 나와서 꼼지락거리는 걸까?
혹은 기는 따뜻해야 쓰는데 너무 차서 그럴까?
우주로 가는 관을 통과하는 기에 불을 지피는 생각이 리듬을 타나?
불립문자 같은 아기가 그리는 그림은 도무지 알 수 없으니
비구상이다
희대의 미술품 한 점 취한 바 없이 취했다

*

케세라세라! 슬쩍 보기만 해도 입꼬리를 올리는 원소, 나의 미소 저장고, 우리 아기는 희아리 같은 할미를 반짝세일 혹은 폭탄세일 같은 원기를 한아름 북돋아 주는가 했는데? 눈 깜빡할 새 파김치로 만들어 놓아서 도로 묵인가 했는데? 고유의 찰진 웃음으로 되갚아 준다 절구와 절굿공이 만나는 절구통에 있는 찰떡같이 차지게 잘도 웃는 은수야, 발 빠른 내 영혼에게 내 좋아하는 찰뿌구미 만들어 진달래 꽃잎으로 낙관 찍어 혀에 찰싹 달라붙어 군침 돌게 하네? 케세라세라!

서리서리 좋은 날 4

아가! 글쎄? 한 여름에 매미소리가
시끄럽다고 하는 사람들이 있더라? 그 말을 들으면 뜨악해지더라?

안팎으로 무엇이 모자랐을까? 모자란 것 같지만
안 모자란 지금의 이 동네 이 집에! 얼추 반세기를 붙박이로 살고 있구나 그 많던 단층집들 누가 헐었을까? 거의 대부분 개발 바람에 어쩔 수 없이 넘어갔나 봐 집들이 해마다 순식간에 부수어지면서 4층 5층으로 올라갔고 심지어 10층으로 올라가고 있구나 그런데 나무는 사람보다 더 오래 사는 운명이잖아, 그 나무에 비해 가뭇없이 사라질 사람 사이에서도 우뚝 그 터를 지킬 나무들인데, 집집마다 마당가에 한 두어 그루의 나무들이 살고 있었는데, 옛집을 지켜주며 오랫동안 정이 들었는데, 그 자랑스럽던 나무들이 고귀한 생목숨을 잃는 것을 보며 살고 있구나 글쎄 말이다 인자하신 어르신 같았던 나무들이 죽음을 맞이하던 집은 사나흘 전부터 귀곡소리가 들리는 초상집 같더라? 어쩌면 좋니? 해가 갈수록 나무들은 소리 소문도 없이 사라지니 우리의 친구 매미들이 서식처를 잃고 있는 것 불을 보듯 환하지? 그러니 해마다 매미소리가 부쩍 엷어지는 것 보고 있자니 매미들의 진한 합창소리가 귀가 따가울 정도로 다시 듣고 싶구나

아가! 내 집이 섬 같아서 떠나온 곳 같기도 하고, 두고 온 곳 같다는 생각을 종종 하게 된다 네 엄마가 너만 할 때는 제비구경도 종종 했다 그런데 처마가 없는 집들이 자꾸 들어서니 그 친구들도 찾아오기 어려운 동네로 변했다 그리고 밤중에 간간히 들려와서 무척 낭만적이

던, 다듬이 방망이질 소리가 끊긴 지 오래된 것은 괜찮지만, 아기 울음소리와 아이들이 떠드는 소리 희귀해졌다 마음이 짠하여 그때가 그립네? 아암! 그렇고말고, 아이들로 인해 시끄럽던 그때가 장관이었지! 언제 어디 가서 그런 장관을 다시 볼 수 있을까나 대도시라는 이곳이 이럴진대 시골이야 오죽할까?

예전 같지 않게 뜨음한 생태계를 생각하면 마음이 울적하다 해마다 때가 되어, 기다릴 때마다 안부를 전해주던 앞산의 꾀꼬리 소식, 몇 년 전부터는 통 받을 수 없는 것도 걱정이다 한반도 전역에서 흔히 볼 수 있었던 흑두루미도 맹꽁이도 온갖 개발행위로 인해 멸종위기에 몰린 것도 걱정된다 비단, 어디, 이것뿐이랴? 모름지기 생명체는 더불어 살아야 하는데… 무단히 이런 생각이 드는 것이다 내가 좀 더 편하게 살기 위해 선택한 것들이 누군가에겐 미래를 앗아가는 폭력이 되는 것은 아닐까? 내 작은 편리를 위해서 생태계의 희생을 강요하는 것은 아닐까? 하고 말이다. 오늘은, 하나씩 둘 씩 우리 곁을 떠나고 있는 생명들을 상기 해 볼까?

아가! 매미들은 떠날 때도 한꺼번에 그냥 몽땅 떠나고, 올 때도 한꺼번에 왔다가, 왕창 울어 젖히는 것 알지? 그래서 매미들의 울음소리는 여름의 절정의 정점을 찍는 합창소리로 들렸다 마치 불멸의 베토벤 '합창' 교향곡처럼 말이다
오늘은 국립합창단 공연에서 들었던 생음악으로 들어볼까? 조화롭고도 중후한 매미들의 합창을 그려볼까? 애잔한 마음으로 우리와 아주 친숙했던 우리 자연의 친구인 매미를 예찬해 볼까? 아가! 혹시 매미가 다섯 가지의 덕을 갖추고 있었다는 것 알고 있었니?
'선공'이라는 별명도 갖고 있었던 매미는 입이 곧게 생겼단다 학문에

뜻을 둔 선비의 갓끈 같아서 선비 같다고 했구나 그리고 곡식을 해치지 않으니 염치의 도리가 있고, 집을 짓지 않으니 검소하고, 땅속에서 약 5년을 번데기로 견뎌낸 뒤, 지상으로서의 일생은 약 보름에서 스무날 정도라고 하는, 매미는 죽을 때를 알고 스스로를 지키니 신의가 있고, 그리고 나무의 수액만 먹고 살아서 청렴하다는 정평이 구전되어 왔구나 우리 친구 미물임에도 불구하고, 너무 멋지지 않니? 잠깐! 그렇다면? 매미도 있는 덕 우린 없을까? 우리도 당연히 있겠지? 구하지 않아도 이미 가지고 있고, 얻지 안 했는데도 지금 현재 지니고 있는 덕을 한 번 톺아볼까?

아가! '존재의 본질'이라는 말 들어보았니? 나는 지금 이 순간, 영원에 이르기까지 나를 존재케 하는 것은, 오직 이 한순간밖에 없다는 것 알고 있겠지? 주목해 봐 순간이 순간순간으로 이어진 것이 바로 눈앞의 지금이지? 이 순간을 단 1초도 빠져나올 수 있니? 없니? 없지? 없으니까 빼도 박지도 못하잖아 그러니까 나에게 주어진 오늘의 이 순간을 영원이라고 할 수 있을까? 없을까? 있겠지? 그러므로 영원한 현재인 나는, 언제나, 오늘, 지금, 바로, 여기서, 영원한, 현재를, 변함없이 살고 있는 덕! 얼시구! 아가! 살아있으니까 좋아? 안 좋아? 하이고! 좋기만 하겠어? 한결 같이 늘 즐겁지? 이 즐거움이 덕! 앗싸! 너 시방 정신이 있어? 없어? 항상 깨어 있으니까 당연히 있지? 그래, 이 상태의 뚜렷한 의식, 생각에 침범 당하지 않은 순수한 의식의 마음은 한 생각에 휘둘리거나 따라가지 않지? 분명코 생각을 차단한 상태지? 생각은 상대적이잖아 그러니까 내가 상대를 끊으면? 뭐가 되겠어? 절로 나는 절대지? 절대는 하나야 둘이야? 하나지? 하나는 개체야 전체야? 전체지? 전체는 뭐겠어? 막힘이 없어 탁 트여있는 이 눈앞에 있는 전체는 내가 태어나서 죽는 날까지의 시간과 공간, 그리고 공기 아니겠어? 깨어있는 의식에 빛나는 마음이 느껴지지?

아가! 내 발밑에도 하늘이 있다는 것 실감나지? 바로 내 발바닥 밑에 있는 이 점에서 지구 반대편을 직선으로 관통한 지점에서 올려다 본 사통팔달로, 무한대로 뻗어있어서 막힘없이 온 우주를 품 안고 있는, 광대무변의 무한 공간이 상상되지? 그리고 바로 코로 훅 들이쉬면 들숨이 되고 훅 내쉬면 날숨이 되어 막 바로 통하는 무량한 공기지? 그러니까 변두리가 없는 무한창공에 내가 마치 해처럼 있다는 것 자각할 수 있겠지? 홀연히 주인이 되어 있는 나의 현존이 곧장 허공이 되어 있는 이 각성이 덕! 얼씨구! 지극히 일부였던(아가 달에서 찍은 지구 사진 본 적 있지? 그 지구에 있는 나라는 존재를 생각해 보면 점에 불과하잖아 아니 점보다 더 작은 티끌 조각이지? 그런데 이 명백한 의식만큼은 무한창공인 것을 공감하겠지?) 내가 전체가 된 느낌 오니? 오지? 그런데 은수야 전체인 이 허공은 시끄러워? 고요해? 당연히 고요하지? 그러니 마음도 저절로 고요해지는 것이 덕! 어라? 그러고 보니 나의 본체가 텅 비어있는 것 확인하고 나니까 나라고 할 건더기가 먼지만큼도 없네? 그럼 나는 뭐야! 나는 어디 있지? 하하하 이런 걸 두고 '무아' 혹은 '자기초월'이라고 하나? 공성의 본심을 깨우친 것을 '견성'이라 하고 영성을 본 것을 '관상세계'에 든 것이라고 하는 것인가? 그러니까 하느님과 일치된다는 그 말이 그 말이로구나 그치?

어? 매미는 다섯 갠데 우리는 네 개네? 아가! 알면 알수록 더 모르겠고 가까이 가면 더 멀어지고 그래서 재미가 없지 않고 그래서 생각할 것도 더 많아지는 것이 진리로 가는 길이겠지? 또 있나 어디 차근차근 찾아볼까?

은수야! 너 눈치 빠르잖아 본래부터 있던 것 있잖아 직시하여 끄집어

내기만 하면 손에 잡히는 이것! 눈치가 빠른 마음의 '알아차림'이 덕! 앗! 또 있네? 내가 모른다는 것을 내가 알고 있는 것! 역시 덕이 아닐까? 그러고 보니 덕은 꼭 도를 닦아야만 이루어지는 것도 아닌가 보네? 그러니 사람이라면 누구나 다 덕이란 것이 장착되어 있나 보다 그치? 이미 덕을 가지고 있는 모든 사람들이 고루고루 예쁘지? 눈앞에 보이는 사람마다 두루두루 다 예쁘겠다 그치? 그러니까 생각을 멈추면, 멈춤과 드러남이 동시의 일이자 하나의 일이다 그치? 절대의 하나가 되면 전체를 다 볼 수가 있어서 세계는 하나라는 말을 이해할 수 있겠다 그치?
내 안에 있는 것들, 또 찾아보면 또 있을 것 같지? 생각 끊고, 깨어있는 의식으로 마음 비우는 일 자꾸 해 보자 마음의 그릇이 아주 큰 사람은 이미 통째로 전체가 되어있으니 내 안에 있는 것 발견해서 생활에 써먹기만 한다면, 손도 안 대고 세수하기겠다 그치?

아가! 깨어있는 이 순수한 의식이 무엇인가 자각하는 것이 관건이겠다 그치? 그러고 보니 마음공부는 게으름 피우면 안 되겠다 게으른 선비 책장 넘기듯 하지 말고 깨어있는 정신이 뚜렷한가 아무 쓸모 짝에도 없는 생각들, 시비하고 호오 하는 마음만 일으켜 갈등하게 만드는 생각에 익숙한가 체크해 보자! 생각에서 탈출하자! 먹구름 낀 마음을 점검하는 일, 부지런을 떨어야겠다 여태껏 나는 시도 때도 없이 생각하기를 즐기면서 생각에 휩쓸리면서 살았다 생각에 빠져서 살아오다 보니 생각이 많은 병에 걸려있는 할미 같은 사람은 까딱하다가 큰 낭패 보겠다 그치? 생각에 굴림을 당하는 사람은 정신 바짝 차리고 마음공부 안 하면 영혼이 폭삭 망하겠다 그치? 만약 그렇다면? 내 몸뚱아리가 송장 아닐까?

아가! 생각은 단편적이라 상황에 따라 잠깐 혹은 하루 종일 혹은 사흘 밤낮 수천만 번 스쳐지나 가는 감정의 편린이다 예전부터 전해져 내려온 말, 사람은 하루에 오만 가지 생각을 한다는 말 들어보았지? 깨알 같은 생각들, 사계절 생각농사 많이 지은 사람일수록 가을 수확 때는 참깨 털 듯이 쭉정이는 털어내 버리고 갈무리 할 것 잘 챙겨야겠다는 결심이 서겠지? 먼지에 쌓여 있던 생각들 재고 정리를 하고 나니 예상도 안 하고 기대도 안 했는데 희한하게도 무언가가 개운하게 와 닿아 머리가 맑아지네 성찰 이란 것이 이렇게도 좋네?

집요하게 달라붙던 생각을 떨쳐 내고 쉬고 있는 이 마음이, 팽창해서 온 우주를 가득 메우고 있는 것 같네? 눈 앞의 전체가 텅 비어 있음에도 불구하고 꽉 차있으니 내가 허공에 갇혀있는 느낌이랄까? 이 엄연한 사실이 허공중에 드러나니 아니 눈 앞에 펼쳐지니 신령스럽다 이런 것이 성령이 임하는 것이라고 하는 것일까? 세계를 품고 있는 의식의 마음이 환해지니까 천상, 현재를 타고 있다는 느낌이 확실히 와 너도 그렇지? 어머! 라디오에서 귀로 들리던 음악이 눈앞에 선연히 보이네?

아가! 첫눈을 기다릴 때, 눈구름을 기다리듯, 눈구름과 먹구름을 구별할 마음이 쫑그리고 있듯, 한참 쉬었다가 한 번 더 연습해 볼까? 자, 숨쉬기를 응시해 볼까? 들숨으로 생겼던 그 무엇을 감지한 채 날숨으로 내뱉어 보자 숨을 면밀히 보고 있으니 찰나 생하고 찰나 멸하는 그 무엇이 또렷하지 않니? 다시 한번 우주와 소통하는 이 생명체의 숨에 집중해 볼까? 그러고 보니 나의 숨인데도 무관심했네? 여태껏 나는 통 신경도 안 쓰고 살았네? 내가 현존할 수 있는 유일한 이 깨어있음의 증거가 되는, 이 의식의 이 마음이 한 세계의 통로임을 경험해 보자 호흡을 주시하면 숨 안에 세계가 들어 있다 세상이 내 안에 있으니 내가 전체 통이 되어있다 가만히 눈 감고 호흡에 빠져 보자 생각이 방해하면 얼른 걷어 차 버리고, 마음이 딴 데로 안 가고 제자리로 오게 하는 일, 반복해 보자 내가 있기에 세상이 있고, 내가 없으면 세상도 없는 것이다 무명을 밝히는 일 심심할 때마다 해 보자 내 마음이 빚어 놓은 세상에서 우리는 살고 있는 것 아닌가?

아가! 생각에 살고 생각에 죽던 마음이, 제자리에 오도록 마음의 귀를 활짝 열어놓고 보니 발밑 땅쪽 풀밭에서는 셀 수도 없는, 수억만 마리의 풀벌레들이 풀피리를 연주하는 소리가 들려 너도 그러니? 그리고 어두침침하던 마음에서 빛이 보이기 시작하니까 하늘 쪽에서는 미리내 흐르는 소리가 아주 잘 보이네? 자디잔 별들이 미동하는 것이 마치 팔과 다리를 흔들면서 춤을 추는 소리 말야 참으로 오묘하다 그치? 풀벌레들의 합주와 별들의 군무가 잘 보이는 느낌이 오지? 너도 확실히 감 잡았지? 은수야! 살아서 깨어있다는 이 사실, 이 현존 감이 왜 이토록 신비스럽고 아름답니? 놓지 못해서, 아니 놓기 싫어서 더 세게 꽉 움켜쥐고 있었던, 한 생각 놓아버리니, 마치 매달린 절벽에서 손을 놓아 버린 것 같네? 그런데 절벽에서 떨어지면, 죽는 줄 알고 여태껏 더욱 더 힘을 주고, 악착같이 매달리며 살았었는데 이상하다? 뭐가 잘못 되었나 손을 놓아버렸는데도 안 죽네? 참 해괴망측한 일도 다 있네? 그런데, 텅 빈 공허감의 맛이 꽤 괜찮네? 넌 어떠니?

아가! 강력한 파워를 갖추고 실체하고 있었던 나의 중심성 나는 내가 이래야 한다 혹은 저래야 한다 규정 하면서 타인까지 조종 하려던 에고 덩어리였던 생각과 감정과 몸이 나라고 굳게 믿고 있었는데, 아님을 알겠네? 껍질이라는 것 느끼겠네? 어라? 가짜라는 걸 알고 나니 남은 이것! 이 깨어있는 의식, 이 마음만이 진짜 나겠네? 맞아 이것이 바로 진짜 나야 맞지? 그러니까 생각은 감정을 생산하는 고통의 바로 미터였어 내가 초대하지 않으면 절대로 나를 찾아오지 않을 과거와 미래라는 불청객을 불러놓고, 노름놀이로 탕진했던 것이리라 나를 지배하는 과거, 나를 조종하는 미래, 견딜 수 없는 괴로움을 안기는 생각들에 함몰되어 있다 보니 영혼은 혼란으로 시들어 마음은 무기력으로 치달았다 생각이 길을 내는 생각들 생각의 꼬리를 물고 달라붙는, 집착이 참으로 무서운 것이라는 것 알았다 알아차리고 제자리로 돌아오니 마음이 아주 묘하네? 이 순간도 지금 여기 계속 새로운 시간이 이어지는 현재가 샘솟네? 이런 걸 생각이 없는 상태의 마음자리라고 하나? 혹은 생각이 나더라도 그 생각에 끌려가지 않아서 이 고요한 상태를 '무념'이라고 하나? 암튼 시원한 맛이 나지?

아가! 무슨 작용이나 활동이 멈추어 텅 비어있는 상태의 밀도 때문인지 이런 걸 '텅 빈 충만'이라고 해야 하나? 그러고 보니 텅 비어 있는 우주공간, 이 눈앞의 허공이 편안하면서 전대미문의 새로운 흥미로움으로 느껴진다 그래서 은근히 닮아 보고 싶은 욕구가 일어나네? 참신한 매력이 있는 이 우주의 허공은, 밤이 되어 어둠이 오면 어둠을 받아 주고, 아침이 오면 가는 어둠 보내주며 밝음을 맞는 눈앞의 이 현실 아닌가? 사실, 눈앞의 이 허공은 본래 어둡지도 밝지도 않잖아 그러니까 사실 받은 것도 없고 보내는 것도 없이 한결같아서 움직임이 없잖아 늘 전체의 하나로 되어 있는 것이잖아 그치? 또 허공은 원래부터 절대적인 평정과 평온 그 자체잖아 그치? 어둠과 밝음은 칼로 자르듯 편을 가를 수 없지? 둘이면서 하나지? 그러니까 허공의 마음은 얼마나 편하겠어? 그러니까 나도 허공이 되어 절대처럼 하나가 되고 싶은 욕심이 바짝! 생긴다? 너는?

그래 맞어 나는 공부를 통해서 에고가 하는 짓들이 조금씩 멈추어지거나 혹은 그 힘이 약해 졌으면 좋겠어! 걔들이 약해짐으로써 걔들이 하던 수많은 질문들의 숫자가 줄어들었음 좋겠어 숫자가 줄어들면, 줄어든 만큼 그 자체가 바로 답이겠지? 그래서 마음은 상황 따라 스스로 흘러가는 대로 절대의 허공에 맡기며 편하게 살고 싶어 허공처럼 오는 사람 이분법으로 나누지 말고, 있는 그대로 받아주며 가는 사람 미련 없이 보내고 싶어 한 성자는 '모든 것은 오게 놓아두고 가는 것은 가게 놓아 두어라 그리고 변함없이 남아있는 것을 발견하여라' 했거든 그래 맞아! 나는 마땅히 전체로서 하나란 것을 발견했어!

아가! 사람의 내면에 있는 무의식은 훈습된 습관의 에고 덩어리라서 원래부터 강하게 뿌리박고 있는 것이다 사람은 무의식에 조종당하면서 살아가게 되어있다 그러므로 과거의 기억과 경험에 의해 형성되어 쌓이고 쌓여서 습관화 되어온 그것들이 본의 아니게 튀어 나올 때가 있다 특히 분별심으로 마음이 완고해져 있을 때 심해진다 거기에 아무 문제없는데 다 생각 때문에 괴로움을 당하는 것이다
생각이 주는 괴로움에서 벗어나는 길은 무의식을 정화시킬 수 있는 힘이겠지? 이 힘을 기르려면 무소의 뿔처럼 혼자서 가는 것도 괜찮겠지만 아무래도 영적 지도자인 스승이 있음 좋겠다 그지? 나보다 먼저 깨우쳐서 깨달음으로 승화된 그것이 삶에 녹아 흐르는 분! 나를 선도해 줄 수 있는 선지식이 필요하겠지? 그런데 어디서 찾을까? 아무래도 그림의 떡이겠지? 앗! 아니다 나의 손주 류은수가 있었군 은수야 넌 애초부터 전체가 되어 전체로 존재하며 전체로 살고 있잖아 하이고! 애타게 찾던 스승이 여기 있었네 등잔 밑이 어둡다는 그 말이 딱 맞네? 네가 본가에 영영 가게 되면 누구 소개해 주고 가라잉 헌데 스

승은 한솥밥 먹는 사람이 최고로 좋대 사실 뭐든지 구하는 것은 멀리 있지 않고, 다 내 안에 있다 특히 고통이야 말로 가장 훌륭한 스승이다 준비만 되어있으면 세상만물이 다 스승 아닐까

아가! 너의 후덕함에 기대면서 고백하자면 창피스럽도록 나는 내가 누구인지 몰랐다 아니 나를 찾지 못했다는 말이 맞을 것 같다
세상에 태어나서 부모님의 딸로, 그리고 언니, 누나로 살다가 결혼해서는 충실한 아내로서 남편에 맞추면서 살았고, 세 아이의 엄마로서 바쁘게 살다보니 나를 챙길 휴가가 없었다 그러니까 좋은 게 좋다고… 티 내는 게 싫어서… 그냥 그렇게… 가족에 묻혀서 살았을 뿐이니 그럴 수밖에! 해서, 나는 내가 너무 길었다 가도 가도 길기만 했다 길수록 영적 목마름은 더해갔다 어서 지나가기만을 기다렸으나 그냥은 안 지나가나 봐 고독하게 홀로 밤낮없이 영성에 관한 공부를 지치도록 해 봐도 영적으로 목만 바짝바짝 타니 마음은 끝없이 방황했다
영성적 가르침이 절실히 필요했다 영적 지도자를 찾기 위해 기도에만 매달렸다 결국 절망했다 '영성적 가르침이 내가 갈 방향을 제시해 주는 것이라면 마음은 그 길을 구체적으로 알려주는 유용한 지도'라는 걸 그때는 몰랐다 그러나 지금은 안다 나를 찾아가는 길의 공부는 결국 마음을 돌보면서, 치유하며 갈 때 나의 영성은 온누리에 고요한 빛으로 가득하여, 나는 풍경이 되어있을 거라 믿는다

아가! 나는 나의 본질에서 생명을 얻으려고 노력한다 나는 내가 나의 선물이 되고 싶어서 기도가 절절해지네? 마음이 불편할 때 무의식이 건드려져도 별 반응이 안 되게 단도리 하고 싶어 자신의 이익에 따라 변덕을 부리는, 에고가 어떤 상황에서도 의연한 마음을 가지고 싶어! 에고가 유순해질 때까지 현재에 깨어서 변함없이 남아있는 이 의식!

촛불같이 고요한 빛으로 있는 내 마음을 발견하는 일! 계속 반복 훈련하면 될까? 되겠지?

아가! 네가 비빌 언덕이구나 마음 돌보기에 익숙해져서 마음공부가 체득되면 무의식이 조금씩 바뀌는 것이리라 아참! 뇌가 생각을 통제하는 것이 아니라 뇌가 생각을 조작한다고 하더라? 그러니 명사는 금방 까먹을 수 있는 반면 동사는 오래 기억한다더라? 그러니까 마음공부를 통해 무의식의 상태를 조금씩 알아차리게 되는, 아주 작은 감동의 그 느낌이 소중하겠지? 내 안에 있는 영성, 그 본성에는 흔들리지 않을 안도감이 있다는 것을 더 진하게 느껴질 때까지 공부 해 봐야겠다 공부를 통해 무의식을 자극하다 보면 힘이 생기겠지 뭐 그 힘이 차츰차츰 강해질수록 흔들리지 않겠지? 흔들려도 넘어지진 않을 것 같지?

아가! 순간적으로 한 깨우침이 온다! 나를 찾는, 즉 진리를 찾아 떠나는 길은 한 살이라도 젊었을 때 시작해야만 유리하겠구나 싶다 왜냐면 산 햇수만큼의 무의식의 오래된 습관은 더 굳어져 있을 터 제 버릇 개 못 준다는 말이 있듯 그만큼 정화시키는 길이 힘들어서 더 멀어질 터 참으로 멀고도 먼 길이니까 말야 늦었지만 수시로 몸과 마음 안에서 일어나는 일들을 자세히 관찰해봐야겠다 다 생각이 만들어 낸 허구, 실체가 없는 것들임을 꿰뚫어 봐야 한다 실체 없음을 자각해 보는 일 쉽진 않겠지만 시작이 반이라는 말을 믿는다 '무아'를 자각하기까지의 먼 길! 나를 버리는 일! 생각을 내려놓은 마음이 허공을 담을 수 있도록 하는 공부에 매진, 아니 꼼지락꼼지락 해 보지 뭐

아가! 길고도 길었던 나, 지겹도록 긴 나를 벗어나지 못해 내가 나를 가두고 있던, 나를 해방시키니 눈앞에 펼쳐지는 이 창공에 내가 드러

나네? 곧 나를 지키고 보호하고 있었던 영혼이 보이네? 나의 본래 마음을 자각하고 나니 두려운 것도 없고 부러운 것도 없으니 세상 참 편해서 좋네? 이렇게 좋아도 되는 거니? 그런데 이런 마음 상태가 오래 가면 좋을 텐데 조금 아쉽네? 지금, 살아 있으니까 마치 탕약 달이듯 뭉근하게 연습하다 보면 오래 지속되겠지?
아가! 생각이 많은 할미 같은 사람은 도무지 불가능한 일인데… 한 고승이 사는 일 중에 물 긷고 나무하는 일 말고 달리 신통한 일은 없다고 했다? 그리고 배고프면 밥 먹고 잠 오면 자는 일이야말로 최고의 신통력이라는구나 ㅎㅎ 세상에! 보통 사람이 할 수 있는 일을 자유자재로 하는 것이야말로 세상에서 유일한 진리라네? 참, 웃기는 말 같지 않니?

아가! 잠깐! 그렇다면, 진리는 어려운 것이 아니고 아주 쉬운 것이란 것 알아차리겠다 그치? 그래, 맞아 번뇌망상과 싸우지 않는 고요한 마음으로 현재에 집중하며 그분처럼 살고 싶으니까 지금부터 공부 시작해 보지 뭐 나의 업! 일상에서 밥 짓고 찬 만들고 세끼밥상 차리며 빨래하고 청소하면서 하지 뭐 업을 업고 짬짬이 해 보지 뭐 침묵의 효과를 좀 보지 뭐 침묵이 나를 듣고 침묵이 나를 보고 내가 침묵이 되겠다는, 발심의 그 초심을 잃지 않는 자세로 살면 되겠지? 영원한 생명인 나는 생명의 법칙에 의해 자장이 생길 터 그렇다면, 그렇게 어렵지 않을 것 같은데 아가! 네 생각은 어떠니? 단, 안과 밖의 침묵에 귀가 얇으면 안 되겠지?

내리사랑

삶이 몹시 어지러워 불안할 때
곧 무너질 것 같은 예감일 때
아기가 내 말에 귀를 기울여
나를 동여주면
아기는 나를 창조한 사람

아기가 내 마음을 읽어주면서
어두운 내 영혼을 공손히 받을 때
꽃 등불이 되는 아긴
나의 하느님이시다

아기는 나의 인간 나의 공간 나의 시간
나의 깃발 나의 나침반 나의 지팡이 나의 고글
그리고 나의 베이스캠프
그러므로 침묵 되어 기다리면
조건 없이 받아주고 저를 맡기는 믿음이 되면
흔들려도 쓰러지지는 않을 것이다
쓰러져도 다시 일어서게 될 것이다

아기는 나의 돌밭 길을 고르게 매 놓으실 것이다
아기는 나의 흙길을 비가 와도 질척거리지 않게
단단히 다져놓을 것이다
고독이 되어 평화를 기다리면

평화는 전쟁의 반대 개념이 아니고
마음의 진공 상태의 신비가 감지되는 것이다
위로는 셀 수도 없는 수많은 별들이
미세하게 움직이는 소리에 마음이 열리고,
아래는 먼 바다에서 방울방울, 물방울들이
서로 부딪치며 물결로 일어섰다가 눕는 것이 보이는 것이다

사랑은 보이는 것만 보고
들리는 것만 들으면 자유가 될 것이다
'사랑하면 보게 될 것이고
보게 되면 더 사랑할 것이다'
'사랑은 누구도 완전히 절망할 수는 없게 만드는
이상한 노래를 부르는 일 같은 것이리라
죽을 때까진, 살아가는 것이다'

밥도~ 먹고~ 책도~ 보고~

출근이라도 하듯? 도서관으로 잘 가는 우리
임도 보고 뽕도 딸 나는 수수꽃다리 향내 풍기는 아기에게 물어본다
아가? 밥도 먹고 책도 보는 도서관 좋지?
할머니도 책 좋아하는데 우리 은수도 똑같이 책 좋아하니까
우리 오늘 똑같이 도서관 갈까?

요즘 자주 사용하는 말 '똑같다'는 말에 현혹되어 호응하는 것인지
정말 선천적으로 끌려서 가려는지 알랑알랑하다
아니면? 점심 먹으러 매점에 가면 데스크 지키는
예쁜 이모가 자기를 반기면서 막대 사탕을 주니까 그런지
아기의 속내를 샅샅이 들추어 보고 싶은 것이다

도서관에서 퇴근하는 길, 물어본다
아가! 도서관 좋았지? 우리 내일도 갈까? "응"
그래 그래 좋아 좋아 내일도 가고 모레도 가고 글피도 가고 그글피도
가자 그런데 아가! 도서관은 뭐가 좋아?
꿀을 먹기 위해 활짝 핀 등황색 원추리꽃 안으로 깊숙이 들어갔다가
방금 나온 작은 토종벌 같이, 귀엽기 짝이 없는, 얄쭉얄쭉 은수는 "밥
도~ 먹고~ 책도~ 보고~" 만덕을 쌓은 목소리로 화엄같이 대답한다
운율적으로 하는 이 말의 음색이 음악적 감각으로 하니 돋보인다 중
세의 음유시인 같지 않을까 상상해 보는 것도 배부른 수확이다 동행
이란 이름의 퍼즐 맞추기, 완성이다 두 다리 뻗자

산보하면서 알다

알록달록 예쁜 아기
아로롱 다로롱 귀여운 내 아기
바깥나들이 하자고 하면 기다린 듯 금세 피드백 날리는 우리 아기
토끼잠 자고 일어나 주전부리 좀 하고 행여, 할머니의 검지와 중지와
약지를 놓칠까 봐 접착제로 꽉 쥐고 마을 한 바퀴 돈다

사람의 마음결로 이루어진 '아낀다'는 이 말을 애무해 본다
눈길로 손길로 다듬어진 이 사무치는 단어가 못 견디도록 그립다
배양시켜서 분양하고 싶은 이 말이여
억울하게 폐기처분 당한 이 말이여
'알뜰한 살림'을 도모했던 이 말이여
고난을 행운으로 만들었던 이 말이여
오, 애재라 개념 없이 사는 우리 사람들이여

거대한 자본에 갈취 당해 구시대로 사라졌남?
물질 만능이 생산해 놓은 부산물!
전봇대를 빙 둘러 싼 널브러진 쓰레기 행렬이 행렬을 부른다
볼썽사납던 쓰레기 더미가 현기증을 부른다
뭐든 많이 만들되, 빨리 쓰고 버려야 하는 풍조의 공범자들 같다

아가! 아낀다는 것은 인색함이나 궁상을 떠는 게 아니란다 아낌은 곧
바로 우리들의 삶을 상서롭게 하는 일이란다 밥이며 건건이가 나뒹구
는 체면 좀 보렴 배달된 음식 가득 젓가락이 걸쳐 있는 염치도 좀 보

럼 '생태적 감수성' 없이 얌통머리 없는 사람들은 쓰레기공장을 밤낮 없이 가동 하나보다 멀쩡한 살림도구들이 뒤엉킨 잡동사니와 죽어도 썩지 않는 쓰레기들과 함께 눈살 찌푸리며 우릴 보고 있지? 길가에는 쓰레기가 얼씬도 못하는 세상에서 한 번 살아보고 싶지 않니? 이 나라는 선진국 대열에 낀다고 자화자찬인데 행실은 후진국을 면하지 못하고, 행태로도 근본 없는 '기후악당'까지 되어 있지? 또 일하다가 죽는 노동자들, 하루에 일곱 명이 일터에서 퇴근하지 못하고 사망하는 일이 반복되고 있지? '명실상부한 선진국은 유엔이 인정한다고 해서 되는 것이 아니다 적어도 자기 힘으로 미래를 빚어낼 줄 알고 그 미래가 지구촌 다른 이들에게 전범이 될 수 있어야 한다' 그치? 몰라도 너무 모른다 그치?

아가! 선진국이라니 겉만 번지르르한 속임수 같지 않니? 현재, 밥상에 있는 멸치 한 마리, 김치 한 쪼가리, 깻잎 한 장, 우리 입으로 들어갈 수 있는 것은, 나라도 구하지 못한 가난한 이주난민들의 고된 노동 덕이다 그들의 손에 의해 우리가 살고 있다고 생각하니 멀어져 간 저 70년대 춥고 배고픔을 견뎌낼 재간이 없을 때, 종자돈 마련하려고 나라에서 파독 했던 광부들과 간호사들이 생각난다 바로 밑의 여동생 그러니까 너의 이모할머니는 물려받은 빚을 갚기 위해 독일에 있는 병원에서 휴일도 반납하면서 억척스럽게 막노동을 했다 그런데, 그렇게, 그곳에서 수십 년을 살아도 차별대우를 받은 적이 단 한 번도 없었다고 했다 우리는 과연 그들처럼 하고 있는가? 노동자의 노동은 손과 함께 삶도 꿈도 있는데… 정서적 고립 상태에 있는 그들에게 조금만 살필 일이다 우리는 조금이지만 받는 그들은 아주 큰 것이다 마치 이모할머니가 한국에서 받았던 월급의 열 배를 받은 것처럼 말이다 진정 내 것이 어디 있겠나 내 것이라면 잠시 맡아서 지닌 것뿐인데…

지금 지닌 것 조금, 되돌리는 마음으로 도와야 하는데… 과연 그들에게 가장 기본이 되는 숙식제공은 잘 하고 있는지… 이주난민 노동자가 비닐하우스에서 살다가 얼어 죽었다는 신문기사를 접하니 말문을 막는 머리가 하얘지는 마음이 통곡을 한다

아가! 전문학자의 말에 의하면 2050년 바다 속에는 물고기보다 쓰레기가 더 많을 거래 섬뜩하지 않니? 너무 답답하여 상상의 나래 끝에 잔챙이 같은 궁리를 해 본다? 쓰레기 치워 주시는 분들이 동맹 휴업에 들어가 뭘 좀 깨닫게 해줬음 좋겠어 ㅋㅋ 후진국 발상인가? 소 뒷걸음질로 쥐 잡듯? ㅎㅎㅎ 혹시나 의식에 변화가 오는 계기가 되면 생각이 바뀔지도 모르잖니? 하긴 정부와 기업이 앞장서서 솔선수범하게 만들어 놓아야 하는 것 아닐까? 흡사 협력하려는 시도는 보이지 않는 '2050 탄소중립'이라는 목표가 아직도 글자로만 존재하고 있는 듯해서 서글프기 짝이 없네?

내용보다 형식을 중요하게 생각해서 그럴까? 과대포장을 좋아하는 민족성이 만들어 놓은 문화가 문제일까? 쓰레기 문제가 골칫덩어리다 대부분 가정에서 나오는 쓰레기 상당 부분은 택배 포장물에서 나온다 손바닥만 한 내용물에 비하면 포장상자는 몸통만하다 보통 네 번은 뜯어내야 내용물을 볼 수 있다
그뿐이니? 야채나 과일 하나를 사러 마트에 가 보면 일일이 다 스티로폼으로 만든 접시에 랩으로 싸여져 있다 어떤 것은 또 비닐봉지에 또 한 번 더 담아져 있다 너의 왕할머니가 비닐이 모여지는 것만큼 돈이 모여진다면 벼락부자는 시간문제겠다고 하셨던 말씀이 떠오르네?

아가! 제발 일회용품은 안 쓰는 방향으로 갔음 좋겠다 그치? 호랑이

는 죽어 가죽을 남기고 사람은 죽어 이름을 남긴다는데 젠장, 시절이 하 수상하여 우리는 죽어서 이름을 남기는 것이 아니라 플라스틱을 남기는구나 플라스틱에 의해서 강제추방당한 질그릇이 그립다 제 스스로 숨을 쉬면서, 적정온도를 유지할 줄 알면서, 제 몸 안의 것들을 보호하던 옹기는 제 쓰임이 다하면서, 주인이 폐기처분하여 제자리로 갈 때는 곧장 흙으로 돌아가잖아 그런데 그렇게 돌아갈 수 없는 플라스틱은 우리의 일상에 깊숙이 침투하여 우리의 의식마저 장악하고 있는 형편이구나

아가! '플라스틱은 마약을 닮았다 사람들이 편리에 중독되는 사이 막대한 온실가스를 배출하며 지구를 병들게 한다' 그러니 '플라스틱을 퇴출하는 것은 지구 기온 상승폭을 1.5도 이하로 제한하는 탄소중립 목표에도 부합한다 플라스틱은 99%는 화석연료로 만들어지기 때문이다' 이를테면 물과 생수는 어떻게 다를까 생각해 본다 어느 날 스멀스멀 벌레가 기어서 들어온 것 같은 플라스틱 속의 물! 그냥 혹은 공짜 같은 흔한 물이 돈과 거래하면서 '생수'라는 이름으로 둔갑한 물이 일상으로 자리 잡고 있잖니 생수는 수돗물에 비해서 온실가스를 700배 이상 배출한다는구나 아무리 재활용률을 높인다고 해도 애초부터 생산하지 않는 것보다 좋을 수 있을까? 아가 너도 마셔 봐서 알겠지만 맛이 괜찮지? 할미표 생수는 미리 받아 두었던 수돗물, 소독약 냄새 휘발시킨 거란다 일회용품을 제한하고 친환경 소비 습관이 정착되었음 좋겠어 불편함을 즐거움으로 바꾸는 생각의 전환이 일어났음 좋겠어 실천할 각오의 마음들이 뭉쳤음 좋겠어 마치 백번 천번 말해도 지나치지 않는 불조심 강조 같이 말야

아가! '이탈리아 카판노리시는 유럽 최초의 '제로웨이스트' 도시다 쓰

레기가 늘어나 소각장을 지어야 할 때 소각장 반대운동이 일어났고 우리 동네에 소각장이 안 된다면 다른 동네도 안 된다고 선언했다 그들은 소각장을 짓는 대신 쓰레기를 줄였다 가정별 쓰레기봉투를 할당하고 그 이상의 쓰레기가 나오면 쓰레기봉투 한 장당 1만 원에 사야 한다 음식물 쓰레기를 퇴비화하면 세금 감면을 받는다 곳곳에 '제로웨이스트' 센터와 재사용 가게가 생겼다 그 결과 30% 이하의 재활용률이 90%에 이르렀고, 쓰레기가 줄어 소각장을 지을 필요가 없어졌다' 우리나라도 쓰레기 줄이기 정책과 일회용품 사용금지 제로웨이스트 운동 활발히 전개되었음 좋겠어! 2001년 미국에서 시작된 제로웨이스트 운동은 환경을 보호하기 위해 쓰레기 배출량을 줄이는 캠페인이야 '거절하기'와 '줄이기' '재사용하기' '재활용하기' '썩히기' 등을 실천하는 거야 이 운동이 온 국민에게 출사표를 올려 집집마다 밝히고 전했음 좋겠어!

아가! 모여서 쌓여가는 저 쓰레기들 좀 봐 시퍼렇게 살아서 저도 하루 속히 썩어서 자연스럽게 어서 빨리 자연으로 돌아가고 싶다고 아우성치면서 눈에 불을 켠 저주의 형광 물체로 우릴 지켜보고 있지?
끝 모를 야망, 대량 생산이 죄일 터, 탐욕의 대량 소비와 과도한 소유가 재앙일터, '과잉의 삶을 적정 수준으로 감축하겠다는 결단'이 필요하지 않을까? 그치?

자율적 검소와 절제만이 내면을 변화시키겠지? 한 철학자가 '이 시대의 파국을 바라보려면 반드시 쓰레기를 봐라 봐야 한다'고 했구나 헨리 데이빗 소로의 탄식에 깊은 한숨을 쉬어 본다 '인간이 천박하다면 아름다운 자연이 무슨 의미가 있는가!' 또한 서울의 이기심을 떠올려 본다 시인 김수영의 일갈! '도야지 우리의 밥찌기 같은 서울'이 진저리 치다가 까무러질지 모르겠구나 아가! 잘 산다는 것은 불필요한 쓰레기와 결별하는 것 아닐까? 그치? 점점 심각해지는 쓰레기 문제를 생각해 보면 세상은 제대로 썩어야 돌아가는 세상 아닌가? 싶다 그래서 잘 돌아가려면 아귀같이 토해 놓는 생산력 보다 더욱 더 매진해야 할 것은 마치 토기처럼 와서 아니 온 듯 제 자리로 돌아가는 부패력이 아닐까 싶은 것이다

쟁이쟁이 움쟁이

방향 잡고 노력하면 탄력 받은 기량이
재능 발전소를 만들 수 있다고 구르는 돌은 이끼가 안 낀다고
소리 개도 길을 닦으면 꿩 잡는다고 했는데? 당최
우리 아긴 눈 씻고 봐도 힘을 다하여 애쓰는 모퉁이도 못 봤는데?
기이한 일이다 꿩도 잡아오고 한 손에 알맞게 쥐어지는
반질반질한 행운의 돌이 되어 있다

밋밋한 할미를 수다쟁이로 만드는 기질이 다분한 우리 아기
이 세상에 하나밖에 없는 보석이 되어있다
내 호주머니 속에서 자꾸 만지고 싶게 하여 마음이
콩밭으로 가게 만드는 쟁이가 되어 있으니 말이다

쟁이는 도를 잘 닦는, 자기 분야의 격에 맞는 일을 맞갖게 하면서 경계를 넘나드는 일을 한 사람에게 붙여주는 훈패 같은 것 아닌감? 그래!?
이참에 우리 아긴 훈장을 자그마치 몇 개나 달았는지
어디 한 번 세어나 볼까?

심신이 지칠 때는 원기회복제 같은 우리 아기에게
밥은 꼭꼭 씹고 반찬은 골고루 먹어야 해 하면
앵무새 같이 잘도 따라 하는 따라쟁이로 시작하여
마음을 챙기지 못하고 놓아 버렸을 때
마음을 잘도 따라붙게 하는 재주 하나로 붙임성 있게
이웃과 잘 사귀는 사교쟁이 개구쟁이 궁금쟁이 깍쟁이 꽤보쟁이 고함

쟁이 골탕쟁이 넉살쟁이 떼쟁이 명랑쟁이 무법쟁이 말썽쟁이 변덕쟁이
배짱쟁이 심술쟁이 슬기쟁이 수다쟁이 센스쟁이 욕심쟁이 익살쟁이 울
보쟁이 앙살쟁이 애살쟁이 애교쟁이 야살쟁이 책쟁이 행복쟁이…
휴~ 세도 세도 다 못 세겠으니 점점이 무한대로,
우주로, 하늘로, 스며들어 별이 되어 반짝거리네?

아기는 유한한 몸으로 무한의 우주를 운전한다
바야흐로 우리 쟁이는 무중력의 나라에서 풍선을
축구공으로 차며 웃고 있다
마구잡이로 떠들며 무심천으로 놀고 있다
살아있는 조물주의 곡진한 작품이다

소한 대한이 하물하물 푹 익으면 몽글몽글 입춘이 온다
간질간질 봄기운
성큼성큼 견뎌 내다 내다 불끈 솟아나는 움!
새순의 바순 같은 음색의 움이다
쟁아 쟁아 이 움쟁아!
옛다! 받아라
이 움 하나 더 달아라
동화 속의 그 혹부리 영감처럼 주렁주렁 달고 다녀라잉

삼촌은 이상해

헤어스타일이 스님 같은 삼촌에게
안기면서 말하는 우리 아기
“아까적에는 있었는데…”
아리송하게 바라보더니 어처구니없다는 듯
“이상해…”

외국인과 국제 통화하는 삼촌을 보면서
“말이 어렵네…”
뜸들이듯 듣고 나더니
“이상해…”

달포 전만 해도 삼촌이 야단치면 다짜고짜
풍랑 심한 날, 돛대 같은 울음부터 토해 놓았는데
거리낌 없이, “삼촌 싫어요” 노골적이네?
그새 좀 컸다고
용기가 다부지게 솟았네?

“저리 가세요”
“오지 마세요”
오 마이 갓!
칫! 누가 누구한테
지분지분하기라도 했남? 흥!

익살쟁이

옥에도 티가 있다는데 티 없는 아가야
꽃봉오리가 천상 옥비녀 같이 생긴 옥잠화가 꽃밭 가득 있는 학교
네 엄마가 꼬박 6년을 등·하교 했던 연희 초등학교에 놀러 갔지?
놀이터에 있을 때 3학년 언니 넷이 쪼르르 오더니 너를 둘러쌌지?
한 언니가 물었지? '참 귀엽게 생겼다 너 몇 살이니?'
"은수"
'너는 나이도 모르는 바보니?'
옆에 있던 다른 언니가 '이름은 뭐니?'
"세 살"
실없는 말이라 할 수 없네? 열매 달린 농담을 담쑥 받고 코가
납작해진 언니 눈치 빠른 언니들이 재치 있는 장난이 묻어나는
해학을 알아차리고 한꺼번에 웃어 제꼈지?
웃음은 순식간에 아라비안나이트에 나오는 양탄자가 되었지?
웃음은 최면술도 부리나 봐 그치?
우리 여섯 명 모두 양탄자에 탄 채 운동장 한 바퀴 날다가 왔지?
웃음은 신통력이 비범한가 봐 호시나더라 그치?
그런데 너는 학교 문 앞에도 못 가봐서 가방끈이 짧을 터인데
언니들보다 한 수 위더라?
우~와~ 세 살짜리 꼬맹이가 융통성 백 점이다
역시, 숭악하게 숭상할 놈아
풍만해진 할미 마음 낚아채고 도망가는 놈아!

진짜배기로?

아가! "똥 쌌어요" 하고 소리쳐 줘서 고마워!
기저귀를 펼쳐 놓은 채 똥을 보여주며 은수만큼 귀여운 똥이네
어쩜 이리도 어여쁘게 생겼지? 이 세상에서 가장 기쁜 똥이구나
아기를 찬미하며 아기의 똥을 찬양하면서 똥구를 씻어 주었다

며칠 밤잠을 설친 피로가 누적된 얼굴이 해롱해롱 나도 모르게
아이구 힘들어 했더니 네가 내 얼굴에 바짝 대며 "괜찮아?" 하더라?
뭐라꼬? 귀를 의심하며 설마 했던 진실이 헛헛한 마음에 꿈결 같고
한 잔의 포도주로 기별 온 것 같아 미소 짓는 눈가가 촉촉해지더라?

사유의 깊이가 융숭한 아가, 방금 또 네가 뭐라고 했지? 직관력이 뛰어난 아가 사고의 폭을 더 깊게 파보았니? 세상에나! "고생이네"(어디서 주웠을까?) 하더라? 니가 시방 뭐시라캤노? 땅에 떨어진 기운은 오로지 바닥에 눕고 싶은 생각뿐인데 네가 생기를 돌게 하는 마왕이네? 아니 마왕보다 추진력이 더 셀 것 같은 마왕의 새파란 엄마네? 아! 인생 백 프로 보너스 받은 신성한 감회! 더 이상 참지 못한 목젖이, 목사탕을 그리니까 그 내밀한 낌새를 어찌 알아 차렸을꼬! 귀신 탄복하겠네? "은수도 목이 아파요" 하더라? 미리 쪼개 둔 사탕 반 개 받아 입에 넣는 너의 표정은 행복의 극치! 가히 세기적, 불멸의 작품이더라? 너 세 살 맞니? 진짜배기로? 할민 너의 열 배를 먹었을 때도 물리가 트이지 안 해서 낑낑거리며 꼬질꼬질 살았거든? 그나저나 잘 되는 집은 가지 나무에 수박이 달린다카이

시작이 반이다

*

알콩달콩 우리 아기, 소도록이 자란다네
마음에 별밭을 일구고 사는 우리 아기 은하수로 흐른다네
제 눈 아래 사람 없더니 겸손으로 농익는다네
'이리 와'를 '이리 오세요'로 '누구야'를 '누구세요'로 가르쳤더니
실시간에 존댓말을 써먹는 것이 신통방통하다네
아기가 보우하사, 할미는 만세! 우리나라는 만만세!라네
사람 모인 곳, 면전에서 친절의 미덕을 보였다네
"누구야" 해서 체면 구겼는데, 오늘은 "누구세요" 해서 대박 났네
흥겹게 올라가는 어깨판에 "할머니 이리 오세요" 하는 바람에
하늘 흰 수염 돌고래가 되어 물을 뿜었더니
뭉게구름이 빨대로 빨아 당기는 바람에 딸려 올라갔다 내려왔다네
태평성대가 따로 없는 우리는 태평가를 부른다네
'닐리리야 닐리리야 니나노 얼시구나 좋다'

*

'쉬야'를 가릴 때가 됐는데 언제쯤 가릴까
기별을 받으면, 버선발로 나갈 차비부터 하고 있다
천리 길도 한 걸음부터 놀멍쉬멍 가르쳤다 변기 달린 '키티' 의자도
관심 밖이었는데 오늘, 마침내 앉아 보는 것만 해도 반 수확이다
제 살림살이 도구로 갖고 놀다 보면 시나브로 성공하겠지?
도서관에서 빌려 온 책 『기저귀야 안녕』의 공로가 컸다
순전히
도서관 음덕으로 짱짱하게 자라는 우리 아긴 무주상보시다

전철 안 풍경 9

공교롭게도, 맞은 편 노인석 의자에 삐쩍 마른 노인과
허벅지가 아기 몸통만한 노인이 나란히 앉아 있었다
우리 아기 평소 갖고 싶었던 것 획득이라도 했나
발견의 순간이 감탄으로 터졌나?
뜬금없는 환희가 쏘아 올린 로켓 발사 음역으로 "크다~"라고 외쳤다
무단히 창피 당한 혼이 쥐구멍을 찾았다
아긴 손 안에 넣은 그 감동을 감당하기 어려웠나
포수가 사냥감을 포획한 것처럼 "크다 크다"를 연거푸 외친다
얼굴을 들 수 없고 참을 수 없는 웃음을 모면하려고 아기 귀에
대고 '은수야 노래 한가락 할까? 엄마야 누나야 할까?'
천만다행의 수준을 뛰어넘은 기적이 절창으로 일어나 "엄마야 누나야
강변 살자 뜰에는 반짝이는 금모래빛…"을 하이 소프라노 기량으로
뽑아냈다
노래가 길을 내주는 쥐구멍으로 들어가 안도의 숨을 쉬었다

요즘 우리 아기, 크다 작다, 많다 적다 반대 개념을 공부하는
와중에 제 눈을 단숨에 사로잡은 현물! 잘 포착했네?
단순명료한 아가야, 쪽팔린 할미를 괴상망측하도록 즐겁게 한
아가야 네 천진난만에 몸살 앓으니 기분이 상쾌해서 죽겠다
고양이 앞에 쥐걸음 하게 한 요년, 얄미워 죽겠는 요요년야
고추나무에 그네 뛰고 잣 껍데기로 배 만들어 타겠네?

저 멀리 가세요

백석 시인 보다 두 배로 좋아하는
'히수무레하고 부드럽고 수수하고 슴슴한 국수' 같은 아가
할머니 머리 꼭대기에 서서 슛~ 골인도 잘하는 우리 아가
비 온 뒤 수국만큼 내실을 다졌니?
느린 소도 성낼 적이 있다더니 무안 줄 주도 아네?

알아갈수록 수수께끼 같은 우리 아기
저랑 눈 안 맞추면 질투의 꼬투리를 물고 늘어지네?
할아버지랑 서서 말을 나누고 있으면
방풍림처럼 막아서서 말을 못 하게 훼방 놓네
눈 밖으로 밀어내버리려는 수작 부리네?

할머니랑 푼더분하게 놀고 있을 때
할아버지가 가까이 와서 우릴 보고 있으면
귀찮은 불청객 맞은 듯 매몰차게
"할아버지 가세요"
참새가 작아도 알만 잘 까듯?
"빨리 가세요"
빗쟁이 만난 듯
"저 멀리 가세요"

나팔꽃

와~아~ 우리 은수 오늘, 현장에 가보니까
세계 곳곳에 있는 '아미'가 찬미하고 열광하는
'방탄소년단' 버금가게 인기 절정이더라?

초등학교 근처에 있는 놀이터에 갔더니
4학년짜리 언니 셋과 오빠 셋이 세트로 놀고 있었지? ㅋㅋ
요즘 아이들은 올되다고 하더니?
한 아이가 묻지도 안 했는데 당돌하게 공개했지?
다들 제 애인이라고 소개했지?

참깨 들깨 노는 데 아주까리 못 놀까?
숭어 잉어 노는 데 미꾸라지 못 놀까?

그 무리 속으로 위풍당당하게 들어가 실례로 섞여 놀았지?
방해될지도 모른다 싶어 얼른 나오라 했지만 넌 나올 턱이 없잖아
그래서 어부바를 좋아하는 것을 앎으로 꼬드겨 업었더니
다짜고짜 열창했지? 네 특유의 쩌렁쩌렁한 그 목소리로
인간문화제 버금가도록 춘향가를 창으로 날렸지?
그랬더니? 관객이 제멋에 겨워 내뱉는 이런 말 들었니?
'얼~쑤' '조~오타' '자~알 한다' '지화자' 이 추임새 들었지?
우리 전통공연에서는 관객을 그만큼 중히 여겼다는 방증이렷다

"이리 오너라 업고 놀자 사랑사랑 내 사랑아!" 했지?

하니까? 걔들이 놀란 눈으로 제각각 한 마디씩 심사 평했지?
아이 1 '무슨 노래에요?' 아이 2 '와~ 소리 크다!'
아이 3 '어디서 배웠죠?' 아이 4 '처음 들어봐요'
아이 5 '와~ 잘한다!' 아이 6 '희한한 노래네?'

전원 일치로 순식간에 선망의 대 스타가 됐지?
서로 너를 안아보려고, 서로 업어 보려고 쟁탈전이 벌어졌지?
"언니 언니" 영롱한 네 목소리에 뿅~간 언니들이
서로 너를 차지하려고 넘어지고 자빠졌지?
"오빠 오빠" 부르면 오빠들이 '날 잡아봐라' 하고
도망가면 잡기 놀이도 했지?
그림이 하도 오색찬란하여 혼자 보기 좀 아깝더라?

한 오빠가 네 노래 한 번 더 듣고 싶다고 했지?
네가 기다렸다는 듯 주저 없이 '햇님이 방긋 웃는 이른 아침에
나팔꽃 아가씨 나팔 불어요'를 목청껏 뽑았지?
나팔꽃봉오리들이 한꺼번에 떼창을 하니까 지금부터 시작이었지?
나팔소리 일제히 울려 퍼지는 축제마당이었지?

환호성이 하늘을 찌르더니 현란한 박수소리에 기립한 풋사랑
세트 셋이, 발광한 불꽃들이 휘황찬란했지?
와~와~ 오늘은 방탄소년단 빌보드 차트 1위에 오른 날
우리 은수, 특별 우정 출연했네 그랴

잠꼬대

제 손 안에 있던 할미를 구워 먹고 지져 먹고
삶아 먹고 쌈으로도 싸서 맛있게 먹는 동안 알 듯 모를 듯
낮이 갔고 엄마가 생각나기 시작하는 저녁이 찾아왔다
땅거미 지니, 엄마가 그리워 싱숭생숭해지는 마음이
오롯이 엄마에게 간다
엄마가 못 견디도록 보고 싶어 몸부림치는 밤이 코앞에 왔다

차렵이불을 알뜰살뜰 덮어줬는데도 핑계거리가 궁한 우리 아기, 금방 차 버릴 것 뻔한데 "이불 덮어주세요"로 시작하더니 "토닥토닥 해주세요" "노래 불러주세요" "머리 긁어주세요" 맨날 하는 오만 가지 주문으로 노래하다가 하다가 장아찌만큼이나 짜진 저도 지겨운지 "할머니 여기 누워" 해서 얼른 모로 누웠더니 눕자마자 "빼"라고 한다 해서, 빼고 나니 싱거워졌다
허수아비 옷이라도 얻어 입어야 하나?

우두커니 앉아 있으니 다시 또 안 눕는다고 트집 잡는다
잡다가 잡다가 저도 지쳤남? 어화둥둥!
서리 병아리 같은 할미를 찰흙으로 노략질 삼다가
개떡으로 주무르다가 드디어 골로 갔다!
와~와~ 저 함성! 대~한~민~국~ 천지가 진동하는 전대미문의
저 박수소리에 덩더쿵~ 덩더쿵~ 헹가래다
아기 따라 멀고도 먼 꿈속의 아무르강가로 구경 간다

에헴! 여봐라, 앞집 개도 짖지 말고 뒷집 개도 짖지 마라
우리 아기 잠 깬다!

"할머니 어디 갔지?"
은수 할매야! 잠시도 눈 안 맞추고는 못 사는 우리 아긴 줄 모르나
알면서도 우짤라고, 뭔 볼일 본다고, 눈 밖에 있어 찻꺼로 하노
퍼뜩 오니라

"무서워"
하도 예쁘니까 가까이 다가섰던 삽사리가 갑자기 짖었나?
아니면? 삼각산 인수봉에 올랐다가 인적 없는 하루재로 하산하고 있는데, 해는 떨어지고 있는데, 멀리서 굴밤 떨어지는 소리에 놀라고 있는데, 간헐적으로 들리는 그 소리가 귀신이 따라오는 것 같아서
무서웠나?

"이거 싫은데"
또 뭘 잘못 대령시켰나?

"이거 아닌데"

아가 할민 왜 실수 연발인지 모르것구마
이 세상에서 가장 큰 실수는 실수를 하지 않는 것이라는데?

"이거 싫은데"

허허 갈수록 수미산이네?

화석

햇살 한 이파리도 없는 꾸무리한 하늘이 비를 불러 올라나
퇴행성관절을 불러 올라나 납덩이 같은 아침이다
햇발 없는 반나절도 갱신 못 한 몸이
천근만근 입술에 붙은 밥알도 무겁다
아가! 몸은 쓰디쓰지만 마음까지 전이되지 않았으므로
너랑 놀고 싶은데 아니 재미있게 놀아야 하는데 어쩌지?
한 번만 봐줘라 미안하지만 할아버지 방에 가서
잠깐만 놀면 안 될까? "싫어요"
열대야 때문인지 네가 두 번이나 깨는 바람에 잠이 턱없이 부족한
모양이야 누적된 피로가 극지탐험을 하고 있구나
눈이 따갑고 쓰려서 눈을 뜰 수가 없어!
ㅋㅋ 안약 넣으면 된다고?
까짓, 넣어도, 넣어도 인공눈물은 아무 효능이 없어!
목도 아야 하고, 어쩌지… 말끝이 흐려지자 기다린 듯, 그 특유의
정감 어린 목소리로 "할머니 은수도 목이 아야 해요" 한다
언제 들어도 정이 물씬 묻은 음성, 감칠맛이 톡톡 터지는 소리!
입에 딱 맞는 간간짭잘한 목소리에 반해 무릎 꿇고 만다
(무슨 조화지? 진정코, 미웠으면 좋으련만 밉지 않으니 어이할꼬!)
오냐 알것다! 목사탕 먹고 싶다는 속내 알아차리고 맞춤 맞게
선심 썼다

대형거울 앞에서 입 안에 든 사탕 혓바닥에 올려놓고 욜랑욜랑
황홀경에 마취되었다

그 틈새를 비집고 들어가, 할아버지 방에서 잠깐 놀래?
할미 잠시만 쉬게, 꼭 감은 눈두덩에 핫팩을 대고 있고 싶구나
"싫어요"
할아버지 방에서 너 부르는 소리 들리지? 어서 가 봐 선물 준대 "싫어요"

아가야 할머니 좀 봐 봐 하품이 쉴 틈 없이 나오지?
몸이 하품을 통해 제발 좀 쉬어! 라고, 신호를 보내고 있어!
이 세상에서 가장 큰 행운이 뭔지 아니? 쉬고 싶을 때 쉬는 거란다
그러니까 할머니한테 그 행운 눈곱만큼만 줄래? "싫어요"

단칼에 베인 할미 천 개의 마음이 허탈한 웃음으로 바뀐 감정이
천만 개의 눈물로 흘러내렸다
하늘에서 내려준 처방전! 눈이 아플 땐 최고의 치료제다
영묘한 효험이 있는, 아주 특별한 약이 안 보이게 하려고 옷소매로
가렸더니 천진난만한 아긴 할미 팔을 잡아당기며
"까꿍" 하며 재롱을 피운다
미혹 당하고 싶은 고유의 귀여움은 언어의 길을 무참하게
꺾어 놓고 만다
울어야 하나 웃어야 하나 서럽도록 심각해지는 것이다
육아는 '천국을 업고 지옥 불을 건너는 것'이라더니…

원래 삶과 죽음은 새끼줄처럼 꼬여 있는 것이다
같은 선상에 있는 절대 조건의 시간! 이 헛헛한 마음
하염없는 시간이 저녁 준비 하려고 주방에서 달그락거렸더니
"할머니 안 아파요" 확인하면서 위로 한다
"할머니 다 나았어요" 자신하며 아양을 부린다

정체를 알 수 없는 사막 같은 이 끝없는 황량함이 이토록 사무치게
외로울 수 있을까?
공허하고 처절한 어떤 미묘한 황당함이 엄습한다

생성과 소멸을 한꺼번에 안기는 불멸의 아가야!
육아는 도의 또 다른 이름으로 가는 돌밭길인지 모르겠구나
아기를 돌보고 있는 이 남루함이 돌이 된 생명의 흔적!
화석으로 명멸하는 순간이구나 불가사의한 이 쓸쓸한 아름다움이여!
막막하여 먹먹한 자자손손 숙제로구나
천만에! '삶은 부담해야 할 문제가 아니라 경험해야 할 신비'구나

한기가 드는 영혼이 담담한 희열로 진화될 수밖에 없는 여정이다
똑같은 강물에 두 번 발을 담글 수 없듯 바로 지금 여기 이 순간도
끊임없이 변하고 있는 생사문제의
거대한 시간의 강물이 흘러가고 있는 것이다
육아란 인생의 시공간에 맡겨진 상황이다
진리는 나를 통해 드러나고 있는 것!
흘러가는 물줄기가 잠시 바위에 부딪쳐서 소용돌이치는 정황일 뿐,
일부는 전체를 볼 능력이 없지만 전체는 눈앞이라서
환히 보이게 되어 있다

아~ 육아란 행복과 설움을 번갈아 가며 안겨주는 정통의 시절 인연
법이다 그러므로 곤함과 흐뭇함이 비례한다
힘듦과 뿌듯함이 교차하는 것이다
적절하게 제대로 사용할 지어다 지금 좋으면 다 좋다 전에 안 좋았던

것 있었다면 지금 좋아지려고 그랬던 것 알게 된다
약자가 강자에게 약을 올리는데 강자는 그냥 아무렇지도 않은 척 넘어가 주는 것도 이 세상에 있는 수많은 아름다운 풍경 중 그 하나나다

육아 즉 '보살핌은 아기든 노인이든 시간을 목적 지향적으로 사용하지 못하게 만드는 것이 돌봄 상황의 특징이라는 것이다 돌봄을 뜻하는 케어의 어원에는 마음의 부담을 뜻하는 고대 게르만어 카라가 있다고 한다 애초부터 산뜻할 수가 없다는 얘기다' 그리고 또한 '돌봄은 시간의 양으로 건조하게 다루기 힘든 복잡하고 예술에 가까운 노동이다 돌봄은 사랑 없이는 불가능한 노동이지만 사랑을 앞세워 부탁해서는 안 되는 노동이다'

ㅎㅎ 친애하는 여러분!
육아 이야기는 마치 악보의 꾸밈음 같아서 생을 아름답게
꾸며주는 장식품 같지 않으세요?
여러분들의 밀쳐 둔 육아 이야기도 듣고 싶군요 한 자락 해 보시구려
육아란 역동적이라 매일매일 한 판 정면 승부 같다는 생각
안 해 보셨는지요?
남자들은 모이면 축구 이야기하고 군대 갔다 온 이야기 빼면 별로 할 이야기가 없다고 하는 말이 있는데 인구에 회자될 무궁무진한 육아 이야긴 군 생활에서 겪은 희로애락은 비교가 안 될 것 같죠? 우리들은 맞장구칠만한 추억거리가 너무 많아 한량없는 대화가 이어지겠죠? 우리끼리 수다 떨면서 속 풀면서 속 트이게 해볼까예? 손주사랑에는 못 말리는 주책바가지 일등짜리 이 할매, 소싯적 이바구 한 자루 들어 보실랑교?

풋풋했던 때 뭐니 뭐니 해도 생산할 수 있을 때가 인생의 황금기가 아닌가? 태기가 있자 태교가 제일 먼저 생각나는 명언인 즉 '태교는 단순히 태아를 교육시킨다는 의미로 생각해서는 안 된다 태교를 통해 부모가 인생에 대해서 배우고 이를 통해 새롭게 태어나야 한다'는 것이다

태교의 중요성을 간과할 수 없으므로 두려움과 설렘이 교차되기 시작했다 할머니께 말씀드렸더니 가장 중한 부탁이라시며 알려 주셨다 아기가 뱃속에 있을 때부터 얼추 다 자라 청소년기가 되어 엄마의 그늘 밖으로 나갈 때까지 좋은 것은 얼마든지 보여줘도 되지만 나쁜 것은 모르고 살아도 괜찮으니까 절대 보여 주지 마라, 부정한 것은 보지도 말고 듣지도 마라, 부정 타니까 그 근처에도 가지 말라고, 당부하셨던 말씀이 오래 기억에 남는다 그리고 어릴 때 좋은 것만 보고 자라야지 커서도 좋은 것만 보고 살게 된다는, 그 말씀은 참말로 수긍이 가는 것이다 그러고 보니 평생 알고 살아야 할 것은 부모 그늘에 있을 때 다 배우게 된다 그 배우고 익힌 것들이 인간의 기본 도리를 지키면서 잘 살 수 있다는 말과 무관하지 않을 성 싶다

아기를 배고 해산달이 차오르는 사이사이 아기는 오줌통을 눌렀는지 배설하기가 힘들었다 배는 점점 불러오니까 무거워서 앉기도 서기도 어려워서 쩔쩔맸다 잠자리에 눕기는 더 불편해서 혹시 쌍둥이가 아닐까? 생각도 해 보기도 했다 할머니를 만났을 때 이런저런 통사정을 말하면 그래도 뱃속에 있을 때가 편한 기라고 하셨다 그래서 그런가 보다 대수롭지 않게 여겼다 왜냐면 '해산할 때에 여자는 근심에 쌓인다 진통의 시간이 왔기 때문이다 그러나 아이를 낳으면 사람 하나가 이 세상에 태어났다는 기쁨으로 그 고통은 잊어버린다'는 것을 이미 숙명처럼 숙지하고 있었기 때문이다

난생처음으로 해산날이 목까지 차올랐다 진통 시작 52시간 끝에 해산했다 분만실에서 인정사정없는 복통이 본격적으로 시작되었을 때다 산통이 잦아들만하면 왜 잠이 쏟아지는 걸까? 빛의 속도로 잠이 살짝 들었다가 또 다시 진통의 시작과 잦아들기를 반복했다 그런데 차라리 진통만 계속 되었음 좋으련만 잦아들 때마다 고 놈의 잠 때문에 이중고를 치르고 있으니 너무나도 괴로워 꼭 죽을 것만 같았다 그래도 죽기는 싫었는지 악착같이 살려고 이를 작살나도록 악물었다 사실, 통증이 고통스러운 것이 아니라 퍼붓는 잠은 감당이 안 되는 고문이었던 것이다 한계를 느낄 때마다 '극렬'이라는 단어가 생각났다 지독한 산통은 항문이 튀어 나가게 했기 때문이다 마치 포탄이 터져서 퍼지듯 말이다 오! 애재라 서대문형무소 견학 가서 들었던 것이 있다 일제 강점기 때 독립만세 부르다 잡혀 갔던 사람들이 옥중에서 당했다던 그 혹독한 그 잠 고문!

ㅎㅎ 고문 아닌 고문이 또 하나 더 있었다? 누운 채 진통이 한 복판으로 통과하고 있을 때마다 오는 확실한 느낌이 있었던 것이다 앉으면 금방 아기가 쉽게 빠져 나올 것 같아서 앉는 자세를 취했다 그랬더니 간호사가 못 앉게 했다 곁에서 지키고 있던 간호사가 자리를 잠시 뜰 때 잠시 앉으면 어느새 와서 앉으면 안 된다고 못을 박았다 왜 앉으면 안 된다는 것일까? 자연의 내 몸이 시키는 대로 따르는 것이야말로 순수 자연 그 자체 아닌가? 몸은 내가 아는 것인데 참으로 얄궂다고 생각했다 의사가 내진 왔을 때 물어보니 의사도 마찬가지로 누워있어야 된다고 했다 맙소사 소가 웃을 일이다 간섭 하고 통제하고 해서 반강요에 의해서 이중고를 겪었던 것이리라 지금 생각하니 서양 의술만 무조건 복사해서 쓰다 보니 오늘날 같이 다양하고도 새로운 의술이

발달되지 못한 때라서 그랬나? 하나만 알고 둘은 몰랐나? 딱 거기까지밖에 몰랐던 것이리라 나의 어머니는 문고리를 잡고 앉아서 날 낳았다 하셨는데? 눕든지, 앉든지 산모가 하고 싶은 대로 해 놓고 곁에서 도와주기만 하면 안 되나? 내사 지금의 내 생각은 욕조에 따뜻한 물을 받아 놓고 물 속에 앉아서 몸이 시키는 대로 출산하고 싶은데? 하여간 자연다운 자연분만을 자연스럽게 못하게 막았던 그때를 생각해 보니 웃음이 난다

ㅎㅎ 먹고 자고 먹고 자는 그저 순둥이었으면 좋으련만… 아긴 밤낮이 바뀐 것도 모른 채 낮에는 잘 자다가 밤에는 잘 안 자고 보챘다 젖을 빠는 힘이 약해 아긴 배가 고파 더 보챘을 지도 모르겠다 그때마다 젖을 물려 재워 보려 해도, 젖꼭지를 꽉 물지 못해 애를 태웠다 겨우 잠이 들었는가 싶어 아기 따라 잠이 들락말락 하면, 금세 또 깨기를 반복했다 아기가 자야 잘 수 있는데 한숨도 못 자니, 눈알이 빠지듯 아파서 미치고 팔짝 뛸 노릇이었다 그때 나는 잠 한 번 자 보는 것이 소원이었다 회복을 도와주시는 어머니께 하소연이라도 하면 그래도 아기가 누워있을 때가 편한 기라, 기기 시작하면 정신이 하나도 없는 기라고 하셨다

정말이지 아기가 기기 시작하고부터는 한눈을 팔 수가 없었다 걷기 시작하고부터는 온 신경세포가 곤두서 피곤은 극에 달했다 돌아보니 가도 가도 산 같았지만 그때그때 힘들던 내용은 달랐으나 그 진정성은 동일했다 힘든 것들이 조금씩 괜찮아지면서 익숙해질 때 또 다음 단계의 것이 찾아왔으므로 견딜만해서 아무렇지도 않았다 그리고 아기가 말귀를 알아들을 때 즈음엔 과거의 힘듦은 말끔히 씻은 듯이 해결되어 기억도 안 났다 신기하게도 깨끗이 잊혀졌다 그래서 어른들이

그려셨구나 싶었다 그 힘듦이 잊히지 않고 뱀이 똬리 틀 듯 있으면 어떻게 또 둘째를 보겠는가 하셨으니까 ㅎㅎ 그래도? 꼬롬하다? 아무튼 처음부터 조물주의 작품의 속성은 그러하니 그 점에서는 상당히 자유로운 것이다 진정한 자유는 버릴 것도 없고 벗어날 필요도 없는 것이니까

육아에 대해 생각해보면 한 생명을 잉태하기까지 와 자궁을 잘 보호하고, 잘 지켜 온전하게 세상에 나오게 한 본인을 생각하기 전, 이를테면 라디오 하나도 이것을 만든 사람이 있다고 생각하는 사람으로서 나에게 온 생명도 만든 이가 분명 있다고 믿는다

애초에 한 생명을 창조한 분! 이를테면, 부처님 혹은 삼신할머니 혹은 하느님의 뜻을 헤아리며 그분 마음을 공감해 보기를 원하는 것이다 내 딴에는 잘 한다고 하는 것이겠지만 내 힘으로만 육아를 하겠다고 생각한다면, 에너지가 쉽게 새 나가기 때문에 한계에 부딪친다 지속할 수 있는 힘의 바닥이 보이므로, 그분께 순명 하는 마음으로 혹은 진리라는 전체에 내맡겨버리는, 마음으로 돌보면 에너지가 고갈되지 않으므로 좋을 것이다 내가 키운다고 생각할 때와 맡기는 마음으로 키운다는 것은 엄연한 차이가 있기 때문이다

이 부탁을 하고 보니 양심이 '따끔'한 것을 고백 하고 싶다 지금 다시 내 아이를 키운다면 정말 '잘' 키울 수 있을 것 같다 예전에는 내 딴에는 근사하다 혹은 훌륭하다 생각하는 어떤 틀을 만들어 놓고 내 잣대로 나대면서 키우는 것이 '잘' 키우는 것인 줄 알았다 모든 걸 믿고 맡기는 마음으로 그분이 시키는 대로 거들기만 하면 된다는 마음가짐으로 하면 훨씬 수월하다는 것을 몰랐다. 돌이켜 보니 나는 고정된 실체로서의 나를 밝히려는 강력한 에고의 왕성한 기운 때문이었던 것 같다 나는 아이를 잘 키웠어! 라고 허무맹랑한 헛소리하려는 의도가 없

지 않았을 거라고 보는 것도 맞을 것 같다

선명한 아픔이 스친다 예전에 육아는 순전히, 아니 완전엄마 몫이었다 울멍줄멍 아이 셋을 키울 때 먼 남쪽에서 어려운 발걸음으로 친정어머니가 오시면 왜 그렇게도 반가운지 눈물이 찔끔 나기도 했다 느닷없이 오셔서 며칠 묵으실 때 아이들을 데리고 나가시면 눈이 번쩍 띄었다 갑자기 나는 뭘 해야 하지? 멍~해서 혼란이 왔다 그런데, 지금 생각해보니 그땐 왜 그리도 종종거리며 살았을까? 무엇 때문에 그토록 빠듯하게 살았을까? 의구심이 드는 것이다 그놈의 '잘'이란 것을 그땐 왜 새까맣게 몰랐을까 고백 하건 대 그때의 그 '잘'은 내 딴에는 '잘'하는 것이라고 철석같이 믿었던 이상, 절대로 못 말리던 탐욕, 집착의 다른 이름이었던 것이리라 앞으로 나아가지 않으면 퇴보하는 것 같아서 그 '잘'을 잊어먹을까 봐서 다짐하고 또 다짐하는 그 걱정 때문에 마음이 쉬어질 수가 없어서 그랬던 것이리라

가만히 유추해 본다 육이오 전쟁이라는 비극의 피해를 입고 살지 않을 수 없었던, 삶의 수레바퀴가 지나온 자국을 살펴본다 지금 이 세대의 아이들은 물론 내 집 아이조차 '빈곤'이란 개념 파악도 못 한다 경험을 못해 봤으니 아마 '궁핍'이란 단어가 있다는 것도 모를 것이다 그만큼 멀고도 먼 어떤 다른 나라로 느껴지는 곤궁한 시대에 맏이로 태어났다 맏이라는 말만 들어도 어깨가 무거워진다는 사람들이 있으리라 본다 왜냐면, 모름지기 사람이 되었다면? 척 보면 저절로 알아지게 되는 것이다 그래서 내 마음이 늘 바쁘니까 편할 날이 없었던 이유도 맏이 탓?이 없지는 않았다고는 할 수 없을 것 같다
맏이가 '잘' 되어야만 줄줄이 동생들도 '잘' 된다 그러니까 네가 '잘' 되어야 한다는 말을 수시로 듣고 자랐다 그러나 성격 탓인가? 그 말

을 곧이 곧 대로 믿어 버렸으니 그 '잘'이 뇌리에 꽉 박혀있었던 것이리라 성장할수록 맏이란 마치 부모를 위시해서 동생들까지 책임져야 인간의 도리라는 생각이 싹이 터 자랐던 것이리라 그러니 내가 '잘'못 되면 동생들까지 '잘'못 될까 봐 그 두려움의 '잘'이 나를 강박관념으로 자라게 했을지 모르겠다는 생각을 해 보게 된다

사랑을 많이 받아 본 사람이 사랑도 잘 할 수 있다고 한다 육아에서 독립심을 키우는 것도 물론 중하겠지만 그 보다 더 중한 것은 사랑을 주는 것이다
사랑을 말하는 것은 쉽다 그러나 제대로 사랑을 말하는 것은 어렵다 사랑이 전달 되게 하는 것은 더욱 어려운 것이다 어려우니까 그만큼 더한 의미와 가치가 있으므로 더욱 더 실행으로 옮겨야 하리라
아이는 사랑을 먹고 자라려고 태어나는 것이다 아이는 '잘' 키우기 위한 것! 절대 아니다 아이에게 오직 사랑을 줄 목적으로 키워야 한다는 것 그땐 왜 몰랐을까, 왜 몰랐을까? '잘' 키워야 한다는 신념 하나가 잘못 키우면 큰일난다는 관념으로 나를 옥죄였던 것이리라, 도대체 그 '잘'은 누구를 위한 것이며 어디에 맞춰야 하는 것이었을까? 그 '잘'은 '잘못'도 포함 되어 있어야 하는 것 아닌가? '잘'만 취하고 '잘못'은 버리려고만 악했던 그 지독한 치구심의 작태였겠지? 어느 한쪽에도 치우치지 않는, '잘'과 '잘못'함의 그 경계점에서 상황 따라 맞게 평상심을 활용했음 좋았을 텐데… 있음과 없음의 사이, 그 경계에서 보통만 해도 매우 잘하는 축에 낀다는 생각을 했음 좋았을 텐데… 보통은 성에 차지 않아서 압박감을 부추겼을 것이다 그리하여 무조건 일등을 해야만 안심을 하겠다는 생각이 싹이 터서 습관이 되었던 것이리라 그러니까 남과 비교하며 성장하고 또 비교하면서 살았으리라 그래서? 그러니까? 성인이 되면서 비교달인이 되나 보다 문득 '에고

는 비교를 먹고 산다'는 그 유명한 말이 나를 바늘로 콕! 콕! 찌르면서 지나간다

아이고마! 시상에 사램이 오죽하모 그래것냐?
그 '잘'이 얼마나 '잘'났기에 '잘잘' 외우고 있었을까? 담임선생이 '잘' 외우기를 강요했던, 조회 때마다, '잘' 암송하지 못하는 아이에게는 창피 주던, 상부에서 내려온 종이 쪼가리, 그 '국민교육헌장' 나부랭이를 '잘잘' 외워야 했던 것 같았나? 하하하 나를 이토록 부끄럽게 아니 수치스럽게 아니 혐오스럽게 하는 그 '잘'난 '잘'?

지독한 산고 끝에 신생아를 품 안에 넣어 보던 그 비슷한 느낌이 드는 신형철 님의 글을 보았다 육아에 대한 사랑과 태도에 관한 각오의 글이 어찌나 절절한지 이 분, 사유의 깊이에 푹 빠졌던 마음이 여기 옮겨 본다 '내가 내 삶을 지켜야 하고 나로부터도 내 삶을 지켜야 한다 이것은 결국 아이의 삶을 보호하는 일이다 아이를 보호할 사람을 보호하는 일이므로, 자신을 사랑하지 않는 부모는 아이에게 가해자가 되고 말 것이다… 너의 할머니처럼, 나는 조심할 것이다 아침저녁으로 각오할 것이다 빗방울조차도 두려워할 것이다 그러므로 나는 죽지 않을게, 죽어도 죽지 않을게'

지금은 바야흐로 무르익어 가는 내 인생의 두 번째 봄이다 아니 마지막 봄은 완연하여 여름으로 가는 길목에 있다 그런데 먼 산에 잔설이 남아 있는 곳이 보여서 바라보는 것이다
그러니까 나의 모친, 생활철학과 원칙은 독립이었던 것이다 무엇이든지 혼자서 할 수 있어야 한다 무인도에 갖다 놔도 살아서 돌아올 수 있어야 한다 뭐 이런 식의 말을 수없이 했다 나는야 밥 먹듯 듣고 자

라면서 독립을 '잘' 해보려고 나름 궁리하며 고심했을 것이다 그 어린 것이 그 '잘'이라는 깔딱 고개를 넘어가려고 숨이 턱까지 차올라 깔딱 깔딱했으리라
ㅎㅎㅎ 당신의 나라가 독립 못하여 구속된 채로, 고향에서 살다가 못 살아서, 일본 가서 살았다 거기서도 '조센징'이라고 놀림을 받아 못 살아서 고국으로 다시 돌아왔던 것이다
당신께서는 해방을 맞으려던 안간힘 때문에 그랬나? 나를 키우실 적에 독립심 키우기를 무척 중시했던 것 같다 그래서 독립심 때문에 무척 걱정이 되셨나 보다 걱정은 사랑의 다른 이름이라서 사랑을 많이 할수록 걱정은 더 많은 법 아닌가? 그러니 머리에 인이 박혀있었겠지? ㅎㅎ 맏이는 든든하니까? 맏이는 집안의 기둥이라고? 맏이는 살림 밑천이라고? 했던 그 당시의 관습에 휩쓸려? '잘'을 더 강조했을 수 있다고 이해한다 그리하여 독립하려고 독립을 외치다 잡혀 가서 매를 맞은 독립꾼들처럼 나 또한 독립을 하려고 했는데? '잘' 하지 못했기에? 혹은 독립이 싫어서 안 하려고 했기에? 매를 맞았던 것이리라

기미년 3월 1일 일본의 식민 통치에 항거하여 전 국민이 궐기한 운동이 처음 시작된 장소가 탑골공원이다 이곳에서 33인의 독립선언서가 낭독되었고 독립운동은 들불처럼 전국방방곡곡으로 퍼져나갔던 것이다
삼일절 노래 가사를 지금도 외우고 있다 '기미년 삼월 일일 정오 터지자 밀물 같은 대한 독립 만세'를, 부르짖던, 독립! 하라고, 독립! 하라고, 입이 닳도록 목이 터지도록 독립만세를 외치도록 가르쳐줘도 못하니까? 아니, 고집이 센 아이는 안 하니까? 야단도 많이 맞으면서 컸으리라 하하하 그리하여? 그토록 든든했던? 그 맏이가 집안의 기둥이 되어? 당신 마음에 들게, 한밑천 잘 잡아들였는지 모르겠다 물어보고 싶지만 곁에 안 계시니 싱거울 뿐이다 그리고 아련할 뿐이다

우연히 길을 가다가 보게 되었던 것이다 옛 일본대사관 인근에서 일본군 '성노예제' 문제해결을 위한 '수요시위'에 참석한 초등학생들이 일본의 사과를 촉구하는 팻말을 들고 있는 것을…
'일본은 당장 진심 어린 사과를 해라'고 적힌 곳 위에는 할머니들을 그렸고 밑에는 돈 필요 없다는 뜻으로 '돈 필요 가위표'를 그려 놓았던 것이 귀엽기도 했지만 매우 인상에 남아있다
정신대 하면, 지인에게 들었던 한 생각이 마구 달려온다
그녀 열세 살 때, 동생 셋을 키우고 있을 때, 정신대 안 끌려가려고 산너머에 있는 시집이라고 가는 때, 언니야! 가지 마라 누나야! 가지 말라고, 치맛자락 붙잡고, 매달리며 대성통곡을 하는 어린 세 동생을 밀쳐 두고 떠났던, 그 일이 트라우마가 되어 죽을 때까지 죄책감으로 살았다던, 그녀의 눈시울이 붉어지던 모습이다

나의 어무이는 의식지수가 높아 파란곡절을 잘 헤쳐 왔으므로 정신승리자이신 것 같다 질곡의 시대, 피해 가기 어려웠던 때 그만큼 사생결단하듯 단단하게 사셨기에 정신대에 끌려가지 않으셨다고 본다
문득 겨울산행 때 나뭇가지들이, 굉음을 내며 부러지는 것을, 목격했던 한 그루의 설해목이 생각난다 덩치가 큰 소나무는 가지가 많아서 가지에 달린 솔잎의 무게도 엄청날 게다 눈의 무게를 견디지 못한 가지는 여지없이 부러지고 만다 그러나 심지가 굳세었던 그 늙은 소나무의 우듬지는 태연했던 것이다 똑같은 강풍에도 뿌리째 뽑혀 쓰러진 나무가 있는가 하면 잘 버텨낸 나무도 있듯 우리 어무이는 하늘의 명을 잘 따르면서 천수를 다 하셨던 것이다
나의 옴마는 연지 찍고 곤지 찍고 족두리 쓴 전통혼례식을 올리고 나서 시집으로 갔다 가서 신혼의 단꿈도 깨지 안 했는데 남편이라는 사람이 돌부처도 돌아선다는 시앗을 보아 딴 살림하셨다 남편과 생이

별한 채 끝까지 돌아오지 않는 시집에서 시집살이하셨던 것이다 음력 사월 초파일 얼추 다가오면, 먹을 갈아서 한지에 아부지 성함을 써 등을 만들던 모습이 지금도 선하다 나의 옴마를 생각하면 '진주난봉가'가 생각난다 우연히 듣게 되면 눈물이 팽 돈다 어무이는 평생 몸 고생, 마음 고생, 고생 범벅 타령이었지 싶다 그 고생이 마치 깨달음 하나를 얻기 위해서 평생토록 한 참선 버금가는 수행이 아니었을까? 싶은 것이다 문득 옛 성현의 선시가 옴마 얼굴에 어린다 마치 당신께서 깊은 깨달음으로 얻은 시 같은 것이다

'황매산 뜰에는 봄눈이 내렸는데/차운 기러기는 저 장천을 울며 북을 향해 가는구나/무슨 일로 십 년간 헛되이 힘을 낭비하는고/달 아래 섬진강 대강이 흐르는구나'

독립은 때가 있다 다 때가 되면 붙잡아도 저절로 엄마 품에서 떨어져 나갈 것이다 열매가 익어 떨어질 때까지 왜 기다릴 줄 몰랐을까? 지금 생각하면 도무지 이해가 안 간다 확실히 내가 냉정하고도 무지해서 그랬던 것 같다 이수한? 독립심을 '잘' 전수해야? 한다는 명목이 깔려 있지 않았다고는 볼 수 없을 것 같다

맞아! 나는 어머니로부터 물려받았던 독립정신을 고취하려고 아이들에게 했던 일이 알게 모르게 많았으리라 그중에 두 가지 기억이 너무나 뚜렷하여 지금도 마음 구석에 잔설로 남아 있다

둘째 아이한테 초등학교 들어가면 혼자서 잘 수 있어야 한다고 했다 여태 같이 자던, 아들아이를 입학을 앞두고부터 한 달 동안 다른 방에서 자게 했다 한밤중에 깊이 잠들어 있을 때마다 방문 앞에서 엄마를 불러 잠을 깨울 때마다 아들을 냉혹하게 제 방으로 돌려보냈던 것이다 지금도 조심스럽게 엄마를 부르던 그때의 가냘픈 목소리가 서성거리고 있다 같이 자자고 끌어당겨도 피해 갈 때가 올 텐데… 독립을 주

장했던 내 어리석음이, 내가 가장 두려워하는 '꼰대'의 전형을 일찍부터 보여준 것 아닌가?
어떤 명사의 특강을 꼭 듣고 싶어서 어느 대학 캠퍼스에 막내딸을 데리고 갔을 때다 그 당시 유치원생이었던 아이를 홀로 운동장에 두었던 일이다 왜 아이를 강의실에 데리고 들어가서 곁에 앉혀 둘 생각을 그땐 왜 못했을까? 왜 못했을까? 어떻게 엄마 올 때까지 기다리고 있으라고 했을까? 짧지도 않은 그 한 시간을… 어린아이가 그 긴 시간 동안 엄마를 기다리고 있는 모습을 상상하면 목이 메는 것이다

잔설은 대부분 봄비에 없어지지? 분명, 녹아 없어지는 것이 자연의 법칙이지? 그렇다면, 그동안의 수많은 봄비가 깨끗이 씻어 놓았겠지? 허나 삼라만상 가운데 사람이란 동물은 좀 특출하다지? 무의식이란 게 있다지? 그리하여 그곳에는 유년 때 받았던 것 중, 좋은 것보다는 안 좋은 것은 깊이 침전되어 있다지? 그곳에 남아 있는 그때의 외로움은 좀처럼 지워지지 않는다지? ㅎㅎ 좋을 때는 새까맣게 잊혔다가 안 좋을 때만 꼭 나타나서 힘들게 한다지? '동물의 모든 몸부림은 결국 뿌리 근처에 몸을 뉘어 식물로 되살아나려는 한 방편'이라지? ㅎㅎ 한 방편의 이 방편으로 가슴이 사과하는 눈물에는 녹겠지? 떼를 써보는 부질없는 짓인가? ㅎㅎ 아닐 거야 준비가 되어 있다면? 금방 순식간에 녹겠지? 이해 못해서 상처 받은 것! 이해하도록 노력하여 이해하게 되면 치유의 길은 열리겠지? ㅎㅎ 그리하여 어느 날 문득 그까짓 것 쥐뿔이다! 혹은 그런 일도 있었나? 하고 씩~ 웃겠지?

생각과 사유라는 것에 관하여 생각해 보게 된다 사유는 지극한 고요함에서 시작된다 '고요는 특별한 수용성, 심층적이며 관조적인 주의집중과 짝을 이루면서' 질서정연한 특성을 갖고 있다고 생각한다

사유는 질의 수준이 높은 생각인 반면에, 우리들이 보통 흔하게 하는 생각은 사뭇 무질서하기 짝이 없다 아무렇지도 않게 함부로 하는 생각은 생각을 불러오는 법이라 생각이 많이 가는 생각 쪽으로 길이 나기 마련이다 잘못된 생각에서 나온 틀어진 생각으로 굳어진 것이 무의식의 습관이 되어 있는 것이리라 그러니 나의 그릇된 마음이 알게 모르게 가족들에게 피해를 주었을 것 불을 보듯 뻔하다

이 마당에서 나로 하여금 상처 많이 받았을 가족에게 제일 먼저 용서를 구하고 싶다 또 상처 받았을지 모르겠는 형제, 친지, 친구, 지인들에게도 사과하고 싶은 것이다

여태껏 살아오면서 실수한 것 실언한 것 참으로 많았을 것이다 특히, 큰딸아이에게는 은연중 독립심을 강조하며 너는 맏이니까 네가 잘 되어야지 잘못 되면 안 된다고 내가 내 어머니한테 받았던 압박감을 그대로 심어주지나 안 했을까 노심초사해지는 것이다 사람이란 인연과 경계에서 조건과 상황 따라 언제 튀어나올지 모르는, 무의식에 관하여 생각해 보면, 안 했다고는 장담을 못하겠다 그래서 더 깊이깊이 무릎 꿇고 사과 하고 싶은 것이다

생각과 감정은 늘 같이 붙어 지낸다 내가 생각하는 것들이 고스란히 감정을 만들어낸다 생각과 감정 사이를 넌지시 보고 있으면 배후에 깔린 것들이 눈에 보여 알아차리게 된다 무엇이 있으려면 그 이전에 그것을 있게 해 주는 바탕이 있어야 한다 그러니까 알아차릴 그 무엇이 있어야 하는 것이다 바로 그것이 지금, 이 의식으로 깨어있는 현재의 마음인 것이다 마음은 언제나 조건화 된 상태 속에 있다 현재까지의 원인에 따른 결과로서의 현재 상태에 있는 것이다

인과는 인연 따라 다시 인과가 되어 끊임없이 부딪치며 흘러가는 것이 세상살이다 이 세상에는 원인 없는 결과는 없다 결과는 반드시 원

인이 있었다는 것을 깨우치게 되면 작은 변화가 일어나면서 이해가 되기 시작한다 이 시작의 문 앞에서 문을 열기 위한 공부를 반복해서 연습하다 보면 마치 '줄탁동시'처럼 용서가 저절로 되기 시작한다 드디어 파도치던 마음은 파도 형상의 잔잔한 물결만 느끼게 되리라 한 생각이 또 일어나도 나에게 아무런 영향을 미치지 못하니까 아무렇지도 않는 날이 올 것이다 잠심이 되어 치유가 된 것이라고 믿는다 그 후부터 생각이 나더라도 그 진실은 나를 통해 드러났을 뿐이라는 것 알게 된다 용서하려는 의지와 노력만 있으면 된다 있는 그대로 인정하고 수용하면 끝이다 용서는 옳다 그러다 좋다 나쁘다 대립을 만들어내는 에고를 초월하게 되니까 그렇다 모가 나 있던 마음이 공부를 통해 둥글어지니까 그렇다 만약 불행스럽게도 용서할 의지가 없으면 슬픔도 그런 악한 슬픔이 없을 것 같다 구제받지 못한 영혼은 늘 춥고 배고플 것 같다

우리는 조건이나 상황이 안 좋을 때 자꾸 들러붙는 불길한 기분을 떼어내고 싶고 제압하고 싶어 한다 생각을 타파하려고 할 때마다 애매한 기운은 나를 불안하게 만든다 분별심으로 점철된 생각이 이야기를 만들어내기 때문이다 우리는 생각을 만들어 놓고 그 생각을 믿고 사니 생각이 습관을 만든다 그렇기 때문에 생각을 없애려고 하지 말고 멈추고 봐야 하는 것이 중요하다 멈추면 드러나는 그 생각을 추적해 들어가다 보면 잡히는 그 무엇이 있다 이해로 가려는 포용심이 발생하는 것이리라 그리하여 그 무엇은 온전으로 가는 아랑이라고 할 수 있겠다

드디어 마음을 불안하게 만들던, 그 정체를 알아챌 것이다 내 안에서 나를 좌지우지 하려고 했던 에고 때문이었다는 것을 알게 된다 그러

니까 사실을 있는 그대로 인정하고 받아들이기 싫어서 끊임없이 저항하고 싶어 했던 무의식 때문이었음을 알게 된 것이다 줄기차게 나를 괴롭히는 생각에 휘둘리지 않으려면 있는 그대로를 받아들여야만 가능하다 번뇌는 신출귀몰해서 날뛰는 망념일뿐이니 없애려고 하면 더 달라붙으니까 어찌하든지 당장 피하고만 싶어서 혹은 무찌르고만 싶어 하니까 에고는 항복하기 싫어서 더 날뛰는 것이다 아니 제가 이기지 못하면 금방 목숨이 끊어질 것 같으니까 발악을 하는 것이리라
그것을 알아차리고 무의식이 하는 말을 귀담아 듣고 그에게 내 안에 앙금으로 남아 있었던 것 다 풀어 헤치면서 그에게 용서를 빌어 본다 (이때 눈물이 폭포로 쏟아질지도 모른다) 감싸 안으면서 지긋이 바라보기만 하면 된다 나의 분신이던 그에게 너는 그랬구나 아 그렇구나 긍정만 해주면, 그 진실은 진심으로 이해하게 된다
있는 그대로 봐주면서 쥐고 있었던 것 그냥 흘려보내면 저절로 흘러가 버릴 것이다 마치 조롱박을 냇물에 던지면 동동 떠내려 가는 것처럼 물결 따라 동동, 절로 절로 동동, 강물 따라 동동, 바다로 가듯, 가 버릴 것이다

이해나 깨우침은 어떤 계기나 사유하는 힘에 의해서 단박에 쉽게 올 수 있지만 그것이 체화되기까지는 오래된 습관 때문에 꽤 시간이 오래 걸린다 그러니 마음은 항상 열어 놓은 상태에서 마음을 천천히 오래 바라볼 일이다 이때 마음을 닫지 말고 꼭 열어 놓고 있어야 한다 왜냐면 마음을 닫으면 난동을 부리던 에고가 여전히 찧고 까불기에 감당하기에 버겁기 때문이다
뚜렷한 정신으로 마음을 열어 놓고 있으면 고요한 내 눈 앞 내 집 지붕 위의 하늘과 지구의 지붕인 멀고도 먼 히말라야 연봉 중, 제일 높은 에베레스트 8,848m 위에 있는 하늘과 연결되어 한 통 속이라는 걸

자각하게 된다 자각의 힘은 무서운 것이다 의식의 중립상태를 유지하므로 현존감이 강화되기 때문에 그렇다 세계는 모두 하나로 통일이 되어 전체가 된다 그 느낌은 툭 트인 하늘이 내 손에 잡히는 것 같아서 내가 풍경이 된 것 같고 내가 배경이 된 것 같기도 하다 그러니까 전체가 되면 개체가 명확하게 보이기 때문에 하나를 알면 둘을 안다는 말을 뛰어넘어, 열을 안다는 말이 딱 그 말인 것이다 나는 하나만 알고 둘은 몰라서 꽉 막힌 사람이었던 것이다

공부를 하는 보람은 하나를 알면 둘도 알게 되는 것도 좋지만, 어느 날 문득 열을 알게 되더라는 사실이 종종 있었던 것이다 ㅎㅎ 공부란 것은 모든 것을 하나로 만들어 다 통하게 하는 신통 술을 부리는지 모를 일이다 평소에 마음을 닫고 있으면 스스로 불편해지는 것을 느끼게 되는 것이 참 이상하기도 했지만 한편 엄청 신기했던 경험이 있었던 것이다

인연과 경계에서 혼동이 와 심란할 때는 오도카니 앉아서 눈을 감고 호흡을 보는 것이 좋다 고요함을 느끼는 시간을 자주 가지는 것이 좋다 고요함은 지혜를 데리고 오기 때문이다 현대인은 항상 바쁜데 시간이 어디 있느냐고 반문하지만 시간이 없다고 하는 것은 핑계에 불과하다 시간이란 거창하게 만드는 것도 좋지만 일부러 그렇게까지 할 필요는 없다고 본다 살아가면서 상황 봐가며 그때 그때 자투리 시간을 잘 활용하면 된다 우리는 누구나 똑같이 24시간을, 그리고 365일을 공짜로 받아서 쓰고 있지 않나? 마음의 자세가 중하지 않을까? 마음이 가는 곳에 길이 열리지 않을까? 이 말을 하고 있으니까 지인한테 들었던 이야기가 있다 그는 대학교수인데 한 학생이 늘 변함없이 성적이 우수해서 관심이 갔단다 비결이 뭘까 하고 유심히 관찰해보았단다 코피가 날 정도로 공부하는 줄 알았는데 맨날 술 마시고 친구들

이랑 돌아다니는 것이 전부더란다 시간을 적당히, 적절히 잘 쓰는 학생이라는 것 알게 되었다고 했다 맞다! 마음먹은 시간은, 사람 눈에 띄는 시간으로 만드는 것이 아니라 아무도 모르는 시간과 시간 사이, 그 틈을 잘 이용하는 것이다 그러고 보니 소문난 잔칫집에 가보면 먹을 것이 없다는 옛말이 떠오른다

우리들이 자주 듣고 사용하는 말, 스트레스 받는다는 것도 내 생각과 일치하지 않으니까 인정하기 싫어서 반항하거나 거부하는 데서부터 싹이 튼다 일단, 그냥 있는 그대로 봐주면 된다 왜냐면 내 생각으로 이겨 내야 할 대상이 아니기 때문이다 단지 상황일 뿐이다 상황이란 것은 끊임없이 변하는 전체의 한 일련 된 흐름이다 이때, 유효적절한 무상이라는 낱말이 참 아름답게 느껴진다
공부에 진전이 없어 난감할 때 바다와 파도를 떠올려보면 좋다 바다는 인연따라 움직이기 때문이다 생각은 파도일 뿐, 바다 자체는 아니다 생각해보라 원래 파도는 바람에 의해 일어나는 것 아니던가? 보통, 흔들리고 있는 내가 파도라고 생각하기 쉬운데 일어났다가 사라질 파도를 나라고 착각하면 안 된다 왜냐하면 바다의 입장에서 보면 파도는 번뇌다 번뇌가 파도 모양으로 드러난 것이기 때문이다 마냥 보고만 있으면 어느새 풍랑 일던 바다는 고요해진다 이렇게 언제나 늘 제 자리에서 변함없이 파도를 일으키고 파도를 재우고 했던 바다! 나를 지켜주던 바다, 내 마음의 본체를 본다는 것은 참 좋다 마음은 내가 잠시 나왔다가 곧바로 내가 돌아갈 바탕이니까 말이다 그러니까 오는 것은 오게 하고 가는 것은 보내버리면 된다 중요한 것은 올 때도 변함이 없었지만 갈 때도 변함이 없었던 것 오지도 가지도 안 했던 것 늘 여기 내 안에 있는 본성을 자각하면 된다 지금의 이것만 알아차리고 있으면 되는 것이다

스트레스란 것이, 나중에 한참 살다가 다시 들여다보니 여태껏 받았던 스트레스가 나를 요만큼 성장시켜주지 안 했을까 싶은 것이다 해답 없는 시간을 잘 살아낸 것이 아닐까 싶은 것이다 그것을 잘 받아주었으므로 대체로 건강한 모습으로 지금의 내가 있는 것이 아닐까 싶다 스트레스는 받아서 생긴 것이 아니라 생각을 요리해서 만들어 먹은 것이라는 것을 깨우치게 된 것이다ㅎㅎ 하마트면 불타는 에고가 허공을 태울뻔 했네?
스트레스라는 말을 해놓고 보니 예전에 있었던 일이 생각난다 스트레스로 열 받아 죽겠는데 스트레스는 받는 게 아니라 스스로 만든 것이라고 말했던 선배가 있었다 무슨 그리도 억장 무너지는 소리를 쉽게 할 수 있느냐고 속으로 발끈 화가 났던 일이 떠오른다
그렇다! 지나고 보면 아무 일도 아닌데도 나를 감시하고 감독하던 에고가 지랄오두방정을 떨었던 것이리라 조금 엉뚱한 발상의 비유가 아닌지 모르겠다만 이런 생각을 해 본다

좋아하고 존경하던 어른이 초대를 해서 집에 갔더니 진수성찬이 차려져 있었다 내가 좋아하는 음식이 한상 가득해서 좋았다 그런데 식욕이 돌지 않았으므로 한 점도 안 먹었다 그리고 집으로 돌아왔다 그 진수성찬은 누구의 차지가 되는 것일까? 어른께서 정성껏 차려 주시는 것 받지 않았으니까? 불손한 것인가? 나는 왜 바보같이? 당연히 받아야 할 진수성찬을 내 몫으로 챙기지 안 했지? ㅋㅋ 그 맛있는 것을?

생각 멈추고 마음 열어놓는 연습, 즉 멈추면 동시에 드러나는 이것 하나! 확철하고 나면 어느 날 느낀다 나라는 에고, 바늘구멍 하나 통과하지 못하던 마음이 뚫리기 시작한다 비로서 나를 가두고 있었던 나

에서 벗어나 텅 빈 전체라는 걸 볼 수 있는 눈이 생기는 것이다 눈이 생기는 동시 마음이 조금씩 여유로워짐을 느끼게 된다 여태껏 한 번도 느껴보지 못했던 아주 작디작은 변화를 느낄 때마다 순간순간 홍겨워진다

공부를 하다 보면 내 영혼에는 흥이 생기는 것 같다 그 흥은 일상이 즐겁고 좋아서 일어나는 정서가 된 마음으로 춤을 추고 싶을 때가 가끔 있다

행복은 교묘하도록 잘 달아나지만 불행으로부터의 자유는 지금 당장 거부하지 않고 수용만 하면 금방, 획득할 수 있는 것이라고 생각한다 사건 사고는 한 번인데 우리는 그것 때문에 그것을 빌미 삼아 생각으로 스토리를 만들면서 마치 친구로? 삼으면 좋을 듯이? 자꾸 고통을 청하고 있었던 것이다

이 세상에는 이해 못 할 것은 없고 용서 못 할 일은 없다고 생각한다 에고를 다루는 연습 하다 보면 사유의 힘에 의해 에고는 경거망동하지 않을 것이라고 본다 그럴 때 마음은 본래의 그 청정한 자리로 돌아오게 되는 것이다 눈치챈 에고가 조신하면 마음은 조금씩 쉬어 지는 동시에 차츰차츰 비워질 것이라고 본다

세상공부는 할수록 쌓여서 성과를 보지만 마음공부는 자꾸 비워내야만 비로소 결과가 나온다고 본다 비교 분석 판단 잘하는 에고가 분별심을 떨구어 비워내는 만큼 반드시 자신을 의식적으로 버리게 되는 형상이 나타난다 그러므로 자기 자신을 객관적으로 볼 수 있는 기회도 생기면서 아울러 그럴 힘도 생기게 될 것이다 그것 참 좋을 것이다 참 좋을 것이라고 말한 것은 나는 내가 마치 떡처럼 엉겨 붙어 있는 나를 객관적으로 말할 수 있기를 소망해 보는 것이다 '날마다 하는 일 별다를 것 없으니 나는 오직 나 자신과 짝이 되어 어울리네'라는 선

시를 힐끗 본 후, 나라는 존재는 죽었다가 깨어나도 불가능할 것 같기 때문이다 어찌하여 오직 나 자신과 짝이 되어 어울릴 수가 있을까? 어찌하면 이 지경까지 갈 수 있을까 너무나 부럽기 때문이다

ㅎㅎㅎ 친애하는 여러분, 육아는 꽃이 되는 돌이라는 이야기를 밀고 가다가, 돌 속의 꽃이라는 육아 이야기를 끌고 가다가 예까지 왔네예 우리네 장대한 인생에서의 파생된 육아이야기가 수면에 파문으로 번져나가다가, 그 물길이 요로코롬 길어져 부렸네예 이리 길 줄은 나는 나도 몰랐심더 잘 나가는가 했는데? 무단히 삼천포로 빠졌지예 어쩌면 빠진 것이 한 때의 상처가 딱지로 남아 있었던 마음이 황금 비율로 치유가 된 거 아닌가 모르것네예

아 참 방금 알아챈 것이 있는데, 이야기가 길어진 배후가 보이네예 그것은 이랬심더 내가 하도 생각이란 업 때문에 맘고생을 해 봐서 혹시나, 만에 하나 독자 분들 중에 부모님에 대한 안 좋은 기억 갖고 계시는 분께 내 체험을 나누면 혹시나 치유되는 데 보탬이 될랑가? 싶엇지예 그렇게 되었음 좋겠다는 자비심이 챙겨준 거 아인가 모르것네예 노파심으로 한 마디 더한다면, 뇌는 길들이기 나름이라예 생각은 많이 하는 쪽으로 길이 나게 되어 있으니 생각 내려 놓고 마음 열어 놓는 연습뿐이라예 '현대 뇌과학은 뇌기능이 생물학적, 선천적으로 결정되기보다 후천적으로 형성된다는 결론에 있다 경험이 뇌를 다르게 발달시킨다는 것'이라고 하네예 그 말이 백 번 맞아예 이 글을 읽는 분들 모두 부디 마음공부가 필요없는 사람이었음 좋겠심더 그런데 우리는 사람이니까 어디 그런가예 제발 업을 없애려고 하지 말고 있는 그대로 허용, 받아들이기만 하면 연소되어 타 버리고 없어져 버립니더 관건은, 부정 긍정 대립을 만들어내는 에고를 잘 조율하면 용서를

넘어 화해가 되는 비결이라예 의지 하나로 알아차림에 주파수를 고정해 놓고 유지만 해도 내 안의 어둠! 불화 해소 고통 치유 하는 데 도움이 되예 고요는 지혜를 생산하므로, 늘 현존을 자각하면 기적같은 작은 변화가 일어나예 섬광처럼 올 때도 있지만 시부지하게 진행되다가 형광등 맹키로 뒷북 친다고 한참 뒤 어느 때에 드러나예 아이구마 내사 깨우침이란 것이 후다닥 순식간에 왔음 좋으련만 머리가 나쁜지 깨달음이란 것이 닿을 듯 말 듯 잡힐 듯 말 듯해서 잡아 보면 도루묵인기라예 그래서 너무나 감질나네예 그래도 목마른 놈이 우물 판다아임미꺼 더디고 느린 것에는 무궁이란 것이 포함되어 있다카이 그냥 믿어 볼람미더 방금 젖 떼고 이유식 먹고 있는 중이라예 언젠가 밥을 먹을 때가 오긴 오겠지예?

그러지 마

목젖이 보이도록 방글방글 잘도 웃기만 하던 울 아기
평안하고 편안하게 해줘서 진정 총애하던 그 아긴 어디 있을까?

꿀밤 하나 먹어볼래? 너 자꾸 그러면 꿀밤 먹인다?
사려 깊도록 착하고 선했던 그 아긴 어디 숨어 있을까?

아기 코에 내 코를 스치면서 '코코코' 생명의 기를 나누며 아기 코에 내 코를 찍으며 '점점점' 하면서 놀던 그 아긴 도대체 누구였을까?

요즘 우리 은수 미운 짓 골라가며 한다 부쩍 이상한 짓해서 두 눈 뜨고 차마 볼 수 없다 시래기 같은 우거지상 만들어 천하에 못 생긴 '헐크'가 되어 코를 벌렁벌렁 하다가 실룩실룩 한다 혀를 길게 빼물고 두 손으로 밀가루 반죽하듯 노략질 하더니 침 범벅의 그 손바닥으로 얼굴에 문대더니 거울에 도배까지 한다
우리 은수 큰일 났다 아랫니를 윗니 앞에 두고 턱을 앞으로 밀면서 이를 간다 그렇게 하면 예쁜 얼굴 망친다고 나긋나긋 구슬려 봐도 구슬이 서 말이라도 꿰어야 보배가 된다 은수야 엊그제 놀이터에서 만났던 초등학교 4학년생이었던 그 언니가 했던 말 기억 안 나니? '그러지 마 은수야 나도 어릴 때 너처럼 그래가지고 치과 다니면서 교정했단다 너 자꾸 그러면 병원 가야 해'
백문이 '불여일견'이라 했던가? 워낙 모자라니 애초부터 빈틈이 많은 할미의 애타는 백 마디보다 그 언니가 했던 말 상기시켜 줬더니 얏! 밥 안 먹어도 배부르네?

도와주세요

아가 오늘 식겁했지?
출중한 네 용맹이 압도적이더라?
네 옹근 재치에 내 마음 염려의 닻을 적정이 풀고
먼 바다로 출항하는 뿌듯함이었어!
세상에나! 경배하고 싶은 네가 말이다
산딸나무 두 그루가 마주 보고 있는 소담한 놀이터에서 말이다
네 배꼽 높이만한 울타리 안 꽃밭의 흙을 만지고 싶었나 봐
손을 뻗어 흙을 쓸어 보다가 한 주먹 쥐어 보다가 던지기를 하다가 일
순 휘~청! 하자 너의 발바닥이 공중에 붕~ 뜨게 되는 동시에
너의 배는 울타리에 빨래처럼 걸쳐졌어!
순식간에 너는 손바닥으로 땅을 짚고 있었으니 지구를 들고 있는 셈!
순간 겁에 질려 당연히 울 줄 알았지!
지구가 너무 무거우니까 엄청 놀랐을 텐데도 차분한 목소리로
"도와주세요" 하잖니
나는 너의 의젓함에 놀라 급할 것이 없겠구나 하고
여유롭게 네 의연함을 가만히 지켜보았구나
나 같아도 겁에 질려 울 법한데도 "도와주세요"만 하더라?
장하다 우리 은수 세상 나와 본의 아니게
처음 해 본 물구나무서기였지?
일생일대 위기 상황인데도 똑부러지게 잘 대처하는 것 보니
어떤 어려움에 부딪혀도 너끈하게 조치하겠더라
아침에 눈 뜨자마자 오늘도 동행해 주세요 우리 은수 수호천사님!
보호해 주실 거죠? 다잡고 물어봤더니? ㅋㅋ 기도빨 받았네?

꿈

찌르레기 새 날개에 찔려서 아파 보고 싶었다
손바닥에 앉혀 눈 맞추고 날려 보낸 뒤에 서서
날아오르는 그림을 따르며 꿈길로 들어섰다
아기를 태운 유아차를 앞으로 앞으로 무중력으로 밀었다
끝이 안 보이는 대평원을 가로지르고 있었다
똑같은 크기의 두 동물이 싸우는지 장난치는지
뒤엉켜 있는 것이 보였다
유아차를 세워 두고 가까이 가 봤더니 코끼리와 멧돼지였다
흙투성이로 놀고 있었는데, 코끼리의 긴 콧잔등이는 주름이 쭈글쭈글
멧돼지의 긴 주둥이는 유난히 반들반들했다
갑자기 유아차의 뒷바퀴를 고정시켜 두지 않았던 것이 생각났다
아기에게로 가서 얼른 고정시켰다
뜬금없이, 미끈하고 세련되어 보이는 멧돼지가 마음에 걸렸다
불쑥, 고놈이 아기를 해코지할 것 같았다
부리나케, 잰 걸음으로 유아차를 밀었다
전속력으로 뛰는데 꿈이 깨졌다
코끼리의 우둥퉁한 투박함은 괜찮고
멧돼지의 매끈함은 왜 안 괜찮았을까
투박과 매끈이 충돌한다 투박은 소박의 사촌 같아서 그런가?
인의가 덜 개입된 느낌의 토기가 연상 되어 그런가? ㅋㅋ
비단은 보드랍고 윤이 나는데
무명은 테석테석하고 윤이 없는 것처럼?

밥값

집을 떠나 버스를 타고 연대 앞에 내렸다
잠실벌로 가는 전동차를 타기 위해 신촌 전철역으로 향했다
금욜 오후부터 일욜까지 차 없는 연세로는 복작복작
구경꾼들로 벅적벅적하다
거리공연이 푸짐하여 심금을 울리는 음악으로 가득 찼다
'닐리리야 닐리리야 니나노오 얼시구나 좋다'
노래 좋아하는 우리 아기, 꽃 본 나비다 아니 춘향이를 한눈에
보고 홀딱 반한 이도령이다 '아니 노지는 못하리라'

얼씨구! 피아노 한 대가 '홍익책방' 앞에서 누구를 기다리고 있는데 두들겨 패도 죽지 않는, 칠수록 살아나는, 팽이 같은 사물들 총총, 즐비하게 동원시켜 놓고, 타악기를 연주하는 것에 집중하는 우리 도련님
가마 솥뚜껑 같은 내 몸통도 들썩들썩하니 엉덩잇바람 일으키겠다

피아노 연주하는 사람 곁에 바짝 유아차를 붙여 자세히 보게 했다
노래 부르는 가수 코앞에 서서 손뼉 치며 앵콜도 하자고 했다

아무리 머리를 굴려 봐도 바닥만 보일 뿐 난감하다
도련님! 볼거리는 절정으로 가는데 시간이 촉박하옵니다
대충대충 봐야 하는데 마술공연은 더 보려고 하니 난감 하옵니다

은수야! 퇴근 할 엄마랑 1번 출구에서 만날 시간이 얼추 다 됐어
너를 인계해야 할 시간이 넘어 가려고, 하고 있어!

그만 가자
"싫어 안 갈 거야" 엄마 기다리는데? "싫어 안 갈 거야"
엄마 안 보고 싶어? "싫어 안 갈 거야"

할미의 읍소는 간에 기별도 안 가나? 에라 모르것다 행실이
불 보듯 뻔해, 과단성 있게 해야 할 선택의 기로에서 강제로 출발했다

빼도 박도 못하는 유아차 안전벨트에 묶여 있는 우리 도련님!
등받이에 등바닥을 딱지 치듯 인정사정없이 패대기친다
온몸을 집어 던지듯 쾅~쾅~쾅! 무슨 유명 선수인 듯, 헤비급
레슬링 선수는 저리 '꺼져'라는 듯 격렬한 몸싸움으로 항거한다
유아차를 추진시킬 수 없으니 어이 할까나
고정하시옵소서, 눈에 뵈는 게 없어진 우리 도련님!

귀신같은 푸른 잎사귀가 과히 수준급이네?
배춧잎 한 장에 녹다운 된 우리 도련님
눈앞에 대고 요령으로 흔들었더니 끓어오르던
발악이 순식간에 가라앉았다
손에 쥐여주었더니? 하이고마! 감쪽같이! 해탈했네?

도련님! 세상에 공짜 없심더 우리 밥값이나 하고 가입시더
온몸으로 밥값하고 있는 곡진한 연주자는 밥심으로 공연할 터
밥값을 위해 진솔한 생을 온전하게 살아내고 있을 터
생의 밑바닥을 치고 있는 진리의 밥심이여
눈부신 인생이여 아름다운 목숨이여
뼛속 깊이 사무친다 부디, 영원하여라

물어보나마나 1

어제는 즐거웠고 오늘도 신나기만 하므로
내일도 여전히 보나마나 기쁠 아기, 재기발랄한 우리 아기
요즘 부쩍 많이 사용하는 말은 "칭찬 좀 해주세요"다

이 자식아! 아껴 먹어야 된다고 했지?
아껴 먹는 목사탕을 주면 금방 와작와작 깨어 먹어 치우니
비단옷 입고 그믐밤 나들이 격이다
"딱 한 개만 더 주세요" 검지를 세우며 애원하는 바람에 하나 더 주면
"씹어 먹을까요?" "녹여 먹을까요?" 이내 물어보지만 물어보나마나다

고차원에 있는 아가야 재치상 받기에 딱인 은수야
오래 먹으려면 어떻게 해야지? "녹여 먹어야지요" 약방의 감초같이
말해놓고 금세 물어보나마나 꼴이 된다

이내 또 한 개만 더 달라고 애걸복걸이다
이 자식아! 벼룩도 낯짝이 있다 이번이 정말 끝이다 다시는 없다고
목에 힘을 주는 과장으로 쐐기를 박는다

아깨! 오직 칭찬 받기 위해 오늘을 사는 은수는 칭찬이 몹시 고팠나?
고결하게 사색하듯, 진지하게 녹여 먹으면서 "칭찬 좀 해주세요" 한다
하이고 좋구나 좋다 간파한 칭찬에 압도당한 호박이
넝쿨째 굴러 들어왔네?

물어보나마나 2

덩더쿵! 앞에서는 호박이 넝쿨째 들어오더니
뒤따라서 신박이랑 대박이랑 함께 들어온 나의 복덩이 우리 아가!
'물어보나마나' 이 말을 해 놓고 나니 생각나는 별미가 하나 있는데 맛볼래?

산은 하늘과 땅과 인간이 만날 수 있는 곳! 첫 아가! 할민 산을 좋아했어 나의 이상향 같았던 산이 너무나 아름다워서 내가 그저, 그냥, 아름답게 느꼈는지 아니면 내 마음이 아름답게 보려고 했는지는 몰라도, 마음은 늘 그곳을 향해 출발했어 마음의 발걸음은 시도 때도 없이 그곳으로 옮겨지곤 했지 너무 좋아서 녹초가 될 때까지 걷고 또 걸었던 때도 있었단다 아마 지금의 내 영혼에는 '케른'이 남아 있을 거야 인생에 산이 없었다면 어떻게 되었을까? 내가 변화지 않는 한 지뢰밭 같았던 일상이, 꽃밭으로 만들어 주던 산이, 에누리 없는 세상살이에서 산행은 행운의 덤 같았어!

ㅋㅋ 산에서 비와 싸우고 또 불면과의 싸움에서 용맹을 떨치고? 무공을? 세운 이야기 들어볼래? 아가! 포기란 것은 참 거룩한 것이라는 생각이 든다 새로운 힘을 제공해 주는 장본이라서 곧 부활의 다른 이름 같더라? 그래서 봄밤의 정서 같더라? 사람을 순식간에 얼마나 아름답게 만드는 것인지 그때 그 미덕이 생각나네?

산꾼들 사이에서 산에서는 비보다 눈이 백 번 낫다는 말이 있단다 3박 4일 코스로 종주를 할 때였어 출발서부터 비가 뿌리는데 그렇게까지 휴식도 없이 꼬박 이틀 동안 올지 몰랐어 조바심으로 시작한 산행이 시간이 흐를수록 근심이 피부병처럼 퍼졌어 쉼 없이 오는 비와 격투하면서 걸었어 그 와중에 우리 대원들은 최첨단의 기능성 소재로 만들어진 장비를 갖춘 이들과, 상대적으로 보통의 평범한 장비로 하는 이들 중 누가 가장 늦게까지 비에 안 젖는지 내기를 했던, 어리석음의 극치를 보았던 장면도 떠오르네? 지난 것은 다 아득하면서도 따스한 기억으로 남는가? 추억의 앨범에 재미없지 않은 한 장면으로 찍혀있네? ㅎㅎ 이런 걸 '유치찬란'이라 해도 되나?

결국, 대자연 앞에서는 의기양양하던 기십 만 원짜리 장비도 보통의 것과 다르지 않았다는 것 알았다 할민 기능성이 뛰어난 장비도 갖추지 못했거니와 이삼십 대 청년들로 구성된 종주대에 꼽사리로 낀 50대 홍일점이었다 조건이 두루 다 불리하니까 민폐 되지 않아야 하는데, 낙오 되면 어쩌지 하고 걱정부터 앞섰다 그래서 신발끈을 바짝 조이며, 더욱 더 앞서서 가려고 기를 쓰고 갔던 일이 생생하네? 걱정도 팔자지? 미리 당긴 걱정 탓으로 잔뜩 긴장된 할민, 비에 젖지 않으려고, 신경을 곤두세우고, 어떻게 하면 조금이라도 덜 맞을까 그 생각으로 악을 쓰며 기를 쓰며 비가 그칠 때까지 자그마치 하루하고 반나절을 싸웠다 가관이지? ㅎㅎㅎ 물애 빠진 새앙쥐? 그때의 내, 안팎의 몰골이 참으로 꼴불견이었겠지?

구질구질 구하려는, 그 끈적거리는 끈질김이 너무 싫었다 상대적으로 대립되는 불길한 생각에 매여 혼비백산 되는 갈등을 놓아버리니까 일순, 턱! 멈추어지자 절대가 되어 하나가 된 그 느낌이 전신을 훑었어! 꿈쩍도 안 하던 에고가 나로부터 떨어져나가 빗물에 씻겨 내려갔을까? 안도감에서 오는 깊은 한숨이 쉬어지더라? 그만큼 에고의 용해

과정이 악착으로 몰았나 봐 갑자기 알 수도 없는, 한 번도 느껴보지 못한 어떤 성스러운 기운이 느껴지더라? 그때부터 나는 나를 비에 맡기게 되었다 홀가분한 마음으로 나와 비가 하나가 되어 한 몸이 된 역경으로 다시 새롭게 태어나 보기도 했던 일이 오래 기억에 남네?

아가! 또 있잖아 할민 잠자리가 바뀌면 죽어도 잠이 안 오는 불면 때문에 코피 터지게 싸웠다 잠이란 것이 오늘 못 자면 내일 자고 내일도 못 자면 또 모레 자면 되는데, 마음의 여유가 왜 그리도 없었을까 그땐 왜 그렇게도 극성맞게 빽빽했는지 모르겠네? 조바심이 불러온 생각이 마음을 불편하게 했던 것이 너무 힘들었다 어느 날 한계에 부딪치는 마음이 너무 고통스러워서 너 죽고 나도 죽자 혹은 죽으면 죽으리 하고, 에라 모르겠다 될 대로 되어라 하고, 눈 질끈 감고 죽으면 실컷 자 지겠지 뭐 했더니? 그런대로 살만 했던 기억이 새롭네?
반추해보니 불면에서 오는 근심걱정으로 한숨도 잠을 못 자니까 3일을 꼬박 못 잔 날은 내가 인조인간 아닐까? 의심이 날 정도였단다 다행히도 산이 뿜어주는 상서로운 기운 때문인지 출발하면 생각과는 전혀 다른 신기한 일이 벌어지는 것이다 산이 주는 신령스러움에 압도되어 마음이 의외로 상쾌하니 발걸음도 가벼워서 즐거운 산행을 할 수 있었다

고질병 같기만 했던, 나를 무지하게 괴롭게 만들던, 불면에 관하여 생각해 보게 된다 불면과 불면증은 명확하게 다른 것이다 '불면증'은 생각이 개입해서 무단히 병을 키워 질환으로 둔갑시킨 것이다 생각하나 바꾸니 '불면증'이란 병명이 그저 누구나 겪을 수 있는 흔하고도 흔한 '불면'이라는 이름으로 바뀌어 진다는 것 깨달았다 잠을 못 잔다는 것은 단순한 불면일 뿐인데 생각이 만들어서 날개를 단 걱정이 두려움

으로 날아가다 보니, 불면이 불면을 불러 와서 스스로 빚은 병이었던 것이다, 곤비가 된 마음이 생각을 시켜서 누구나 일상적으로 경험 하는 보통의 불면에 '증'이라는 글자 하나를 붙여 결국 정신질환으로 만들어 버린다는 것 알게 되었다

아가! 정신질환의 99%는 생각이 생각을 불러오는 것도 모르고 정신을 못 차린 채 생각 따라 자꾸 가다가 생긴 것이란다 생각은 '적' 혹은 '불'이라고 의사선생님께서 말씀하시더구나 그리고 주의할 것은 잠이 안 온다고 내가 좋아하는 음악이지만 음악도 절대 들으면 안 된다는 것, 그리고 작은 불빛이라도 차단해야 한다는 것, 미세한 빛이라도 새나오게 되면 안면방해가 되어 오는 잠도 내쫓는 격이니 주변을 완전 어둠 상태로 만들어 놓아야 한다는 것 그리고 잠을 자는 자세로 조용히 가만히 누운 채 눈만 감고 있어도 가수면 상태가 된다는 것도 알게 되었다

결국 아무 탈 없이 낙오되지 않고 무사히 종주를 마칠 수 있었던 것은 산이 주는 기운도 무시할 수는 없었지만 잠을 자겠다는 자세를, 의사가 지시하는 대로 온전히 취하고 있었던 터라 가짜 잠이라도 확실히 잤음을 알게 되었던 것이다 그러니까 수면의 질은 숙면과 조금 차이가 있겠지만 아쉬운 대로 가수면이란 것을 알고 믿게 되니까 그 후에도 마음이 편안해지는 것이 신통하더라?

사람은 아무리 못 자도 7시간 정도는 자야 건강을 유지한다고 하는데 서너 시간만 자도 일상에는 아무 지장이 없으면 된다고 본다 그리고 잠을 잘 못 자는 사람은 수명이 짧다고 하는데 그렇지도 않나 봐 이 할미 봐라 지금도 건강하게 잘 살고 있잖아

지금 생각해보니 불면은 욕심에서 온 화가 아니었을까 싶기도 해, 화는 고통의 근본이 되는 물질을 생성하잖아 그래서 모든 고통은 집착에서 온 것이라는 말이 맞아! 그리고 할민, 다른 사람과 다른 체질도

요인이 될 수 있다는 것 인정하고 있는 그대로 받아들였음 좋았을 텐데 인정하기 싫은 에고가 나대니까 화가 화를 불러온 것이었다는 것 깨달았다 마음이 나쁘면 몸이 고생한다는 그 말 생각하니 웃음이 피~식 나네?

아가! 할미에게는 꿈에도 그렸던 산이 있었단다 등정은 못해도 그 근처에 가서 멀리서라도 한번 바라보고 싶었던 산! 불면증이 무서워서 진즉 포기했던 산! 안나푸르나 꼭대기에 드러나 있는 하늘을 그려 본다 그 산 위에 있는 하늘과 지금, 내 눈앞의 내 집 지붕 위의 하늘과 무엇이 다를까? 내가 풍경이 되어 똑같은 한 통으로 되어있는 우주 속의 나를 전체로 느끼게 되는 기회를 자꾸 만들어 본다 마음공부를 통하여 붙들고 있던 생각 혹은 저절로 오는 생각도 멈추고 가만히 그 생각의 근원을 주시해 본다 동시에 현재 깨어 있는 의식을 확인하면서 마음 비우는 연습 하다 보니 어느 사이 불면에서 해방된 것을 느꼈단다
갸륵한 공부가 꾸준하다 보니 그 사이 불면이라는 정들었던 친구도 등 보이며 자취를 감춘다는 것도 알게 되었다 그러니까 골치덩어리 고 녀석이 착하고 장한 일을 하는 나의 열성에 두 손 들었나 봐 그치? 내가 나를 태로 치던 '증' 자는 확실히 떨어져 나갔나 봐 지금은 오든 안 오든 아무 상관이 없어지더라? 지가 안 오고 베기겠어? 사람은 마음먹기에 달렸다는 말도 틀린 말은 아닌 것 같지? ㅎㅎ 그리고 죽으면 실컷 잘 잠인데, 까짓것 죽으면 실컷 자지 뭐 이 생각을 배면에 깔아 놓았던 것도 도움이 되었나 봐 그치?

아가! 또 이런 일도 있었다 산에서 첫 눈을 맞아 신나기만 하던 날, 눈송이는 같은 모양이 하나도 없잖아 그러니 얼마나 예쁘니? 마치 네

새끼 손톱만한 자잘한 들꽃송이마냥 그토록 예쁜 눈송이들이, 그 기쁨의 송이들의 예쁨은 간 곳 없이 사라져 망망했던 일이었어. 송이, 송이 눈송이들이 남겨주고 떠난 흔적의 흰빛으로, 그 빛에 의지하며 칠흑 같은 야간산행으로 돌변하던 일, 눈의 낙원으로 이름을 날리는 태백산구간에서는 허벅지까지 쌓여 있는 길을 통과할 때, 맨 앞사람이 '러셀'을 해 놓는 길 뒤따라갈 때, 한 발짝 디딜 때마다 두 발짝 뒤로 나뒹굴어 물러서지던 그 낭패감, 흡사 눈 풀장에서 헤엄을 치며 앞으로 나아가야 했던 괴리감에서 오는 절망감, 가도 가도 눈 터널 속 같은 눈 범벅에서 바늘귀만한 화방재 불빛이, 희망이 되었던 일, 그, 그 희망은 땀이 되고, 그 땀은 피로 돌고 돌아서, 정신으로 돌아와, 아슬아슬 막차를 탈 수 있었던 일, 특히 안개가 낀 날, 목적지로 향해 잘 가고 있다고 생각하며 가는데도 불구하고 예감이 이상해서 확인해 보면, 출발했던 그 자리에 와 있게 되는 공포의 '환상방황'을 되풀이했던 일, 길이 아니면 가지 말아야 하는 길 앞에서 헤맬 때 방향 표지기로 매달려 있는, 리본을 멀리서 발견한 즉시 열심히 가 보면 붉게 단풍 든 나뭇잎 한 장 달랑 있었던 일, 아무것도 아닌 한 송이, 싸라기 같은 눈들이, 하찮은 한 잎의 낙엽들이, 길을 말끔하게 지워놓아서 꿈속의 꿈 같았던 일, 여럿이 할 때는 잠잘 곳, 텐트는 있지만, 혼자 할 때는 배낭 무게 때문에 텐트가 없어 잘 곳이 없으니, 해 떨어지기 전, 지도에 있는 암자를 찾아야 했을 때, 우왕좌왕 불안했던 일, 그러고 보니 난처, 난처, 난처함 들을 극복하려고 애썼던 일, 흡사 만행 같은, 혹은 수행 같은 이야기 한번 들어 봐라잉

아가! 할미는 산을 되게 좋아했으니 자연히 산에 대한 욕심이 많았어 욕심은 애착이 되었고 애착은 집착의 씨를 뿌렸나 봐 집착은 곧바로 괴로움을 키우면서 고통의 텃밭을 만들더라? 어느 날은 추위와 씨

름하면서 내 마음의 처마 끝에 고드름을 키우며 동안거에 들고 또 어떤 날은 더위와 싸우면서 마음의 소금밭을 일구며 하안거에 들었더란다 안거는 나를 찾아가는 길, 내 안 더 깊숙이 걸어 들어가 보는 일이라 원도 한도 없이 한 번 걸어 들어가 보고 싶은 것이 꿈이었지 그래서 백두대간을 구간 종주를 했어, 짧게는 이박삼일 길게는 사박오일을 산에서 먹고 자고 했지, 혼자서도 하고 여럿이 함께 모여서 하기도 했지

자 그럼 우리나라 전도를 펼쳐 놓고 손가락으로 짚어가며 들어 봐 백두대간이란? 국토를 사람의 몸에 비유해 본다면 척추 같다 머리 정수리 부분의 북쪽의 백두산에서 남쪽의 꼬리뼈 부근의 지리산까지를 지칭한단다 아가! 인체는 자연을 닮아있거든 자 할미가 웃통을 벗을 테니 등뼈를 만져 봐라 살이 있어? 없어? "없어" 이 이치와 같이 물을 만날 수 없어 그래서 물을 좀 넉넉히 준비하여, 할 일 없이 길게 뻗어있는 능선을 타며 하염없이 산행을 했다 마치 하늘에서 보면 연필심을 최대한 아주 아주 뾰쪽하게 하여 발자국 하나에 점 하나를 찍듯 걸어가는 거야 어때? 감이 잡혀? ㅎㅎ 몸은 시방 여기 있지만, 영은 지금도 그곳에서 걷고 있는 것 같네? 그곳에 가 보면 그 점이 선연하겠지? 아! 몰라 연필은 지워지는 속성이 있잖아

백두대간은 지도상의 거리는 약 690킬로미터니 한 번에 마칠 수 없겠지? 그래서 끊어서 한 달에 한 번, 3년 동안 구간종주를 했어, 남쪽의 지리산 천왕봉서부터 마루금을 긋기 시작, 노고단 넘어 성삼재 정령치, 고남산, 봉화산, 백운산, 영취산을 넘었다 산 도적이 하도 많아서 장정 육십 명이 모여야 그 고개를 넘을 수 있다고 해서 이름이 붙여진 육십령을 넘고 남덕유 지나 삿갓골재에서 백암봉을 넘었다

우리 씩씩아! 잘 따라 넘고 있니? 그런데 있잖아 옛날의 우리나라 산에는 호랑이가 엄청 많았대 호랑이가 사람을 잡아먹어서 사람들의 뼈가 수두룩했다는구나 그런데 경상도에서는 '뼈'를 '빼'라고 했거든 그러니 자연스럽게도 고개이름이 빼재라는 고개도 넘었다 ㅎㅎ 이름이 물씬 정답지? 그런데 예쁜 우리말을 두고 왜 멋대가리 없는 신풍령이라고 했을까 몰라

그리고 경상도 전라도 충청도의 경계에 있는 세 봉우리를 합친, 삼도봉을 한꺼번에 숨도 안 쉬고 올랐다가 내려왔다? 세상에나 눈도 껌쩍 안 하고 경상도, 전라도, 충청도를 마치 손오공처럼 재주도 좋지? ~^^~

다시 황학산 올랐다가 추풍령 지나서 백화산, 속리산 대야산 넘고 희양산 갔다 다시 하늘재 넘어 소백, 태백, 함백, 청옥, 두타 넘어 아흔아홉 굽이 대관령 지났다

우리 똑똑아! 너도 굽이굽이 대관령 잘 넘었니?

진, 진, 진고개에서 동, 동, 동대산을 넘고, 점, 점, 점봉산에 점을 찍고, 한계령 휴게소에서 일박을 하기 위해 도로를 따라 걸었다 그런데 지나가는 차들이 멈추어 타라고 자꾸 권했어 젊지도 않은 여자가 엄청 시리게도 큰 배낭을 맨 것이 안 돼 보였나 봐 그치? 할미는 몸으로 마루금을 정직하게 그어야 했으므로 친절한 성의를 거절했구나 지금 생각해 보니 팍팍한 세상살이 힘들어 보이는, 사람을 위해 쉴 수 있는, 공간을 제공해 주고 싶어 하는, 그런 측은지심들이 있기에, 그나마 살만한 세상이구나 싶다 묻지 않고도 상대의 속을 헤아려 알아주는 속 찬 감수성을 보시해주는 분들 보게 되면 뭉클하더라?

쥐들이 돌아다니는 한계령 쓰레기처리장 처마 밑에서 잠시 해골을 뉜 뒤 동이 트기도 전 출발하였다 설, 설, 설악산, 악, 악, 악산, 그리하여 꿈에도 그리던 금강산을 그리면서 미니 금강산인 설악산을 다 넘었다 이름이 있어 남들이 알아주는, 명산과 고개를 넘고 이름이 없어 아무도 알아주지 않는 산과, 고개를 수도 없이, 넘고 넘었다 더 이상 북쪽으로는 넘어갈 수 없는, 진부령까지 갔을 때, 발동 걸린 김에 백두산까지 가 보고 싶은 마음 간절하여 조금 울적하더라? 문득 휴전전이 없어지는 날이 와서 갈라졌던 동포들의 마음이 합쳐지면, 세계 최강대국이 되지 않을까 하는 싱거운 생각에 웃어 보았다 과연, 그날이 오긴 올까? 그날이 오면 얼마나 좋을까마는…

아가! 그 당시 산에서 사람을 만나게 되면 무척이나 반가웠어 그런데 왜 보자마자 하나같이 다들 어디서 왔느냐고 묻는다? 난 속으로 목적지가 중요한데 왜 어디로 가느냐고 묻지 않을까 나는 말해 주고 싶은데? 출발지는 알아서 뭣 하려고 그럴까? 한결같이 다 들 어디서 왔느냐고 묻는 것이 참으로 이상하게 여겨졌구나 산 아래서 왔어요 할까 아님 어느 날 아버지의 씨가 홀연히 어머니의 밭에 뿌려져서 출생한 진주라고 해야 하나, 아님 현 거주지인 서울에서 왔다고 해야 하나 애매했어 가령 그때 만약 희양산 구간이었다면 문경에서 출발했으니까 문경이라고 해야 맞는 것 아닌가 살짝 고민이 되더라? 어디서 온 것이 뭐가 그리도 중할까 어디로 가는 것이 중하지 도무지 알 수가 없군! 혼자서 구시렁거리며 걸었단다 생각은 꼬리를 물고 혹시 나의 근본을 캐고 싶었던 것은 아닐까? 묻는 이의 의도를 몰라 궁금증의 의문이 늘 따라 다녔던 적이 있었지

아가! 새삼스럽게 지금 생각해보니 내게는 별 의미 없는 출발지만 묻

고 그들이 어디로 가느냐고 물어 보지 않았던 것은 현상밖에 모르는 내게 목적지는 '물어보나마나' 한 거, 북망산, 저승의 황천길일 것 뻔하니까 그랬겠지? ㅎㅎㅎ

여담이지만 그 당시 혼자서 할 때 뱀이나 너구리 고라니 멧돼지 등을 만났을 때는 그닥 무서운 생각이 안 들었는데 사람을 마주치면 순간적으로 무서운 생각이 먼저 들더라? 사람이 사람을 만나면 당연히 반가운 생각이 먼저 들어야 할 텐데 이상하지? 왜 그랬을까? 혹시 내가 심성이 곱지 못해서 그랬을까 하고 의구심도 들었지만 추측해 보건되 한 시도 긴장의 끈을 놓을 수 없는 생사의 문제에 걸려있으니 자연발생적인 경계심이 튀어 나왔던 것 아닐까 싶기도 해 할미 말이 맞는 것 같지 않니?

아가! 지금 다시 생각하면 혹시 산신령이 사람으로 나타났던 것이 아니었을까 싶기도 해 그래서 그때 이승에서 왔다고 할 걸 그랬지? ~^^~ 아가! 내 눈앞에는 저기 저곳 저승은 없고 가도 가도 여기뿐, 이르고 이르렀어도, 오직 지금 여기, 처음, 출발하였던 이곳의 눈앞뿐인 현실만 있잖아 사실, 원래부터 여기에 있었으니 여기 말고는 어디서 올 때도 없고 갈 때도 없으니 당연히 여기서 왔다고 해야 정답 아닐까? 아무리 생각해 보아도 그때 그 산신령들은 틀림없이 인간 존재의 현상이 아닌 본질에 대해 물어보았던 것 같아 넌 어떻게 생각하니?

아가! 인생은 산행과 똑같아 오르막이 있으니 내리막도 있어, 세속에서 힘들 때는 위로가 되고 의지가 되어 믿고 살만했지 뭐 보담 좁고 험한 길을 벗어나면 평평한 흙길이 나오거든 그런 길에서는 맨발로 걸어 보기도 했지, 어찌나 기분이 좋은지 말도 마, 마치 맨손으로 엄마 젖가슴을 만지는 기분이었어! 등산화를 신고 걷는 것은 장갑을 끼고 만지는 것과 같은데, 어떻게 다르겠니? 너도 느낌이 오지 않니? 그리고 어쩌다가 넓은 공터가 나오면 춤을 덩실덩실 출 수도 있어서 너무 좋았거든 산은 인생의 도장이면서 안전기지 같았어 그 모든 진리가 진실한 몸을 통하여 온전하게 전해졌지

아가! 끝으로 양념 삼아 하나 권해 줄게 있다 걷기를 예찬하는 말들이 많지만 그중에서 내 마음을 끌어당기고서는 놓아주지 않는 말 '인간은 걸을 수 있을 만큼만 존재한다' 네가 성인이 되면 우리나라 해안도로를 걸어 볼래? 전남 해남 땅끝에서 시작하여 걸어 볼래? 멀지 않아서 강원 고성 통일전망대를 잇는 'DMZ 평화의 길'이 완성된다고 하더라 걸어 보지 않고서는 발견할 수 없는 길의 아름다움을 만끽해보렴 바람이 적당히 살랑살랑 불고 햇볕 적당히 좋은 날을 택해서 말야

칭찬 좀 해 주세요

이러저러한 사정이 생겨서
직접 본가로 데려다 주기로 되어 있었다
노루꼬리 같은 해가 감쪽같이 숨으니
나타난 밤하늘이 아주 예쁘다

이리 보아도 내 사랑 저리 보아도 내 사랑 하해 같은 내 아기
국가의 보물 1호 우리 아기
전철 안에서는 승객들에게 미소를 전하는 전령사인데
아니 좌중을 웃기는 달인인데 오늘은 왜 재롱을 안 떨까?
이상하네? 신발 벗고 올라앉아 창밖으로 시선이 고정된 채
과묵히 야경만 감상하고 있네?
혹시 휘황찬란한 네온 불빛에 미혹되어 있나?

잠실벌로 가는 지하철도는 지하보다 지상이 훨씬 길다
똘망똘망 아기 눈동자를 주시해 보니 밤하늘을 샅샅이 뒤지고 있다
정찰비행 하고 있는 것 심상치 않네?
관찰을 배제하면 지성도 감성도 작동하지 않는 법!
오라! 외출하면 항상 했던 말! 은수야 우리 하늘 한번 볼까?
광활한 저 하늘 한번 쳐다보자고 학습했던 것 지금 복습 중인가?

아뿔싸! 달을 발견했나 보다 다짜고짜 "찾았다"고 외쳤다
자동적으로 나오는 이태백이랑 놀던 달 노래를 조용조용
그러나 절실하게 불렀다

바늘 가는 데 실이 가듯 기어들어가는 허밍으로
물 흐르듯 따라 불렀다

가만가만 듣고 있던 승객들의 한결 같은 미소들이 공명이다
천년만년 수제 명품이다 자손 대대로 추상의 동굴벽화로 남겠다

부자를 부러워하는 어른들은 금싸라기라도 주울까
돈을 좋아하는 사람들은 로또 대박을 주울까
땅만 보고 사는데, 급급해서 하늘 볼 여유 없는데
하늘을 잊지 않고 올려다본 울 아기가 가섭 존자였네?
오라! 군중 앞에서 연꽃 한 송이 들고 계셨던 부처님이 달님이셨고?
가섭의 미소였던 아기의 "찾았다" 외침에 감격한 부처님!

세 사람의 합작품!
불사불멸의 작품이네?

허~허 현현한 석가모니 부처님!
우리 은수에게 칭찬 좀 해주세요
아기의 혜안에 법안까지 주셨군요
당장 시봉들고 싶은 우리아기
나의 최고 선지식이네?

전철 안 풍경 10

아가 몇 살이니? “세 살”
아가 지금 어디 가니? “신당동”
누구한테 가니? “오빠”
뭐 하러 가니? “호윤이”
오빠는 몇 명이니? “…” 동생은 있니? “…”
아가 집은 어디니? “연희동” 집에 가면 누가 있니? “할아버지”
아가 엄마는? “회사” 아빠는? “회사” 이모는? “…” 고모는? “…”
여기서 저기서 골고루 다양하게 다정도 다감하게 물어봐 주시는
살가운 분들께 눈이 부시도록 웃으며 교감을 공유하고 있는 아기가
농밀한 인생을 역동적으로 보여준다
응답을 옹글게 하고 있는 우리 아기 쪽으로 승객들의 눈이
쏠려 있는 것 서 있는 사람들이 없으니 환하게 보인다
덩더쿵! 삼동에 볕 좋은 날 동네 사랑방 같기도 하고 삼복에
선들바람 불고 있는 당상나무 아래 정자 안 같다

혹자는 근심을 사라지게 해서 기분이 좋다고 하고 걱정을 잠시 내려놓게 되어 행복하게 해준다 하고 그러니까 이구동성으로 아기더러 ‘행복쟁이’라고 한다 개구진 한 할아버지는 생뚱맞은 질문으로 ‘아가! 네가 남자냐 여자냐?’고 묻는다 에고! 성을 초월하고 살다 보니 미처 인지하지 못하고 있는지라 의아한 표정으로 멍해 있을 찰나 내릴 역을 안내 받았다
얼쑤! 술 익자 체 장사 간다고 일이 공교롭게 때를 맞췄네?

됨됨이는 향기가 되어

조촐한 저녁 밥상 앞에 조촐히 앉아 있는 아기
진기 있는 우리 은수는 좋은 몫을 택했다
밥은 다 함께 모여서 먹는 게 좋다는 것 어찌 알았을꼬!
참 좋은 화목을 익혔다 할아버지가 때가 되어도 안 오면 고개를 빼고
어서 오라고, 어서 와 밥 같이 먹자고, 식탁에 손바닥을 대며 탁탁
친다 ㅎㅎ 우리 아기 예수님 말씀을 독채로 샀네?
이웃을 내 몸 같이 사랑하니까? 남이 너에게 해주기를 바라는
그대로 남에게 해주니까?
그래 그래 맞다 맞다 '주어라 그러면 너희도 받을 것이다 누르고 흔들어서 넘치도록 후하게 되어 너희 품에 담아 주실 것이다 너희가 되질하는 바로 그 되로 너희도 되받을 것'이라고 하신 말씀 우리 외워 둘까? 금방 까먹을 수 있으니까 외워두면 내 것이 되어 막 바로 행동으로 보일 수 있는 잔잔한 힘이 생기겠지? 그 힘이 선한 사람으로 만들겠지? '선한 사람은 마음의 선한 곳간에서 선한 것을 내듯' 아가! 아는 것은 힘이고 선한 것은 감동이지?
할아버지가 방에서 책상다리로 구부리고 앉아 TV 보며 혼자 밥을 먹고 있다 혼밥은 바람직하지 않다는 것을 가르치려나 보다 어서 와 어울려 먹자고 엉덩이를 들썩거리고 있다 결국 아기의 성화에 못 이긴 무거운 엉덩이! 일으켜 세워 식탁 앞으로 와 함께 먹게 하는 우리 집 아긴 집안의 대들보네? 아가 네가 흔들리면? 우리도 흔들리고 네가 쓰러지면 우리 모두 박살나는 것 알고 있제? 엄벙한 할미는 네 기고만장한 울음에 졸던 의식이 깨어나고 네 살가운 웃음에 깨우침 한 개 습득한단다 배은망덕 요년아! 너무 예뻐 미워 죽겠는 요, 요년아!

뚝배기

키즈 카페를 나와 마음에 점을 찍기 위해
점심을 먹으려고 근처 식당에 들어가니
얼굴이 화장으로 뽀샤시한 예쁜 언니가 서빙 하고 있었다
병아리같이 귀여운 아기
쪼맨한 알라가 아니 조막만한 손님이
생글생글 웃으며 "언니 언니" 살갑게 불러도 아무런 반응이 없다
시답잖게 보는 언니는 땅 넓은 줄 모르고
하늘 높은 줄만 아는지 키만 껑충하다

나일강 물을 막고 물어 보라지?
미시시피강 물을 막고도 물어 보라지?
주인이 먼저 손님에게 어서 오라고 하는 법이거늘 디비쪼우고 있네?
뚝배기 깨지는 소리라도 아가 왔니? 하면 좋으련만!
입꼬리만 씰쭉 해도 대박이련만!
사촌이 땅을 샀나? 마네킹 같은 그 언니 뭐가 좋아서
자꾸 "언니 언니" 다정스럽게 부를까?
무릇 우리 아기는 사랑하고 인정받고 싶어 이 세상에 왔는데…
나는 나도 모르게 익모초 즙을 입술에 댄 무거운 표정이
떨떠름한 사이 담대한 우리 아기 드디어 상소한다

자네는 사람 노릇 제대로 할지어다!
손님을 차별 대우한 네 죄명 알겠는가!

추상같은 어명으로 당장 “언니 싫어요” 한다
맙소사 그래도 그렇지 대놓고 그럼 못 쓴다고 말하고 싶었다
할까 말까 고민하다 귓속말 할 찰나
아기의 입에서 “무서워요”가 먼저 튀어 나왔다
옳거니 오늘밤 자고 내일 아침에 일어나면 아기한테 맞은 일침으로
뚝배기보다 장맛이 좋은 사람이 될까? 되겠지?
사람이란 무릇 고향까마귀만 봐도 반갑다는디…
아기란 존재는 명실공이 제 현존의 고향 아닌가?
괜히 입 안에 모래가 있는 것 같아도 왜 이렇게도 고소하지?
ㅎㅎ 위엄 있고 서슬이 퍼런 호령에
삼 년 묵은 체증이 싹~ 내려갔네?

전철 안 풍경 11

너울너울 따라가고 싶도록 유혹하는
천리향 나무 냄새 나는 아기를 무릎에 앉혔다
두어 정거장 가다가 옆자리가 비니까 "은수 자리야" 하면서
냉큼 빈자리를 독차지하려고 한다
은수야 서 있는 분이 앉으시도록 비워 놓으면 좋지 않을까?

먼 거리에 서 있는 분에게 튼튼하고 씩씩한 목소리로 자리를 권한다
반응이 없으니까 다시 한번 더 큰 소리로 "앉으세요" 한다
기척이 없으니까 재촉하듯 바빠진다
승객들의 조명을 받으면서 손바닥으로 자리를 탁~ 탁~
치면서 어서, 여기와 앉으라고 성화를 바친다

하이고! 진선미로 충만한 아가, 수고하며 무거운 마음의 짐을 든 사람
까지도 모두 모두 여기로 와 쉬어라 하네?
타고난 성품이 벌써부터 친화력이 잠재되어 있었구먼
화합을 도모하는 그림을 그리고 있는
우리 아긴 영락없는 아기예수님이네?
나의 사랑 나의 아기 사랑해용♡
그대의 이마에 입술 대고 싶은데 뽀뽀해도 되나이까?
오방색 함박웃음으로 무장 해제를 결재하는 나의 반려여!

어디 갔지?

꼬시다! 깡다구가 물컹물컹한
우리 아긴 할미를 꾸어다 놓은 보릿자루로 보는데, 깨소금이어라!
메롱! 밥상머리에서 무서운 할아버지한테 한 소리 들었다
밥 먹는 태도가 버르장머리 없다고 야단맞았다!
하이고! 고소해라 약 오르지? 참깨가 서 말이다

어떤 나무람도 안 타는 은수는 뉘 덕으로 잔뼈가 굵어졌남?
무작정 터트려 놓고 보던, 방대한 울음소리로 상대를 제압하더니
이상하다? 그 울음통은 진즉 던져버렸나 혹시 어디 감추어 두었나?

은수야! 할아버지께 잘못했다고 빌어라
나무때기 같은 음성으로 "싫어!"

할아버진 부리나케 먹고 후딱 자리를 비웠다

"할아버지 어디 갔을까?"
"할아버지 어디 갔지?"
어디 갔을까? 어디 갔지?를 남발하면서 고심하는 눈치더니
목 타는 놈이 우물 판다고 기어코 할아버지 방으로 가 본다
"찾았다"는 외마디가 울울창창이다
도둑이 제 발 저렸던 성찰치고는 사뭇 우렁차다
아기의 얄개와 재치의 묘수에 저녁 상다리가 평화로이 휘~청 한다

숨바꼭질

냄새는 사유의 원천이다
종로 어디쯤 지하도 구석에서
더덕 껍질을 벗기면서 파는 어르신이 계셨다
더덕 향은 지하철 문이 닫혀도 꼬리를 물고
따라 들어와 나를 휘감고 뒹굴었던 것이다

더덕 향 은은한 아기랑 숨바꼭질 한다
할민 후미진 부엌 구석에 있는 빈 김치 통에 앉아 숨는다
머리카락 보일까 봐 꼭꼭 숨었는데 그만 아기 술래한테 잡혔다

은수야 이제 네가 숨을 차례야 어디든 꼭꼭 숨어서
할머니가 쉽게 찾아내지 못하게
깊은 대로 가서 숨어 있어라
제 딴에는 잘 숨는다는 것이 할미가 앉았던 그 김치 통에 앉아서
몸을 고스란히 숨기는 듯이 머리를 푹 숙인 채 앉아있다
고개를 떨구고 있으니까? 할미가 눈앞에 안 보이니까?
꼭꼭 숨어 있는 줄 아나 보다

우리 은수 어디 숨어 있을까?
일부러 엉뚱한 데로 이리저리 다니며
찾는 시늉하면서 찾기가 어렵네? 했더니
말이 떨어지자마자
"예" 하면서 조르르 와 불쑥 내 허벅지를 기둥처럼 감싼다

할미가 찾을 때까지 꼼짝 않고 있어야지
"예" 하고 나오면 어떡하니 했더니
다시 숨었던 장소로 갔다가 오면서 "까꿍" 했다
"예"를 바로 잡는 듯? 혹은 취소하듯?
"까꿍" 해서 폭소를 자아냈다
천의무봉 내 아가야!
체온이 올라가는 감기 같은 아가야
사랑에 몸살 나도록 질펀하게 웃겨주는 아가야
맨날 뽀뽀만 해주고 싶은 아가야
꿈길에서도 호주머니에 넣고 다니며
손으로 만지작만지작하고 싶은 아가야
은근한 더덕 향의 영성이 무궁무진한 은수야
네가 뿌려주는 청정한 가랑비에
내 마음의 속옷까지 젖는 줄 모르며 젖어있고 싶구나

전철 안 풍경 12

물이 하는 말 들어보셨는지요?
청아하고 수려한 우리 아기
물의 마음을 가진 나의 아기

"할머니 이게 무슨 소리야?"
안내 방송 하는 거야

출입문 닫겠다는 안내를 듣고 나더니
"거봐 문을 닫잖아!"
"안내 방송하니까"
그러게, 숨김없이 바르고 곧네

천장을 쳐다보며 "할머니 저거 손잡이야 잡아 봐"
그러게, 솔직하고 담박하네 그런데 네가 잡아 보고 싶은 게지?

한 할아버지가 우리 앞에 서 계시기에 한 자리를 차지하고 있는 아기를 무릎에 앉히면서 여기 앉으세요 했더니 옹달한 음성으로 "할아버지 여기 앉으세요" '괜찮다 아가 너나 앉으렴' 사양하시는 할아버지께 펌프질하기 전 마중물 붓듯 간드러지도록 상냥스럽게 또 "할아버지 여기 앉으세요" 한다 종달새보다 더 예쁜 네 목소리에 홀린 사람들 한 솎음의 미소를 호로록 날린다 건너편에 자리가 비는 것 보자마자 손가락으로 방향을 가리키며 "할아버지 저기 앉으세요" 한다 한 홉의 미소로 주름잡던 사람들, 기어코 한 됫박의 웃음으로 빵~ 튀겨 사방으로 흩날린다

절약이 뭐야?

몹시 추운 날, 뜨끈뜨끈한 온돌방
아랫목에 깔아 놓은 이불 속 같은 우리 아기
은수야 우리 절약할까?
"절약이 뭐야"
우리 시방 어디에서 놀고 있지?
"마루"
그럼, 네 방에 켜져 있는 전깃불은 필요해? 안 해?
"안 해"
우리 은수 척척박사다 간만에 손발도 딱딱 맞아 떨어지니
우린 순풍의 돛단배 탔네? 우~ 아~ 멋져부럿다!

아가! 네 말마따나 "성당 할아버지" 프란체스코 교황이 '우리가 자주 간과하고 있지만 자연과 인간은 서로 의존하며 존재한다 우리는 어머니와 누이에게 하듯 이 지구를 보호하고 있는가? 지구의 미래에 대해 얼마나 진지하게 고민하고 있는가?' 하셨거든? 천리 길도 한 걸음부터야 그러니까 불을 켜 놓으면 전기가 닳아 없어지고 있겠지? 자원은 한정되어 있는데 말야 그러니 아깝잖아 그치? 절약이란 아낀다는 뜻이야 아낀다는 것은 사랑하는 행위야 사랑이 무르익으면 말이 필요없게 되지? 그러니까 우리는 물, 불, 흙, 공기, 햇볕, 바람, 나무, 잡초 등등 눈에 잘 띄지 않은 애벌레, 미생물까지 우리와 함께하는 모든 존재는 모두 다 아끼는 마음으로 살아야 해 자연을 사랑하는 일은 나를 사랑하는 거란다 왜냐면 나도 자연의 일부거든 그런 의미로 지구 곳곳에 '국토환경보전의 보루' 같은 '그린벨트'가 많이 있음 좋겠다 왕

창왕창 누에가 뽕잎을 갉아먹듯? 그렇게 생겼음 좋겠다 그치?

아가! 아낄 것이 많으면 힘이 된단다! 아낀다는 말을 하고 나니 저축된 이야기가 있는데 찾아 쓸까? 우리나라 농부들은 햇볕이 아까워서 나락을 말리고, 고추를 말리고, 수확한 농작물을 해님에게 점검받듯 햇볕 아래 놓아둔단다 할머니도 햇볕이 아깝다며 도마나 행주를 일광소독 시키지 가끔 이불도 내다 널고 말야 문득 가풍이 그려지던 한 지인이 했던 말이 생각난다 그의 아들은 오줌을 누고 싶을 때 아빠한테 오줌 눌 것인가 꼭 물어보고 오줌을 눈다고 하더라? 왜냐면 물을 아끼기 위해서래 아이의 기특한 발상 후 아이의 아버지도 아이한테 물어보고 오줌을 눈다나? ㅋㅋ 그네 집 일상을 그려 봐 합리적으로 뭉친 사랑의 실타래 같아서 꽤 감동적이지 않니? 그 집 살림을 보니 저녁 뒷마당으로 길게 뻗은 그림자마저 알락달락한 평화다 그치?

아가! 사람들은 지구에 세 들어 살면서 하늘도 땅도 공짜, 햇볕도 비도 공짜로 살고 있는 주제에 지구를 장악하고 있다는 느낌이 안 드니? 멸종되는 생명체의 개체수가 점점 늘어나는 것을 볼 때마다 한 사회생물학자의 말이 생각난다 '지구에 인간만 가득한 지금을 고독한 시대'라 했구나 그래서 '인간이 지구의 절반만 사용하는 반구제를 제안했다'는구나 아가! 자연과 생명예찬은 해도 해도 모자라겠지? 사랑과 자연은 한 뿌리에서 살고 있단다 사랑을 나눔으로 낭비하는 것은 좋은 일이지만 자연을 욕망으로 낭비하면 나쁜 일이겠지? 그런데 의식이 없는 못된 사람들이 함께 살고 있는 가족을 유린하고 있어! 그래서 생태계의 균형이 깨지고 있어! 우리의 의식주를 아낌없이 거저 주던 자연이 사람들의 욕심으로 성장이다 개발이다 하여 함부로 대한 결과로 위기에 처해 있어! 우리가 살고 있는 집이 점점 뜨거워지고 있으니 우린 하다못해 부채질이라도 해야겠지? 더운 곳과 추운 곳의 온도 차이가 무려 100도 이상 난단다 집중호우, 한파, 폭염 가뭄, 산불 등으로 살기가 죽기 보다 더 어려워지고 있어! 기후변화가 훑고 지나간 간 자리엔 사람들이 있었기에 '기후난민'이란 새로운 말이 생기게 되었어!

아가! '지금도 저기 남극얼음이 녹아 사라지고 있다 남극해빙은 지난 5년 동안 우리나라 면적의 두 배에 달하는 얼음이 사라졌다'고 하는구나 아가! 너 북극곰 알지? "응" 걔들이 집을 잃고 지금 죽어가면서 '살려주세요' 하며 눈물을 흘리고 있어! 네 마음이 어때? "슬퍼" '지구의 심장인 북극의 빙하들은 사라질 위기에 처했다 하루에 9미터씩 밀려 내려가는가 하면 얼음 녹은 물이 폭포처럼 쏟아진다 녹은 빙하에서 퇴적물이 밀려와 거대한 갯벌로 변한 지역도 있다 북극곰들은 생존을 위해 몸부림친다 해빙에서 물범이나 바다코끼리를 사냥하는 대신 해안에서 순록을 사냥한다 전 세계에서 위탁한 씨앗을 보관하는 스발바르 국제 종자 저장고는 최근 빙하가 녹아내려 침수 피해를 입었다 북극의 변화는 북극에만 머물지 않는다'

아가! '세계기상기구의 자료를 보면 북극 연평균 바닷물 표면온도는 3.1도가 올랐다 어디 북극만의 이야기인가 국립수산과학원이 측정한 우리 연근해 바닷물 표면 온도는 1.5도나 올랐다 사실 북극 바닷물 온도가 3.1도 우리나라 바닷물 온도가 1.5도 올랐다는 수치는 가슴에 와닿지 않는다 이건 사람으로 치면 열병이다 정상체온 36.5도에서 1.5도 오르면 38도다 문제는 지구가 아니라 우리다 체온변화에는 해열제를 먹어가며 가슴 졸이면서, 바다의 1.5도니 3.1도에는 무심하지 않은가 겉으로는 멀쩡해 보여도 온도계를 대면 불덩이다'

아가! 태양열 반사하는 북극해 얼음이 40년 새 49% 감소되었다는구나 기억해! 기후 재난은 전쟁보다 더 무서운 거란다 '기후위기 대응 목표는 산업화 이후 지구 평균 기온 상승을 1.5도로 제한하여 기후재앙을 막는 일이야' 개인은 기후변화를 우리전체의 문제로 인식하고 있음 좋겠다 그치? 기후위기대응은 개인적인 노력도 적극적으로 필요하나 어림 반 푼어치도 없다 정부리더십을 변화시켜 국가 단위에서 혁신적인 변화를 만드는 것이 시급하겠지? 정부와 기업들이 자본주의적 성장체제를 수정하여 진두지휘했음 좋겠다 복원력이 점점 더 떨어지기 전에 말야

아가! 진지하게 다시 한번 주목해 볼까? 솔직하게 말한다면 '기후위기를 막는 근본적인 방책은 재생에너지, 산업으로의 전환이 아니라 바로 고르게 가난한 사회를 조금씩 만들어가는 것'이라고 나는 믿는다 아가! 가난은 끝없이 밀려오는 소유욕과 탐욕을 내려놓고 마음을 비우려는 의지와 노력의 상태가 아니겠니? 가난은 '제행무상' 그리고 '제법무아'의 의미를 알아차려서 덧없는 물질에 대해 거리를 두는 태도가 아닐까?

아가! '인간은 이제 자연을 관통하는 무한하고 강력한 기후위기라는 비명에 귀 기울여야 한다' 미미한 존재 아무 힘없는 우리지만 우리가 자신 있게 할 수 있는 일은 절약 말고 무엇이 있을까? 그치? 이참에 원대한 '생명의 지킴이'가 되어 볼까? 우리 모두가 한마음으로 깨어나서 지구를 살리는 일 하나씩 실천해 나가면 좋겠지? 자루도 양쪽에서 벌리면 잘 들어가고 백지장도 맞들면 낫잖아 그치? 자연재해는 해가 갈수록 늘어가고 인류를 넘어 세상 모든 생명들의 생태계까지 위

협을 받고 있는 때 지금까지 살아온 생활방식을 과감히 탈피했음 좋겠지? 양식 있는 판단의 행동으로 옮겨 갔음 좋겠다 그치! 성장만을 추앙하면 무한경쟁만 계속되잖아 숨 막히는 삶은 일단 멈추고 잠시 뒤를 돌아보면 좋겠다 자연에 조금이라도 득이 되게 말야 생명을 최우선 가치로 두고 살면 얼마나 좋을까? 그치?

아가! 감사하는 마음과 아끼는 마음은 어릴 때부터 몸에 배어 있도록 했음 좋겠어 이 두 마음은 힘으로 재생될 터이니 말야, 우리 모두가 덜 쓰고 아껴 쓰면서 살면 좋겠다 지속 가능한 생태적 삶을 영위하면 얼마나 좋을까? '즐거운 불편'이 자랑거리가 아니고 일상에 녹아들어 가서 자리가 잡히면 좋겠다 갑자기 '십시일반'이란 아름다운 단어가 떠오른다 열 사람이 밥을 한술씩만 보태어도 한 사람이 먹을 밥은 된다는 뜻인데 그 온정의 정신이 발휘되어 요원의 불길처럼 번져나갔음 참 좋겠다 의식의 변화야말로 세상을 바꿀 수 있는 유일한 힘이 아닐까 싶다 이상기후가 난동을 부릴 때마다 지구는 병이 더 깊어지지 않을까 정말 걱정이 태산이다 작금 이 할미의 시름을 네가 성년이 되어도 걱정할 것을 유추해 본다면 발등에 떨어진 잉걸불 같네?

대낮같이 웃어 보다

오붓한 식탁에 둘러앉아 밥을 먹는다
아기는 할아버지가 생선을 먹고 있는 것을 유심히
한참이나 바라본다 다소 무게가 실린 아주 심각한 음색으로
"할아버지 고기 잘 먹는다" 우리는 한바탕 크게 웃는다

할아버지가 식사하는 것 뚫어져라 죽치고 있다
묵직한 바리톤을 깔고 "와~ 밥도 잘 먹는다"
우린 배꼽이 빠져나가는 것도 모르고 웃는다

통상, 우리가 웃을 때 저도 따라서 차지게 함께 웃었는데 걸신들린 것처럼 우리가 그토록 게걸스럽게 웃어도 한심하다는 듯 언제 철이 들까? 하는 그 꿀꿀한 표정이 우리를 웃음의 뻘밭으로 밀어 넣는다

내 생애 언제 이토록 한 번 오지게 웃어 본 적이 있었남?
눈물이 잘강잘강 나도록 한껏 웃고 나니 새로 태어난 기분이라서
가벼워진 느낌이 엄청 좋았다

너무 웃어서 풍선 같을 허파를 꺼내 살펴보니
아기가 던진 낚싯밥을 문 꼴이 아닌가?
흠! 우리의 몰골은 영락없이 피에로였구먼
아기의 묘한 표정 안에는 은근히 자쾌하고 있었을지도 모를 상 싶다
열 길 물속은 알아도 한 치 사람의 속은 모르니 말이다

개별꽃이 오보록이

어제는 치자꽃 향기 솔솔 뿌려주더니
오늘은 펄펄 열 받게도 하는 우리 아기

유아차에 태워 버스 타러 가는데
바짓가랑이를 열었다 닫았다
하이고! 벌렸다가 오므렸다가 해서 환장하것다!
발레리나 꿈꾸나 기계체조선수 되려나

밤고구마처럼 타박타박 입이 마르도록 타박을 해도 소용없고
지천을 줘도 항우장사 같아서 대할 면목 없으니까
보골이 천지삐까리로 퍼져나가는 것이다

서 있는 사람 없는 한산한 버스 안 풍경 이채롭다
한가로운 승객들의 눈은 운전석 가까이에
유아차 타고 있는 아기에게 쏠려 있다

공공장소에서는 가만히 있어야 한다고 했지?
심심할 줄 알아야 한다고 했지?
혼자서도 잘 놀 줄 알아야 한다고 했지? 했던 그 피드백인가?
안팎의 풍경을 즐기면서 실룩실룩 웃는 관객들 앞에서
두 다리를 재미 삼아 계속 활짝 벌리며 목하 발레 연습 중이다

귓속말로 주의를 주면 큰소리로 "할 거야" 하는 바람에

어리바리 할미는 코너에 몰려 곤죽이 되고도 남는다

아리따운 한 아가씨 종이 가방을 든 채 아기 옆에 섰다
이불깃 봐 가며 발 편다고 그 언니에게 마음 활짝 열고
귀여운 공이 되어 생글생글 던진다
그 언니 받은 공 달보드레한 공으로 패스한다

우리 아기, 그 언니 종이 가방 발로 툭~ 친다
아무 기능 없는 할미의 나무람은 새로운 에너지가 되어
오히려 기분이 근사해지는 청량음료인가?

이미 교통하고 있었던 그 언니 윙크로 호응한다
달콤한 공을 가진 언니랑 사귀고 싶었나 다시 툭~ 툭~ 툭~
차고는 "쿡~ 쿡~ 쿡~" 소리 내며 웃으니까
그 언니 두둥실 보름달로 떴다

버스에서 내린 언니가 서 있었던 환대의 공간 바닥에는
아기랑 나누던 순박의 관계에서 피어났던 야들야들 야생화!
자디잔 개별꽃들이 오보록이 있다

나중에

오대양 육대주 마음 가는 대로 누비는 늠름한 아가야
축하의 꽃다발 세례 받아라
더덜없이 좋은 날!
행복할 준비 완료된 아기한테서 '쉬야 하고 싶어요' 이 소리 한 번
들어보는 것이 꿈이었는데 드디어 오늘 "쉬야 하고 싶어요" 한마디로
엄마 아빠 앞에서 온 식구를 감격의 도가니에 풍덩 빠트린다
주책바가지 화려한 할민 동네방네 자랑하니 입이 싸하다

이 세상 모든 사람 주목! 팡파르가 울려퍼지는 가운데
우리 아기 입장한다
첫 발자국 뗄 때처럼 카메라 플래시 터지고 우레 박수 받으며
우아하고도 화사하게 레드 카펫 밟는다

변기에 앉아 오줌 누는 제 모습을 꼼짝도 하지 말고
지켜보라고 단단히 부탁한다
아깨! 다 누고 나더니 메다꽂듯 제 "오줌도 좀 보라"면서
아침신문 상단 오른쪽 특종 기사라면서 "칭찬도 좀 해주세요" 한다

요놈! 야생마 같이 날뛰던 요 이놈!
기저귀 안 차면? 날아다닐 수 있으니 좋겠네?
축하해! 근데 응가는 언제 명령할 거니?
"나중에"

여일 8

*

마실갔다가 나비 잠 자고 일어난 우리 아기
“할머니 축축해”
아마 네가 워낙 땀을 많이 흘리니까 그럴거야 하고 무심코 봤더니
웬걸 요에 오줌 쌌네? “할머니 오줌이 왜 동그래?” 어머! 지구가 둥그니까 그리 되었나? 히~야! 예전 아기들은 우리나라 지도를 그렸는데 우~와~ 우리 은수는 막 바로 지구를 왕창 그렸네? 옜다! 독창력 기발했으니 최우수작품상이다 백 년에 한 번 나올까 말까 한 일이니 과히 독보적이다 별사탕 다섯 개 받아라

*

오미자꽃 같은 아가! 오미자차 같이 한 번에 다섯 가지 맛을 통섭하는 아가! 다른 아무 색도 섞이지 않은 원색의 우리 은수, 빨강 노랑 파랑 검정 흰색의 오방색의 은수는 한 번에 오만 가지의 색을 한 빛으로 만들어 밝힌다 그러므로 찬탄하나이다 할미의 무명을 밝혀 주소서 이 바사기같은 할미도 무아의 경지로 초대해 주소서

*

천상 설악산 천화대 같은 우리 아기 억수로 웃긴다 물 마실 때 꼭 결가부좌하고 마신다 밤에 자다가도 물 달라고 해놓고 마치 선정 삼매에 든 듯 가부좌 틀고 물컵을 두 손으로 받아 들고 마신다 ㅋㅋ 은수야 편하게 앉지? 누가 이렇게 앉아라 하더니? “내가” 어머! 네 발가락 좀 봐봐 광주무등산 최고봉 빼어난 입석대네? 역시 우리 은수 알아줘야 한다니까 네 감화력 세상에서 둘째가라면 서러워할 껄껄?

탤런트

도담도담 우리 아기
세상에 있는 좋은 것이란
좋은 것은 싹 쓸어 다 주고 싶은 아기
너무 예뻐 눈을 뗄 수 없어 그냥 눈에 담아둔 채 눈 멀고 싶어라

기저귀랑 빠이빠이 해서 안 채웠더니 카펫 위에 서서 오줌 싼다
표정은 말뚝 같지만 속을 톺아보니 식혜 먹은 고양이다

어제 들었던 깜찍한 말! 불현듯 떠오른다
"실수는 어쩔 수 없는 거야"(어디서 그런 말 배웠니?)
"실수는 해도 되지만 일부러 하면 안 돼"(너 세 살 맞니?)
풍선 터지는 웃음이 왈칵 쏟아졌지만
입 앙 다물고 눈꼬리 세우며 째려보고 있었다

"할머니 뭐 하는 거야"
…
"할머니 뭣 해!"(말투가 다소 힐난조다)
…
시작 시작 왜 오줌 쌌지?
"장난으로 했어요"
하이고! 천냥 빚도 말 한마디로 갚는 태깔 보소
명품 웃음 생산하는 명답이네?
눈이 뒤집어져도 못 말리는 저 타고난 말본새 좀 보소잉

유람 삼다

온 신경의 더듬이 곤두세우고 아기를 지키는
나는 휴전선 경계 보초병으로 오늘도 비상근무 중!

마시던 우유 일부러 쏟아 놓고 손장난으로 시작, 그 손으로 벽에 황칠로 풀칠하기, 손 씻기고 로션 발라줬더니 로션 바른 손으로 거울 문대고 그 손을 혀로 핥기, 묵주 잡아당겨 터트리기, 약병 뚜껑 질겅질겅 씹기, 2리터 생수병 역기 선수처럼 들었다 던지기
아기의 난장판 등살에 이민 신청해야겠다
할미 말은 새 발의 피로 여기는 아긴 할미 지청구가 되레 정력젠가?

부엌 장 속, 냄비 뚜껑 꺼내 던지기, 쌀자루에 손 넣어 쌀 흩뿌리, 널어놓은 빨래 헝클여 놓기, 건조대 넘어뜨려 장애물 경주하듯 건너다니기, 라디오 노략질 삼다 테이프 풀어 헝클여 놓기, 가전제품 버튼 눌러대기로 할미 속을 긁으며 깔아뭉개면서 약 올리기 유람 삼는다
무법 천지에 놓여있는 것들 이주한다
공습경보 울리기 전 피신시킨다
오로지 아기 키보다 높이 높이 피안의 세계로!

집 안의 전기선 총집합된 곳을 열고 잡아당기려는 찰나 나도 모른 비명에 화들짝 놀란 아기에게 매로 둔갑할 수 있는 지휘봉으로 방바닥을 치면서 혼줄 놓는다
기죽지 않는 아긴 하늘로 올라가는 용인가?
생기발랄한 용의 꼬리를 잡아당기려다가 방바닥을 때리며 겁만 줬다

(ㅎㅎ 할미 어릴 땡 먼지떨이 혹은 빗자루로 맞았당?)

일용직 노동자처럼 한시 반시 쉬지 않던 용!
잠시 휴식인가 했는데? 현관에 있던 할미 신발을 신고
온 집안 휘 저으며 태연하고 느긋하게 노닐다가
이윽고 장갑처럼 낀 신 바닥을 뺨에 대고 문댄다
아이구 무시라 우짜모 조컨노
(엄마한테 고자질 할 거라고 엄포를 놓을깡?)

달콤하고 부드럽게 착하고 예쁜 아가! 하지 마세용! "할 꺼양"
앙가품으로 악다구로 맛 좀 볼래? 류은수! 하지 맛! "할 꺼얏"

속 끓는 할미 잔소리는 에너지를 만드는 고분자인가?
아긴 뒤집어진 할미의 간을 꺼내 놓고
"캑! 캑! 캑!" 요상한 그 특유의 웃음을 토해 놓는다
나는 애정발전소인가?
천하의 개구쟁이 아기의 탁월한 동화에
정화된 할미 웃음 나붓나붓 나비춤이다
백두대간 구간종주 마치고 하산해서 마시던 한 잔의 그 맥주 맛 같은
은수야! 어디 한 번 물어 보자
졸대기 할미 말 좀 귀 여겨 들어주면 어디 배 아파?
봉이 된 이 할미 살아있는 한
복수 할 날 오기는 올까? ㅋㅋ원수 갚는 날 오기는 할까?

어린이집에서

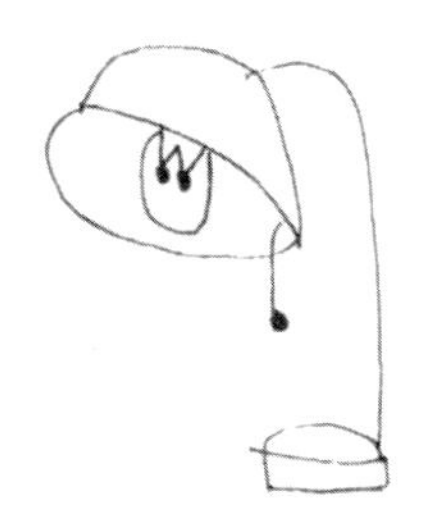

어린이집 오리엔테이션 날!
너무 일찍 사회에 발 디딘 우리 아긴 물 만난 물고기로 변신했다
또래들은 낯설어 울거나 보호자한테 붙어 안 떨어지는데 우리 아긴
새로운 분위기에 젖어 이 방 저 방 네 활개 휘젓고 다닌다
제가 입력해 놓은 자리에 할미가 앉아 있는지 없는지 문지방이
닳도록 수시로 확인하면서 경품권이라도 당첨된 듯 설레발친다

한술 더 뜨는 아긴 용무 끝났다 집에 가자 했더니 안 가겠다고 한다
딱 한 번만 더 놀자고 검지를 세우며 청순 가련미로 부탁한다
그래 좋아!

가야 할 시간이 지났어! 가야지 했더니 오른손 왼손 검지를 나란히
세워 간곡하게 한 번만 더 놀다 가자고 사정사정해서 못 이기는 척
그래 좋아!

사람들 다 떠난 번잡스럽던 장소 왕성한 호기심 아직 털어 내지 못했
남? 이 장난감 저 장난감 집적거리다가 비로소 선생님이 빠이빠이 하
자니까 선생님의 그림자는 밟지도 않는 그 도리인가 비로소 손 턴다
하루에 열두 번도 더 변하는지라 적응을 잘 해도 뒤탈이 있는 것 아닐까?
미심쩍기만 한 할민 다행이네 하다가 다시 의구심이 일다가 오락가락
인데 언제 또 올 거냐고 물으니 당첨됐네?

본가에 보내 놓고 6

짝짓기 철이라서 그런가?
예전의 '해태과자 종합선물세트' 같은 새소리가 유독 자주 들린다
성사 될 때까지 굵고도 가늘게 아주 길게 들려 줄 작정인가?
죽을 때까지 평생 앉아 있는 것을 못 본 새야
날 때도 서서 날고 앉아서도 서 있는 새야 새야
뼛속이 텅 비어 있어 구만 리 장천을 날 수 있는 부러운 친구야
그 조그만 입으로 어쩌면 그토록 장대한 소리를 낼 수 있니?
귀청이 아릿한 소리 허공이 짜~악~쫙! 찢어지는 소리가
적적하도록 시끄럽구나
사생결단의 구애가 식음을 전폐하기로 한 듯해서 마음이 모둠발로 선다

차르르~ 차르르르~
새 울음의 뒤끝 부분이 처음 들어 보는 소리다
한지 같은 쇠붙이가 녹두알만 한 크기의 비늘들이
바람에 서로 부딪쳐 나는 소리 같다
심안을 열고 미세한 떨림에 청각을 세워본다 핸드벨? 탬버린?
합시코드? 만도린? 마린바? 처음 들어보는 오묘한 소리에
이끌려 친구 모르게 창을 열고 밖을 내다본다

아가! 우리나라가 아열대 기후로 변한 것 알고 있었니?
얼른 보면 꼭 참새 같은데 자세히 보니 옷 빛깔도 꽤나 다르고
꽁지도 제법 긴 새 참새의 사촌인가? ㅎㅎ 사돈의 팔촌인가?
이름이 무척 궁금한 새들이 삼삼오오 앵두나무에서

노래자랑이 벌어졌다
지구 온난화 관계로 찾아온 새로운 새 친구들 아니겠니?
눈 맞추면 낯이 설어 서로가 뻘쭘 하지만 반갑고도 고마운 친구다
걔들이 하는 짓을 한참 보고 있으니 어쩜 그리도 예쁘니? 너처럼 말야

시루미* 같이 생긴 아가야 기민한 우리 은수야
할미를 연민의 눈길로 바라보던 네가 자꾸 보고 싶구나
아기를 보살피는 보살은 아플 자격도 없는데 으슬으슬하던 몸이 바닥을 쳤으니 해골을 눕히고 말았구나

허수한 할미 네 수발 들지 못했던 어제, 할머니가 아야 하는 것은
네가 말을 안 들어서 그렇다는 거야
아니야 아플 때가 와서 아플 뿐이지 상관없다고 해도 너는 또 네가
밥을 잘 안 먹어서 그런 거라고 하잖니? (갑자기 눈이 뜨거워지더구나)
아니라고 자연현상으로 나이가 많아지니 기력이 떨어져서 그런 거라고 자생력 있는 몸은 자연적으로 치유가 되니 걱정 말라고
가만히 두면 저절로 낫게 되어 있다고 위로했구나

아가! 할미가 아픈 것은 인연 따라 일어난 법을 받아들였다는 뜻,
잘 받아들여서 죽음으로 가는 길을 내어봄도 좋다는 계시란다
죽음은 알 수 없는 삶의 완숙된 열매다 죽는다는 것은 좋은 일이야
이 세계는 평등하게 혹은 완벽하게 잘 돌아가고 있는데 안 죽는다고
생각해 보면 끔찍한 일 아닐까?
죽음은 이 좋은 세상이 제자리로 돌아가고 또 돌아오는 일에 동참하는 아름다운 일이야 때가 되어 갈 때까지 마음으로 죽음을 준비하는 것은 하루 하루를 한 푼 두 푼 저금 해 둔 것 목돈이 필요할 때 찾아

서 한량처럼 하루에 만 냥을 써도 줄어들지가 않는 금액이라고 생각하면 감이 잡히니?

아가! '모든 발자국 가운데 코끼리 발자국이 최고이고 마음을 다스리는 명상 가운데 죽음에 대한 명상이 최상'이라더라 할미는 때때로 나의 죽음을 상상하면서 나의 시신을 그려보기도 한단다
상상에서 자주 죽을수록 죽음이 힘들게 느껴지지 않게 된다더라? 아마 죽음은 두려운 것이 아니라는 인식을 습득하기 위함인가 봐 상상하므로 몸과 생각에 대한 집착을 덜 수 있어 도움이 되겠지? 죽음이 힘들게 느껴지지 않으면 죽음을 대하는 마음이 편안해질 수 있겠지?
할민 친가 외가 합해 네 분의 할머니 할아버지와 어머니 아버지까지 차례차례 총 여섯 분의 주검을 눈으로 직접 봤다 나의 풀솜 시신은 시시각각 포도주 색깔로 변해가는 모습을 애통해 하면서 직접 손으로 어루만져도 봤으니까 자연현상으로 생긴 것 자연현상으로 받아들이면 끝이라고 생각한다
당연히 이번에는 할미 차례니까 그때가 되면 나의 풀솜처럼 편안하게 죽음을 맞이했음 좋겠다 잘 사는 것이 잘 죽는 법이거늘 꿈은 이루어진다고 믿는다 나의 꿈은 오래되기도 했지만 색깔이 있는 꿈이거든?

아가! 늙어서 아픈 것은 괜찮은 거야 난생처음 맞을 죽음을 준비하는 단계에 있음을 자각하게 되는 것이니 좋은 것 아니겠어?
아픈 몸이 진실하게 다가옴이 마치 새 옷이 싫어지고 헌 옷이 좋아지던 이유를 알게 하는구나 낡아서 오래된 아니 오래 되어서 낡은 것이 좋아지는 이유는 나로 태어나서 나로 온전히 잘 살아냈다는 증표야 미운 정 고운 정 다 든 헌 옷은 나를 함부로 대하지 않고 잘 간수했다는 일종의 인품의 한 면이라고 생각해

잘 살아내지 못해서 뒤틀리거나 꼬질꼬질한 모양이 아니라 반듯한 늙음의 반증 같아서 보기가 좋아 ㅎㅎ 좋아하던 기악곡보다 지금은 성악곡이 훨씬 더 좋아지는 것도 멋지게 늙어간다는 것 아닐까 무단히 그런 생각도 해 보게 하네?

영민한 아가야 영특한 아가야 네가 시근이 훤해졌더구나
네 자질을 보니 네 근본이 실감 되어 든든하구나
아가! 인생의 마무리 단계에 있는 할미의 일몰 녁은
삶의 완성을 향해 가고 있는 중이니까 괜찮아
온전한 결실을 준비하고 있는 거니까 걱정 놓거래이

요요요 내 강아지 요 귀여운 요물 같은 아가!
네가 떠오르는 순간부터는 웃음이 실실 나오게 하는 아가!
세 살짜리가 어떻게 그런 부탁을 할 수 있을까?
아무리 생각해도 깜찍한 요놈을 어찌해야 좋을지, 캄캄하네?
인연에 어둡지 않아서 좋기만 하네?

"할머니 아프지도 말고 약도 먹지 마세요" 당부하고 떠난 아가
네 차분한 육성이 미소로 번지더니 메아리로 남아있구나
마음에 담아 두었던 할미가 자꾸 마음이 쓰였니?
그래서 기도하고 싶은 마음이 할미 마음에 힘을 주고 싶으니까
응원하고픈 차원에서 그랬니?
ㅎㅎ 약을 잘 챙겨 먹으라는 부탁일상 싶은데… 맞지?
약 먹지 말라고 표현한 것 생각해 보니 여기가 바로 정토 같고
하늘나라 같아서 뻐가 시리고 명치끝이 아릿한 기쁨들이
난리 났다고 난동을 부리며 즐거워하네?

아가 네 성심성의를 다 한 말 네 각별한 부탁 한마디에
어둔 밤은 지나고 아침이 오겠으니 내 영혼 헌거롭게 맑아지누나
자주 흔들리지만 오뚝이 같이 쓰러지지는 않겠구나

대견하고 애틋한 아가! 초면의 새소리만이 적막을 곧추세운다
제 발가락보다 가는 앵두나무 잔가지 끄트머리에 간당간당 매달려
창공에 드러누운 채 부리로 하늘을 긁는구나
계속 가로로 긁고 있으니까 네가 어릴 때 도리질 하는 것 보이네?

아가! 너랑 같이 새의 이름을 한 번 불러보고 싶은데
이름을 몰라 괜히 안 된 마음이 몰래 한 모금 훔쳐 먹은
꿀이 입 안 가득 있는 것 같구나
그런데? 걔들이 꼬리를 건들건들하더니?
아니 엉덩이를 삐죽삐죽 하더니?
물총 같은 똥을 찍! 갈기고 떠난다? 아마 영역표시인가 봐 그치?
잘 한다 잘 해, 우리 은수 오면 또 놀러 와라 새 친구야! 내일 또 옵써!

사랑아! 사랑아! 할미 사랑이 네 몸 어디 구석에 닿기를 바란다
네 새끼발가락 끄트머리에나 발뒤꿈치라도 가 닿기를 바란다
제발 네 머리카락 한 올 끝에 닿기만이라도 하여라

---

*한라산 정상에서만 자생하는 식물

나는야 은수 풀솜이야

우리 아기 눈에 넣어도 안 아플 짓을 하고 있을까?
지금도 사랑스럽게 함부로 굴고 있겠지?
못 견디게 삼삼해서 참을 수 없는 몰래카메라가 훔친
동영상이 간절하다
아긴 아플 때 자라고 노인은 아플 때 늙는 법
아기 울음소리가 귓가에서 맴을 도는 가운데서 살살 살만해서
일주일 만에 자리 털고 일어났다
그간 몸은 죽은 듯 살아서 느긋했지만 마음은 일없이 바빴다
아기가 손 한 번 드는 일과 발 한 번 옮겨 놓는 사소한 동작
하나하나 따라다니다 보니 그리움으로 꽁꽁 언 마음이
녹을 어린이집으로 마중 갔다
아기를 보는 순간 반색을 했다
그런데! 출입문 앞에서 배웅하는 선생님을 올려다보면서
"누구세요?" 묻는 순간 사색이 되었다
공든 탑 무너지는 소리가 무릎을 꿇고, 아기의 두 손을 잡고
은수야 그새 할머닌 깡그리 잊힌 존재가 되었니? 나는야 하늘이 두 쪽 나도 은수 풀솜이야 했더니 "삼촌은?" 하더라? 옳거니! 아기는 거두는 대로 간다더니 닷새 동안 제 손발이 되어 준 삼촌이 당연히 올 줄 알았는데 의아해서 그랬지?
알면서도 일부러 그래 봤지? 타고 난 네 고유한 감성의
장난기가 작동하였지?
그래, 맞아! 맞아! 잠시 잠깐 질문의 스프링 작용이었지?
ㅋㅋ 할민 순간 하늘이 무너지는 줄 알고 식겁했구마

여일 9

*

'흙에서 자란 내 마음'이 숨결 같은 흙내가 그리워질 때
가뭄에 단비 지나가면 어김없이 오는 들녘의 향긋한 흙냄새같이
본성을 자극하는 원초적인 흙 향내 나는 우리 아기
남실바람 우리 은수 요즘 수준 높아졌네?
"수준이 뭔데?"
눈동자는 의식이 확장되면서 더 이상 열리지 않을 때까지 열려
문이 없는 문을 통과하는 것

어디서 이상한 냄새가 난다
코를 실룩실룩 냄새를 킁킁 찾아다닌다
"똥꾸 냄새 나?" 응
"똥꾸에서는 원래 그런 냄새 나는 거야"
헐

*

호빵 속의 맛있는 팥앙금 보다 더 맛있는 우리 아기
어제가 다르고 오늘이 또 다른 우리 아기
콩 줄 난 우리 은수 청개구리 이야기 또 해달란다
뭐에 끌리는지 자꾸 해 달란다
지루해서 따분해서 흑심이 번지는 얄궂은 할미는 할미 말 좀
잘 들어 달라는 은유를 은근짜 깔고 구워서도 하고 튀겨서도 했다
그리하여 요새도 비만 오면 엄마무덤이 떠내려갈까 봐
개골개골 울고 있다는 내막을 전설처럼 했다

대번에 감정이 실린 음성으로 힘을 주면서 “청개구리는 바보야” 한다
바보가 뭔데? “나쁜 아이!”라고 단언한다
은수야! 귀띔인데 살아 보니까 분별을 잘 하는
마음이 시비에 강하니까 덕이 안 되더라?
분별은 하되 전체를 봐야 해 한쪽으로 치우치면 소통이 어려워지거든?
그러니까 단정코 말하면 좀 그렇잖니?
잘못한 자신을 안 다는 것은 지혜의 보물 창고의 주인이야!
알아차리고 고치면 더 많은 칭찬과 상을 합당하게 받을 수 있겠지?

은수야! 우리 이참에 청개구리 동시 한 편 외워 보자
‘울리 울리 비오면 울리 개굴개굴 울리
큰소리로 울리 개굴개굴 울리’

*

ㅎㅎ 간이 잘 된 우리 아기 양순해도 싱겁겠지?
은수답게 짭조름하게 입맛을 당겨 놓고
만만한 할미를 입안의 혀로 갖고 논다
‘서울깍쟁이’보다 더 해서 주먹을 쥐고 한 대 콱 쥐어박고 싶었다
은수야 꿀밤 줄까? “꿀밤이 뭐야?” 달콤하고도 따끔한 자갈

*

정구지 부침개보다 더 맛있어 죽겠는 우리 아기
“할머니 쉬야 마려우면 누고 오세요” 하네?
엥? 마른하늘에 기분 좋은 날벼락이네?
내 새끼 드디어 날 해방시켜 주네?
오줌 누는 것도 허락 안 해 주더니?

할미랑 마냥 붙어 있는 것이 좋아서 그러는지
할미가 딴 데로 갈까 봐 걱정되어서 그러는지
끝까지 따라와 가랑이 사이 바짝 붙어 서서 감시하더니?
하이고! 다 눌 때까지 감독하던 그 놈의 수전노는 어디 갔노?

*

'대롱대롱 거미줄에 옥구슬' 같은 우리 아기
'송알송알 싸리잎에 은구슬' 같은 우리 아기
"아빠 조심해 천천히 가 사고 나"
사고가 뭔데?
"피를 철철 흘리는 것"
으악

이거 먹어봐 키가 커져?

동방예의지국에서 태어난 우리 아기
손 위를 격에 맞지 않게 부르니? ㅎㅎ 서양 상놈인가?
"너가 한 번만 해 봐" "은솔아 여기 와서 봐 봐"

은수야! 언니라고 깍듯이 불러야 해 너가 뭐야 센스쟁이 은수는
예의 바르게 다정하게 "언니 오늘은 할머니 생일이에요"

"언니 이거 먹어봐 내가 칭찬해줄게"
케이크를 먹고 난 언니가 쓰다고 하니까
"원래 케이크는 쓴 것도 있고 단 것도 있어"

언니가 '은수야 넌 왜 매운 걸 못 먹니' 하니까
"매운 것은 좀 더 커야 먹을 수 있어"

"언니 이거 먹어봐 키가 커져"
"키가 크면 초콜릿도 먹을 수 있어!"
"엄마가 그랬어!"

언니랑 헤어질 채비를 한다 언니를 코앞에 두고도 "언니 보고 싶어요 언니 보고 싶어요"만 응석꾸러기 같이 되풀이 한다 서운한 감정을 미래진행형으로 하려는 데 안 되는 말투가 맛깔스럽다 ㅎㅎ '그대가 내 곁에 있어도 그대가 그립다'고?

장하다

은수야! 내일 우리 호윤이 집에 놀러 가기로 했다
"할아버지 우리 내일 호윤이 집에 간대요"
옴마야! 이제는 스스로 제 소감을 미래형으로 바꾸어 밝히네?
장하다?

은수야! 호윤이 집에 가 현관에 앉아서 할미가 구부린 채
끙끙대야 했던 일 양말도 신발도 혼자 벗고
"호윤아 잘 지냈어?" 인사도 먼저 하데?
장하다!

호윤이 할머니가 반갑다며 잡채를 만들어 주셨지?
당면만 먹겠다고 우겨서 양파도 먹어봐
양파 먹으면 눈이 반짝거릴 거라고
먹기를 권해 보면서 양파 한 점 입에 넣어 줬더니
"내 눈 봐 봐? 반짝하지?" 하더라?
장하다!

장하다! 백두대간 선자령에서 봤던
환상적으로 샛노란
마타리 꽃단지 같아서 잊을 수 없는 아가야
테두리가 없어 무변의 아가야 변함이 없는데 늘 변하는 은수야!
가 닿을 수 없는 사랑아! 네 천성 하나도 내삐리지 말거래이

여일 10

오늘은 입담 좋은 사람이 말을 술술 늘어놓듯
집에서 꽤 떨어진 골목길 야스락야스락 순방이다
예전에 지나가다가 그리워했던 식물을 보았던 곳이라 아기한테 보여 주면서 이야기도 해 주고 싶어서 찾아가 보았던 것이다 웬걸 긴가민가한 대로 높은 건물들이 콘크리트 숲이 되어 있었다 그리던 풍경은 야속하여 개밥에 도토리가 되어 있었던 것이다 오래된 것도 새로울 수 있는데… 발전도 좋지만 보존은 더 좋은데… 요즘은 청년들이 옛 골목길 걷기를 즐긴다는데…

아이들 노리갯감이라고 해야 하나 입 안에 넣어서 불기도 했으니 악기라고 해야 하나 모르겠다 그것은 혀와 이와 입천장과 입술을 적당히 조절하면서 잘 조율하면 거위소리 같기도 하고 두꺼비소리 같기도 하던… 아니다 적설량에 의해서 잘 다져진 눈을 밟을 때 나는 소리 뽀드득 뽀드득 소리라고 해야겠다 아니다 청포도 알사탕만 한 공을 입 안에 넣고 밟았으니 꽈드득 꽈드득 소리가 났다고 해야 맞겠지?

장난감 같이 앙증맞은 주황색등이 생각나던 붉게 익은 열매였다 겉껍질을 벗기면 포도알 크기만 한 그 열매는 씨가 열매의 99프로를 차지했다 마치 아니 완전 출산을 하루 앞둔 산모의 배 같았던 것이다 탱자나무 가시로 살살 잘 달래면서 씨를 모조리 빼 내어야 했다 출입구의 면적이 꼭 씨알 크기만 했으므로 촘촘히 엉겨 붙어 있는 씨를 발라내는 솜씨는 몰입의 장인이 될 뻔 했었다 꽉 들어찬 그 많은 씨를 빼내어 공으로 만드는 작업은 장난이 아니었다 심혈을 기울이던 조심이 또 조심하면서 씨를 빼 내는 일에 몰두하다 보면 시간은 높이뛰기와 멀리뛰기 선수 같았다 수 없는 좌절과 실패 끝에 드디어 성공하면 그 희열덩어리를 곧바로 입에 넣고 혀와 이와 입천장과 입술, 그렇게 넷이서 힘을 합쳐 4중주를 연주하듯? 오물조물 조정과 조절을 적당히 조율 하다 보면 유쾌하면서도 매우 발칙한 소리가 났다 생음악에 끌리듯 묘기를 부리듯 그렇게 갖고 놀았던 꽈리는 죽어도 잊힐 수 없는 고귀한 식물의 열매였던 것이다

꽈리! 하면 연상작용으로 이미륵이 떠오른다 그가 있어 꽈리에 더 애착하였는지 모르겠다 그는 '동양과 서양을 접촉시킨 산문의 정수' 『압록강은 흐른다』 첫 장편이자 마지막 장편이 되어버린 책을 냈다 1946년 패전의 상처가 가시지도 전 이 책은 전후 최초의 독일의 출판물이었다 이 책은 그곳 중 고등학교 교과서에 수록될 정도로 독일 사람들에게 주목을 받았고 찬사가 끊어지지 않았다 우리나라에서는 1959년 전혜린이 번역한 초판이 발간되었다 손을 대면 바스러질 것 같은 책 누렇게 변색되어 누룩이 되어 있는 책 그 누룩이 일상의 담담한 술로 빚어진 그 책 마지막 편 '꽈리에 붉게 타는 향수' 마지막 페이지에 꽈리에 대한 것이 있다

그는 삼일운동에 가담한 뒤 일본의 압박을 피하여 독일 땅으로 건너가 굴곡 많고 파란 많은 삶을 살았다 그는 매일 출근하다시피 한 통의 편지를 기다리면서 우체국을 찾았던 것이다 그는 끝내 꿈에도 그리던 고국을 방문해 보지 못한, 짧은 생의 쓸쓸한 흔적이 뮌헨 교외, 그래훨횡에 있다 시방도 그리운 고국을 그리워하며 그의 발길은 우체국으로 가고 있을 것이다 오늘, 그가 품고 있었던 꽈리! 이역만리 타향에서 고향산천을 소환한 그 열매 때문에 수 년 전 그의 묘소를 참배했던

바람의 무상이 하늬바람으로 여기 옮겨 본다

'나는 날마다 한 번씩 고향에서 소식이나 오지 않았는지 우편국에 가 보았다 언제나 빈손으로 돌아와야 했고 점점 더 불안해졌다~ (중략) 언젠가 우편국에서 집으로 돌아오는 길에 나는 알지 못하는 집 앞에 섰다 그 집 정원에는 한 포기 꽈리가 서 있었고 그 열매는 햇빛에 빛났다 우리 집 뒷마당에서 그처럼 많이 봤고 또 어릴 때 즐겨 갖고 놀았던 이 식물을 내가 얼마나 좋아하였던가 나에겐 마치 고향의 일부분이 내 앞에 현실적으로 놓여 있는 것 같았다 내가 오랫동안 생각에 잠겨 있는데 그 집에서 어떤 부인이 나와서 왜 그렇게 서 있는지 물었다 나는 가능한 한 나의 소년시대를 상세히 이야기했다 그 여자는 한 가지 꺾어서 나에게 주었다 얼마나 고마웠는지 몰랐다'

여일 11

은수 아가야!
어젯밤 너를 재운 뒤 바람에게 물어보고 싶어서
시라 카는 거 썼는데
이런 것도 시라 칼 수 있것나
어디 니가 문학평론가 되어 해설 좀 해 보거래이

*

앞에 있는 안산에 봄눈 오고
뒤에 있던 꽃샘추위 가더니
홍제천 왜가리 우아한 자태 다시 보네

나의 세상에도 봄기운 스며들더니
하늘에는 흰 구름 흐르고
바다에는 풍랑이 이네

손을 뻗어 뜬 구름, 솜사탕 배 부르게 먹고
바다에 손을 넣어 생미역 뜯어 먹고 나니
포만감이 파도를 만들어 서핑을 즐기네

*

대문 초인종 소리가 울었다
인연 되어 찾아오시는 이 뉘신가
문을 열어 보니

삼각산 세 봉우리님이 오셨다
계절을 누덕누덕 기운 옷을 입고 계셨다
선 자리에서 큰절 세 번 올리고
안방으로 모셨다
차를 한잔 대접하고
안부를 주고받고
근황을 묻고 대답하는 사이
대화가 끊긴 침묵 사이로
웅크리고 있었던 오장육부가 기지개 켠다

*

삼천대천 세계는
반주깨미 사는 내 살림집
아침에는 북소리
점심에는 풍경소리
저녁에는 가로등 켜지는 소리

노을을 이고 집으로 가는
새들의 날개짓
이 근사한 작품

백두산 5부 능선에 걸어놓고
날마다 보네

다리 뽑기

전문가 말에 의하면
정서발달에 가장 좋은 것은
그냥 놀아주는 것도 좋지만
몰입하며 30분 정도 집중적으로 놀아주면 효과만점이란다

뜻도 없는 것도 말로 지어 노래로 만들어 부르던 시절
그려보면 추억마저 살이 오른다
아기와 놀 놀이가 궁할 때 기억의 곳간에
쟁여져 있는 것을 꺼내볼까?
춥지만 따뜻한 추억 하나 소환해 볼까?

삶의 하중을 받아내며 6·25 전쟁 피해를 입고 살았던
세대는 알고도 남겠지?
찢어지게 가난했던 나라는 식구의 입 하나 줄이려고 했지?
입이 얼마나 무서운지 오직 입 하나 덜려고
남의 집 식모로 보내기도 했지?
집집마다 형제자매들은 왜 그리도 많았을까?
모두 다 다리 밑에서 주워 온 아이들이 왜 그토록 많았을까?
아마 보통 적게는 넷에서 많게는 열까지 있었지?
적당하게 주워오지 너무 배가 고프니까 욕심을 부려서 그랬나?

생각하면 웃음부터 나오는 것인즉 지인들이 모여 담소할 적에 재는 부산 영도다리 밑에서 주워온 아이 재는 서울 청계천 다리 밑에서 주

워왔다고 소개했다 물론 나는 스스로 진주 남강 다리 밑에서 주워온
아이였다고 했으므로 모두들 손뼉을 치면서 온몸으로 크게 웃었다
특별히 예쁠 것도 없는 일상을 예쁜 미소로
장식해 주던 아련한 그리움이다
추억이란 것은 어릴 때의 그 명절 같아서 즐겁기도 하다
우리 또래들은 가난하게 컸지만서도 추억부자이기 때문이다

배가 등가죽에 붙던 허기랑 사이좋은 아이들은 놀거리마저 곤궁했지?
해는 길어서 심심함이 나른하게 물들게 되면
가교사가 있던 운동장 한켠에 있던, 버즘나무 밑에 앉아서 오순도순
마주 앉아서 두 다리를 나란히 뻗은 채 다리 뽑기 하며 놀았지!

따분함을 달래주던 '이 거리 저 거리 각 거리 진주 만주 또 만주'를
불러서 놀았지
가위 바위 보로 결정된 한 아이가 글썽글썽 술래로 뽑혔지
선창하는 아이가 손으로 여러 개의 다리를 차례대로 짚어갔지
술래잡기 할 때 숨은 아이를 찾아내는 듯한 다리놀이를 했지
흩어졌던 마음이 합쳐지는 놀이는 구슬사탕 같았지

'이 거리 저 거리 각 거리 고모 집에 갔더니
암탉수탉 잡아서 기름이 동동 뜨는 것
나 한술 안 주고 즈네끼리 먹더라'

먹거리가 넘치고 넘쳐 비만증에 걸리는 고약하고 야박해진 시대
약속했던 고모의 명예 회복도 시킬 겸 가사를 살짝 바꾸어서 해 볼까?

이 거리 저 거리 각 거리 고모 집에 갔더니
씨암탉 뱃속에 인삼대추 넣고 푹 고와서
나 먹으라고 주는 것 친구 불러 먹었네

단순한 가락에 매료되어 느리게도 하고 빠르게도 한다
템포 색깔에 따라 반복하다 보니 재미도 이랬다 저랬다 한다
은수가 좋아하는 사탕 같았다가 얼린 딸기 같았다가 한다

맛이 좋은 다리 뽑기에 반한 우리 은수
도취된 듯 좋아하니
나 또한 당근으로 좋아서
별책부록으로 좋으니까 개평 얻었네

밤 똥

은수야! 아침에 네가 애정이 묻은 음성으로
"할머니 잘 잤어 못 잤어?"
뜬금없는 소리에 몹시 궁금했어
그러고는 "미안해" 하더라?
뭐가? "기저귀"
오라 우리가 간밤에 협업하지 못한 거?

잠이 안 와서 이리 뒹굴 저리 뒹굴 용쓰다가 겨우 잠이 들었나?
몇 시나 되었을까? 네 곁에서 깜박 잠이 든 할미가
네 기척에 놀랬지 뭐니?

연약한 항문에 약품처리 된 물티슈로 닦는 것
금기시하는 할미가 곧바로 화장실 가서 씻자 했더니 애석하게도
네가 싫다는 바람에 손발이 맞지 않아서 틀어졌지?
그런데 오히려 내가 미안해
네 뱃속 상태도 가늠 못한 채 네가 먹는 게 하도 부실해 보여서
그저 많이만 먹이려고 했잖여
내 무지의 불찰이 부끄럽지 뭐 할민 왜 맨날 유치한지 모르겠어
깨작깨작한다고 타박이나 하고 말이지
암만 봐도 네 융숭함이 부럽고 네 그릇이 탐나
네 깜냥으론 할민 어느 세월에 철들겠니?
맨날 요 모양 요 꼴이니 언제 마음이 쉬어질까?

독실한 아기의 진언

여차여차하여 내 수중에는 명줄 같은 목사탕이 두 개 뿐이다
사탕 통을 보여주며 아기의 눈도장을 찍었다

까놓고 말해서 아기는 어서 할미가 아프기를 바라는 폼 같다
아니 으름장 놓기 전에 으쓱! 한 개 바치라는 호령 같다

아이구 무시라 한 개를 반으로 쪼개 나눠먹었다

조만간 손 탈 것 같은 우리 아기 마파람에 게 눈 감추듯 먹으며
"하나 더 줄 거지요" 했다

안 된다! 삼엄한 계엄령 같이 발표했다
한 개 남은 사탕은 사탕이 아니고 할미 목숨 같은
할머니의 엄중한 약이야
할민 이 약 없으면 죽어!

"죽어도 괜찮아"
으악! 정말?
"잠시만 누웠다가 일어나면 돼"

그래? 고통은 적당히 쉬면 된다는 신호라고?
그러니까 어차피 강물처럼 흘러가니까 인내하라고?
역경의 숨어 있는 뜻은 꼭 이루어질 것이라는 신념에서 태어난다고?

장미란이면 좋겠지라?

긴긴 해가 서쪽으로 이울 때까지 '미치지 않으면 미칠 수 없듯'
문맹의 한 노인이 한글을 깨우치며 익히는 재미 그 몰입의 삼매에
푹 빠진 것처럼, 참새가 방앗간을 그냥 지나가랴
아파트 단지 내 있는 놀이터 모조리 순례에 빠져 있는 우리 아기

아가! 저녁밥 때가 되었다 집에 가자 "나는 안 갈 거야"
'나는'에 힘을 주며 똑 부러지는 꼬챙이 응답!
유독 '나는'에 금박이 물려있는 것 같기도 하여
굳센 심지가 천지를 통솔할 것만 같다

오! 애재라 우렁각시가 차려주는 밥상 한 번 받고 싶어라 ㅠㅠ
저녁상 봐야 할 시간이 임박하도록 집에 가자고 종용해 봐도 할미를
시쁘게 여기는 우리 아기 버리고 갈 수 없는 애지중지 나의 애물단지
는 억장 무너지는 소리한다

북녘에 있는, 칠보산 같아서 대망이던 우리 아기 복장 터지는 소리 한
다 저를 업고 가자고 한다 유아차는 어떻게 하고? 했더니 쓰레기통에
버리란다 기가 찰 노릇이다 말할 힘도 떨어지니 그냥 수화로 하고 싶
은 것이다

아가! 할미가 장미란 같이 이팔청춘으로 보이니?
똥끝이 타들어 가도록 통사정해 봐도 자린고비 하고의 흥정은 실패다
아기의 완고함에 데어 완력으로 유모차에 태운다

할미 말은 호박에 침 주긴가?
보리개떡 같은 우리 아기 패악 앞에 선 약골 할미의 속은 천불로 솟는다
아무리 시시한 할미라도 뱃심은 있다
할미의 얼을 빼는 바람잡이 같은 녀석에게
배짱을 부리며 비장한 나를 달랜다

때가 되지 않았으므로 영상물은 안 보여주고 있지만 비상시 비상 약으로 쓰려고 쟁여두었던 '뽀로로' 보여주겠다는 꿤에 날뛰던 야생마가 길들인 경주마가 되어 집으로 향한다

은수야! 너 때문에 할미 가슴이 아파 했더니 양손에 쌍방울 들고
흔들 듯 "나도 가슴이 아파" 한다
사랑스럽지 않았으면 좋으련만… 야릇한 푸념이 눈물 나도록 정겹다

종주먹 대고 싶었던 아가야 뿔 돋게 해도 슬밉지 않는 아가야
너의 기운을 받아 열심히 작용하는 내 안의 근기야
갸륵하고 미쁜 나의 은수야 십 년 감수했잖아
가뜩이나 떨떨한 할미가 너를 업고 유아차를 미는 것 말 되니?
원더우먼도 아닌 할미가 장미란이면 좋겠지랴?
암튼 모래언덕 잘 넘어간 너를 보듬은 나와 너를
한몫으로 존경하고 싶구나
그 누가 '가슴이 열렸을 그때만 땅은 아름답다'고 했던가?

전철 안 풍경 13

세 사람이 앉게 되어있는 노인석
가운데 자리에 아기가 앉고 나는 출입문 쪽에 앉았다

눈이 부신 하얀 티셔츠를 입었고, 청춘의 청바지를 입었고, 보통의 검은색 운동화를 신었고, 몸매도 날씬하고 깔끔한 인상을 풍기는, 한 청년이 내 옆쪽에 바투 서 있었다 아무도 모르게 허리를 굽히더니, 느닷없이 모기만한 말로 '저~ 먹을 것 있어요?' 했다 반사적으로 없는데… 하는 순간, 딱하고 언짢아서 목구멍에 걸리는 오만 생각이 간난신고로 씹혔다

아기의 간식으로 준비해둔 쑥절편이 떠올라 꺼내는 순간, 청년은 옆칸으로 갔는지 안보였다 아기에게 잠깐만 있어라 하고 청년을 찾아보았더니 마침 어떤 분으로부터 비스킷을 받고 있는 중이었다 안쓰러운 마음 한 조각이 말없이 건네주고 자리에 와 앉았다 청년이 뒤따라와 아기 옆 빈자리에 앉더니 '이것 먹어' 하고 비스킷 하나를 쥐여주고 가뭇없이 사라졌다

아긴 "누구야?" "오빠 왜 왔어?" "왜 과자를 줘?" "왜 가?" 숨도 안 쉬고 물어봐도 답해 줄 수 없는 망연자실! 몇 개의 엄연한 사실이 방정맞게 떠올랐다 O·E·C·D 국가 중 자살률 1위, 하루 40명 자살자 중 청년 사망률 1위가 곤욕으로 처참하게 입력되어 각인 되었던 것이다

청년아! 자네 용기가 고맙고 빛난다 제 앞으로 날아오는 화살을 낚아

채는 것 같구나 용기만 있어도 살아갈 궁리를 모색하는 과정이거든 구직이 어려운 시대를 살아내고 있는 대한의 청년들이여 암중모색을 잊지 말기를… 우리들의 청년 지금의 통증이, 오늘의 역경이, 무심으로 흘러가는 노년의 배경 음악으로 깔리기를 두 손 모아 빈다

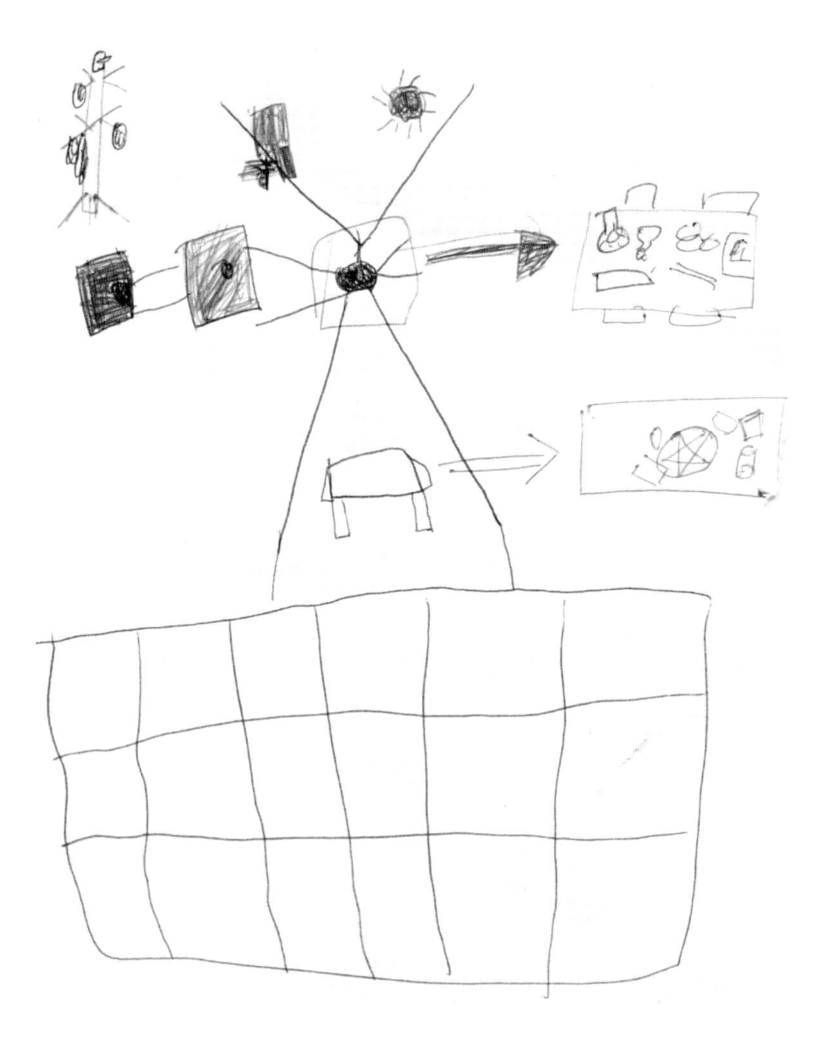

운수 좋은 날

어린이집에서 데리고 나온 아기랑
놀이터 목마랑 건들건들하다가 연못 속 금붕어랑 삼박삼박 노닐다가, 하늘의 구름 솜사탕 잡아당겨 맛배기 하다가, 아기 손톱만한 근육질의 회양목 이파리 한 개 따서, 노략질 삼는데 난데없이 약속했던 일이 떠올랐다
퍼뜩 아기에게 대충 이야기하면서, 양해를 구하면서 유아차를 빠르게 밀며, 전철역으로 향했다

우리 아기 갖고 놀던 회양목이파리 떨어뜨렸다 주워 주었으나 이내 또 떨어뜨렸다 사냥꾼 눈매로 시간을 겨냥하고 가는데 또 떨어뜨렸으나 군말 없이 주워 주었다 허나 또 떨어뜨렸다 불똥에 튄 발이 거역하려고 그냥 통과하니 주워 달라고 한다 맞춤 맞게 가까이 있는 새것으로 따주었으나 새것은 싫고 본래 것 주워 달란다 되돌아 갈 수 없고 아니 가기 싫었고 해서 사정해 봐도 씨도 안 먹힌다
왜 새것은 안 될까 미련 하나만 고집할까?
마음이 통하지 않는 상심이 따분한 생각에게 구시렁거렸더니
어찌 감을 잡았을꼬! 감정은 귀신같이 알아차렸나?
잔뜩 골이 난 아기는 수만 개의 옥수수 낱알들이
시뻘겋게 달궈진 뻥튀기 통에서 한꺼번에 튀어나올 때
나는 소리 같이 어마 무시한 울음통을 터트린다
혼에 구멍이 날 것 같은 막강하고도 뜨거운 울음소리가
가속에 불 붙였남?
유아차 속도에 '젓가락 행진곡'이 한창 흐르는가 했을 때

엘리베이터 앞이다

우리 아기 그새 심심했남? 다리를 좌~악 벌려 발레 연습한다
아가 꼭 기억해! 문이 열리면 다리를 오므려야 한다고
신신당부했으나 우짜모 좋노! 조마조마했던 일 또 터졌다
왜 그래야 하는지 설명을 톡톡하게 했건만 순식간에
까먹는 생리였나? 역행 심보였나?
하이고 무시라 할미 좀 살려달라고 야단을 쳤더니 아까 적에
못다 울고 남겨둔 것이 앙금이 되어 있었던감?
'베토벤의 운명'보다 더 큰 울음통을 겁나게 터트린다

천지사방으로 강냉이 팝콘이 되어 흩어진 폭발물 같은 울음 알갱이를
사금파리 줍듯 낱낱이 줍고 있을 때 전동차는 코앞에 섰다
마음은 식은땀을 흘리며 빈자리를 찾아 앉는다
당연히 사탕 앞에서는 수굿이 고개 숙일 줄 알았는데 백약이 무효가 되었을 때 아기 귀에 바짝 입을 대고 속삭이듯? 혹은 퉁명스럽게? 은수야! 네가 울음을 그치지 않으면 사람들이 싫어해 했더니? 아기 옆에 있던 아리따운 한 아가씨가 '아가 울지 마 네가 울면 사람들이 싫어하는 게 아니라 저 아이가 어디가 아픈가? 하고 걱정해!' 하니까?
뚝! 하고 딱! 그친 적막 틈 사이로 '뻐꾹 왈츠'는 감미롭게 흐르는데
천둥번개 치던 머리 쑥대밭이 되었다
하마터면 명창 임방울의 '쑥대머리'가 될 뻔했다

내 눈엔 아가씨로 보였던, 네 살짜리 아기 엄마라고 했던
새파란 엄마의 지혜가 경이롭다
하나만 알았지 둘은 몰랐던 내 편협이 창피하다

허나 뒤통수 얻어맞은 것이 왜 이리 기분 좋을까?
공부는 끝이 없는 것이다
공부란 죽을 때까지 해도 다 못하고 죽는 법이라서 죽을 때까지
배우고 익혀야 살아남는다 그런데 나는 여태 뭘 먹고 살아 있지?
젊디젊은 아기 엄마가 순발력 있게 했던
그 말의 함량을 개간하여 경작해야겠다
본질과 현상에 대해 유추해 보자 나는 생각이 많은 병에 걸려있었구나
믿고 싶은 것만 믿고 듣고 싶은 것만 듣다 보니 생각의 늪에 빠져 있었구나
달면 삼키고 쓰면 뱉어 내던 분별 심에 젖어 있는 물웅덩이도 생겼구나
관념의 저수지를 만들어 놓았구나 그 물 위에 종이배 띄워 놓고 놀았구나
속없는 것에 속을 빠뜨려 살던 내가 진짜 나인 줄 알고
착각으로 살았으니 생각 없는 말을 생각 없이 할 수밖에 없었구나
내가 원하는 대로만 밀어붙이려고 밴댕이 소갈머리를 굴리며
조바심치던 일 뙤약볕에서 물 주고 김 매면서도
빨리 많이 수확하고 싶어 속절없이 애태우던 양심들
어쩔까나 창백한 얼굴이 붉어지고 손이 오그라든다

아가! 어제와 같이 오늘도 시비호오에 사로잡힌 생각의 감옥을
지어 하늘 높은 줄 모르고 고층 빌딩으로 올렸다가 허물기를
반복하는 쪼잔한 할미를 보고 있자니 볼품없는 쪼다 같지?
ㅎㅎ 가장 아름다운 꿈은 감옥에서 꾸게 된다더라?
참신한 뉘우침은 무량한 전망이다
말이란?
마음의 의상을 입고 나오는 법!

내 마음의 오장육부를 관통한 그녀!
그녀가 내 안으로 스며들어 머리가 탈 뻔했던
지적 반성은 삶의 동력이다

아가! 체험은 자산이 되어 가슴 뛴다 깨우침을 얻은 운수 좋은 날!
오늘의 퍼즐은 성공 못했지만 실패는 좋은 거야 왜냐면 성공은 딱!
거기까지지만 실패는 전혀 다른 새로운 세상을 구현해주는
발판이거든 실패는 또 다른 세계로 갈 수 있는 다리잖아
그러니까 실패도 좋은 거야 또 한 번의 기회를 제공 받잖아 그치?
ㅎㅎ 약진할 수밖에 없는 마음공부여!

은수야 실체가 지니고 있는 중하고 중요한 근본이 무엇인지 생각해볼까?
우리가 오늘 여기 이 공간에서 숨 쉬며 알아차리고 있는 이 의식이
우리가 소유한 것 중 가장 소중한 것이잖아
그러니까 본성을 무시한 채 허상의 생각에 속아 막 살지 말자
으라차차!
아가! 정신이 깨어 있지 못하면 살아 있어도 허깨비겠지?
집 밖으로 나돌아다니는 의식, 집으로 모셔와 마음공부 부단히 하자
좋은 습관 길들이기는 하루아침에 이루어지는 법이 없을 터
반복 훈련으로 묵묵히 찬찬히 하다 보면 혜안이 열리겠지?
그 꾸준한 진정성이 어느 날부터 살금살금 체화 되어 가겠지?
자신은 모르는데 남이 알아보는 안목이 생길 때까지 말야

억!

기분파 우리 애기씨!
옥체 만끽하시나이까?
우리 병원 놀이 할까요?
"좋아"
병원 놀이 하려면 우선
먼저 정해 놓고 해야 하는 데
너는 의사 할래? 환자 할래?
"나는 은수 할래"
억!

실력파 우리 애기씨!
옥체만안 하오신지요?
풍문으로 들은 아빠를 영어로 '대디'라 했다
자꾸 하다 보니 대디가 그만 '돼지'로 변질되었다
생글뱅글 우리 아기 의기양양 우리 애기씨
"아빠는 아빠 돼지 엄마는 엄마 돼지" 한다
그렇다면
은수는 당연히 아기 돼지겠네?
"아니야 나는 그냥 은수야"
억!

놀이터에 초미니 볼더링*이 있다
은수야! 은솔 언니 볼더링 선수 급이야

너만 할 때부터 아주 잘했는데 너도 한번 해 볼래?
할미가 도와줄 게 일단 붙어만 봐
"싫어! 나는 은수야"
억!

조짐이 보인다
안팎으로 속지 않고
제 인생 스타로 살고도 남겠다
아름답다는 표현으로는 턱없이 부족하다
불립문자다
억!

---

*인공암벽 등반의 한 장르로 로프 없이 오르는 행위, 안전을 위해 그래쉬 패드를 바닥에 깔고 함

통과의례 1

'얼어붙은 달그림자 물결 위에 자고
한겨울의 거센 파도 모으는 작은 섬
생각하라 저 등대를 지키는 사람을
거룩하고 아름다운 사랑의 마음을…'
곱고 따스한 '등대지기'를 불러
듣는 이의 감성을 자극해 주던 우리 아기

미완성의 사람이 태어나서 완성으로 가는 네 개의 문
생, 노, 병, 사 중 그 두 번째 관문에서 맵고 짜고 신 예방접종 한다
희로애락의 우리 아기 금시초문의 생애 첫 사춘기를 맞이하여
독립만세 부르며 1차 예방주사 맞는 것
오늘 놀이터에서 보고 알게 되었던 것이다

긴 의자 위에는 언니 오빠들의 소지품들이
각양각색으로 흩어지고 늘어져 있다
이것저것 만지기에 남이 물건 함부로 손대면 안 된다 했더니
"내 꺼야" 하며 대쪽같이 말한다 아니 덤벼들 듯 대꾸한다
자꾸 만지는 걸 조목조목 설명하면서 못 만지게 했더니
어떤 물병 하나를 들고 냅다 뛰어 달아난다

남의 씽씽카 만지지 말라고 했더니 "내 꺼야" 힘주어 말한다
큰소리 치다가 임자가 나타나 끌고 가니까 위풍당당하게
"내 꺼야 내 꺼야" 씩씩거리며 악착같이 뒤따라간다 ㅎㅎㅎ

일제강점기 때 전국방방곡곡에서
독립을 외치며 만세 부르던 투사보다 더 하네?

정글짐으로 오르면서 “이것 봐 나도 할 수 있어!”
그네를 타면서 “나 잘하지?” 하면서
자기를 천거하며 온 누리에 쾅쾅! 낙관을 찍는다
이웃고 사탕 먹는 아이 턱 밑에 서더니 “나도 먹고 싶다” 독백한다
아니 진솔하게 고백한다

이제껏 순하디 순한 아기로만 여겼던 작디작은 아기가
‘나’를 갈애하는 말을 처음 들어보는 명백하고도 엄연한 사실!

확신에 찬 자존감을 과시한 자유인의 한 인격체로
새롭게 탄생한 것 축하한다
행동 주체로 자기중심적 의식 상태로
진입한 자아를 인식한 발견의 기쁨이 크다
먼 훗날에는 집요한 이기에서 초월한 이타로 건너가는
아름다운 사람이 되어있기를 빌어본다

서울 숲에서

삼척동자도 알 만한 미국은 센트럴 공원
영국은 하이드 공원 대한민국은 서울숲 공원이 있어서 갔다
구경만 하고 있던 아기들은 찰방찰방 하고 싶었던 아기들은
분수광장의 분수 가동이 끝나면 한꺼번에 허겁지겁 물 바닥으로
들어가 다붓다붓 저들만의 천국을 만든다
우리 아기도 그들과 어울려 사부랑 삽작 뛴다

신발 양말 다 벗기고 바지 동동 걷어 줬더니
발뒤꿈치 들고 아느작아느작 춤추다가 웅덩이로 들어가
사박사박 견우와 직녀가 만난듯 좋아한다

등 뒤에 새빨간 칸나와 자줏빛 달리아가 있는
벤치에 앉아 아기에게 초점을 맞추고 뚫어지게 보고 있다
햇빛이 따가워 반대편으로 옮겼다

할머니 확인하러 뛰어왔다가 제자리에 있어야 할 보호자가 증발한 것
을 안 찰라 안색이 확 변하는 것이 감지되는 동시에 총알같이 이름을
불렀더니 멀리서 할미를 발견한 희열 덩어리 달려온다
전심전력이 가히 무아지경이다
문득 깊은 산 속 궁지에 몰려 살길이 막힌 막다른 처지의 한 어린
짐승의 위기를 피부로 느껴본다 그런데?
마른 대추같이 쪼글쪼글한 할미를 동지선달 꽃 본 듯이 본다

여일 12

*

따끔하게 야단을 쳐도 풀이 죽기는커녕
'바람보다 먼저 일어나는 풀'이 되어 기암절경이 되는 아가야
제발 할머니 말 좀 들어줘라 피가 되고 살이 되는 말이잖아
할머닌 틀린 말은 안 해 맞는 말만 하거든?
"맞는 말도 하고 틀린 말도 해!"
하이고 네가 족집게 점쟁이 빰치네?
은수야! 살얼음 딛게 만드는 네 야심 찬 응답이
얼얼한 반나절 묵상거리로 줘서 고마워

*

제 엄마가 별주부전 이야기해주면서 소중한 것에 대해 말한다
엄마에게는 은수가 제일 소중한 존재라고 은근히 유도하면서
거듭 강조하면서 의중을 떠본다
당연히 맞춘 '엄마'가 정답으로 나올 줄 알았다
은수야! 너에게 가장 소중한 것은 뭐니?
"은수 간"
떡 줄 사람은 생각지도 안 했는데?
김칫국부터 마셨네? 바로 이 맛이야!
허방 같지만 왜 이리도 튼실한 맛이지?

*

고추장 단지가 열둘이라도 서방님 비위 맞추기 어렵다는 속담이 있다
카멜레온 같이 다채로운 은수 비위 못 맞춰 인기는 땅에 떨어졌지만

나를 분명히 좋은 사람으로 만들어 주는 것 느낌으로 알고 있다
그 앎으로 고추장 단지 열세 개를 확보해 놓았더니
인당수에 빠져 있었던 심안이 번쩍 뜨이게도 했다

*

벅차올라오는 흐뭇함이 활발발하여 초승달 눈 양쪽에
주름살 자글자글 띄우며 엉덩이에 뿔난 은수에게 왜 그렇게 별나니?
했더니 매력 있는 눈매로 매초롬함 표정으로 잔뜩 곱이 낀
음성으로 대거리한다
"별나다고 하지 마세요"
별나다는 것은 별을 낳았다는 극찬이야!
원숙한 사람이거나 혹은 천재는 어릴 때부터 대체로 별나거든
있는 길 가지 않고 새로운 길 만들 수 있는 뱃심의 밑거름이야
똑같이 않고 다른 것은 재능이야 같으면서도 다르고
다르면서도 같은 조화로운 자양분이 세상 어디 있겠니?
네가 굴리는 통을 보아하니 너는 그럴 가능성이 다분해!
두고 봐 은수야 별이 나는 것은 가문의 영광이란다
녹록하지 않은 인생살이임에도 불구하고 인간이란 누구나
별이 되고 싶은 마음이 기본으로 깔려 있거든
이미 별을 잉태하여 별을 낳았으니
조짐이 보이니 천운이야 축하해
별나다는 것은 네 심성에 이미 별이 돋아있다는 표징이야
네 삶을 사랑할 사랑의 증표야 ㅎㅎ 할미사랑의 증표이기도 하지?

진로를 바꾸다

우리 알라가 할매를 팔자에도 없는 사당패
노래쟁이로 만들어 놓더니 인자는 이바구 박사까지 맨들라카나
아라비안나이트도 유분수지 할미 목이 해갈 밭을 맨다카이

오늘은 특별 서비스로 토끼인형과 거북이 인형을 가지고 혼자서
북 치고 장구 치면서 인형극까지 보여줬다

우짜모 조컨노 딱! 하나만 더 듣고 꿈나라로 가기로 한 약속
입술의 침도 마르기 전 대책 없이 또 하나만 '더'를 요구하니
만병초 같은 골병 든다

만만한 '토끼와 거북이' '여우와 두루미' '사자와 생쥐' '개미와 배짱이' 하고 나면 입이 마르기 시작한다 하여 손쉬운 '늑대와 소년' '돼지 삼형제' '콩쥐팥쥐' '흥부놀부' '선녀와 나무꾼' 해도 해도 너무 하다 보니 지루해지기 시작한다

노래를 좋아하던 아기 덕으로 귀명창이 될 뻔해서 은근히 좋았는데
요즘 우리 은수는 그 죽고 못 살던 노래는 물렸나 보다
노래 부르기 좋아해서 꼬맹이 '조수미'라고 별명까지 붙여줬는데 노래하자 하면 "할머니 혼자 해" 하고 왕따 시킨다 ㅠㅠ
쉽고 편하게 즐길 수 있어서 좋았던 우리의 노래 부르기는 강 아래로 떠내려 보냈거나 제 책상 서랍 깊숙이 쟁여 두었나 보다 눈만 뜨면 아기 뒤를 졸졸 따라다니며 상황 따라 분위기 봐가며 노래를 참, 자주도

신이 나게 불러줬는데…

내 몫으로 전성기를 구가했던 한 시절은 사라졌나?
내가 어릴 때 불렀던 노래란 노래 모조리 불러다 놓고 때때로 가사도 바꾸어 불러주면 그렇게도 좋아할 수 없었는데… 너무나 좋아해서 내 재미도 불이 타올랐는데… 어느새 이렇게 사그라지고 보니… 벌써 뒷방 노인이 되었다? 아니다 호시절은 갔어도? 젊어서는 열심히 일하고 늙어서는 뽀도라시* 놀아 봅세! 시방은 젊으니까 손주 보는 일 하고 본가에 영영 가면 곧바로 늙어질 테니? 그때는 놀거리가 쌔비릿따** 아이가 형님아! 동생아! 어픈 모여서 놀 채비합세!

고개 숙인 뒷동산의 할미꽃 할미는 별 볼 일 없게 된 할미는,
이야기 밑천이 짧은 할미는 아기의 욕구를 충족시켜줄
재간이 동났으므로 기필코 오늘밤은 '호랑이와 곶감' 한 개로
담판 짓기로 손가락 걸며 타협한다

경청을 넘어 대화를 위해 엿가락으로 각색한다
목이 칼칼하여 쉰 목소리로 살짝살짝 소리를 죽이면
바짝 더 안기는 느낌이 좋다
아기 마음을 읽으며 부연 설명으로 전개시킬 때는 그 덕을 보는
재미도 쏠쏠하다
일심동체 혹은 찰떡궁합이라는 말이 딱!이다 싶은 것이다
이야기는 짧지만 그 여흥은 길어 야슬야슬 풀어 놓는
할미 이야기에 취하나보다

옛날 옛날 한 옛날 하루 종일 아무것도 먹지 못한 호랑이가 있었어 배

가 너무너무 고파서 우는 아이라도 잡아먹으려고 마을로 내려왔어 이 집 저 집 기웃거리며 찾고 있을 때 마침 아이 우는 소리가 났어 때는 왔다 하고 아이 집 사립문 앞에서 망을 보고 있었어!

아기는 엄마가 아무리 달래도 도무지 듣지 않았어!
기가 찬 엄마는 아기의 울음을 그치게 할 요령을 혹시 알고 있었을까? 아가 네가 그렇게 자꾸 울면 호랑이가 너 잡아먹으러 온다 뚝! 그쳐 해도, 그냥 계속 울었어 진짜 호랑이가 와 있는데도 모르나 봐 어쩌면 좋지? 무서운 호랑이가 온다는데도 아기는 겁이 한 개도 없나 봐 그치?
엄마 말을 먹지 않는 아기에게 아가 별사탕 줄게 해도 자꾸만 울었어 아가 줄줄이 알사탕 줄게 해도 울고 심지어 초콜릿 줄게 해도 울었어 바로 그때 호랑이가 이제 잡아먹을 차례다 하고 앞발을 드는 자세를 취하는 찰나 순간적으로 들려오는 소리! 아가! 그러면 곶감 줄게 울지 마 하니까 아기는 울음을 뚝 그쳤어! 신기하지? 깜짝 놀란 호랑이는 세상에나 세상에나, 세상에서 제일 무서운 동물의 왕은 바로 난데, 나보다 더 무서운 곶감이 있다고? 흠! 있었군! 있었어! 그놈이 오기 전에 얼른 도망가야지 하고는 걸음아 날 살려라 하고 꽁지 빠지게 내뺐대

은수야 아이가 울음을 안 그쳤을 때 어떤 상황이 벌어졌을까?
"엄마가 속상했어"
"나는 엄마가 사탕 준다 하면 울음을 뚝 그칠 거야"
"그 아이는 초콜릿 준다 해도 울음을 안 그쳤어"
"나는 초콜릿 안 먹어봤어"
"엄마가 초콜릿 안 줬어" (ㅎㅎ 사뭇 원망조로 들리니 우리 아기 초콜릿이

많이 먹고 싶은 모양이구나 네 키가 조금만 더 크면 준다고 했잖아! 엄마가 안 주면 할미가 줄게 키가 조금만 더 크면 꼭 줄게 조그만 더 기다려 보자)

은수야 혹시 지금 뭐 먹고 싶은 거 있어?
"사탕, 사탕이 먹고 싶어" 지금 먹으면 너 잠자는 동안 단 것을 좋아하는 벌레가 너무 좋아서 '아리 아리랑 쓰리 쓰리랑 아라리가 났네' 하고 춤을 추면서 야곰야곰 네 이를 파먹을 걸 그러면 이가 아파 안 아파? "아파"
그렇게 되면 사탕은 물론 네가 좋아하는 김치하고 고구마도 먹지 못할 뿐 아니라 뺏대기도 못 먹을 터인데 그래도 괜찮아?
"아니"
그러니까 자고 일어나면 내일 줄게 얼른 자자
"어디 있는지 한 번 구경해 봐" 지금은 자야 해
"안 먹고 보기만 할게"
재랄재랄 무슨 재미있는 꿈을 꾸려면 어서 자는 게 좋지 않겠어?
"무슨 꿈?"
은수야 누구 만나고 싶니? "사자와 기린"
그래? 그럼 꿈에 만나서 우리 실컷 놀자 "예"
정적의 시간이 제법 흐른 후 꿈길로 들어선 줄 알고
도둑고양이처럼 빠져나갈 준비를 구상 중인데?
"그런데 할머니! 호랑이는 곶감이 먹는 것인지 모르나 봐"
…
(요놈의 똥강아지 내 새끼야! 니가 너무 새춥아서*** 니캉내캉 떨어져 살믄 내는 우찌살꼬 배고파 우찌살꼬 내는내는 배고파 우찌살꼬 우찌살꼬)

---

*경상도 방언, *흡족하다, **많다, ***사랑스럽다

통과의례 2

짱짱한 우리 아기
남쪽에서 불어오는 재치 있는 바람 같아서
더할 나위 없이 좋았다
달포 정도 빈틈없이 야무지게 잘도 등원해서 기특하다 여겼는데
오늘 아침 느닷없이 "나는 어린이집에 안 갈 거야"
날벼락 같은 선전포고다
잘 마무리 될 것 같은 예감의 왕사탕으로 달래도
완강한 것 보아하니 진짜 안 갈 결심했나 보다

고드겨보려고 '하리보'를 입에 넣어 주며
색색이 손에도 쥐어 주며 은근짜 놓았다
굽실거리며 아기의 비위를 맞추며 달콤한 말로 홀리며
아기에게 이로운 조건을 들먹이며 그럴 듯하게 꾸미며
환심을 산 뒤 이윽고 어린이집에 당도 초인종을 눌렀다

원장님이 나와서 반겨주는데 결연한 자세다 마치 사자후 같이
대놓고 "나는 안 갈 거야 싫어 싫어" 결단 나도록 외친다
깜짝 놀란 원장님! 당신이 알아서 할 테니
얼른 나가라면서 아기를 안고 문을 열고 안으로
들어가려는데 이판사판으로 발악한다

새파랗게 질린 얼굴로 "할머니 할머니"
목이 터져라 부르며 악착같이 두 손을 뻗으며

질풍노도 같은 구원을 결사적으로 요청한다
전폭적인 기세가 북 받혀 올라오니 하늘을 찌를 것 같았는데
싹쓸 바람의 문 안으로 빨려 들어가 버렸다
내가 밀어 넣어버린 것 같아서 마음은 대성통곡한다
아가! 네가 태어날 때부터 유치원 갈 때까지 할머니가 널 보살피기로 엄마랑 약속했었는데…그만…
할미… 체력이… 딸려서… 그만… 약속을 지키지 못해서… 몸 둘 바를 모…

적멸궁에서 백팔번뇌의 108배 하는 마음으로 공덕을 쌓아본다

곡예를 해야 하는 남사당패 꼭두쇠의 운명!
모가비*가 되어야 할 어린아이가 본의 아니게 공중 외줄 타기 전
내면의 치열한 갈등 같다 힘없는 약자가 당하는 수모 같다
진저리치며 온몸으로 맞서는 독립군의 의연한 결투 같다
아니 극심한 영혼의 치통 같다

나는 미운 일곱 살이 안 되어 사회생활 하기 너무 이르다
나는 할머니랑 태연하고 느긋하게 좀 더 놀다가
대여섯 살 되면 유치원 가고 싶다 초등학교 들어가기 전
그때 넣어도 늦지 않다고 저를 존중해 달라고 절규하는 것 같다
누구보다 빨리 답을 찾는 기술만 가르치는 학교 교육
아니 물어보지도 않는데 너무 많은 것을 주입시키려고
혹은 모르고 싶은 것 귀를 씻고 싶은 것까지
알아야 한다며 가르치는 대한민국
교육현장이 싫다고 웅변 하는 것 같다

보살핌이 절대 필요한 아이는
아직 제 삶의 주인이 될 나이가 아니다
제 삶이 아직 미숙하여 충분히 표현하지 못 할뿐더러
홀로 설 줄 모름으로 전혀 새로운 게 없는데
새로워야 한다고 친구들도 사귀고 사회성을 기르면 여러모로 좋다고
강자의 힘에 의해 새로운 걸 기대하도록 하는 모순 같다
내가 모욕죄를 지은 것 같다

애가 끊어질 듯, 격정적으로 몸부림치던 장면을
목격한 가슴은 집채만 한 바윗덩이에 짓눌린 것 같다
또 다른 생이별을 연출한 장본인인 것 같다
우리들은 살아가면서 저마다 또 어떤 생이별을 마주하게 될까

참말로 '인생은 가까이서 보면 비극 같은데 멀리서 보면 희극' 같다

---

*사당패의 우두머리

회복탄력성

명랑하고 활달한 우리 아기 은수야
네가 성인이 되면 말야
네가 좋아하는 일로 일 삼으며 일할 때 말야 인생을 완주하려고
애쓸 때 말야 혹 상처받고 시련을 견뎌야 할 때 말야
혹 좌절과 절망으로 의기소침할 때 말야
영혼은 어두워 앞이 침침할 테지?
그땐 무의식에 쌓여 있는 깊은 우물을 들여다볼래?
멀고도 깊은 마음 밑바닥으로 내려가 볼래?
거긴 우리가 서로 다시 일치하려고 애쓰면서 믿고 의지하고 소망했던
안간힘이 무늬로 비칠 거야
조건 없는 사랑을 받아 생겼던 자신감과 자부심 할미의 기억을
소환해 볼래? 천천히 잠심해 볼래? 그 일을 반복하다 보면 마음의
근육이 생길 거야 잠재된 유년의 체험은 평생 따라다니는 법이란다
추억을 발판으로 점프해 볼래? '회복탄력성'이 생길 거야
전문가의 말에 의하면 서너 살 될 때까지 무조건적인 사랑을 받은
경험이 많을수록 탄력성이 뛰어나는 법이라 하더라
타고난 자랑으로 두루 섭렵하며 두텁게 쌓아 올리던 네가 신뢰했던
할미 품으로 잘 살아낸 너야말로 '회복탄력성' 99% 순금일게야
보석 세공사 자질을 갖춘 은수야 황금률로 24K 반지 만들어 볼래?
네가 경험했던 영혼의 어둠을 건너고 있을 친구나 이웃이나 친지가
있음 그분들께 네 마음을 넌지시 선물해 볼래?
'사랑의 뿌리는 사랑하겠다는 의지가 아니고 사랑 받고 있다고 자각
하는 마음이란다'

미련퉁이는 너무 귀여워

우주와 다름없는 엄마로부터의 독립은 하늘의 별 따긴가?
사막에서 뉘 찾긴가? 우리 아기 자고 일어나 엄마를 부르며 찾는다
엄만 이미 출근했다는 사실 알고 남는데도 믿을 수 없었나?
믿기 싫었나? 아니 혹시? 일확천금을 노렸나?
엄마 방문을 빼꼼 열어보다가 문을 닫기에 깔끔하게 포기했나
싶었는데 웬걸 의구심은 본격적인 수색작업을 하려나?
방문을 활짝 열고 들어가 한 바퀴 돌고 나온다
엄마라는 존재는 아기의 몸과 영혼에 가득히 빛나는 별인가
아긴 엄마 냄새 후루룩 마신 뒤 방문 닫고 나와 놓고는 신애의 말뚝을
박아 놓으려나? 다시 열어보는 미련퉁이네?
아가! 네 생각이 먹구름이 아닌가 모르것네?
비 오기 전 열어 놓았던 장독 뚜껑 얼른 닫아야 하지 않을까?
엄마 생각 싹! 뚝! 자를 수 없는 마음은 별똥별로 떨어져 있을지 모른
다고 생각했나? 별똥별 하나 주워 손에 쥐고 나와야 안심이 되나?
미련은 기우를 부추기나? 다시 한번 더 엄마 방에 들어가 서성이다가
비로소 두 손 툴~툴 털고 통달한 도인의 표정으로 나온다
아기의 행동이 세상 모든 아기들의 생태일 터 홀연히 펼쳐질 세상살이 장
대한 모험으로 들 전조등일터 삶을 관조하는 태도로 보여 숙연케 한다
단념의 지혜는 용기의 또 다른 날개를 달고 할미에게로 태연하게
날아와 현재에 집중하며 오늘과 자유하며 새로운 호기심으로 질문의
바탕화면을 깔며 어울린다
아가! 질문은 핵심을 파악한 자만이 할 수 있는 거란다
오늘도 우리 단단하게 서서 단순하게 살다가 단아하게 쉬자꾸나

여일 13

은수야 너는 하느님의 보화야
"보화가 뭔데"
무진장 좋은 거야 너무나 귀하고 소중해서 삶의 의미와 가치를
한아름 담고 있는 인생 최고 값진 보리야
"금, 은?"
그래 맞다 (ㅎㅎ 흥부전에서 귀동냥 한 것 아니니?)
누가 가르쳐 줬지?
"내가"
가히 요동치는 사유를 휘어잡은 깨달음의 경지네?

며칠 후
은수야! 무엇이 보화라고 했지?
"금, 은 합친 거" (혹시 질보다 양을 뜻하는 것 아닐까?)
그런데 합친 거 보다 더 귀한 게 있다?
"뭔데…"
고갱이 같은 거! 눈에 보이지 않는다고 없는 것은 아니잖아
화들짝 놀라며 "뭔데?"
은수 마음
"…" (대침묵!)
그…리…고… 할머니 사랑
(침묵)
아! 곰삭은 우리 관계의 보화여!

여일 14

*

요를 때는 웃기게 만들어야 장땡이닷!
광에서 인심 나는 법이거늘
내가 무슨 코미디언은 아니지만 젖 먹던 힘까지 보탠다

얄궂게 걸려 있는 무슨 그림액자 같은 우리 은수 잔뜩 골이 났다
만병통치 술은 간지럼 태우기 놀이다

아가! 할미 말 잘 들으면 자다가도 떡이 생기고
구슬사탕까지 생긴단다
그 속셈으로 간질간질 간지럼 입혔더니
시뿌둥한 돌부처도 돌아서며 웃네?
깔~깔~ 까~르르르~ 깔깔~ 까르르르~
즉문이 즉답으로 나오는 불광이다

아가! 웃으면 봄이 오고 꽃이 핀단다
자고로 잘 웃는 사람치고 사악한 사람은 없다고 했거든
개똥이 굴러가는 것만 봐도 잘 웃는 사람은 선한 사람이라고 했거든
때가 때이니 만큼 우린 너무 쉽게 잘 웃는 족속이라 탈인가?

이렇게 웃는 우리 아기 숨 넘어 가겠네?
저렇게 웃다가는 내 후 후년 즈음에는
웃음을 멈추고 눈을 흘기겠지?
오늘의 파안대소는 멀잖아 눈을 꾸불치고? 속눈썹을 치겠지?

그렇게 되면, 흰자위 면적이 더 넓어지겠지?
푸~하하하
아무렴! 자고로 간지럼 잘 타는 사람은
사랑을 많이 타고 와서 사랑을 자유자재로 잘 쓸 줄 아는 법이거늘
인생 일장춘몽인데 아니 놀고 뭣하리
아가! 장구 갖고 오니라 태평가나 불러보자
'짜증을 내어서 무엇 하나 성화를 내어서 무엇 하나'

*

아가! 자습할까? 넌 국어나 미술공부, 혹은 음악, 공부할래? 또는 자연 공부? 혹은 셈 공부? 또 다른 무슨 공부가 있지? 하여튼 너 하고 싶은 것 골라서 하고… 할미는 선생님도 어른들도 안 가르쳐줘서 배우지 못한 공부하고 싶어! 내가 나이게 하는 것이 마음인데 마음이란 것이 어떤 것일까? 예전부터 늘 궁금했어 그 정체를 알고 싶어서 연구를 좀 해 보고 싶었어 우리 모두의 본래 마음은 다르지 않다는 것 알고부터 더욱 더 나의 마음을 알고 싶었단다
가만히 생각해 보니 학교에서는 눈에 보이는 물질적인 것들만 중시하며 가르쳐줘서 잘 배우고 잘 익혔는데 눈에 보이지는 않지만 분명히 있는 그 무엇은 안 가르쳐줬어 그래서 나는 누구인지 알고 싶어! 나는 만날 내 안에 내가 너무 많아서 귀찮아 죽겠거든? 그래서 나는 나하고 정답게 어울려서 정담을 나누고 싶었어! 학교에서 사회에서 이분법은 열불 나게 배우고 익혀서 신물이 날 지경으로 통달했어 그런데 불이 법은 배우지 못해서 낫 놓고 기역자도 모르는 까막눈이야 그래서 무명을 밝히고 싶어! 공부하는 것이 취미니 인생 끝까지 공부하는 사람으로 남아 있고 싶어

아가! 공부는 콩나물이다 신혼 초부터 콩나물 기르는 법을 배워 집에서 직접 콩나물을 길러 반찬으로 만들어 먹었단다
고 녀석들! 물만 먹고도 자라는데 물을 줘도 받아먹지 안 했어 배를 채울 줄 모르는 고 녀석은 언제 살과 피를 만들까 되게 궁금했어 부지런히 물을 주면서 세심하게 관찰해도 전혀 물을 삼키는 기색이 없었어 주기만 하면 곧바로 흘려보내기만 하니 어느 날은 내 뱃속에서까지 꼬르륵 물 흐르는 소리가 났어 사는 것이 외롭고 목이 탈 땐 한 모금의 물로 입만 헹구고 얼른 뱉어버리나 했어 고 녀석은 내가 주는 물 족족, 줄줄 흘려보내기만 하다가 버릴 때마다 피를 돌리나 버릴수록 더 깊은 살 만드나 했어 그래서 각별히 손수 길러 먹는 사람에게만 어둠 속에서 살과 피를 생산한 것을 나누어 주려고 그렇게 외골수였나 싶었어

은수야! 마침내 시작한 어려운 공부는 재미가 없지 않은 콩나물 기르기 같네? 젊을 때는 먹어도, 먹어도 돌아서면 배가 고팠는데 늙으니까 먹어도 먹어도 돌아서면 까먹네? 공부는 이래저래 쉬운 것은 아닌가 봐 그렇지만, 쉽지 않으니까 도전해 볼 가치가 있는 것이겠지?
이 녀석들! 빛을 보면 변색이 되면서 웃자라거든 그래서 머리 위에는 빛이 들어오지 못하도록 검은 천을 쓰개치마를 입히듯 야무지게 감싸 줬지 이 녀석들은 물만 먹고도 잘 자란다는 것 알고는 있었지만 물을 주면 마치 등더리를 밀어 버리듯 혹은 대빗자루로 싹 쓸어버리듯 다 흘려보내 버린다? 한 방울도 받아 마시는 것 못 봤는데 뭘 먹고 컸는지 신기하도록 자라더라? 머리 위에 덮어 두었던 영혼의 어두운 밤 덕분인지 개는 정밀한 고독을 즐기고 있었는지 애써서 구한 바도 없었는데 얻어지는 것이 있었나 봐 저항하지 않고 순응 하다 보니 온전함이 찾아온 것인가 봐 공부를 하다 보면 쉽게 감지할 수 없는 미지의

그 무엇이 있었나 봐 공부는 내 안에 있는 그것, 무명을 찰나, 찰나 터뜨리는 것인가 봐 의식이 직접 무의식을 좌지우지 못하니까 공부라는 장치를 걸어 놓고 계속 반복 하다 보면 변형되어 끊임없이 다듬어지면서 기별이 오나 봐
맞아! 나를 나로 만드는 것은 마음이잖아 그래서 그 마음을 돌보는 일 끊임없이 하고 싶어 우리인간은 놀라운 학습능력이 있으므로 마음먹은 대로 얼마든지 바꿀 수가 있는 존재잖아 그치?

아가! 마음공부는 나를 들볶던 뇌를 잠시 쉬게 하는 일이 아닌가 싶다 쉬게 하는 그 횟수가 많아질수록 미미한 변화가 오긴 오나 봐 여태 한 번도 경험 못했던 색다른 느낌이 온다 빙산의 일각이지만 아마 무의식이 조금씩 쌀눈만큼씩 정화 되는 것이 아닐까 싶어 아주 작은 변화를 즐기면서 꾸준히 해 보고 싶어
무의식은 어릴 때부터, 지금까지의 기억과 경험되어 온 것들이 차곡차곡 두텁게 쌓여 있잖아 무의식은 경계를 만나면 자동적으로 튀어나오는 것이라서 살아온 햇수만큼, 그 지독한 에고가 얼마나 힘이 세겠어 습관으로 굳어져 있으니 순화시키려면 얼마나 힘이 들겠어 자그마치 칠십 년을 제 마음대로 저를 부려먹던 에고가 어디 순순히 물러가겠어? 끝까지 살아남으려고 이를 악물고 발버둥 치겠지? 아하! 그러니까 나이 한살이라도 젊었을 때부터 공부에 들면 훨씬 수월할 수도 있겠구나 싶다 그치?

생각은 일종의 집착이라서 쇠처럼 딱딱한 에고 덩어리야 깨달음으로 가는 데 방해꾼이더라 심하게 말하면 사기꾼이다 진리는 특성상 어떤 한계나 표준을 넘는 초월성에 있다고 생각한다 즉 나의 본질인 절대, 하나, 전체의 이 눈앞을 볼 수 없게 만드는 것이 생각이니까 말야 그러니

상대적인 것 즉 생각을 무조건 끊으면 진리의 속성으로 말미암아 어렵지 않게 가까이 갈 수 있는 것이리라 그러니 느리기만 한 공부의 속도가 조금 전의 속도를 조금씩 추월하지 않을까 싶어 네 생각은 어떠니?

아가! 부정적인 생각이 올 때마다 너무 싫은 나머지 없애려고 기를 썼는데 그렇게 하지 말아야겠더라 알고 보니 생겼다가 금방 사라질 나의 분신에 불과 하니까 말야 대신 마음은 높고, 넓은 하늘 텅 빈 허공에 두고 내 의식은 마치 해가 되어 해처럼 창공을 바라보기를 한다 그런데 생각이 일어나면 왜 그렇게도 괴로운지 모르겠더라? 그것이 싫어서 차단하려고 하면 할수록 에고는 더 기승을 부리는 것을 알겠더라 그렇게 하면 에고만 더 강해질 터, 생각은 인연 따라 내게 온 것이다 생각하면서 찬찬히 그 생각을 살펴본다 어떻게 해서 왜 온 것인지 알아차리고 흘려 보낸다
일어나는 생각은 자연현상이니 오면 오게 두고 가만히만 있으면 가게 되어 있더라 하여간 생각이 일어나는 것을 얼른 알아차리는 것이 관건이다 알아차리는 것이 늦을까 봐 애를 쓰고 속을 태우면서 동이 터기 전 새벽에는 북소리를 듣고 아침이 오면 종소리를, 점심에는 풍경소리를 들으며, 저녁에는 일몰의 황혼을 보며, 황홀이 되었다가, 밤이 되어 어둠이 오면, 가로등을 보며, 물을 주는 할미만 믿고 저를 나에게 맡기고 있었나 봐 그리하여 제 마음을 고요하게 만들었던 콩나물은 최선을 다한 일상이 최고의 최후를 맞아 콩나물 반찬으로 승화되었나 봐 콩나물은 오롯이 온전히 순교했을 터 콩나물을 기르면서 공부하고 있는 이 세상 모든 이를 응원하며 박수를 보내고 싶은 것이다

아가! 뭐든 하면 는다는 말 들어 보았니? 그래 뭐든 마음먹은 것 하면 늘 수밖에 없겠지? 이 말을 하고 보니 무단히 그 말이 왜 생각나는

지 모르겠네? 닭 천 마리 있는 가운데서 봉 한 마리 나온다는… 마음은 마음이 자꾸 가는 쪽으로 걸어간다 방황하며 이주하는 마음은 이윽고 정착하기 마련이겠지? 조건이 붙는 행복보다 불행해서 괴로운 사람은 삶을 바꿀 수 있어서 좋다고 생각한다 그러니까 '불행할 자유란 불행한 것에 의해 변용될 자유'거든 내가 불행했던 핵심은 내가 누구인 줄 몰랐다는 것이다 그래서 나를 탐구해보는 자유의 길로 들어선다 ㅎㅎ 일편단심 도련님을 사모하던 춘향이 마음으로 공부하다 보면 내가 나에게 하던 질문, 그리고 세상을 향해 던진 질문, 짜고, 시고, 맵던 그 수많은 질문들이 서서히 멈추어지면서 혹은 싱거워지면서 이윽고 맹물 맛으로 변할 테지? 그런 날이 시나브로 올 테지? 오면 포식이나 한번 해 볼까나? 이 세상에 맹물 맛보다 더 좋은 맛이 있기나 할까? 이 세상 모든 맛은 맹물에서 오지 않았을까?

내 눈앞의 이 전체는 오지도 않고 가지고 않고, 많아지지도 않고 적어지지도 않고, 깨끗하지도 않고 더럽지도 않잖아 맞지? 그리고 구할 수도 없고 버릴 수도 없고, 찾을 수도 없고 잃어버릴 수도 없으니 결국 알 수 없잖아 그렇다고 모르지도 않잖아! 왜냐면 모를 수가 없으니까 그치?

자! 오늘은 일단 여기까지 하고 낼 또 공부하자꾸나.
걸어갈 때나, 서 있을 때나, 앉아있을 때나, 누워있을 때나, 말을 할 때나, 침묵할 때나, 움직일 때나, 멈추고 있을 때나 늘 맑은 정신으로 깨어있자
공부 이야기 하다 보니 문득 판소리 무형문화재인 한 분이 한 말이 생각난다 소리라는 것이 이틀만 안 하면 녹이 슬어버린다고 녹슬어 버리면 다시 그 소리를 찾기 위해 힘을 올려붙여 한꺼번에 쏟아내도 안 된다고…

통과의례 3

나에게 무지 많은 겁이 전혀 없어서 부러운 아기
나에게 전혀 없는 용기는 혼쭐나게 많아서 선망의 우리 아기

담력이 담대해진 우리 은수 '적당'이 안 통하게 되었다
얼마 전까지만 해도 물에 물 탄 듯 술에 술 탄 듯
적당히 넘어갈 수 있었던 상황 없지 안 해서 꽤나 살만 했는데
자아를 찾고부터 부쩍 '나'를 강도 있게 사용하고 있는 요즘
어떻게 대처해야 안정을 줄 수 있을까? 현명이 없으니 난감하다
무지랭이 할미는 발을 동동 구르다 못해
미아리 아리랑 눈물고개다
보호자는 아기한테 안전기지여야 하는데…
그래야 다음 발달 단계에 잘 설 수 있는데…

성질머리 더러운 나는 덧없는 생각에 갇혀
어처구니없이 살다 보니 본성은 어디에 있는지…
심안은 있기나 한지 내가 보다 더 깊은
내 마음으로 떠나가 보기를 원한다
나를 만나는 길 멀고도 가까운가? 진정 가까워도 먼가?
참 '나'가 머리에서 발까지 내려오는데 70년이 걸렸다고 하신
고 김수환 추기경! 그 선하고 어리숙한 모습을 사모한다
나를 통으로 전체에 맡기고 싶은데 나를 초월하고 싶은데, 나로부터
자유롭고 싶은데 그놈의 나를 당차게 꿰찬 아기의 고유한 정체성에
대해 숙고해 본다

사라진 것을 찾아서 붙잡고 늘어지면서 오지 않은 것들을
끌어당기면서 두서없는 생각의 집을 지었다가 허물기를
반복하는 취미로 살았다
진면목을 보지 못한 채 한 세계는 어영부영 지나가고 있었다
모르는 것은 그냥 모를 뿐인데 상상으로 울고 불며
괴로운 소설을 쓰며 살았다
제자리걸음만 하고 있는 영혼이 성숙하고 싶을 때 돌아본 나는
내가 나의 짐 덩어리로 느껴져 한결같이 버리고만 싶었다
진정한 나를 찾고 싶은 생은, 생각이 깊어 갈수록
디딤돌보다 걸림돌이었다
쥐고 있는 생각을 내려놓는 훈련을 의식적으로 줄기차게
의무적으로 지루하도록 마음을 비우는 연습을 앉으나 서나
절망하고 희망하며 탁마했다
나를 버리고 벼려도 떨어져 나가지 않는 나는 도대체 어떤 물건일꼬!

존재의 근본 질문을 곱씹는 일몰의 시간! 두드려도 열리지 않는 문
악머구리 같은 생각들이 태풍 전날 같이 고요할 때
내가 나에게 너는 누구니? 하고 물어본다
손을 심장을 대보면 지금 살아서 여기 눈앞에서 깨어있는
순간순간 시공간의 문이 열려서 확 트인 의식이 나임을 의식한다
숨을 쉬고 있는 한 생명체의 자성을 자각한다

밖에서만 찾으려고 애썼던 무지의 개천을 건너본다
이미 내재되어 있는 진아를 찾아가 본다
보는 명쾌함은 생의 복잡한 틈의 리듬을 타야겠지?

영적인 단순함을 열망하면 되겠지?
나를 구성하고 있는 요소, 본 바탕의 영성의
한 우물만 파다 보면 명료해지겠지?
이런 '영적 투쟁'을 간과하지 말고 혹은 방일하지 말고 추구하고
염원하는 방향으로 마음 쓰는 그 자체가 괜찮은 생 아닐까?

아가! 전체에서 나를 분리하기 전, 나를 모를 때는 천의 무봉의 지순한 기쁨이 전부였는데 '나'가 개입함으로써 번뇌라는 습기가 스며들겠지? 그렇게 되면? 슬픔이라는 그림자가 기웃거리겠지? 그렇게 되면? 뒤숭숭한 영혼의 위기도 맞게 되겠지?

눈앞에 있는 실존의 전체에 대해 고민해 볼까?
보이지도 들리지도 않는 도통 감이 잡히지 않는다고
그냥 모르고 산다면 인간의 도리가 아닐 것 같지 않니?
혹은 모른 체 한다면 부끄러운 일 아닐까?
정신적 방황에서 자신이 가야 할 길을 잡는 진리의 각성에 대하여
한번 생각해 볼까? 온전함에 관하여 말이다

'나는 길이요 진리요 생명이다'
그러므로 나 또한 그렇게 될 것이라고 믿는다
아니 나도 그렇다

아름다운 시샘

우리 아기 앞에서는
예쁜 꽃을 보고도
예쁘다고 말 못 한다
아니 하면 안 된다
"나는?" 하고 되묻는 그 음성의 서슬이 시퍼렇기 때문이다
목소리는 마음의 옷을 입고 나오는 법이거늘
조심하고 또 조심해야지!

동화책을 읽어준다
주인공 아이가 어찌나 착한지
칭찬을 좀 했더니 속사포 같이
그 아이보다 훨씬 저가 착한데
무슨 그런 부당한 말이냐는 식으로
뼈있는 말씀으로 소태만큼 쓰게
"나는?" 한다
아이쿠 또 실수했구나

길을 간다
막 걸음마를 뗀 아기가
아장아장 우리 앞으로 걸어온다
은수야 저 아기 참 귀엽지?
"나는?" 저가 더 귀여운데 무슨 그리도 섭한 소리냐고
시비 걸 듯 눈꼴이 틀린다

하이고 쪽 팔려! 또 또 깜박했네?

우리 은수는 꽃샘추위다
세상에서 가장 아름다운 시기다
사랑스런 질투의 힘으로 도량의 지평을 넓혀 가면서
지우고 피우면서 생사를 넘나들 꽃!
늘 생생한 꽃 한 송이 피우기 위한 사려 깊은 수업료다

은수야! 이기기도 하면서 지기도 하면 좋겠구나
마음을 다하고 정성을 쏟아서 키워낸 네 역량의 시샘으로
이기는 쪽으로 질주하는 것도 괜찮지만
상대를 봐가며 져 주는 것이
이기는 것보다 훨씬 더 아름다운 법이란다!
원래 마음이 넉넉한 사람은 어디에서 무엇을 하든지
틀리거나 어긋나는 법이 없거든?

이렇게 하면 돼요?

물음표를 보내면 느낌표를 던져주는 아가
시원시원한 우리 은수 목소리마저 화평하여 수박만 하다
은수야 말소리가 너무 크구나 조금 작게 하면 좋겠다
"하지만 소리가 작으면 못 듣잖아요"
아냐 잘 들려! 오히려 크게 하면 듣는 사람이 네 말에
귀를 안 기울인 단다 그래도 좋아?
"아뇨"

"이렇게 하면 돼요?" 하고 앵두만 하게 시범을 보인다
너무 작아서 포도 알만 하구나
"이렇게 하면 돼요?" 자두만 하구나
조금만 더 크게 사과만 하게 해 봐
"이렇게 하면 돼요?" 응 딱!이야
의연한 한글 궁체로 일어서는 아가야 근기 있는 내 손주야
생각이 튼튼하니 정신도 건강한 우리 은수야
'건강은 병의 반대 개념이 아니고 삶의 문제를 창조적으로 다루는 능력'이란다 깨어 있는 네 의식 배우고 익히려는 네 의지 하나를 보니
열을 알겠구나 될성부른 나무는 떡잎부터 알아보거든
질문하는 습관이 들면 질문하는 기능이 생겨! 진귀한 발명품은 하나같이 모두 질문에서 싹이 튼 거라는 것 알고 있었지? 영특한 은수야

뒤에 볼 나무는 그루를 돋우어라!

나는 나무 부자다

아가! 사람이란 뒤가 예뻐야 다 예쁜 법이란다
그런 의미에서 뒤꼭지가 예뻐 늘 쓰다듬어 주고 싶은 은수야
너의 물을 얻어먹으면서 너와 함께 자라는 할미라는 것 너도 알잖아
이참에 할미의 뒤도 예쁘고 싶은데 은수 따라 예쁜지 한번 봐 줄래?

아가! 발품 팔지 않아도 손가락 한 개로 장을 보는 시대에 살다 보니
너무 숨 가쁘게 살아온 것만은 사실이다 보니
문득 뜨거운 지구가 압력밥솥 같다는 생각이 드는구나
지구가 지금 열병을 앓고 있다는 것 알지?
사람들이 과하게 불을 때서 발생한 열 때문인 것도 알지?
그렇다면, 그 열을 흡수하는 고마운 나무가 있다는 것도 알지?
그 나무들이 모이면 숲을 이루겠지?
아가! '나무는 찬 공기 또는 습하고 마른 공기를 뒤섞는다 숲을 이루면 그 효과는 더욱 커진다 비가 오면 나무는 물의 흐름을 늦춘다 이런 현상은 아파트나 골프장을 짓느라 나무를 베어버린 곳에서 산사태가 일어나는 것만 보아도 알 수 있다 나무는 물방울을 머금고 숲을 터전 삼아 살아가는 식물이나 곤충 또는 동물들이 만드는 페르몬과 방향성 화합물을 잠시 보관하기도 한다'
아가! 우리들의 안식처가 될 창대한 숲을 그리며 나무를 심는데 동참할까? 지구를 위하는 마음으로 가쁜 숨을 찬찬히 고르며 나무 이름 외우면서 나무심기 해 볼까?

'가자 가자 감나무 오자 오자 옻나무 십리 절반 오리나무 방귀 뽕뽕

뽕나무 칼로 찔러 피나무 따끔따끔 가시나무 늙었구나 느릅나무 솔솔바람 소나무 귀신 쫓는 복숭나무 살살 녹는 살구나무 시름 시름 시루나무 마당 쓸어 싸리나무 입맞춘다 쪽나무 거짓없는 참나무 대낮에도 밤나무 오다보니 오동나무 가다보니 가닥나무 말라빠진 살대나무 덜덜 떠는 사시나무 깔고 앉자 구기자나무'

우리 아기 아침 먹을 때 나무 심는다
할미가 '감나무'로 운을 떼면서 옻나무로 건너가게 한다
뽕나무까지 잘 심다가 샛길로 빠져 해작해작 해작질이다
제 눈 앞의 사물이 잡히는 족족 나무로 만든다
나무로 시야를 넓히니 공간도 확장된다

"밥밥, 밥나무" "국국, 국나무" "김김, 김나무" "김치김치, 김치나무" "두부두부, 두부나무" 아가! 일사천리로 달리지 말고, 멈출 줄도 알아야지 일단 숨 고른 뒤, 다시 시작! "칼칼, 칼나무" "도마도마, 도마나무" "그릇그릇, 그릇나무" 아기가 심은 나무들은 땅을 뚫고 속속 솟아난다
아기의 생각에서 자란 나무들이 무럭무럭 자란다 맛깔나게 자란다
침이 가득 고이게 자란다 금세 주방은 진수성찬의 숲이 되었다

간식을 먹을 때 나무를 심는다 "우유우유, 우유나무 빵빵, 빵나무 귤귤, 귤나무" 아기 입으로 들어가는 나무, 잘근잘근 씹는 나무들이 잘도 자란다 최근에 먹은 간식, 생각나는 군것질거리 다 불러내어 심다가 심다가 부를 나무들이 미처 입안에서 줄줄이 안 딸려 나오면 한 두어 박자 쉬었다가 심는다
불러도 냉큼 안 나오니까 운을 떼듯 혹은 구음하듯 "음~음~ 음" 소리

만 머금고 머물다가 "음나무"로 비상하다 하다 하늘을 날던 가오리연이 전깃줄에 걸렸나 혹은 새의 머리에 부딪치기라도 했나?
얼른 회전이 잘 안 되니까 이내 자신으로 돌아 와
"은수은수, 은수나무"로 착지한다

일어나서 제 방으로 이동한다 "책책, 책나무"로 시작하더니 제가 소유한 동물들이 이어 달리기 한다 "너구리나무 여우나무 원숭이나무 말나무 코끼리나무 공룡나무" 아기가 읊조린 나무들이 빽빽 들어찬 거실은 울울창창이다

어린이집으로 가는 길에도 나무 심는다 '가자가자' 운을 떼 주면서 함께 입을 모아 귀신 쫓는 복숭나무까지 잘 심다가 에라이! 삼천포로 빠진다
다시 운을 떼 주면 팔방미인 우리 아기는 장난이 심한 은수는 즉흥적으로 주변 풍경에서 시선이 꽂히는 것마다 나무로 만들어 심는 재주꾼이다 "땅땅 땅나무, 꽃꽃 꽃나무, 길길 길나무" 한 박자 쉬고 "사람나무 강아지나무 자전거나무 씽씽카나무" 한 달음으로 심는다
아가, 숨 찬다 좀 쉬었다가 심자 온통, 아기가 심은 나무들의 우듬지가 하늘에 닿았다
상상의 수준이 허벌나게 높아지니 하하하하 하하나무가 하늘을 하얗게 색칠했네?

아기의 무의식 저편에 있는 생명의 숲, 기대와 열성으로 심은
나무들이 거대한 숲을 이루겠지? 또 다른 새로운 평화가 열리겠지?
아가! 다소 안도하는 지구의 짙은 내면이 보이는 것 같지 않니?
나뭇잎들이 연두연두 속삭이다가 초록초록 노래하겠지?

멀잖아 갈매갈매 하고 소리칠 거야

그래, 그럼 우리는 깜박 기쁨의 해변으로 달려가 반짝 즐거움의 파도타기 하러 바다로 갈까?

옛날 옛날 한 옛날에

그것 참 희한하다 못해 요사하다
어릴 때 배웠던 노래는 왜 백발이 성성하도록 마음에서 성성할까?

기억창고에 있는 노랫말에 살을 붙이고 피가 돌게 한다
손짓발짓 만들어 가면서 엉터리 판소리 풍으로 해 주면 예전의 심심풀이 '오징어땅콩'만큼이나 맛있어 하는 우리 아기 때문에 팔불출이 되는 즐거움도 있으니, 육아 시간 메우기로 안성맞춤이라 생각하니, 추천, 아니 적극 권장해 보고 싶은 것이다

'옛날 옛날 한 옛날에 흥부 놀부 살았네 맘씨 고운 흥부는 제비
다리 고쳐주고 박씨 하나 얻어서 울 밑에 심었더니 주렁주렁 열렸네
복바가지 열렸네 톱질하세 톱질하세 슬겅 슬겅 톱질하세 하나 켜면
금 나오고 둘 켜면 은 나오네'

금잔디 밭에서 마냥 뒤엉켜서 놀던 황금시절은 갔나 보다
아기 때문에 동요 부르기 대회 나가도 될 만큼 실력이 부쩍부쩍
느는 재미도 좋았는데, 붉게 물든 예쁜 꽃도 열흘을 넘기는 법이 없다더니 ㅠㅠ 요즘 우리 아기 노래 부르자고 하면 거절한다 같이 부르자고 하면 혼자 하라고 퇴짜 놓고 까다로운 주문으로 예약만 한다

'흥부' 이름 대신 제 이름으로 바꾸어 불러주니까 반응이 좋아 거래를 튼다
아이한테는 아무 쓸모 짝도 없는 금은 대신 뭐라고 할까 물어보니

'금' 대신 제가 좋아하는 '사탕'으로 하고 '은'은 저가 갖고 싶은 '인형'으로 바꾸어 부르라고 한다
해서, '흥부 놀부' 노래 일 절을 제가 원하는 대로 덩실덩실 어깨춤 추면서, 흥겹게 불러주면, 발그레한 미소가 흡족으로 흘러넘쳐 입안에는 사탕과 손에는 인형을 쥔 듯 방방 뛴다

온 백성이 알다시피 이 절의 주인공은 흥부의 형 천하의 심술쟁이 놀부다 일 절처럼 '놀부' 대신 제 이름으로 불러 주었더니 하지 못하게 손사래 친다 하거나 말거나 그래도 또 하면 할미 입을 틀어막으려고 애쓴다

얍삽하게스리 제 만만한 상대, 비지떡으로 보는 할미를 놀부로 둔갑시키라고 지시한다 에라이! 숭악한 놈! 애먼 할미가 올가미 썼다 할미는 제비 다리 부러뜨려 놓고, 얻은 박씨로 울 밑에 심었더니, 흥부처럼 주렁주렁 열렸다마는, 설마 보화가 나오는 복 바가지는 아닐 것 같으니 무슨 바가지로 할까 일단 물어보았더니 '똥'으로 하라고 한다
해서 주렁주렁 열렸네 똥바가지 열렸네 하나 켜면 '똥' 나오고를 부르면서 '똥'에다 힘을 주었더니
싱긋이 웃는 얼굴 표정은 아주 기묘하다 만족하는 마음이 보인다 그렇게 좋아할 수가 없는 것은 도대체 무엇일까?

할미 두 개의 박 중 한 개를 켜봤더니 똥이 나왔고, 두 번째 박을 켜면 뭐가 나온다고 할까? 물어보니 저는 뱀을 싫어하니 제가 싫어하는 '뱀'이 나오게 하란다 해서 제 원하는 대로 할머니가 심어서 키운 주렁주렁 똥바가지들 가운데 하나를 켰더니 똥이 나왔고 또 하나에서는 뱀이 나왔다고 구수한 보리 숭늉맛으로 불러주니까 고소한 깨소금 씹

는 표정이다 꼭 제가 좋아하는 딸기 아이스크림 먹는 것 같아서 그렇게 예쁠 수가 없다
사랑은 무르익을수록 언어의 길이 끊기는 것도 아주 좋은 것이다

판소리 흥부가 속의 그 귀여운 놀부의 몽짜가 겹치는 그림도 흥미롭다 우리 은수 몽니 같아 더욱 더 사랑스러워 깨물고 싶다
그런데 어디를 깨물어야 좋을지 고민 중이다

은수야! 금은은 돈이야 돈! 돈이 없으면 목숨을 부지할 수 없는데 돈을 똥이라고?
맙소사 내가 난청인감? '돈은 똥이야'로 들리네?
우리 은수는 똥을 좋아하는데? 왜 똥이라고 했을까? 알다가도 모르것네? ㅎㅎ 돈은 돌고 돌아야 공덕이 되는데 한 곳에 두면 악취 나는 악덕이라서?
우리 은수 단숨에 도를 터득한 것 같네? 그러니 지금부터 스승으로 모셔야겠네?
스승님! 진리가 무엇이온지 한 말씀만 주옵소서!
귀여운 나의 스승님! 갑자기 생각나는 것이 하나 있어 아뢰옵니다
우리나라 경주에는 최씨 부자가 있었다면 우리나라 진주에는 그와 같은 분, 김씨 부자가 있다는 것 아시는지요 진주사람 김장하 어르신은 '돈은 똥이야 한 곳에 쌓아두면 썩어서 냄새 나지만 여러 곳에 골고루 뿌려두면 거름이 되어 꽃이 피고 열매를 맺는다'고 하셨지라우

영영, 본가에 보내 놓고

*

당최 모르것다
나이 한 살 더 먹은 게 그렇게도 좋은가?
응애응애 울기만 하던 울 아기 옹알옹알 옹알이도 잘하던 내 아기
한 살짜리 그 아기가 이제는 네 살 되었다

엄지를 야무지게 접어서 말과 함께 남은 네 개의 손가락을 꼿꼿이
펴 나이를 표시하면서 어깨에 힘주고 당차게 과시했다
사흘이 멀다 하고 자랑했다
할미가 행여 제 나이 까먹을까 봐 심심할 때마다 신신당부하듯 말했다
잊어버릴 만하면 침이 마르도록 저는 지금 네 살이라고
자랑자랑 하던 짓이 아련하여 애틋하도록 보고 싶은 것이다

네 살을 표시할 때 엄지가 아닌 다른 손가락을 차례로 접어 가면서
나머지 손가락을 쫙 펼 수 있는 것도 가르쳐 줬는데 언제든지
다양하게 표시할 수도 있다는 것 알고 있는지 궁금한 것이다

하루하루 하루가 다르게 자라는 아기가 못 견디게 궁금하다
아기의 정서발달이 눈에 선하니 일목요연하다
발굴하는 설렘으로 안정감을 확보하며 잘 출발했는지 알고 싶다

자나 깨나 쪽에서 뽑아낸 푸른 물감이 쪽보다 더 푸르다는
청출어람이 생각나게 하는 우리 청량한 아기
우리 은수의 익어있으면서도 설은 산뜻한 목소리 듣고 싶어 전화했다

방가 방가 반가워 요즘 어떻게 지내니? 하고 말꼬리를 올렸더니

"은수 집에서 행복하게 지내"

(역시! '그냥'도 아니고, '우리'도 아닌 '은수 집'이군!)

어머나! 행복이란 낱말도 사용할 줄 아네?

그래, 행복이 뭔데?

"엄마랑 있는 거"(쩍 벌어지는 입이 닫히지 않는다)

아무렴 그렇지 그렇고말고!

은수 에미야! 들었제? 어록으로 남겨두거라이

옳거니! "행복이란 엄마랑 있는 거"

하모하모 니 말이 골 백 번도 더 맞으니 만고의 진리다

ㅎㅎ 그러니까 불경하고 성경보다 한 수 위네 뭐

그러니 네가 살아 계신 부처님이고 예수님이구먼

그렇다면 너는 없으면 안 되는 절대 존재네?

종교를 떠나서 두 분을 스승으로 모셔 사모한다면

인생에 꼭 필요한 덕목이 되겠지?

이 세상 모든 사람들의 마음 깊숙이 알게 모르게

현존하는 두 분은 알 듯 모를 듯한 정신적인 그 무엇이잖니?

그래! 할미처럼 그 두 분의 제자가 되고 싶은 마음으로

마음에 담아 두고 염력에 두고 순리대로 살면

네 인생의 멋진 주인공이 될 게야

그래 언제든 손님을 맞을 수 있는 주인이 되어있어야겠지?

할미가 필요하면 언제든 SOS 쳐라

빛보다 더 빨리 달려 가마

가면 할머니 한 번 안아 줄 수 있겠니? 뽀뽀는?

*

어릴 때 나이를 물어보면 어찌나 좋았는지 한 해 또 한 해 숫자가 높아 높아만 가니 마음도 덩달아 넓어, 넓어지면서 반짝반짝 좋았다 숫자가 많아지는 것이 재미있고 즐거워서 번쩍! 하고 한 편의 영화처럼 놀고 또 연극처럼 놀면서 생을 온전히 즐겼다

나이에 대한 개념이 변질이 되어 에고가 강해 갈 무렵부터는 누가 나이를 물어보면 질색하다 못해 본색이 드러나도록 토라져서 완전히 삐끼고 싶었다

늙음을 인식할 즈음에는, 누가 나이를 물어보면 연 나이, 만 나이, 생물학적 나이, 한국 나이 따위로 잔머리를 굴리며 어떻게 계산하지? 할 때 한국 나이가 왜 그렇게 싫었는지, 한 살이라도 더 깎으려고 애썼다 그런데 지금은 누가 물어봐 준다면? 흐뭇하겠다 내가 나이를 먹은 게 아니라 나이가 나를 먹었던 것이다 나이가 먹여주고 입혀주고 재워주고, 공부까지 시켜줘서 지금의 나이 부자로 만들어줬다 거리낌 없는 숫자를 대견스럽게 말하고 싶은 늙은 어린아이가 되어있는 것이다 엄마 뱃속에 있을 때도, 한 살로 인정해 주던, 사뭇 과학적이던, 선조들의 사고방식이 아주 우수하다고 생각한다 그렇게도 싫었던 한국 나이로 기꺼이 밝히고 싶은 것이다 사회생물학자의 말에 의하면 생명이란 처음부터 단 한 번도 끊어짐이 없이 유장한 것인즉, 인간은 생물학적으로 자궁 안에서 늙기 시작한다는 것이다 세상에 나가 살아갈 준비를 자궁 안에서 이미 상당히 마친 까닭이라고 한다 그러니 선조들의 지혜가 딱 맞아 떨어지는 것이다

우리 아기가 제 나이를 하도 자랑하기에, 자랑할 때마다 흡사, 누가 나이가 많은지 '내기' 하자고 할 것 같았던 그때를 그려 보니 하루해가 저물 때마다 삐끗 교차 되는 것이 있다 바둑내기가 아닌 나이내기 하고 싶었던 그때를 소환하며 빙그레 웃고 있는 것이다 내가 나이 속에 살지만 실은 나이가 내 속에서 살고 있었으니 마음과 함께 있는 든든한 나이가 높아 가고 깊어만 가니 안도하는 것이다 거대한 숲의 일원으로, 한 아이의 나무의 나이테가 보이니 고마운 감개가 무량이라 지금 죽어도 시원하겠다

'못 믿을 건 나이다'로 시작하는 작가 이갑수 님의 '나이에 관하여'를 읽다가 가슴이 싸~한 글이 사흘이 지나도 머물고 있기에 펴온 글이다
'토끼에게 큰 귀가 있다면 사람에겐 나이라는 길쭉한 귀가 있다 아라비아 사막보다 훨씬 더 먼 곳에서 찾아오는 숫자, 탑처럼 쌓이는 줄 알았는데 고드름처럼 자란다 지하로 가는 길을 뚫을 때 쓰라고 누가 지혜의 뿔처럼 달아 주는 것일까?'

편지 한 장

사랑하는 나의 손주 류은수에게

보고 싶은 우리 아가! 한 세월 잘 가고 있구나
마당 구석 무더기로 자라서 연보랏빛 꽃 피워 놓고 우릴 초대하던
달개비와 비비추 테두리 색깔이 달라지기 시작한다
변화가 있으므로 다시 태어날 조짐이리라
달큰하고도 쌉싸래한 내 아가! 할미 사랑에 맞게 살아가려고 애썼던
예쁜 아가! 할미를 뿌듯하게 해줘서 고마운 우리 아가! 귀 좀 빌러줄래?
네가 성년이 되면 읽어 보라고 처음이자 마지막으로 세상에서 가장 긴 편지, 한 장 쓴다
멀고도 먼, 길고도 긴 갠지스강 같이 기~인~ 편지 한 통 보낸다

은수야 들어 보아라
삶이 늘 밝고 맑은 날만 있으면 좋으련만 그건 우리들의 희망사항일 뿐이겠지?
얼마간, 맑았다가 당분간 흐리고, 갑자기 비 오다가, 쾌청했다가 다시 바람 분다
꽃피고, 꽃 지고, 이따금 흐렸다가 다시 환해졌다가 다시 비바람 치고, 하여, 찬란한 꽃 사태 지는 날도 있지만 암울한 눈사태 지는 날도 있다
그럼에도 불구하고 나의 컨디션은 대체로 맑음이 평균으로 유지되었음 좋겠다는 보통의 희망은 있을 터

은수야! 풍요로운 영혼을 소유하면서 살고 싶으면, 타인에게는 개방적이고 본인에게는 충실하여라
사람들은 왜 이쪽 아니면 저쪽으로 나누려고 하는지, 세상은 천 가지의 색깔과 만 가지의 모양으로 어울려 있는 곳이라 다사하고 다난하여 복잡 미묘하기 그지없는데 어떻게 이분법으로 쪼갤 수 있을까? 그만큼 다채롭고 다양한 세상이 좋은 것 아닌가? 꼭 같아야 하나? 다르다는 것은 호기심 천국아닌가? 다름을 거절하는 것은 다양성을 인정하지 않는 것 아닌가? 일치를 이루겠다는 목표아래에는 상대방을 존중하고 배려가 있을 틈이 있을까? 서로 비난하고 반대하고 방해 안 하는 중용의 도를 지키며 살았음 좋겠다 사람은 각자의 방식으로 세상을 경험하므로 서로의 다름을 인정할 때 비로소 서로를 이해 할 수 있는 길이 열리지 않을까? 다름을 서로 인정한다면 그보다 더 좋을 수 없는 평화일 텐데… 그치? 경계를 확실하게 구분 지으려고 하면 한쪽에만 갇혀 있는 것이므로 다른 한쪽을 볼 수 없잖아 그치? 경계가 분명하게 나뉘지 않는 영역을 많이 보고 알면 알수록 우리의 삶은 풍성해지지 않을까? '달라서 즐겁고 같아서 기쁘다!'

은수야! 우리는 태어나는 순간부터 늙고 병들어 가면서 또한, 언제 죽음으로 갈지 알 수 없다는 사실을 늘 인지하고 살아야겠지? 어제는 꿈같은 한 편의 흑백무성영화였고 내일은 바람 같을, 꽃구름환상이니 단 일초도 여기를 벗어 날 수 없잖아 눈앞에 있는 이 현재, 변함없이 늘 지금 나와 함께 있는 오늘을 타고 이 순간, 순간의 현재만을 뜨겁게 사랑하여라
무릇 사람이란? 자신과의 관계가 최우선이다 나를 탐구하는 시간을 가져야 하니라 본래의 마음을 찾고자 하는 열망이 있어야 하니라 그리하여 본성을 깨우친 안목이 열려야 하느니라 깨우친 앎을 실천으

로 보다 나은 삶을 향해야 하니라 깨우침이란 내 노력으로 무엇을 하여 얻어지는 것이 아니고 이미 태어날 때부터 가지고 있는 성품을 발견하여 알아차리는 것이니 자기 자신에게 있는 자성으로 돌아와서 제 품성을 믿고 온전하게 사는 것이니라

은수야! 우리는 물질인 몸과 생각과 감정이 나라고 생각하기 쉽다
생각에 홀리지 마라 한 생각이 떠올라 나를 휘둘러 넘어지게 하면 얼른 정신차려라 정신은 몸 안에만 있지 않고 지금 여기 눈에는 보이지 않지만 텅 빈 눈앞에 분명하게 깨어있는 이 의식으로 있잖아 죽음이 바로 코앞에 올 때까지 절대로 변하지 않는, 내 안에 있는 본성을 자각하여라 오직 하나뿐인 이 절대의 의식을 의식하면 딴 데로 가려던 마음이 제 마음자리로 오게 되어 있다 그때 네 마음 안에 있는 본성, 이 완전한 별, 나를 온전하게 차지하여 지탱하고 있는, 바뀌어지지 않아서 움직이지도 않아서 늘 바탕이 되어 있는 별을 봐라 별이 꼭 눈에 보이는 데만 있니?

은수야! 나는 무엇인가? 혹은 나는 누구인가? 궁금하지 않니? 거울 앞에서 내가 나한테 전혀 모르는 타인에게 물어보듯 누구세요? 하고 한번 물어보아라
그러면 눈에 보여서 드러난 몸과 안 보이지만 뚜렷하게 깨어있는 이 생명체의 이 의식의 마음이 알려 줄 것이다 우린 이 몸뚱어리와 생각 감정이 진짜 나인 줄 알고 착각하고 있다 눈에 보이는 이것 말고 마치 뼈 같은, 혹은 뿌리 같은, 영성 혹은 공성인, 이 본성이 오롯이 절대의 나로 있단다 나의 이 성품은 일체 다 갖추어져 조금도 부족함이 없어서 완벽한 것이다 이것을 모른 채 우린 밖에 있는 줄 알고 밖을 향해 찾는다 밖에서 찾으려고 애쓰지 말고 이미 네 안에 명료하게 자리 잡

고 있는 네 별을 발견하여라 그 별이 생각의 애매모호한 그림자를 걷어 내면 하나가 된 전체가 확실하게 자리 잡고 있는 진실이 명백하다 한 세계로 연결되어 있는 나를 자각하게 될 것이다 각성이 되면 나는 세계고 세계는 나란 것 알게 된다 사람은 의식의 마음이 나란 것 알게 되고 또한 그 의식의 마음이 만들어 놓은 세상에서 살게 되어 있다

은수야! 인생을 통째로 고맙게 여기며 일상을 늘 감사하는 맘으로 살아라 자각한 나에게만 있는 영원한 현재의 지금 이 순간을 푸지고도 오지게 살아 있음을 느껴 보아라 이 세상은 어디 손 볼 때 하나 없는 완벽한 법이다 관찰자로서 한 세계를 낱낱이 훑어보아라 내가 있으니까 이 세상도 있는 것 아니겠니? 천지 사방을 둘러봐라 보고 있는 내가 있으니 보여지는 것들 하나하나를 보고 있으면 감사 안 한 것이 어디 하나라도 있기나 하니? 있다면 가져와서 어디 보여줘 봐라 의식이 행복과 같은 유일한 관계는 감사뿐이란다 감사는 세상 그 어떤 무엇과도 비교할 수 없는 행복 그 자체다
감사는 포만감을 창출하는 요소다 일상의 지지부진한 일도 새롭게 전환될 수도 있는 근기가 되어 푸근하고도 영민한 마음의 눈이 열리도록 하는 힘의 근거란다
감사하는 마음은 우리의 몸과 마음을 나도 모르게 성장시켜주는 기쁨의 원천이다 그 샘에서 솟아나는 샘물이 바로 행운이니 마음의 물길이 내 마음을 따라서 자신에게로 오지 어디 다른 데로 가겠니? 감사하는 마음은 만족으로 가는 가장 쉽고 빠른 길이란다 이를테면 행운이란 것은 눈이 달려 있어서 준비되어 있는 사람에게만 찾아 가거든, 그러니 감사하는 마음은 삶의 기본이니 버릇이 되어 있어야 해 혹, 지금 그 마음이 없다면? 억지로라도 길러라 버릇이 될 때까지!
'감사할 줄 모르는 사람을 벌할 필요는 없다 감사할 줄 모르는 삶 자

체가 벌이기 때문이다'

은수야! 우리는 이미 하늘나라 혹은 극락정토에서 살고 있음에도 불구하고 그것을 느끼지 못하고 살고 있으니 안타깝다 한 생각에 속아 얽매여 있기 때문이다 오래 살아 보니까 고통은 무지에서 오는 착각과 집착에서 오는 것이더라? 고통은 미혹된 생각을 내려놓으라는 신호더라 이 모든 괴로움은 원래 있었던 마음자리 그 청정구역을 자각한 별이 있는 곳으로 들어가라는 귀띔이다 고통은 나를 찾아가는 고귀한 몸부림이더라 진리는 자신에게 돌아가기 위해 고통이란 고귀한 경험을 준다 그러니 달게 받아야 하지 않을까? 그러니 자연발생적인 슬픔의 씨는 나의 불찰로 각성하지 못한 무명에서 싹이 터 자란 것이더라

은수야! 살다 보면 외면하고 싶은, 아니 너무너무 싫어서 당장 없애 버리고 싶은 고통 혹은 슬픔이 찾아오기도 하겠지? 그가 와도 내색하지 말고 손잡아 주어라 알고 보면 네 생의 자양분이 될 것이다 그 슬픔이 경이로운 기쁨으로 건너갈 수 있도록 도와 줄 발판이 되니라 옛말에 미운 놈 떡 하나 더 준다는 말도 있거든? 그 떡이 너를 성숙시켜 또 다른 세계로 갈 수 있는 도전 정신을 심어주고 가니라
그리고 갈 때는 마음 다해 보듬어 주면서 고마웠다고 해라 어느 날 느닷없이 그 친구가 또 찾아와도 내치지 말고 너 왔구나 오랜만이야 하고 안아줘 봐라
그 친구는 마음을 공부하도록 이끌어주는 좋은 스승이 되더라
인생을 짧지 않게 살아 보니 슬픔은 기쁨의 등에 바짝 붙어서 묵묵히 기다려주는 필요악 같더라? 마치 역행보살 같이 말야 그러니, 틀림없이, 다정한 길벗이 되어 덕을 줄 거야 슬픔은 살아갈수록, 알아갈수록

작은 변화를 주면서 작은 감동을 주더라 그러니 신비스러운 인생을 열공 하도록 환대하는 귀한 손님이란다 참 희한하지? 반드시 그 친구를 통해서만이 깨달음이 오고 그 무겁고 어두운 것들이 가벼워지고 환해지니 말이다

은수야! 타이트하게 살지 말아라 긍정적 사고방식으로 과감히 포기할 줄도 알며 경계를 넘나드는 용기와 자기 발전을 위해서는'남'보다 잘하는 것이 아니라 '전'보다 잘하는 것에 초점 맞추어라 남보다 앞서감을 즐기게 되면, 행여나 뒤처질까 싶어 긴장의 연속이니 삶이 즐겁지 않다 경쟁에 이겨 설사 즐겁다 해도 그것이 얼마나 지속 가능할 것인지 사유해 보는 것이 필요하니라
그리고 매사를 두루뭉술 보는 것 보다 물음표와 느낌표를 찍어 보는 것도 좋겠지? 그리고, 자신이 생각한 말이나 글이 바르고, 착하고, 아름다운 것인지 확신이 설 때까지 뜸을 들이는 것이 좋아 뜸이 잘 든 밥일수록 맛이 있지 않을까?
그리고 내 안에 들어 있어서 발설만 하면 되는 답보다 뭐지? 왜 그렇지? 하는 마음이 작동되어 나오는 질문을 잘 했음 좋겠고, 속도를 낼 때는 신나게 내지만 잠시 멈출 줄도 알며, 또한 그 머무름을 즐길 줄 안다면 더욱 좋겠지?
때로는 아무것도 하지 않고 가만히 있어 보기만 해 봐라 의외의 소득이 크니라 우리 사람들은 대부분 뭔가 구하려 하고 자꾸 뭘 하려고 한다 가만 있지 못하고 무엇을 구하고 무엇을 해야만 무엇이 될 것 같아서 일까? 하다못해 열심인 친구 따라 열심히 강남에 가려고 한다 그것이 부작용으로 오니라 그래서 빈둥빈둥 놀아 보는 것을 권하고 싶은 것이 목적 없는 여행이다 그런데 홀가분하게 떠나 보는 것 그게 만만치 않지? 여행이 때로 관광으로 변하니 말이다 우린 여행을 자유롭다

고 선호하면서도 왜 여행에 매이게 되는지 한번 숙고 해 봐도 좋겠지?

은수야! 원의는 꼭 세워놓고, 자기와 한 약속 지켜라 자기를 속이지 말고 또한 자기에게 속아 넘어가지 않도록 해라
간절하게 꿈꾸면서 한결같으면 꽃은 피게 되어 있다
네가 하고 싶어 하는, 네가 가장 잘 하는 일을 하면서 살면 좋으련만, 생이 그렇게 호락호락하니? 그러니까 네 밥줄이 될 직업이 맘에 안 들어도 기꺼이 받아들이며, 매이되 매이지 말거라 매이되 매이지 않는 것이 진짜 자유라는 것 꼭 기억하고 있음 좋겠구나 사람들은 대개 매이기 싫어서 그 매이는 것으로부터 탈출하는 것이 자유라고 생각하는 데 진정한 자유는 벗어나는 것이 아니라 걸림돌을 디딤돌로 설 수 있는 지혜와 용기다 괴로움을 즐거움으로 바꿀 수 있는 역량이 아닐까 싶다
꿈은 포기 말고 침묵으로 키워라 지성이면 감천이잖아! 치성이기는 장사 없거든 꿈을 갖고 있다는 것은 멋진 노후를 보상 받을 수 있는 정신건강과 신체건강의 균형을 잡는 것과 같다는 것 꼭 알아 두어라

은수야! 현상에만 집착하여 무엇으로 살 것이냐 보다는 어떻게 살 것인가 본질에 대하여 고민하며 살았음 좋겠구나 그리고 무슨 일이든 있는 그대로 봤음 좋겠어 네 잣대로 재어 재단하지 말고, 만물은 항상 돌고 돌아 변하니까 잠시도 한 모양으로 머무르지 않음을 알아야 한다 끊임없이 변화하는 전체의 일련 된 변화의 흐름에 맡겨라 인정하고 허용하여라 상황은 변하기 마련이다 삶의 문제는 정답이 없으니 다만 알아차림이 중요하단다 내공이 쌓인 사람은 어떤 상황과 조건도 심지어 사건, 사고도 수긍이 되고 받아들여지므로 문제를 굳이 문제로 만들지 않으니 적당한 수준에서 저절로 수습이 된단다 그러니 생

의 순수성과 진정성이 몸에 배여 있음 좋겠다

은수야! 우리는 몸 건강은 잘 챙기는 반면 마음건강은 소홀하기 쉽다 마음의 근육을 키워 단련시켜 놓으려면 늘 마음상태를 점검해 봐야겠지? 마음은 마음이 많이 가는 곳으로 길이 생긴다는 것 잊지 말아야 한다 그러니까 기회 있을 때마다 하늘보기를 하렴 잡다한 잡생각이 날 때마다 수시로 알아차려서 광활한 하늘을 상상하여라 ㅎㅎ 실제로 넌 할머니와 마을 산책하면 하늘을 우러러보는 것을 즐겼단다 낮에 나온 달을 찾아보는 것이 취미였고 실제로 넌 낮달 찾는 선수더라?
마음공부 게을리하지 말아라

마음공부는 나의 에너지를, 졸고 있는 혹은 졸려고 꾸벅꾸벅하는 본성을 깨우는데 집중하는 작업이다 에너지를 활성화 하기 위해서는 나의 생각인 에고에 맡기지 말고 내 안의 영성에 맡겨라 마음공부는 자기 허물을 보는 것이다 그러니 숨기고 싶은 네 약점도 무심으로 말할 수 있음 좋겠어 마음이 불편할 때마다 마음의 문을 활짝 열어 놓은 채 하늘을 마음 안에다 넣는 고요한 시간을 가져라 그러면 나를 방해하던 살진 에고가 여위어짐을 마음동태에서 부침으로 느껴지기 시작하거든 공부 시작할 무렵에는 두루뭉술 이해되던 단어들이 가끔 한 번씩 번개 같은 느낌이 온단다 나로 향한 수많은 질문들이 어느 날부터 흐지부지 되기도 하고 그 질문이 어느 날은 답이 되어 있는 것 발견하게 된단다 그런 기별을 감지하는 날들이 반복해서 지나고 나면, 비로소 매사에 심안이라는 이름으로 오는 자디잔 감동이 은은한 기쁨으로 반짝할 때가 있단다 이 생생한 마음은 어려운 용서와 자유와 평화로 가는 지름길이란다 무얼 담으려면 그릇이 비워져 있어야 가능한 이치처럼 말이야 비율적으로, 비워낸 만큼 전체도 그만큼만 잘 보이게 되

겠지? 아무것도 아니면 무엇이든지 다 될 수 있듯 말이야 경계를 넘으려면 경계를 품으면 되듯 말이야
변화란 것은 참 신기한 거라고 생각한다 산같이 꿈적도 안 하던 자신을 변화시킨다는 것은 위대한 일이 아닐까? 변화 전에는 딱 그것 하나밖에 모르다가 변화가 오면 여러 가지 가능성을 취득할 수 있으니 안목이 생기니까 얼마나 좋은지 몰라

은수야! 우리 몸과 마음은 자생력이 있다는 것 알아가면서 앓아보는 것도 그다지 나쁘지 않겠지? 그리고 내가 등 따시고 배부를 때 춥고 배고픈 이가 내 이웃에 있다는 것 꼭, 알고 공감 능력 있는 사람이면 좋겠다
또 100세를 사는 세상이니 만큼 다양하게 좋은 취미 갖기와 또 좋은 습관 만들기 해라 여기서 보이지 않는 것이 보이는 것에 개입 안 하는 거 하나도 없음을 알아야 하니라 눈에 잘 보이는 세계와 눈에는 안 보이지만 분명 있는 내면의 세계도 포함되어 있음을 잊지 말아라 좋은 습관은 운명도 바꿀 수도 있으니 대수롭지 않은 단순한 운동이거나 하찮은 버릇 들이기 하면 참 좋아 그리고 여러 사람들과도 잘 노는 것도 중요하지만 혼자서도 잘 놀아야 한다는 것 명심하고, 또 아는 사람 보면 먼저 인사하고 또 누구에게 뭘 받았으면 꼭 인사해라 비록 쓴 사탕이라도! 그게 인간의 도리가 아니겠느냐

은수야! 끝으로 음식은 높은 정신을 배양시키는 근본이란 것 알아라 또한 일상을 간소하게 물건은 충동구매 하지 말고, 사기 전 꼭 필요한 것인가 두 번 이상 생각해 보고, 정말 잘 사는 사람은 자연에게 피해를 줄일 줄 아는 사람이다 쓰레기를 배출하되, 배출 안 하듯 하는 사람이야
아 참 중요한 것 빠뜨릴 뻔 했네?

풍부한 독서로 사고력 예금했다가 필요할 때 찾아서 잘 쓰고 '녹색 평론' 정도는 정기 구독하는 여유가 있음 좋겠지?
그리고 세상없어도 얼굴과 낙하산은 펴져야 한다지? 낙하산은 고사하고 얼굴이 구겨져 있지 않으려면? 긍정적인 생각을 자주 하면 펴지겠지? 그래서 할미가 예전에 내 얼굴을 보다가 보니, 이건 영 아니다 싶어서 내가 개발해서 당장 해 본 것이란다 밝은색 단어 하나를 앞에 두고 묵상해 보는 것인데 연상작용으로 나오는 생각들이 좋았다 그리고 전혀 예상치 못했던 하나! 아주 중요한 것을 알게 된 것이 있는데, 우리말에서 부정적인 말은 수두룩한데 비해 긍정적인 말을 아주, 너무나 적었다는 사실도 알아냈다
은수야! 너도 한번 해 볼래? 낙하산처럼 활짝 펴지는 비법, 네 나름대로 네가 직접 단어를 골라 해 볼래?

기역부터 히읗까지 생각나는 대로 적어 본 것이다 읽어보면 마음자세나 행동 요령에 어둡지 않을 테지?
광활, 기쁨, 기도, 겸손, 건강, 경쾌, 감사, 끌림, 나무, 나비, 노래, 나래, 남풍, 낭랑, 늘품, 다정, 달님, 달빛, 마음, 미소, 믿음, 마중, 바다, 봄비, 별빛, 바람, 비움, 보살, 사랑, 상쾌, 선의, 생명, 숲, 성찰, 아기, 온유, 음악, 열림, 안심, 위로, 온전, 용기, 유쾌, 자비, 조율, 정신, 지혜, 자유, 자랑, 짱, 천사, 친절, 칭찬, 초대, 청정, 쾌유, 쾌청, 통과, 통달, 통쾌, 평화, 평온, 하늘, 해님, 햇볕, 희망, 호의, 호수, 흰눈, 하하, 호호, 히히

하이고마! 빈 수레가 요란했나? 가을걷이 하고 갈무리하려는 마당에서 보니, 잘 여문 것 보다 쭉정이가 많제? 할미가 여태 인생 농사 오래 짓다 보니 원도 많고 한도 많았나 보다 자꾸만 신들린 것처럼 줄줄

이 튀어나오네? ㅋㅋ 에고의 종으로 살아왔으니…
귀신 씨나락 까먹는 소리 아닌지 모르겠네? 할미의 당부는 밑도 없고 끝도 없으니 시간과 종이를 아끼기 위해서라도 끝낼게
시시콜콜한 이 귀띔들은 순전히 할미 노파심의 순정에서 나온 바람일 뿐 네 바람은 아닐 터, 만에 하나 필이 꽂히는 것 하나 있으면, 침착하게 찬찬히 천착해 보는 것도 나쁘지 않겠지?

은수야! 거두절미하고, 네가 이 세상에 태어날 때 유일무이한 너의 생명체가 활짝 열어 놓은 한 세계에서 그냥 너답게 고유명사로 살면 돼 마음이 항상 네 안에 있으면 돼 마음이 딴 데 가 있는 것은 불행할 불씨를 갖고 있는 꼴이거든 그리고 세계는 객관적으로 존재한다고 믿으면 곤란해! 주관은 객관을 상대하며 지내니까 선택하고 결정하는 것에 만약 편견이나 선입견 같은 것이 낀다면 이로울 수 있을까? 객관은 주관의 투사로 생긴 것 아닐까? 그렇게 되면 탐욕과 소유욕이 생기지 않을까?

은수야! 삶의 주인이 된 사람과 그렇지 못한, 사람이 되어, 사는 사람과의 세계는 완전히 다르겠지? 우선 차원과 규모가 다른 것은 부차적이니 밀쳐두고 마음 씀부터 다르겠지? 삶에 있어서 우리가 사람이게 하는 변치 않는 가치가 있다면 '정' 즉 사랑이다 사람 사이 오고 가는 정이 없다면 사람은 사람인데 송장메뚜기와 같지 않을까? 해서 사람은 사람을 사랑해야 한다 사랑만이 사람을 살릴 수 있다 이 가능성은 순전히 자비심에서 출발하는 것 아닌가 '사랑은 법의 완성이며 사랑은 사람을 법으로부터 해방시킨다'

은수야! 네 마음이 가는 대로 자연스럽게 사는 것이 최고로 잘 사는

거니까 나는 널 믿어! 속일 수 없는 밝고 맑은 네 천성으로 다져질 인격도 알겠고 품위도 그려지니까 네 인생의 주인으로 살면 네가 바로 꽃이다 네가 어디로 가든 어디에 있던 사정거리에 있는 다른 꽃들도 네 주변에 있을 터 너의 세계는 온통 향긋한 꽃밭이 될 거야 그러고 보니 둥근 지평선 너머까지 넓고 넓은 꽃밭에는 형형색색의 다양한 꽃들이 어울린 아름다운 세상이겠다 어머나! 눈을 감아보니 환히 다 보이네 뭐 두서없는 글 읽어줘서 고맙고 그리고 사랑해
인생 70년 차 대 선배가 까마득한 나의 후배 류은수를
신뢰하며 존중하며 이만 끄~읕~^^~

<PS>
은수야! 네 자량이 준비가 되어 있었다면 할미의 백 마디를 한 마디로 소화시켰겠지? 그러니 은수야 입에 쓴 약이 몸에 좋거든 한 마디만 더 해도 되겠지?
친구가 너에게 상한 속을 털어 놓을 때 경청하면서 '그래' '그랬구나' '그럴 수 있지 뭐' '괜찮아' 네 마디로 충분하니 긴 위로는 삼가는 게 좋고 또 사람과 소통할 때, 상대방의 좋아하는 것 신경 써주는 것도 좋지만, 싫어하는 것이 뭔지 알아두고 조심하는 것이 더 좋아
또 배우자를 고를 때는 좀 신중해야겠지? 일단은 재치 있게 너를 잘 웃기는 사람이면 짱!이다 그러나 그 사람의 진심을 알려면, 말보다 행동을 관찰해보렴 순간적으로 나오는 말이 아닌 행동에서 진실을 찾으면 된다
그리고 타인에게 양보와 배려심도 있어야 하는 것, 당근이지?
그 당근은 자신의 존엄과 기품에서 저절로 나오게 되어 있다는 것도 알고 있지?
또 '사랑해' 말은 평소에 자주 쓰고 때에 따라 '고마워' '미안해'라는 말 아끼지 말고 그리고 자신은 물론, 상대방에게도 칭찬에 인색하지

말거라 그리고 살면서 때로는 혼돈이 올 때도 있다 좌절하며 흔들릴 수도 있고 실패 혹은 실수해도 괜찮아 우린 살아있는 사람이니까 생명의 증거인 에너지가 넘치잖아 그러니 당연히 그럴 수도 있지 뭐 ㅎㅎ 할민 실패, 실수, 실언, 연발해도 지금 살아있다는 이 사실이 얼마나 경이로운지 늘 감탄하게 되더라?

하, 하, 하, 너를 잠재울 목적으로 이야기를 해 주면 넌 이야기가 아주 재미있었나 봐 한 이야기가 끝나면 또 요구하는 것 앎으로, 미리 엿가락 늘이듯 길게 만들어 해 주고 나면 또 하나만 더 해 달라고 한단다 딱 하나만 더 해달라고, 검지를 딱 세워서 애걸? 복걸? 하던 그 모습으로 할미도 딱 하나만 더 할까? 할미의 순진한 모습에 네 마음이 흔들리지? 물 한 컵 마시고 잠시 쉬었다가 들어봐라잉

은수야! ㅎㅎ 또 마음 타령 하려나 보다 하겠지? 공부 빼면 쓰러지는 할민 ㅋㅋ 쇠털 뽑아 제 구멍에 박겠지? 우리의 마음은 사람마다 다르겠지만, 대체로 악기와 같아서 생각보다 민감하다 그러므로 이해하는 것만으로 그치지 말고 해석을 할 수 있도록 마음을 연구해 보면 좋다 그러니 마음을 공부하지 않으면 타고난 고유의 아름다운 소리가 안 난다 우리들은 대개 행복을 원하며 살고 있지? 할미 개인적인 생각은 행복보다는 안도감을 원했음 좋겠다 마음이 푹 놓이는 평온한 느낌은 전천후 안정감 그 자체인데 반해 행복은 마치 일회용 같지 않니? 왜냐면 행복의 요소는 주로 바깥에서 들어간 것이라 오래 가지 않고 쉽게 사라지잖아 밖에서 들어오는 것 보다 안에서 저절로 나가는 것이 더 낫지 않겠어? 받는 것은 나만 받지만 나간 것은 주변의 사물도 그 기운을 받게 될 터, 마치 네가 등불을 들고 있으면 혹은 네가 등불이라면 사방이 환해지듯 말야

은수야! 내 안에 있는 심성을 믿고 어떤 충격 혹은 충돌에도 마음이 흔들리지 않으면 얼마나 좋겠니? 우린 뭘 보면 보자마자 비교하는 데 너무나 익숙하잖아 좋은 소리 들음 좋고, 싫은 소리 들음 싫고, 안 아프면 좋고, 아프면 싫고, 돈이 있으면 좋고, 없으면 싫고, 의도한 것이 이루어지면 날아갈 것 같이 기분이 좋은데 그 반대의 경우일 땐 좌절이 괴로움으로 변하잖아 그래서 말인데 천칭저울 아니? 가운데에 세운 굿대의 가로 장 양끝에 저울판이 달려있는 것!
양 끝에는 서로 대립되는 것을 올려놓고 균형을 유지하는 것 어때? 늘, 저울의 수평을 유지하기 위한 마음으로 있다가 어떤 인연과 경계에 닿거나 부딪칠 때 한쪽으로 기울면 얼른 수평으로 맞추기, 있음과 없음의 경계에서 마음을 늘 어느 한쪽으로 치우치지 않게 평정심을 갖도록 애쓰며 사는 것이 좋지 않을까?
결국 행복도 마음만 먹으면 얼마든지 만들 수 있다는 것도 알게 될 거야 그러니까 마음은 높고 넓은 하늘처럼 늘 열어서 비워 놓으면 좋겠지? (고요는 지혜와 연결되어 있으니까)
가령 행복도 아니고 불행도 아니고 행복이면서 동시에 불행인 요정이 자유롭게 들고 날 수 있도록 말이야 그 요정들을 살피다 보면 어느 날 나도 모르는 안목이 열리는지는 모르겠지만, 알 것 같으면서도 모르는 변화가 은밀하게 찾아온다 그래서 행복과 불행은 둘이면서 하나라는 것도 알게 된단다 그렇게 되면 욕망에 연연하지 않게 되니까 얼마나 홀가분하겠니?
은수야! 네 손을 한번 볼래? 삶은 손과 같단다 손은 손등과 손바닥으로 이루어졌잖아 이를테면, 만약 손바닥은 복이 들어 있는 손금이 있다고? 혹은 손금을 통해 복이 온다고? 좋아하고, 손등은 긁힌 흔적이 있다고? 혹은 탄력을 잃어서 보기 안 좋다고? 싫어한다면 어떻게 될까? 어느 한쪽만을 선호할 수 있겠니? 한쪽 바닥은 취하면서 한쪽 등은 버릴 수 있을까? 아니 버려질까? 각각 따로 있지만 하나란다 그러니 우리가 비교하는 대상이 좋다 안 좋다는 것은 순전히 분별심을 끌고 오는 생각에서 나온 것 아닐까? 삶이 좋다고 취하고 싫다고 버릴 수 없듯 마찬가지로 좀 비약해 본다면 이 세상도 나와 너도 따로 각각이 아니고 둘이면서 하나라고 생각한다 물론 개별의 존재의 구체성이 동일하다는 뜻에서 하나가 아니라 전체의 안목으로 보면 다를 바가 없이 모든 것이 평등하여 모두가 다 예쁠 수밖에 없다고 생각한다

은수야! 세상 모든 공부는 몰랐던 것을 조금씩, 조금씩 알아가는 여정이라서 재미없지는 않겠지? 알아가려는 노력이 축척될수록 사물을 사랑할 수 있는 힘이 생기겠지? 살기에 바쁜 우리들은 대체로 마음이 분주하게 움직이지? 그럴 때마다 알아차리고 마음이 쉬고 있는 상태가 오래 지속 되는 공부가 깊어지는 사람이 되었음 좋겠다 그리고 깊어진 공부가 체득되면 더 이상 공부할 필요가 없으니 반드시 버려라 마음공부는 결국 버리기 위해서 하는 거란다 악기는 공부한 거 다 까먹고 나서 나중에 모른다는 사실도 마냥 편안해진단다 안다고 해서 아는 것도 아니며 또한 잘한 것도 아니다 그리고 모른다고 해서 모자라는 것도 아니니 못한 것도 아니다 알든 모르든 아무 상관이 없게 되다 보니, 좋고 나쁨을 떠나서 모든 것이 다 긍정이 된단다 이 세상 전부가 다 하나로 예뻐 보이니 전 보다 훨씬 더 나은 아름다운 음악을 연주할 수 있겠지?

은수야! 우리 사람은 각성된 긍정적 에너지가 넘쳤음 좋으련만 무방비 상태의 부정적 생각에 노출되어 있다 그래서 우리는 맨날 내 안에 너무도 많은 자신과 싸우고 있는 것을 보고 있으면 한심하기도 하지

만 괴롭기 짝이 없다 이 싸움질이 번복해서 일어날 때마다 알아차리면서 마음을 봐라 보는 것은 아주 중요하다 이미, 내 안에 장착되어 있는 의식이 관찰자가 되어서 발견하게 된다 시비를 걸던 에고가 힘이 약해지거나 에고가 걸던 태클이 소강상태에 이르면 그토록 갈망했던 나를 버린 희망 하나 건지겠지? 내가 내 안에 갇혀 살 때는 까맣게 모르다가 조금씩 나를 벗어 날 때, 우련히 동이 터 올 즈음, 각성된 자신을 스르르 느끼겠지? 그때는 모든 것이 진실로 느껴진단다 그러니 몸이 아픈 것도 진실로 느껴질 때가 있더라? ㅎㅎ 아마 몸도 마음 따라 조금씩 건강해지는 법이 아닌가 싶더라? 공부하지 않으면서 공부하는 사람이 되어 나는 몰라도 남이 아는, 그래서 감화력이 있는 건강한 사람이 되길 바란다 그리고 우리가 살고 있는 것을 잘 들여다 보면 우리들은 지도를 마치 영토인양 착각하며 살 때가 많다 그러니 시나브로 지도는 영토가 아니란 것도 깨우치게 될 거야

직관력이 뛰어났던 은수야! 자신의 본질을 확인할 때마다 의식은 깨어나기 마련이어서 냉가슴 앓던 마음도 제자리로 돌아가 편안해진다 의식이 깨어있으면 거기에서 파장이 나오기 때문이란다 이를테면 마치 못 자체는 자장이 없지만 자석에 자꾸 대므로 해서 자장이 생기는 이치와 같이 말이다 생명체의 법칙에서 법을 다스리는 질서는 파장에 있단다 네가 부드럽고 따뜻해서 할미를 감화시키는 이유는 네가 절대로 전체의 통일로 파장되어 있기 때문이야 그 파장! 널 보살필 때마다 너의 자장을 느꼈던 기억이 생생하구나 너의 빛이 나에게 옮겨와서 내가 공짜로 환해진 그 느낌을 어찌 잊겠어! '우주의 법칙은, 모든 것은 빛을 받아 드러나고 빛 그 자체를 받으면 무엇이든지 빛이 된다' 더라 그러니 내가 먼저 선수치고 허공의 빛 같은 절대가 되면 맨날 상대적으로 싸우던 어둠과 싸울 필요도 없어지겠지? ㅎㅎ 그렇다면? 어

떻게 될까? 기대하면서 깨달음으로 가는 진리의 길로 터벅터벅 걸어가 본다

ㅋㅋ 은수야! 네가 마치 트림하듯이 잘했던 그 끄~읕~이닷! 진짜배기로 끄~읕~이다~^^~
개인적으로 좋아하는 문구가 두 개 있어서 마지막으로 소개하고 싶구나 첫 번째는 부처님의 말씀 '수처작주입처개진'이다 '네가 어디에 있던 네가 참된 주인이 되어 있으면 너 있는 곳은 다 참되다'는 뜻인데 좀더 상세히 설명하자면, 내가 이르는 곳마다 나란 존재는 인연과 조건에 의해 상황따라 변하잖아 그러니 그때마다 주인노릇하고 주인역할을 잘하면 내가 서있는 곳 모두가 진실하다는 것이다 그런데 왜 사자와 쥐가 떠오르지? 사자가 되어 주인의식에 매혹되어 혹시 쥐를 하대할까봐 염려되서다 사자는 사자고 쥐는 쥐다 본질의 입장에서 보면 모두가 하나로 평등하기 때문이다 그러니까 결국 선도 취하지 말고 악도 버리지 마라 어디에도 집착하지 않은 본래 마음 상태에서 마음을 쓰라는 위대한 가르침이다
두 번째는 예수님의 말씀 '행복하여라! 마음이 가난한 사람들! 하늘나라가 그들의 것이다'다 '행복은 생각대로 되고 가질 수 있는 것이라면 참행복은 내 생각과 소유를 내려놓음으로 찾아오는 행복을 말한다 행복은 가난한 마음에서 출발하며 가난한 마음을 갖는다는 것은 우리의 능력, 생각, 비전, 거룩함, 자기자신까지도 포함해서 어느 것에도 집착하지 않는 것이다'는 뜻인데 나는 이 말씀을 대하면 마음이 괜히 붕~ 뜨면서 우쭐! 푼수 같은 함박웃음이 머금어진다 왜 그럴까?
'가난'이란 견해 따라 달리 해석이 되겠지만 나는 여유로운 마음을 가지며 더 나아지고 싶은 삶을 살도록 발돋움 하는 자세를 의미하는 상태가 아닐까 싶다 할미는 마음 구경을 자주 해서 그런가? 온 세상을

다 얻은 부자 같은 느낌이 든다 그만큼 쓸데없는 생각을 많이 한 탓이겠지? 현재에 도움이 안 되는 이놈의 생각이 날 괴롭힐 때마다, 마음을 비우려고 애쓸 때마다, 허공의 하늘나라를 그리다가 그리다가 보니까 그런가 봐 도통해서 그런 것이면 오죽 좋았을까 그치? 아직도 미숙한 할미는 왔다리갔다리 한다 첫 술에 배가 부르겠느냐 '모든 큰 노력에 끈기 더하기'라 공부는 현재 진행 중이니까 희망은 보이지? 나의 고유한 고요함이 나의 현존감에 안착하였으니, 나머지 것은 나의 영성 혹은 공성에 맡기면 될 것 같으니까 그리 어렵진 않겠지? 너도 그렇게 생각하지 않니? 더디고 느린 것이 무궁하다는 의미를 포함하고 있다는 말을 상기하며 힘을 얻는다 일천한 할미의 마지막 소망은 일별한 것 수박 겉핥기식으로 하고 있지만, 멀지 않는 장래에 그 수박 쪼개어 여럿이 나누어 먹는 꿈 하나 보탠다

은수야! 널 '은수'라고 부르지 않고 자꾸 '아가'라고 부르고 싶네? 왜 그럴까 모르겠네? 네가 할머니가 되어도 할미는 너를 계속 아가!라고 부르고 싶구나
아가! 아가! 우리 아가! 정신이거나 물질이거나 가난하지만 가난하지 않게 살고, 가난하지는 않지만 가난하게도 사는 멋쟁이 주인이 되어라 넘치지도 않고 모자라지도 않는 가난을 적당히 유지하면서 살아라 그렇다고 적당주의는 되지 말고 '적당'을 유효적절하게 잘 사용할 줄 아는 생활의 기술자가 되어라 이왕이면 삶의 예술가가 되어라 기술은 예술이 필요 없지만 예술은 기술도 필요하거든 아가! 아가! 내 아가야!

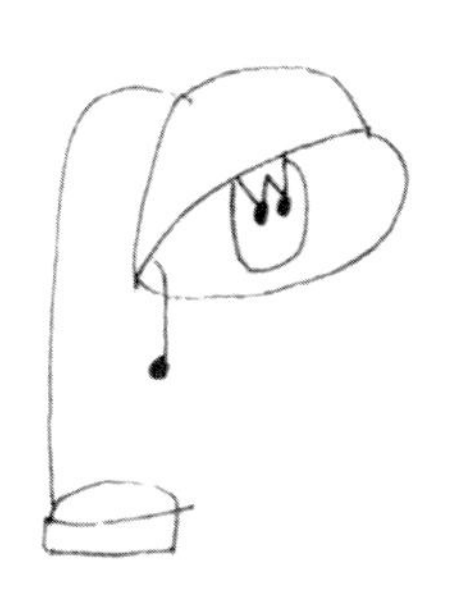

부록

나의 풀솜 이야기

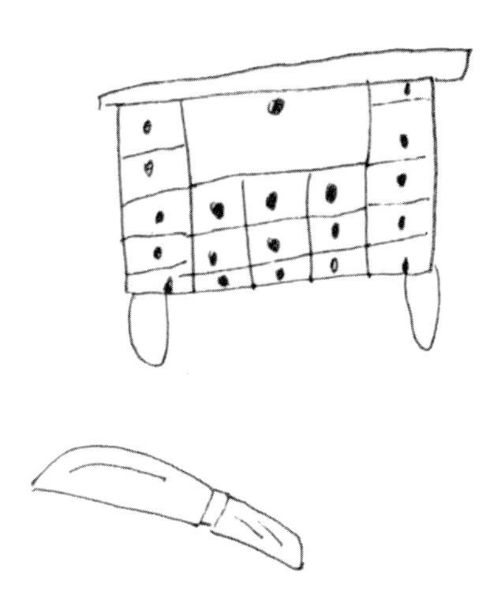

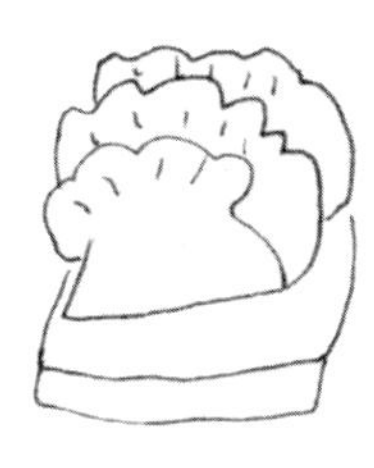

부록

나의 풀솜 이야기 하나

이야기를 시작하려니까 왜 황희정승이 생각나는지 모르것네?
아가! 그 유명한 황희 정승과 소 이야기 알지?
남존여비 사상이 심했던 시대에 태어나 서당 근처에도 못 가 본 나의 풀솜은 당연히 낫 놓고 기역자도 모르셨지만 공부 많이 한 그분보다 훨씬 높았다?! 쌍가마 타고 가는 높은 벼슬아치
그분은 현장에서 그렇게 훌륭한 말을 남겼지만
영혼으로 농사 짓는 나의 풀솜은 십 리 밖의 일을 꿰뚫는 현자였지!

찜통 속 같은 날에 덥다고 오만상을 찌푸리고 짜증을 냈더니 말야
'덥다'는 소리 함부로 하지 말라고 하셨어!
벼가 들으면 서운해 한다고 말야
행여 그 소리 들으면 기가 죽을지도 모른다고 걱정하셨거든
때를 놓치면 절대 안 되는 벼의 일이 뜻대로 잘 되어 기세가 등등할 때 여물 단도리 한참 할 때 젖 먹는 힘까지 보태어 발돋움할 때
그 소리 들으면 본능적으로 어떤 반응이 나타나겠니?
벼는 예지의 풀솜이 저와 함께 깨어서 인정해 주는 것이 너무 좋아
까치걸음으로도 승승장구하고 싶지 않았겠니?
아마 그 소도 그러지 않았을까 그 친구 심정이 그려지니?

아가! 할미는 너무 늦게 철이 들어 알았단다 봄이 한창일 때 노오란

꾀꼬리가 온몸이 간지럽게 울던 때가 지나고 그 꾀꼬리마저 떠난 자리에 '꾀꼬리단풍'의 절정이 점을 찍고 난 뒤에 알게 되었지 뭐냐 나를 나무라고 벼 편을 들어주던 할미가 야속해서 어찌나 밉던지 입이 한 발이나 튀어나왔는데 지금은 입이 쏘~옥 들어간 내가 귀엽기 짝이 없네? 탐진 하던 마음이 철새들이 떠난 자리같이 수그러진 이 할미가 정혜 같아서 밉지 않고 예쁘네? 심심하게 살고 있는 지금이 꽤 근사하지?

나의 풀솜 이야기 둘

농부는 별을 노래하는 사람들이라고, 농경 사회를 사셨던
나의 풀솜은 새벽녘에 정화수 떠 놓고 마당에서 기도를 하셨다
언제나 농민들을 위한 기도를 변함없이 하셨다
자식 농사와 벼농사에 관한 한 숭고한 희생정신의 대명사였다
팔 남매의 맏이에게로 시집을 간 풀솜은 마음으로는 친정부모를
모시고 몸으로는 시부모님을 모셨다
풀솜은 공감능력이 뛰어나 눈물이 많았으니 은총이었고 꿈을 꿀 땐 늘 총 천연색으로 꾼다고 하셨으니 영이 맑으신 분임이 틀림없다
눈물의 향기를 품고 있는 사람으로서 매우 향기로운 삶을 사셨다

옛말에 집 나간 며느리도 이 냄새 맡고 돌아온다는
가을 전어가 한창이다
부지깽이도 날뛴다는 수확의 계절, 비를 좋아하는 나는

낭만을 불러오는 가을비지만 풀솜 생각하면 노 생큐다
처서 밑에는 까마귀 대가리가 벗겨질 지경의 늦여름 일조량을
예찬하셨던 기억에 잡혀 있는 것이다

듣도 보도 못한 가을 장마! 천부당 만부당 한 이 작달비를 본다면
나의 풀솜은 마음 따라 아픈 몸이 자리보전하시겠구나 싶다
처서에 비가 오면 독 안의 곡식이 준다고 걱정 많이 하셨던 것이다
처서에 비가 오면 십 리에 한 석 감한다고 애를 태우셨기 때문이다

청상 같은 빗소리가 꾹꾹 눌려서 참아내는 풀솜의 가슴앓이로 들린다
거두지 못했던 농작물들이 매를 맞는 것 같고 장대빗소린 예전 같지
않은 '이상기후'가 매 타작 하는 것 같아 마음이 저릿하다
'지구를 살리는 마지막 희망은 소농'이라는 이 메시지를 새겨 보며 우
리나라 방방곡곡 아니 정부 각 부처에 있는 높은 분에게도 또 이 세상
모든 나라의 수장들에게 일일이 문자를 찍어 보는 것이다 부질없는
메아리만 보내 보는 것이다

나의 풀솜 이야기 셋

그 옛날 까막눈의 나의 풀솜이 들려주던 칠월 칠석의 까막까치
이야기는 참말로 맛이 끝내주게 좋았어요
우리 손주가 젤 좋아하는 딸기아이스크림만큼이나 맛났어요
이야기는 끝도 보이지 않으므로 날이 새도록 듣고 싶었지요

재롱 피우던 우리 은수 천사한테서 배운 짓, 딱 한 개만! 하고 검지를
세우면서 해달라고 조루면 '이야기 좋아하면 못 산다'고 안 해주었지요
못 살다니? 하이고 개뿔? 토끼 뿔? 혹은 배암 다리 같은 소리죠?
풀솜이 어린아이였던 그 시절엔 구전을 믿고 살았다고 하셨으니 나름
일리가 없지는 않겠으니 어디 그 소리 한 번 파고 들어가 추측으로 해
석해보았지요
일단 이야기는 재미있으니까 그 재미에 빠져서 재미를 밝히다 보면
혹 전도몽상에 미혹 당할까? 행여 탐착할까봐 그러셨겠지요?
사람은 가야 할 엄연한 길이 있는데 그 길을 갈 때 지장을 준다는 것
이겠지요?
풀솜의 생활철학은 길이 아니면 가지 말라고 늘 노래하셨으니 행여
마음이 콩밭에 가 있으면 될 일도 안 된다는 것이겠지요?
혹은 제는 안중에 없고 젯밥에 정신 팔릴까 봐서?
그래서 세 살 버릇 여든까지 간다고 하니 하해 같은 할머니의 자비심
은 사랑의 또 다른 이름의 걱정으로 대치되기도 하지요?
못 살면 안 된다 너만은 꼭, 잘 살아야 한다는 당부를 미리 당겨서
그러셨는지 모르겠어요
걱정도 팔자같이? 재미있는 일에 정신이 팔려 해야 할 일을 잊고
시간가는 줄 모르다가? 암튼 신선놀음에 도낏자루 썩는 줄
모른다는 말도 있잖아요
아무튼 각찰 할 줄 모르고 자기 입에 맞는 것만을 끈질기게 집착할까
봐 행여 주색을 탐닉할까 봐? 그러셨겠지요? 하~하~하~
천만다행으로 열락이면? 운수대통! 시쳇말로 대박이겠지만요

나의 풀솜 이야기 넷

순전히 순명이 진화하여 그리 되었나?
꼬물 꼬물 꼬맹이가 자라 자라 자라면 수호천사가 될 수 있나?

아무래도 일사천리로 달렸던 세월의 그 아이가 만혼의
막내딸 막내손주를 보살필 때 수호천사가 되고 싶어했더니
빙산의 일각이 수면 위로 떠올랐나 봐요

유치원 다닐 때 글자구경은 했지만
초등학교 들어가서야 내 것으로 익혔지요
받아쓰기 시험 수없이 통과하고 난 뒤 얼추 한글을
제법 잘 알게 됐을 무렵 풀솜은 내심 이날을 기다리신 듯
불러 주는 대로 받아 적으라고 하셨지요
길고 긴 사연 끝을 맺고 나면 읽어보라 해서 더듬더듬 읽어드렸지요

당신 소싯적에 배다른 여동생을 업어 키우셨대요
각별했던 그 여동생이 '함양'인가? '함안'인가? '합천'인가? 아님 '하동'인가?
뭐 하여간 히읗으로 시작되는 고장 어디에서 사는데 어떻게 사는지 노상 그리움에 전 말을 입에 달고 사셨지요 형편이 없는 길은 멀기도 했지만 도저히 갈 꿈도 꿀 수 없는 지경이고 보니 보고 싶은 마음을 간곡히 전해 달라는 하소연의 편지였지요

또박또박 혹은 괴발개발 쓴 글자가 간간한 눈물이 되어 읽어드리면

매우 흡족해하시면서 날더러 '천사'라 불렀지요
천사는 그 소리 듣기 좋아 결코 풀솜의 부정적 의미의 한이 아닌 미래
지향적인 한을 여러 번 보듬어 드린
사랑의 도구로 쓰였던 내력이 있었지요

나의 풀솜 이야기 다섯

그러니까 아무렇지도 않게 쏜 살같은 세월의 그 아이가 막내 딸내미
외손녀를 돌 볼 때 수호천사가 되고 싶어 했더니 문득 떠올랐나 봐요

그놈의 아들이 뭔지! 당신은 죄가 많아서 아들을 못 낳았다 하시며
적적할 때마다 스스로 죄인이라고 하셨지요
출가외인의 딸네 집에 사는 것은 말도 안 되는 일이라시며
마산에 있는 어떤 양로원으로 가신다고 하셨지요 ㅠㅠ
의지해야 할 아들 없으니 말년에는 양로원으로 보내 달라고 고집하셔
서 한 때 그곳에 계셨는데 천사가 가서 모시고 올라왔지요
풀솜 말대로라면 아들이 없어 지극히 초라할 것 같았던 장례식은
화려한 꽃길로 장식된 응암동성당에서 천상의 레퀴엠이 장엄하게
울러퍼지는 한 가운데서 미국 대통령보다 더 성대했지요

풀솜은 몸이 부서져라 일만 했어요
생사문제를 풀려고 한평생을 불 땔 때 나무하러 산으로 이삭 줍기 위해
들로 조개 캐려 바다로 다닌다고 고장 난 발을 고치지도 않고 쉴 새

없이 사용하다 보니 다 닳고 말라 버렸으니, 더는 땅을 딛지 못하게
알아서 주저앉고 말았지요
목욕시켜 드리려고 아기처럼 달랑 들어서 안고 (체구가 작고 야위어서
가능) 욕조에 앉혀 씻겨 드렸지요
그때부터 씻겨 드리려고 방문할 때마다 날더러 '천사야 천사야
리오바 천사야' 하셨지요 (ㅎㅎ 부처 눈에는 일체가 다 부처로 보인다죠?)
그 소리가 그때는 한 여름 뙤약볕 못 말리는 그 흔한 매미소리였는데
아스라이 멀어져 가는 생의 비밀 통로를 따라가 본 시방은
까무룩한 귀또리 소리로 제 곁에 생존해 계시네요
풀솜은 천부당 만부당 출가외인 딸네 집에서 오래 신세 지면 미안해
서 안 되는 거라고, 어서 하늘나라 가고 싶다고, 음식을 스스로 거부
하며 약 40일 동안 물만 드신 후 정결한 육신과 맑고 밝은 영혼으로
피안의 세계에 드셨지요
그토록 그리운 님을 만나러 본향으로 가신 거지요
인간이란 그렇게 먼 곳에 있는 것은 그리워하게 되어있으니
누구나 떠나온 고향을 그리워하는 것은 인지상정이겠지요?

화장터에서 우연히 발견하고 소스라치게 놀란 일이 있어요 극사실로
인지되어서 그런지 모르겠지만 오랫동안 화두처럼 따라다녔지요
사전을 보면 골반은 고등척추동물의 허리 부분을 이루며 하복부의 장
기를 떠받치고 있는 깔때기 모양의 뼈예요 평소에 우리 몸 중 가장 중
요한 부분은 머리라고 생각했던 터라 단연코 두개골이 끝까지 버티고
있을 줄 알았지요 그런데 그것은 흔적도 없이 폭삭 사그라진 대신 골
반만이 홀로 우뚝했어요
골반은 내 생각을 끝까지 초월하여 관상의 세계로 안내하는 행동으
로 증거한 것 같았어요 골반은 생명의 씨앗이 심어진 대지의 그림이

고 열매가 되어 수확한 완성된 음악이었던 것이지요 아니 수백 년이 지나도 본래의 오롯한 씨알 하나였어요 씨앗은 대지에 묻히면 껍질을 뚫고 떡잎 한 장이 아닌 두 장을 동시에 밀어 내잖아요 그것처럼 머리라는 떡잎 발이라는 떡잎 이렇게 떡잎 두 장을 밀어내어 키우면서 위 아래를 버티면서 균형을 유지한 채 비바람 된서리의 모진 세월 잘 살아낸 생명체였어요

유골이 분쇄기에 들기 전 신체부위별은 가늠 할 수 없이 주저앉은 잿가루였지요 홀로 남아 있는 골반은 내 눈을 찌르면서 눈빛을 갈라놓았지요
사람이라면 누구나 이상향이라는 것을 만들지요? 높이 우러러 보며 하늘을 떠받치고 살지요? 하늘을 향해 비는 마음 그 구하는 마음은 일구월심이잖아요 그래서 이상을 추구했던 머리는 끝까지 변함없는 제자리에 오뚝이처럼 있겠지 했는데? 반전이 된 것이지요?
골반은 만족하지 못했던 현실에 대한 불만 덩어리 같아서 움칠 했어요 이상이라는 이름의 허구에 눈이 멀어 안주하지 못했던 현실이 눈앞에서 일갈하는 것 같았지요 그러니 회한 같으니까 오래도록 따라다녔나 봐요
가만히 뒤돌아 생각해 보니 나를 내 안에서 찾으려는 생각이 없고 밖에서만 찾으려고 방황했던 마음의 집착 같았어요 삶이 힘들수록 끊임없이 아상을 켜켜로 만들어 놓고 사리사욕으로 취하려고만 하니 마음이 한 군데 오래있지 못한 좌불안석이 골반이 되어 있지 않았나 싶어요
사실 무엇을 구한다는 것은 이미 실제로 나에게 있는 영성 혹은 불성을 알아차리는 것을 방해하는 것이 아니었나 싶기도 해요 완전하고도 완벽한 나의 본성 그 자체가 나였음에도 모르고 말이에요 깨어있는 의식이 버젓이 안에 있는 것을 밖에서만 구하려고 했으니 방황하

는 마음은 피폐해질 수밖에요 그땐 왜 몰랐을까요? 왜 누가 안 가르쳐주었을까요? 설사 누가 가르쳐 주었어도 준비가 안 된 사람은 받을 능력이 없는 것이겠죠? 생각 내려놓고 마음 비워 놓았으면 금방 깨달음이 오겠지만 온갖 잡동사니로 가득했으니 만무하겠지요?

골반은 땅을 살았던 발과 하늘을 살았던 머리 사이의 한복판에 있었던 경계였지요? 상체를 받히고 하체를 버티며 살아 내려고 올곧았던 삶 그 자체로 금강석 같은 흔적만 남겼지요
경계를 살면서 결코 자유롭지 못했던 선과 악의 경계에서 불이 법으로 고심하던 내적 자세를 알아차리는 중도의 산물인 셈이지요? 좋다고 취하지 않고 나쁘다고 버리지도 않았던 본래 면목의 증표였지요
골반은 파르르 떨리는 나침반 바늘 끝과 같은 긴장 위에서, 쏟아지는 것 받아내며 내리 눌리는 것 버텨주는 이 경계는 항상 늘, 꽃을 피워야겠지요? 맞아요 골반은 꽃이에요 나의 풀솜 유골의 골반은 꽃을 피우기 위한 그 모든 고통을 고스란히 받았던 인고의 세월 그대로 재현해 놓은 불후의 명작 설치 미술이었어요 경계는 생의 자장을 받쳐서 버팀목으로 생존 할 수 있다는 정신의 또 다른 이름이었지요?

한때는 무상이란 단어를 선불리 짐작해서 허무한 것이라 울적했어요
그런데 전혀 아님을 알게 되었어요 세상은 있는 그대로가 온전하므로 끊임없이 변하면서 돌아가는 무상은 아름다운 법 아니겠어요? 문득 우주만물은 항상 돌고 변하여 잠시도 한 모양으로 머물지 않음이 피부로 느껴졌어요 내가 세상 이치 안에 포함되어 있다는 사실이 진실로 다가오니 예전에는 내 마음대로 되지 않아서 춥고 시리던 마음이 훈훈해지네요? 그런데 인간적으로 약간의 슬픔에 떠밀리기도 하지만? 감정이 이입되지 않는 묘한 적요함으로 삼라만상과 공명하고 있어요

나란 존재가 이 세상에 그래도 사람으로 태어나 세상 구경 한 번 잘 하고 있는 것이 경이롭기만 해요 그런데 두 분의 성인을 마음에 모시고 있는 오늘이 영광스럽게 느껴지네요 인생의 바퀴가 삐거덕거렸던 일상에 윤활유였던 말씀, 언어의 길을 끊어 놓고 이심전심으로 드러나게 해 주는 부처님 말씀과 인간적인 너무나 인간적으로 살아있는 예수님 말씀으로 지금 이 순간까지 잘 살고 있다는 사실이 자랑이지요

여기 나라고 하는 한 물건이 있어요 태어날 때부터 있는 이 물건은 신이 준 혹은 신 자체인 성령은, 처음부터 밝게 드러나 있어서 마냥 신령스러워요 한마디 말로 표현이 안 되거니와 모양도 어떻게 생겼다고 말할 수 없어요 오직 이 하나뿐! 우주의 본체인 나의 이 의식이자 정신이자 마음은 알고 모르고를 떠나서 다만 깨닫는 것 뿐예요 석가라는 사람도 몰랐으니 그의 제자 가섭이란 사람도 어찌 알았을까요
오늘은 어제보다 1㎜ 변화되는 느낌으로부터 오는 즐거움으로 살고 있으니 참 좋아요 내 마음과 내 영혼을 온통 차지하고 있는 신을 감지하며 살고 있으니까요

기적 같은 한 인생이 어찌나 벅찬지 희로애락이 어찌나 달콤한지 산다는 의미 살아있음의 이 각별한 느낌은 곧바로 복락이지요 하루하루의 일상이 어찌나 감사한지 신의 은총을 독차지한 삶이었다고 기록하고 싶어졌어요
할머니가 가셨고 어머니도 가셨고 이번에는 내 차례구나 생각하니 순간, 담담한 아름다움이 전율로 느껴지네요 무릇 우리는 사람으로 태어났으니 정신 똑바로 차리고 마음을 한곳에 모아서 존엄하게 살다가 존엄하게 죽어야겠지요?

의료인류학자 송병기 님의 깊고 넓은 글 중에서 한 삽 퍼 왔어요
'오늘날 우리가 경험하는 죽음의 문제는 마치 주사위 놀이 같다 먼저 보이지 않는 손이 노화, 질병, 돌봄, 죽음을 새긴 주사위를 던진다. 그 결과는 우연히 누군가의 일상에 들이닥친다… 주사위 놀이의 인기비결은 불평등함에 있다 우리 삶이 불평등하면 할수록 주사위 놀이는 아찔한 모험이자 세간의 관심을 끈다. 반면, 어떤 주사위를 던져도 누구나 존엄하게 살고, 늙고, 아프고, 죽을 수 있다면 그 놀이는 시시한 장난에 그칠 것이다'

한 줄기 바람 같았던 나의 풀솜의 뼛가루를 한 줄기 바람의 천사가 제사 지내줄 아들이 없으니 화장해서 한 곳에 파묻지 말되 동네 야산 말고 높은 산에다 뿌려 달라던 유언에 따라 밥 한 공기의 분량의 분골을 배낭 속에 넣어 그 당시 자주 가던 도봉산행 할 때 한 줌씩 무한천공에다 흩뿌려드렸지요
'산산이 부서진 이름이여 부르다가 내가 죽을 이름이여' 소월의 시를 읊조리면서요
분골은 흙이 되고 돌이 되고 혹은 풀이 되고 나무가 되어 순환하겠지요 자연에서 왔으니 반드시 자연으로 돌아가는 것이겠지요? 아무렴 그렇고 말고요

나의 풀솜은 하얀색 이미지로 지금도 아름다운 기억에서 살아 있네요
검은 것은 검게 하고 흰 것은 희게 하는 저력 있는 풀솜은 쪽을 지셨는데 머리를 감으실 때는 특이하게 하시더군요
보리쌀을 삶을 때 미리 몇 국자의 보리 물을 퍼내어 준비해두었던 것을 샴푸처럼 물에 풀어서 머리를 감으시던 모습이 매우 인상적으로 남아 있어요 그리고 항상 볼 때마다 당신의 흰 고무신이 빛나 보였던

풀솜은 사람의 신발은 정갈해야 된다며 평소에도 자주 씻는 걸 봐서 일까요?
뽀드득 뽀드득 곱게 닦은 하얀 코 고무신 한 켤레로 남아 있어요

나의 풀솜은 봄이 완연해지면 이 산 저 산 아래 있는, 혹은 이곳 저 곳에 자리 잡은 들판에는 어김없이 피어나는 이팝나무 꽃무리로 남아 있어요
하릴없이 보릿고개를 넘어야 했던, 유년에는 배곯아 죽는 사람들을 보고 자랐기 때문일까요? 하얀 쌀밥을 소복이 담은 고봉밥같이 보여서 이팝나무를 좋아했어요 이팝나무가 꽃을 푸짐하게 피워야만 풍년이 들 거라는 믿음 때문이었겠지요?
결국 나도 지극한 처염이라는 이름으로 처연하도록 아름답게 염하게 되어 배고파 죽은 넋을 위로한다는 이팝나무를 좋아하게 되었어요

그나저나 알게 모르게 날로 달로 풀솜 닮아가는 겉모습을 보니 마냥 신기해요
의치를 빼고 거울을 보니 판에 박은 듯한 신비의 데칼코마니 그 자체네요 나도 분명, 본향을 그리워하고 있어야 할 시간이 된 것이겠지요? 본질에서 왔으니 본질로 가는 것은 당연지사죠?
김순이 나의 외할머니!라고 불러 놓고 이 글을 마칠 때가 오니 떠나지 못한 생각 두 개가 서성거리고 있네요
밤늦은 시각에 외갓집에 도착되면 귀찮지도 않으신지 번거로우실 텐데 조금만 기다려라 하시며 쌀 씻어 아궁이에 불을 지펴 새 밥을 지어 주셨지요 찬밥이 있어서 그걸 먹겠다고 했는데 말이에요 당신께서는 찬밥을 먹이기 싫어서 그러셨겠지만 어디를 가도 찬밥이 안 되게 혹은 찬밥신세가 되면 안 된다는 뉘앙스가 풍기는 뼈있는 말씀을 하시

면서요
또 하나는 제가 내성적이라 말을 잘 하지 않으니까 섭섭하셨나 봐요 종종, '속에 육도벼슬을 해도 말 안 하면 아무 소용이 없는기라'고 하셨어요 호호호 김순이 할머니! 제가 할머니를 뵈러 갈 때는 육도벼슬을 제곱으로 뛰어넘은 십이도 벼슬 한 마음으로 갈 터인데? 눈치채시겠어요? ㅎㅎ 절 보자마자 알아주실 거죠?
오직 한 분밖에 안 계셨던 김순이 나의 외할머니! 예전에 이야기 좋아하면 못 산다고 더는 안 해주셨죠? 제가 할머니에 관한 이야기 좋아해서 이토록 길어지면 못 죽는다는 말과 상통하네요? 사는 것과 죽는 것은 같은 거 잖아요 그래서 처음이자 마지막이라서 그런지 끝도 없이 이어지는 이야기 고마 끝내야겠지예? 혹 못 죽을까 봐서예 그렇게 되면 만나보지 못하니까 그보다 더 큰일이 어디에 있겠어예

조류의 90% 이상이 철새라지요? 철새들의 경로를 상상하며 움직여서 자리를 바꾼 것을 보듬어 보니 명료한 생사의 법이네요
법 따라 인연 따라 구만 리 장천을 날아 그 목적지에 도착하면 사랑이 떡이 되어 있었던 그 육성! 천사 소리 한 번 더 듣고 싶어요
사랑으로도 도무지 표현이 안 되는 그 애절한 연민으로요
삶이 버거울 때마다 '관세음보살' 하고 나지막하게 부르며 한숨으로 내쉬던 나의 풀솜은 귀로 들어오는 희로애락의 소리를 관망하는 나의 고귀한 풀솜!
나의 가장 오래된 인간 김순이 아가타!

풀솜은 삶이란 농사는 마치 평생 해야 하는 수행 같아서 죽어야만 끝이 난다는 말씀을 자주 하셨던 것이다 화장터에서 우연히 목격한 나의 풀솜의 골반은 그냥 골반이 아니고 득도하신 유명한 스님의 다비

식 끝내고 나서야 찾을 수 있다던 사리! 그 사리와 전혀 다르지 않는 진신사리라 생각하는 것이다 그리고 안성맞춤이듯 농부시인 서정홍 님의 시에 고스란히 있던 명언을 상기해본다
'아이고 농사일이 오데 끝이 있는가 고마 죽어삐야 끝나지'

나의 풀솜 이야기 여섯

얼마나 인상이 깊었던지 풀솜의 엽기적인 이야기를 듣고 오래전에 기이하고 이상한 꿈을 꾸었던 적이 있다
길을 가는데 세상에서 가장 더럽다는, 똥보다 더 더럽다는 것!
전봇대이거나 담벼락 어디 근처 보고 싶지 않은 것 못 볼 것을 본 것이다
누가 쭈그리고 앉아서 토악질로 대성통곡하는 것이다 이상하다! 구토물을 보니 분명 팅팅 불어 터져있어야 할 밥 알갱이들이 뽀얀 애벌레같이 꼬물꼬물 살아 움직이더니 오동통한 고두밥이 되는 것이었다 아뿔싸! 잣이 동동 뜨는 찹찹한 단술을 만들어서, 산행 할 때 가지고 가서, 산 친구들과 나누어 마시면 되겠네? 하는 찰나 꿈은 깨졌던 것이다

막내딸 키울 때 보살펴 주고 싶어 하셨던 나의 풀솜이 나의 집에 잠시 머물고 계실 때다 진지상을 차려 드리면 밥 한 숟갈을 꼭 남기셨다 다 잡수시라고 권해도 마치 약속을 이행한 표적처럼 남기셨다 그릇을 깨끗이 비워주면 설거지 하기도 좋겠다고 해도 늘 그러셨다 짜증이 나기 시작했다 그러나 곰곰 생각해보니 무슨 깊은 뜻이 있을 것 같아서

이유를 물었다 '그게 그냥 밥이 아인기라 배고플 때 묵으면 눈이 번쩍 뜨이는기라'고 하셨다 오라! 그때를 대비해서 남기시는구나 생각하니 가슴이 미어져 눈물이 났다 반세기도 넘은 오랜 세월 동안 기아의 줄넘기 혹은 줄타기 하면서 해와 같은 슬픔과 달과 같은 아픔이, 마음속 깊이 자리 잡고 있었으니 습관이 되어 있었던 것이다 불안이 자라면서 안심을 지향하는 갈애가 굳어지면서, 버릇으로 남아있음을 알게 되었던 것이다

나의 풀솜은 지금의 현대인에게는 상상이 안 될 정도로 먹거리가 귀했던 시절에 태어나셨던 것이다 배고픔이 지독한 때 기함할 정도의 시절을 견뎌 내셨던 걸까? 상상 잘하는 사람도 상상하기 힘든 실제 있었던 이야기를 생목처럼 해 주셨던 것이다
삐쩍 마르기도 했지만 체구가 워낙 작으셨던 당신의 유년은 저것이 끝까지 살아남을까? 했을 정도로 아주 병약했단다 당신의 어머니가 길을 가는데 먹은 음식물을 토해 놓은 것을 봤단다 즉시 밥알을 거두어 집에 가서 씻어 먹어야지 하고 갖고 왔단다 실제로 물에 헹구어 먹으려는 순간 타는 기아와 양보 사이에서 갈등이 생겼다고 한다 허약한 아이가 목에 걸려 안 넘어갈 것 같다고… 해서, 결국 병치레가 잦아서 더욱 가슴 아픈 아이에게 보시했단다 아이는 아무 영문도 모른 채 꿀보다 더 달게 먹고 눈을 번쩍 떴단다

우리들은 밥이 살짝 가려고 하면 미련 없이 버린다 쉰밥도 요긴하게 쓰이는 비법을 풀솜한테 전수받았던 것 소개하고 싶다 맛이 간 밥은 보글보글 끓여, 광목으로 된 풀자루에 넣고 주물럭주물럭 하면 고운 밥이 산화된 풀물로 나온다 시트나 홑이불 풀 먹일 때 쓰면 된다 여름에는 그 촉감이 너무 좋아서 말로 다 표현할 수 없다 밥이 온몸으로

승화시킨 창작물이 또 있다 김치 담글 때 짱이다 양념재료로 갈아서, 넣으면 백 점짜리 천연조미료로 신통을 부린다 뭐니뭐니 해도 국물김치하고는 찰떡궁합이다 깜박하고 밥이 생기를 잃었을 때 버리지 말고 일단 믹스기에 물을 조금 붓고 갈아서 냉동실에 넣어 두었다가 필요할 때 요긴하게 사용하면 꿩도 먹고 알도 먹게 되는 것 아닐까? 골칫덩어리 음식물 쓰레기 줄이는 굉장한 비법 아닌가?

*

우리말의 아름다움에 반하여 다시금 외할머니의 존재에 대해 생각해 본다 사전을 보면 풀솜은 허드레 고치를 삶아서 늘여 만든 솜이란다 외할머니를 풀솜이라고 한 것 딱! 잡힌다!? 외할머니는 아무거나 닥치는 대로 하는 허드레꾼 같아서? 무엇을 헹구고 난 비교적 맑은 물인 허드렛물? 다시 한번 더 쓰려고 즉 내가 선호하는 재생과 부활에 영합했나? 아무튼 만만함을 넘어 허심탄회, 탄허! 함허! 안심과 편함의 대명사 아닐까? 하고 뜬금없이 생각해 보는 것이다 ㅋㅋ 풀솜을 차지하는 아이 이 세상 아무것도 부럽지 않아 풀솜만으로 만족하리라 에헴! 본격적인 풀솜의 노릇과 역할 일선에서 물러서며 대단원의 『하루 별이 모여서 3』을 마치며…

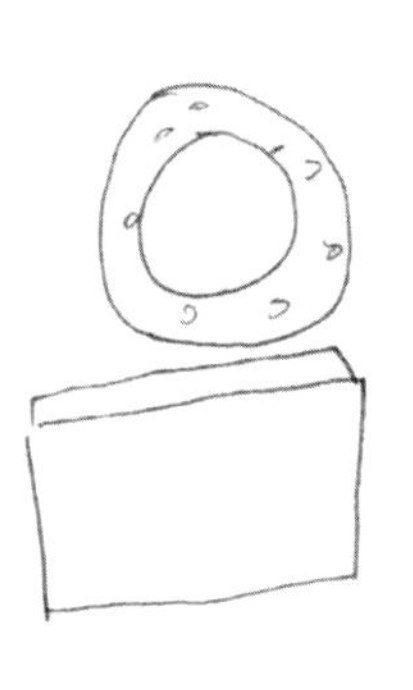
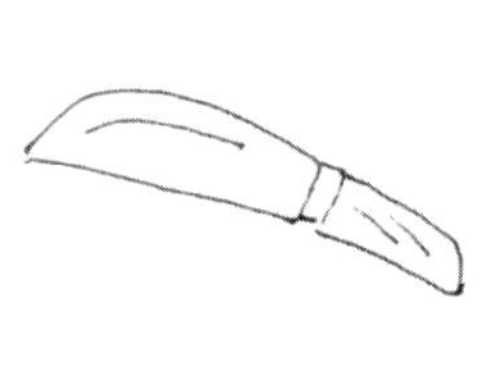
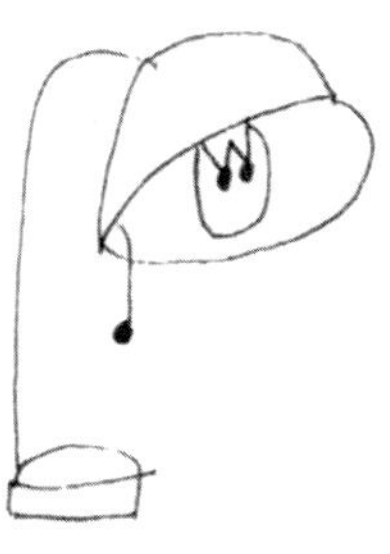

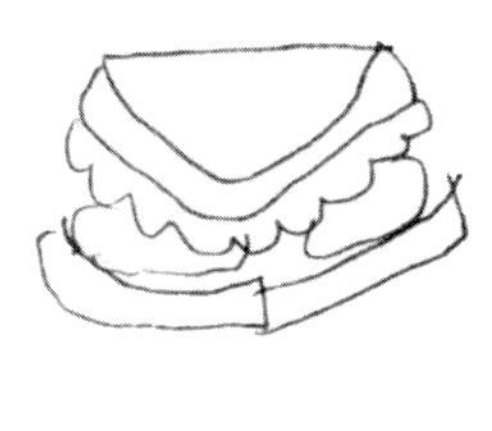

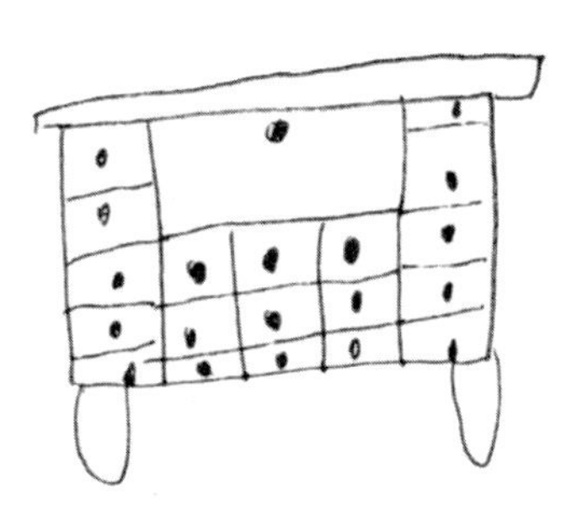

후기

이야기는 길어야 맛이고 이야기는 전해지지 않으면 굶어 죽는 다는 말이 있다. 막내 외손녀를 신생아 때부터 보살피면서 있었던 일을 이야기로 나누고 싶었다. 한 살 때는 1편, 두 살 때는 2편에 이어 이번 3편은 세 살 때 이야기다.

아시다시피 독자님들과 약속했던 일, 모아진 1편의 판매대금 전액은 몽골 비어콤비나트로 2편은 멕시코 캄페체로 보냈다. 여전히 이 3편도 판매대금 전액을 멕시코 데스엔가뇨(과테말라 국경 3km 지점, 극빈한 오지마을)로 보내진다.

옛 성현들의 말씀에도 있지만, 우리시대 어르신들에게 자주 들으면서 살아 왔다. 사람은 태어날 때부터 이미 제 몫을 갖고 세상에 온다. 그래서 지금 없는 사람들의 몫이 잠시 있는 사람들에게 가 있을 뿐이라고 생각한다. 그러므로 많이 말고 조금씩만 아주 조금씩만 나누면서 함께 살아가면 좋지 않을까 싶은 것이다.

우리말에 십시일반이란 진실되고 착한 말이 오래도록 전해져 온다. 이 고귀한 말! 아름답게 명맥을 유지하고 있는 이 말을 세분해서 표현하면 밥 한 술이면 딱!이므로 그 진목면의 마음결 하나만으로도 족하다. 풀솜이 이렇게 말씀하셨다. 누가 동냥그릇 내밀면 그냥 지나치지 마라. 기회는 단 한 번뿐이니까. 사람이란 인연 따라 살아가는 법이라고.

세상에는 늘 도움을 받지 않고는 못 사는 분들이 많다. 그분들의 바람을 들어 보면 '쌀 한 가마에 금방 잊히는 존재보다 쌀 한 줌이라도 좋으니 잊히지 않고 늘 기억해 주었음 좋겠다'고 했다. 쌀 한 줌의 힘이 3편을 마무리하도록 했다.

2편에 이어 그 다음 해에 곧바로 출판하려고 준비해 두었으나 돌림병에 난리를 만났다. 코로나 확진자가 0명이 되는 날을 기다리다가 이렇게 늦었다.

가엾고 딱하고 안타까워서 슬픈 그들의 소망을 위해서 쌀 한 줌이 되기 위해서 직지인심의 모태가 될 측은지심을 소유하고 계신 독자님께 이 책이 꼭 필요했음 좋겠다. 그리고 손주에 대해서 혹은 육아에 대해 생각해보면서 꼭 한 말씀만 곁들이고 싶은 것이 있다. 양육의 힘겨움은 천하가 다 안다. 보살핌을 노동으로 여기지 말고 신이 준 아주 특별한 선물로 받아들이면 좋겠다. 핏덩어리 같은 생명체가 인간이 되어 가는 모습을 눈으로 보고 귀로 듣고 느끼며 새삼 알아가는 과정에서 본인도 자라고 있음을 느끼게 된다. 생의 처음이자 마지막이 될지 모르는 신성한 경이로움을 맛 볼 것이다. 비록 몸은 고되지만 그에 비례하는 알 수 없는 충만감을 맛본다. 그 찰나마다 거룩하게 되는 뿌듯한 기쁨을 누려 보시면 좋겠다.

제대로 돌봐 주려면 대단한 정성과 체력이 있어야 하므로 마음가짐을 바꾸는 것도 필요하다고 생각한다. 특히 양육자가 스마트폰을 아기보다 더 좋아 한다면 틀림없는 낭패를 볼 것이라고 생각한다. 발 없는 말이 천리를 간다는 진리를 안다면 말이다. 먹이기와 기저귀 갈아주기와 재우기의 기본만 잘 해 주면 저절로 자란다고 생각하기 쉽다. 항상 눈을 맞추며 놀아 주는 것을 대수롭지 않게 여긴다면 매우 곤란하다. 왜 갑자기 황금 보기를 돌같이 보고 돌 보기를 황금같이 보라는 말이 생각나는지 모르겠다. 돌은 분명코 애정의 눈길을 먹고 살았으니 소금도 먹은 놈이 물 켠다고 자연발생적으로 보는 이의 마음결을 황금 비단길로 안내할 터. 돌의 보답은 만 가지 법의 하나이기 때문 아닐까?

아기를 보면서 내 안에 있던 천진함을 만나고 나이 들어감의 더께에서의 묵은 것이나 폐단을 축소시켜 새롭게 좋게 한다면 기필코 육아는 아름다운 몫인 것이다. 아기가 변화무쌍하게 변하는 만큼의 양육자는 고달픔이 따른다. 대신 아기는 고정불변의 은혜다.

ㅎㅎㅎ 아기는 시시각각 자라나는 것만큼 비례해서? 양육자의 힘듦도 시시각각 사라진다. ~^^~

본가에 영영 보내고 나서도 짝사랑은 여전했으므로 나는 목소리라도 듣고 싶어 간혹 전화했다. 제 천성 남 못 준다고 다짜고짜 장난을 걸어와서 웃기에 바빴다. 또 어떤 날은 놀기에 바빠서 전화를 받을 수 없다고 거절했다. 전에는 전화 안 바꿔준다고 울고불고 생난리를 피웠던 그 아기가 할민 안중에도 없었나 보았다. ㅎㅎ 버림받은 몸이지만? 살맛은 더해주었던 것이다. 웃음이 실실 나오다가 흐뭇해지는 것이다. 퇴짜의 꽃다발을 받고 보니, 허파가 허허허 웃고 보니, 행복감이 떼거리로 밀려왔었다. 눈 빠지게 기다려 보았던 적도 있었다. 딸아이가 볼 일이 생겨서 좀 봐 달라는 부탁을 해 오기를 말이다.

위의 시기를 보내고 나서도 식지 않는 짝사랑은 줄기차게 뻗어가기만 한다. 엊그제도 목소리 듣고 싶어 전화했더니 제법 의젓하게 혹은 살갑게 대한다. 세 살이었던 그 아기가 내년에는 초등학교에 들어가는 나이가 되었다. 머잖아 사춘기가 왔다 갈 10대가 될 것이다. 요즘은 글자를 깨우쳐서 동화책도 읽어 준다. 그 보답으로 동시를 읽어 준다. 동시 외우기를 하면서 대화가 되는 우린 낄낄거리면서 얼마나 재미있는지 모른다. 여전히 사이가 없이 통으로 놀고 있는 우린 지금도 여전히 천국에서 살맛나게 살고 있는 것이다. 오직 손주 얼굴을 볼 수 있는 명절을 기다리면서 말이다.

2023년 4월 강희산

하루 별이 모여서 3

강희산 지음

발행처 도서출판 청어
발행인 이영철
영업 이동호
홍보 천성래
기획 남기환
편집 방세화
디자인 이수빈 | 김영은
제작이사 공병한
인쇄 두리터

등록 1999년 5월 3일
(제321-3210000251001999000063호)

1판 1쇄 발행 2023년 5월 30일

주소 서울특별시 서초구 남부순환로 364길 8-15 동일빌딩 2층
대표전화 02-586-0477
팩시밀리 0303-0942-0478
홈페이지 www.chungeobook.com
E-mail ppi20@hanmail.net

ISBN 979-11-6855-152-7(03040)

시집 판매 수익금 전액은 멕시코 데스엔가뇨로 보내집니다.